MOZART

La lumière de Dieu

MILDRED CLARY

Mozart

La lumière de Dieu

PYGMALION

ISBN : 2-253-11850-8 – 1re publication – LGF
ISBN : 978-2-253-11850-3 – 1re publication – LGF

« Je ne suis pas sûr que les anges, lorsqu'ils sont en train de glorifier Dieu, jouent de la musique de Bach ; je suis certain, en revanche, que lorsqu'ils sont entre eux ils jouent du Mozart, et que Dieu aime alors tout particulièrement les entendre... »

Karl BARTH.

Un acte d'amour

« Quand on songe qu'il existe des individus, à la radio, à la télévision, qui nous parlent encore des symphonies de Beethoven comme s'ils les entendaient pour la première fois – même la neuvième ! » Je ne me souviens plus du nom de l'auteur, mais sous la boutade se révèle une évidence : les grandes œuvres, qu'elles soient musicales, littéraires ou picturales, continuent à travers les siècles de s'adresser à nous, de parler de nos rêves, de nos angoisses, de nos joies, de notre relation avec la mort.

Mozart, par excellence, nous aide à vivre ; tel un magicien, il ne cesse de nous *enchanter*. « Il est de tous les temps et de tous les âges, comme la logique, la poésie et la vérité. » (George Sand.) Mais comment peut-on encore écrire sur Mozart après tous les ouvrages qui lui ont été consacrés ?

Mildred Clary a réussi cette gageure. (N'oublions pas qu'en 1991, « l'Année Mozart », bicentenaire de sa mort, tous les matins, durant trois cent soixante-cinq jours, sur France-Musique, nous avons pu entendre Mildred – à la voix si reconnaissable par son léger et délicieux accent britannique – nous entretenir de la vie et de l'œuvre du compositeur.) Son livre, fondé sur les sept volumes de la correspondance de Mozart et sur de nombreux témoignages de ses contemporains – relations de ses voyages, ses moments de gloire, ses échecs, ses amours –, peut se lire comme un véritable roman d'aventures !

Les profondes connaissances musicales de l'auteur, qui ne sombre jamais dans le didactisme, ajoutent à l'intérêt du lecteur. Cet ouvrage nous éclaire aussi sur les rapports complexes, sinon antinomiques, entre l'homme quotidien et le génial musicien. D'un côté, il y a Mozart, de l'autre Wolfgang. Le petit Wolfgang turbulent, espiègle, grossier, invivable ; le petit Wolfgang qui se place sous la protection de la Vierge, ce qui ne l'empêche point de se répandre publiquement en propos scatologiques.

D'une gaieté naturelle, exubérante, mais profondément conscient du « sentiment tragique de la vie », il semblerait que Mozart, entre ses moments intenses de création, ait donné libre cours à son goût pour les « farces et attrapes », sorte de défoulement enfantin qui ne cessait d'étonner, voire de scandaliser les thuriféraires du Maître. C'est toute cette humanité qui nous est restituée dans ces pages avec bonheur. Bonheur aussi de connaître les textes de grands écrivains envoûtés par son génie : Hermann Hesse, Goethe, Musset, André Suarès, Kafka, Stefan Zweig, Romain Rolland, Pierre Jean Jouve, Mauriac (« Mozart est un enfant venu d'une autre étoile ») pour n'en citer que quelques-uns.

Lorsque j'ai demandé à Mildred Clary : « Qu'est-ce qui vous a poussée à écrire ce livre ? – C'est un acte d'amour », m'a-t-elle répondu. Nous pouvons avancer ici qu'entre la musicologue passionnée et l'auteur de *Don Giovanni*, s'est nouée une liaison posthume. (Sans doute, une des seules liaisons qui soit vraiment durable.)

La fin de l'existence de Mozart, nous le savons, fut tragique. Le cœur serré, je revis cette scène relatée par Mildred : il se trouve à Vienne, en hiver, dans sa chambre glacée. Un visiteur le surprend, en train de danser étroitement avec sa femme, Constanze. « C'est pour nous réchauffer », lui explique-t-il. En fait, il n'avait plus de bois pour alimenter le poêle !

C'était un grand enfant, et il l'est resté, a écrit Einstein. Tout comme Mauriac, le savant génial a mis l'accent sur le côté enfantin du compositeur. Ne serait-ce pas ce « don d'enfance » qui apporte à sa musique tant de grâce, de spontanéité, d'allégresse, d'appétit de vivre ? Et si nous écoutions Dieu le Fils s'adresser à saint Luc : *Quicumque non acceperit regnum Dei sicut puer, non intrabit in illud...* (Si vous ne redevenez pas pareils à des enfants, vous n'entrerez pas au Royaume de Dieu.)

Je pense que Mildred Clary, qui a suivi avec tant d'ardeur et de lucidité l'itinéraire mouvementé du petit Wolfgang dès son apparition à Salzbourg, partagera ma certitude : Wolfgang Amadeus Mozart est entré tout droit au paradis, ses partitions sous le bras pour laissez-passer. Il est maintenant au chaud, sans souci d'argent, composant tout à loisir quatuors, sonates, opéras, concertos, menuets – chouchou des chœurs célestes. Cédant à ses éternelles gamineries, il ne peut s'empêcher parfois, entre deux allegrettos, de faire des pieds de nez à l'archevêque Colloredo (en enfer), à Joseph II (au purgatoire), ainsi qu'à tous les puissants de la terre.

René DE OBALDIA,
de l'Académie française.

PREMIÈRE PARTIE

L'enfant miracle

I

Entrée : apparition du petit Wolfgang

Des sept enfants auxquels les parents de Mozart donnent naissance, seulement deux survivent. À cette époque, c'est la moyenne. Wolfgang est le dernier. Il naît le dimanche 27 janvier 1756. Sa sœur, Marianne dite « Nannerl » dont les dons se manifestent très tôt, tout comme pour son frère, est la quatrième. Elle a quatre ans et demi de plus que lui.

La petite ville de Salzbourg, située aux confins de la Bavière et de l'Autriche, est le siège archiépiscopal et la capitale d'une principauté ecclésiastique indépendante, comme il en existe alors un certain nombre en Allemagne. Wolfgang n'est donc nullement autrichien, puisque né au sein du Saint-Empire romain germanique, ce qu'il revendiquera souvent avec fierté par la suite...

Nous savons peu de chose sur les rapports entre les enfants et leur mère, Anna Maria. Elle ne joue, semble-t-il, d'aucun instrument. A-t-elle néanmoins un sens musical ? Nous l'ignorons. Elle semble avoir été complètement soumise aux volontés du *pater familias*, Leopold, et sans doute est-elle émerveillée d'avoir donné le jour à des êtres aussi doués.

Anna Maria est issue d'une famille parfaitement respectable, fille du curateur de Saint Gilen, Wolfgang

Nicolaus Pertl. Mais son éducation, comme pour beaucoup de jeunes filles, a été plutôt limitée, à en juger par le style des quelques lettres qui subsistent d'elle et qui sont truffées de fautes d'orthographe, des lettres plutôt frustes et terre à terre.

Quant à Leopold (qui s'appelle en fait Johann Georg) Mozart, qui est-il au juste cet homme auquel Wolfgang ne cessera de se soumettre ? Ce n'est nullement un esprit borné, il s'adonne avec passion et opiniâtreté à l'éducation de ses deux enfants. Ses intérêts ne se limitent pas à la musique, loin s'en faut, il est curieux de tout et très cultivé. Passionné par les études, il a appris le latin et le grec, le français, l'italien, l'histoire, les mathématiques, les sciences naturelles. Il possède deux microscopes, un tout petit télescope, un globe terrestre et un atlas. Il porte une attention passionnée aux découvertes scientifiques. Par ailleurs, ses véritables dons de pédagogue se manifestent par une méthode instrumentale fondée sur la pratique et sur l'exactitude, qui est couronnée de succès : *Versuch einer gründlichen Violinschule* (Recherche d'une méthode fondamentale du violon, Augsbourg, 1756) qui devient vite célèbre. Elle est traduite en plusieurs langues dont le français, le néerlandais, et même le russe, et elle sera appliquée jusqu'au XIXe siècle.

Le célèbre compositeur allemand Johann Adolf Hasse l'appréciera : « J'ai fait la connaissance d'un certain M. Mozart, Maître de Chapelle de l'évêque de Salzbourg, personnage spirituel, fin, et homme du monde, et qui, je crois, est fin connaisseur tant en musique que dans les autres domaines. »

Leopold se sait plutôt supérieur à ses contemporains du même milieu, et il ne manque pas de le leur faire sentir. Il émet des jugements présomptueux, parfois non sans humour. Il lui arrive même de caricaturer ses propres travers et sa manie de tout savoir mieux que les autres.

La naissance de Wolfgang survient au moment où sa notoriété s'étend déjà à toute l'Europe. Mais il se donne comme mission essentielle de faire de son fils un grand musicien, ce en quoi celui-ci reconnaît tout lui devoir : « Tout de suite après Dieu, il y a mon Papa » et sans doute renonce-t-il désormais à ses ambitions personnelles, puisqu'il ne dépassera jamais le grade officiel de vice-*Kapellmeister* auprès de l'évêque, à l'indignation de son fils. Mais Leopold ne se réalise pleinement qu'à travers ce fils et dans une certaine mesure à ses dépens sans doute, l'astreignant trop jeune à un travail de forçat. Il oriente tous ses efforts afin que Wolfgang atteigne le but auquel lui-même n'est pas parvenu, persuadé, comme il le sera toujours, du bien-fondé de son sacrifice. Même lorsque son fils sera au loin, Leopold continuera à se manifester par de longues épîtres truffées de recommandations, de mises en garde, sans trop tenir compte des réactions qu'il provoque, ou des états d'âme de son destinataire : « J'ai toujours cru que tu devrais me considérer plutôt comme ton meilleur ami que comme ton père. En effet, tu as cent preuves qu'au cours de ma vie, j'ai été davantage soucieux de ton bonheur et de ton plaisir que du mien... »

Et encore : « Réfléchis et demande-toi si je ne t'ai pas traité tout le temps avec amitié, si je ne t'ai pas servi comme un valet son maître, si je ne t'ai pas offert toutes les distractions possibles et si je ne t'ai pas aidé souvent aux dépens de ma propre commodité ? »

Leopold s'applique, de bonne heure, à inculquer à sa fille les fondements de la musique, une discipline qu'elle absorbe, semble-t-il, avec précocité. Son jeu au clavier est souple, son doigté remarquable. Leopold se montrera très fier d'elle : « Ma fille est la virtuose la plus habile d'Europe, alors qu'elle n'a que douze ans. » Plus tard, lors des grandes tournées avec son frère, les connaissances de Nannerl ne feront que s'affirmer, en bonne partie grâce à celui-ci. Bien qu'étant son aînée, elle se dira avec fierté être son élève. De son côté, Wolfgang prend d'emblée l'habitude de lui soumettre ses compositions, il attache beaucoup de prix à ses jugements. Longtemps, les deux enfants vont s'appuyer l'un sur l'autre, un lien que soude leur intérêt commun pour la musique. Peut-être, plus tard, lorsque le temps les éloignera, est-ce essentiellement ce lien qui subsistera...

Les enfants se ressemblent. Tout comme son frère, Nannerl a une nature douce, aimante, émotive ; tout comme lui, elle aime à se moquer. Lorsqu'il l'attaque, elle riposte gaillardement !

De son côté, dès l'âge de trois ans, Wolfgang est déjà attiré par la musique. Grâce à sa sœur, quelques reflets de sa vie à cette période sont connus : « Wolfgang révéla tout de suite le talent extraordinaire qu'il avait reçu de Dieu. Souvent il se divertissait pendant des heures à rechercher des tierces au clavecin, avec un plaisir ingénu à entendre l'agréable harmonie qu'il produisait chaque fois. Dans sa quatrième année, son père commença à lui enseigner au clavecin, pour ainsi dire par jeu, quelques menuets et autres pièces, études qui coûtaient si peu de peine aussi bien au père qu'à l'enfant, que ce dernier apprenait une pièce entière en une heure, et un menuet en une demi-heure, de façon à pouvoir les jouer sans aucune faute, avec la mesure et la netteté les plus parfaites. »

Un cahier porte les traces des premiers tâtonnements de Wolfgang sur le clavier. À quatre ans, il s'efforce d'apprendre comme il peut les morceaux destinés à sa sœur. Leopold, méticuleux, y appose la date à laquelle son fils les a déchiffrés. On constate ainsi qu'en deux années Wolfgang épuise le cahier. En dessous d'un menuet, Leopold note fièrement : « Ce menuet et trio ont été appris par Wolfgang en une demi-heure, le 26 janvier 1761, un jour avant sa cinquième année, à neuf heures et demie du soir. »

Nannerl raconte aussi que son père transcrit dans les pages encore blanches de son propre cahier les premières œuvres composées par son frère : « Wolfgang fit de tels progrès que, dans sa cinquième année, il composait déjà de petits morceaux qu'il jouait à son père, et faisait noter sur le papier par celui-ci. Jamais il ne fallut le contraindre pour composer ou pour jouer, au contraire, il fallait toujours le distraire, autrement il serait resté jour et nuit assis au piano ou à composer. »

Celui-ci manifeste déjà un goût plutôt vif pour le menuet et pour la danse, puisque Nannerl rapporte qu'à l'âge de cinq ans, son frère foule pour la première fois les planches d'une scène de théâtre en tant que « danseur » !

Elle relate fidèlement les événements, et toujours, même lorsqu'elle y est associée, dans le style d'une chronique objective : « Dans la sixième année de Wolfgang, son père a fait avec lui un premier voyage qui l'a conduit à Munich, où les deux enfants se sont fait entendre au prince-électeur Maximilien III. Après un séjour de trois semaines dans cette ville, les Mozart sont rentrés à Salzbourg. »

De ce voyage nous ne savons rien de plus...

À cette période de leur enfance, Nannerl est, comme les autres, éperdue d'admiration pour ce frère : « Étant enfant, il a le désir d'apprendre tout ce qu'il voit. Il montre beaucoup de dispositions pour le dessin et le calcul, mais il est trop absorbé par la musique pour pouvoir manifester ses talents en toute autre branche. »

Wolfgang pratique le violon, le clavecin et l'orgue, mais sa santé est frêle. Il tombe fréquemment malade ; sa sensibilité extrême le fragilise jusqu'à ne pouvoir supporter la sonorité de certains instruments, celle de la trompette par exemple. Un vieil ami de la famille Mozart, Andreas Schachtner, trompettiste à la Cour de l'archevêque, racontera plus tard que même la vue de cet instrument lui cause une frayeur irraisonnée, « comme si on lui eût mis sur le cœur un pistolet chargé ». Quant à entendre l'éclat cuivré de sa sonorité : « À peine l'eut-il perçu qu'il pâlit, commença à s'évanouir, et si j'avais continué, certainement il aurait eu des convulsions... »

Schachtner est un témoin précieux du développement de l'enfant Wolfgang à l'âge de cinq ans, de combien celui-ci est à la fois avide et tendre : « Dès qu'il commença à s'adonner à la musique, tous ses sens furent comme morts à toute autre occupation, et même les enfantillages et petits jeux devaient, pour l'intéresser, être accompagnés de musique. Quand, pour nous amuser, nous transportions, lui et moi, les jouets d'une pièce à l'autre, il fallait que nous chantions chacun une marche ! »

C'est encore Schachtner qui révèle les premières tentatives du jeune Wolfgang pour écrire un concerto. Celui-ci est tout feu tout flamme et d'un emballement facile. Il s'attache si exclusivement à ce qu'on lui donne à apprendre qu'il met tout de côté, même la musique... il ne veut qu'apprendre ! Enfant, il est peu sensible aux éloges, mais attentif aux critiques des connaisseurs. Après la mort de son frère, Schachtner racontera à Nannerl l'histoire charmante du « violon de beurre » : « Vous pouvez vous rappeler que j'avais un très bon violon, que feu Wolfgangerl appelait toujours "le violon de beurre" parce qu'il avait un son doux et rond. Un jour, peu après que vous fûtes revenus de Vienne, il en joua et n'eut pas assez d'éloges pour mon violon. Il me dit tout de suite : "Qu'arrive-t-il à votre violon de beurre ?" Et il continua de racler à son idée, en réfléchissant, puis il me dit : "Monsieur Schachtner, votre violon était accordé un quart de ton plus bas que le mien, quand vous l'avez accordé la dernière fois que j'ai joué dessus." J'en ris d'abord, mais votre père, qui connaissait l'extraordinaire sensibilité et mémoire des sons de son fils, me pria d'aller chercher mon violon pour voir s'il avait raison. Je le fis, et c'était exact. »

Les témoignages de Schachtner quarante ans après ces événements sont particulièrement touchants car investis d'une véritable tendresse.

S'ils avaient survécu, les cinq autres enfants auraient-ils été dotés de ces mêmes natures d'exception, de cette même étincelle musicale ?

II

Vienne : le premier voyage

En 1762, Wolfgang n'a que six ans et Nannerl bientôt onze lorsque Leopold estime pouvoir produire ses deux enfants en public. Le « dressage » qu'il leur a fait subir est destiné à les révéler à tous, de manière indéfectible. Toutes les potentialités des enfants devront être développées et exhibées aux princes de ce monde et dans un souci de perfection qui inclura, bien entendu, l'apparence extérieure. Sans doute, est-ce lui qui inculque d'emblée à son fils le goût du paraître vestimentaire qui ne le quittera jamais, même au plus fort de la pénurie : les mises élégantes, les boucles de souliers, les passements, les galons...

Leopold, au service du prince-archevêque Sigismond von Schrattenbach, demande un long congé, il fait un emprunt au bienveillant propriétaire de son immeuble, Hagenauer, et lance la petite famille sur un itinéraire long et ardu tels des baladins, victimes des hasards de la route, de logements douteux, et surtout du bon vouloir de ceux que le chef de famille, muni de lettres d'introduction, est bien résolu à courtiser. Le voyage entre Salzbourg et Vienne dure plus de quinze jours. Il s'accomplit partiellement par voie d'eau sur le Danube.

Il y a bien quelques étapes pour des concerts, mais l'objectif de Leopold, c'est de s'introduire auprès de l'impératrice Marie-Thérèse (rien de moins qu'elle !) et de faire entendre ses enfants aux hôtes prestigieux du château de Schoenbrunn.

La rencontre entre le fils de l'impératrice, l'archiduc Joseph (le futur empereur Joseph II), et Mozart est significative, une partie importante de sa carrière se déroulera sous la férule de celui-ci.

La première audience avec les souverains le 13 octobre provoque chez Leopold une fierté non dissimulée. Il s'empresse de renseigner ses amis salzbourgeois : « Nous avons été reçus par Leurs Majestés, avec une bienveillance tellement extraordinaire que, lorsque je le raconterai, on prendra cela pour une fable... Le "Wolferl" a sauté sur les genoux de l'impératrice, lui a mis les bras autour du cou et l'a bravement embrassée. »

Certains témoignages nous apprennent cependant qu'il ne s'agit pas pour Wolfgang de se laisser embrasser par n'importe qui : « Mlle de Gudenus, qui joue bien du clavecin, lui donna un baiser, il s'essuya le visage. »

Nannerl rapporte que certaines séances musicales durent plus de trois heures. Au cours de l'une d'elles, à laquelle assistent précisément leurs majestés impériales Marie-Thérèse et François Ier ainsi que les archiducs et archiduchesses, l'empereur s'amuse à mettre à l'épreuve le jeune Wolfgang : « Il lui dit que ce n'était pas difficile de jouer avec tous ses doigts, mais ce qui serait malaisé, ce serait jouer sur un clavecin qu'on aurait recouvert d'un tissu. Là-dessus, l'enfant se mit aussitôt à jouer d'un seul doigt avec la plus grande agilité. On fit alors recouvrir les touches du clavier et Wolfgang joua par-dessus le drap, tout à fait comme s'il s'était déjà exercé souvent à ce tour de force. »

Wolfgang manifeste déjà le parfait naturel qui le caractérisera toujours et qui est le privilège de ceux qui se sentent instinctivement appartenir au domaine des élus. Déjà sans indulgence envers ceux qui, selon lui, trahissent la musique, il n'hésite pas à s'exclamer avec indignation : « C'est faux, quelle horreur ! » lorsqu'il entend le petit archiduc torturer son violon dans l'antichambre.

Leopold craint toujours que par son comportement son fils ne démérite auprès de l'élite, ce en quoi il n'a pas tort. Mais c'est sans compter avec son génie qui n'a pas besoin de recourir à des bassesses pour plaire, du moins auprès de ceux qui sont aptes à l'apprécier à sa juste valeur. Il fera de toute manière peu de cas des autres au cours de sa vie, et quel que soit le prix qu'il devra payer pour cela.

À une époque où le sort d'un musicien dépend intégralement de la place qu'il réussit à se faire dans la hiérarchie sociale, et du bon vouloir des princes, on peut comprendre l'importance qu'un homme de peu de génie comme Leopold accorde à une véritable servilité. À cet égard, Mozart, qui est imprégné dès son plus jeune âge par cette attitude, fera, en devenant en 1781 un musicien libre de toute dépendance, un acte qui aux yeux de son père apparaîtra fou et, dans le contexte de la société, véritablement révolutionnaire.

Leopold est un homme ambitieux, manifestement plutôt intègre et plus cultivé que la moyenne de ses semblables. S'y ajoute un respect profond pour ceux qui lui sont hiérarchiquement supérieurs, ce qui le pousse à s'abaisser pour parvenir à ses fins et à conseiller à son fils d'en faire autant. Tout comme un « don Basilio », il recommande à Wolfgang de « s'introduire là où il faut par la flatterie ». Son office auprès du prince-archevêque de Salzbourg est considéré comme un honneur. Le service est à vie, mais dans ce cas précis, le prince octroie une pension parfois assortie d'avantages en nature, maison ou terre, habit ou couvert. Des cadeaux offerts au compositeur d'une œuvre commandée, ou aux musiciens interprètes, compensent souvent la médiocrité des gages. À la suite des deux audiences accordées par les souverains viennois, Nannerl et Wolfgang reçoivent, en guise de remerciements, deux habits de cour. Leopold se plaindra souvent de ne pas percevoir de cadeaux en espèces sonnantes et trébuchantes.

D'ailleurs, ce qui sépare d'emblée Mozart et son père, c'est le rapport avec l'argent. Leopold en a un goût évident, Wolfgang y sera indifférent, sauf quand (ayant gagné des sommes considérables) il n'en restera plus. Il prêtera, sans réclamer de remboursement, il donnera beaucoup sans prévoir les conséquences.

Quant aux compositions de son père : si elles l'impressionnent au départ, Wolfgang se rend rapidement compte qu'elles appartiennent irrémédiablement à une génération passée, celle de la *basse chiffrée* (où l'exécutant « réalise » lui-même sa partie, partant des chiffres qui indiquent les accords) propre aux XVIIe et XVIIIe siècles. Malgré l'immense autorité que Leopold exerce auprès de son fils, celui-ci ne prend dans cette musique que ce qui peut servir à ses propres fins, rien de plus. Il reçoit de multiples impressions changeantes, mais autant il est réceptif, autant il a déjà la faculté de rejeter ce qui s'oppose à sa nature. De l'attachement inébranlable de son père pour ce système de réalisation « à l'ancienne », il s'amuse plutôt, en le parodiant. Leopold, conscient qu'il faut franchir ce stade, essaie bien d'écrire dans un style plus moderne, plus galant, mais sans succès. Wolfgang perçoit vite ces contradictions.

Son père est un compositeur de Salzbourg, mi-rationnel, mi-populaire, Wolfgang, lui, n'est ni l'un ni l'autre, il est d'emblée un Dieu, il s'engage dans la vie en conquérant, pas en mendiant. Il s'amuse des caractéristiques populaires salzbourgeoises, il ne les intègre jamais à son imagination inventive.

Lors des grandes tournées de Nannerl et son frère en compagnie de leurs parents, Nannerl ne sera pas loin de susciter la même admiration que Wolfgang. Cependant, en certains moments, elle souffrira semble-t-il d'un complexe d'infériorité, son frère ayant, de plus, l'avantage de composer. Mais elle prendra aussi de l'ascendant sur lui par une virtuosité plus importante. Leopold se voudra rassurant : « Wolfgang est d'une gaieté extraordinaire. Nannerl ne souffre plus en rien à cause du gamin, attendu que, lorsqu'elle joue, tout le monde parle d'elle et admire sa vélocité ! »

Les avis insérés dans la presse lui font la part belle : « La petite fille, qui est dans sa douzième année, et le petit garçon, qui est dans sa septième, non seulement joueront tous deux des concertos sur le clavecin ou le pianoforte, le petit garçon exécutera un concerto sur le violon, il accompagnera au piano les symphonies, enfin il improvisera librement (aussi longtemps qu'on voudra l'entendre, et dans tous les tons qu'on lui proposera, même les plus difficiles) non seulement sur le piano, mais aussi sur un orgue », etc.

Ce voyage à Vienne de 1762 n'est qu'un prélude ; un coup d'essai en quelque sorte pour l'importante série de voyages à venir...

III

Die Lehrjahre
(Les années d'apprentissage, Goethe.)

En 1763, lorsque prend fin la guerre de Sept Ans qui oppose l'Autriche et la Prusse depuis la naissance de Wolfgang, Leopold sent venu le moment tant convoité de lancer une nouvelle offensive, de bien plus grande envergure cette fois. En route vers Paris, enfants et parents s'arrêtent à Munich, à Augsbourg, le lieu natal de Leopold, à Ulm. Ils s'émerveillent de la nature somptueuse du Wurtemberg, se rendent à Mannheim, Mayence, Coblence... Après Bonn, futur lieu de naissance de Beethoven, et Cologne, ils traversent les Pays-Bas. Leopold ne manque jamais de relater leurs aventures à Salzbourg afin que le journal local rende compte des réussites qui jalonnent leur trajectoire : « L. Mozart, avec ses deux merveilleux enfants, continue son voyage en France et en Angleterre, en passant par les grandes cours d'Allemagne... Imaginez une petite fille de onze ans qui interprète au clavecin ou au piano les sonates et concertos les plus difficiles des plus grands maîtres, avec la plus grande clarté, une aisance incroyable et dans le meilleur goût. Cela suffirait à émerveiller un grand nombre de personnes. Mais on ne cessera de s'étonner en voyant un petit garçon de six ans assis au piano qui, non content de badiner en jouant ces mêmes sonates, trios, concertos les plus difficiles, les interprétera en maître, et improvisera des heures entières, tantôt *cantabile*, tantôt avec des accords, proposant les meilleures idées dans le goût actuel, et accompagnant à livre ouvert des symphonies, airs et récitatifs au cours de grandes académies. Ceci ne dépasse-t-il pas l'entendement ? »

Wolfgang et Nannerl s'émerveillent de toutes ces nouveautés, de toutes ces rencontres. En effet, ils assistent ou participent à ce que l'on nomme des « académies » : des concerts à souscription, dont Wolfgang usera largement au cours de sa vie... À Francfort a lieu une rencontre émouvante, la seule entre Goethe et Wolfgang. Le vieux poète s'en souviendra toute sa vie : à plus de quatre-vingts ans, il écrit : « Je l'ai vu, l'enfant de sept ans, quand il donna un concert, au cours d'un voyage. Moi-même, j'avais alors quatorze ans environ, et je me souviens encore parfaitement de ce petit bonhomme avec sa perruque et son épée. »

Malgré l'emploi du temps ardu auquel sont soumis Wolfgang et Nannerl, celle-ci rapporte que son frère retrouve vite l'insouciance et la fantaisie propres à l'enfance. La diversité des paysages et des événements nourrissent son imaginaire : « Comme les voyages que nous faisions le conduisaient dans des pays divers, il s'imaginait, quand nous passions d'une ville à une autre, sortir d'un royaume qu'il appelait "le royaume de derrière", je ne sais plus pourquoi. Ce royaume et ses habitants étaient pourvus de tout ce qui pouvait rendre les enfants bons et gentils. Il était le roi de ce royaume. Et cette idée le poursuivait tellement que notre domestique, qui savait un peu dessiner, avait dû lui en dresser une carte, et Wolfgang lui dictait les noms des villes, des foires et des villages. »

Malgré les louanges qui leur sont prodiguées, les enfants ne perdent pas leur faculté d'émerveillement : « J'ai vu le parc et un jeune éléphant, un âne qui a des rayures blanches et brun café, si régulières qu'on ne pourrait pas mieux les peindre... J'ai vu le jardin royal, le British Museum, où j'ai vu la bibliothèque, les antiquités, toutes sortes d'oiseaux, de poissons, d'insectes et de fruits, un oiseau particulier nommé "basson", un serpent à sonnettes, un voile fait d'écorce et de cheveux en écorce effrangée, des chaussures chinoises, une maquette du tombeau de Jérusalem, toutes sortes de choses qui poussent dans la mer, des pierres, du baume indien, la sphère terrestre et la sphère céleste... »

Et Nannerl d'énumérer une foule de hauts lieux de Londres diligemment visités. Ils vont même jusqu'à Canterbury voir la cathédrale. Wolfgang y a-t-il touché ses orgues ?

La vigilance de Leopold sur le développement musical et intellectuel de ses enfants qui l'adorent ne se dément jamais : « Enfant et petit garçon, tu n'allais jamais au lit sans avoir chanté, *oragnia figata*, en m'embrassant à plusieurs reprises et en finissant par le bout du nez. Tu me disais alors : "Quand tu seras vieux, je te mettrai bien à l'abri de l'air dans un bocal pour te garder toujours près de moi et continuer à te vénérer." »

Partie de Salzbourg le 9 juin 1763, la famille parvient à Paris, leur dernière étape, le 18 novembre. Elle est accueillie par l'ambassadeur de Bavière, le comte van Eyck et sa femme en leur demeure de l'Hôtel de Beauvais (aujourd'hui, 68, rue François-Miron).

Le baron Grimm, que l'on dénomme « la tête la plus française de toutes les têtes allemandes » tant il est assimilé à cette culture, écrit un long article dans *La Correspondance littéraire* pour aider à lancer ses jeunes compatriotes : « Les vrais prodiges sont assez rares, pour qu'on n'oublie pas de les signaler lorsqu'on a l'occasion d'en voir. Un maître de chapelle de Salzbourg, nommé Mozart, vient d'arriver ici avec deux enfants de la plus jolie figure du monde. Sa fille touche le clavecin de la manière la plus brillante. Elle exécute les plus grandes pièces et les plus difficiles avec une précision étonnante. Son frère, qui aura sept ans au mois de janvier prochain, est un phénomène si extraordinaire qu'on a peine à croire ce qu'on voit de ses yeux, et ce qu'on entend à ses oreilles... » Cet article opère comme un véritable « Sésame, ouvre-toi » auprès de l'aristocratie française.

C'est grâce à Grimm (« à qui nous devons tout », dira Leopold) que les Mozart sont introduits à la Cour de Versailles. Une première visite a lieu peu après leur arrivée, la veille même de Noël. Ils assistent à plusieurs messes à la Chapelle royale, ainsi qu'au Grand Couvert de fin d'année – Leopold ne manque pas de relater ses impressions à son ami salzbourgeois, Hagenauer : « J'y ai entendu de la musique, bonne et mauvaise. Tout ce qui était pour voix seule et devait ressembler à un air était vide, glacé et misérable, c'est-à-dire français, en revanche les chœurs sont tous bons et même excellents. Je suis pour cette raison allé tous les jours avec mon petit homme à la messe du Roi dans la Chapelle royale... »

Nannerl et Wolfgang jouent pour la marquise de Pompadour. Celle-ci n'est pas sans impressionner Leopold : « Elle a sûrement été très belle, car elle est encore bien. C'est une grande personne, elle est grasse, bien en chair mais très bien proportionnée, blonde... Elle est pleine d'orgueil, et c'est elle qui régente tout ici... »

Avec le naturel qui le caractérise, Wolfgang s'apprête à embrasser la grande dame : « Celle-ci eut un geste pour l'en empêcher, et Wolfgang dit alors : “Qui est-elle pour refuser de m'embrasser ? L'impératrice m'a bien embrassé, elle !” »

Leopold se livre parfois à un humour douteux en relatant à l'épouse de son ami Hagenauer l'impression que lui font les femmes françaises : « Je ne puis vraiment vous dire si les femmes sont belles à Paris, car elles sont peintes, contre toute nature, comme les poupées de Berchtesgaden, de sorte que même celles qui sont belles à l'origine deviennent insupportables aux yeux d'un honnête Allemand à cause de cette repoussante élégance... »

Une rencontre avec le claveciniste-compositeur silésien, Johann Schobert, maître de musique depuis 1761 du prince de Conti, impressionne vivement Wolfgang, malgré le jugement de son père qui traite l'homme sans ménagement d'« infâme ». C'est néanmoins la musique de Schobert qui incite son fils à composer son premier opus, à sept ans donc, des *Sonates pour clavecin avec accompagnement de violon* qu'il dédie à Madame Victoire, fille de Louis XV.

Bien des années plus tard, après la mort de son frère, Nannerl se rappelle l'emploi du temps, déjà sévère, auquel l'enfant de sept ans s'astreignait : « Depuis son enfance, il préférait jouer et composer la nuit, et le matin de bonne heure. Lorsqu'il se mettait au clavier, à 9 heures du soir, on ne pouvait l'en déloger avant minuit. Je crois qu'il aurait joué toute la nuit. Le matin, de 6 à

9 heures, il composait généralement au lit, puis il se levait et n'écrivait plus de la journée... À 8 heures du soir il jouait toujours au clavier ou composait. Je ne sais rien de ses exercices au clavier après son 7e anniversaire, car ses exercices consistaient à se faire entendre, à jouer ce qu'on lui proposait et qu'il déchiffrait en un instant. C'étaient là ses exercices. »

La maladie n'est pas absente de ces longs voyages éprouvants à Vienne, à Paris, et bientôt à Londres. Elle vient parfois compromettre gravement le bon déroulement des concerts. Et si c'est Wolfgang qui a la constitution la plus vulnérable, sa sœur n'échappe pas non plus à des atteintes physiques sévères, conséquences d'une trop grande fatigue...

« L'homme ne peut échapper à son destin... », note alors Leopold, qui ne cesse de faire toute une série d'actions de grâces pour la guérison de l'un puis de l'autre, sauf que lorsqu'il s'agit de Wolfgang la dette qu'il contracte envers Dieu est plus importante que pour sa fille : « Je vous prie maintenant de faire dire dès que possible les saintes messes suivantes : 3 à l'autel de l'Enfant-Jésus à Loreto, 1 à Maria Plain et 1 à Maria Hilfe de Passau, 2 à l'autel de Sainte-Anne chez les pères franciscains, à la paroisse, 1 en l'honneur de saint Walpurgis et 1 en l'honneur de saint Vincent Ferrier. Ce sont donc 9 saintes messes. »

Leopold est conscient qu'il faut profiter vite de ce que le talent de ces deux enfants précoces a d'exceptionnel : « Ou peut-être faut-il que je croupisse à Salzbourg, espérant en vain une amélioration, et que, Wolfgang grandi, nous soyons, moi et mes enfants, menés par le bout du nez ? Jusqu'à ce qu'arrive le temps où les voyages me seront interdits, où, l'âge et la taille étant venus, les mérites de Wolfgang ne produiront plus de surprises ? »

Lorsque la famille débarque sur la côte anglaise, Wolfgang est encore à l'âge béni des petits prodiges. Il a huit ans, sa sœur, treize : « Nous arrivions à Londres le 23 avril 1764 pour n'en repartir que 16 mois plus tard », note Leopold. La famille s'installe chez le coiffeur Cousins, Cecil Court, Martin's Lane : « Moins de huit jours après notre arrivée, nous voici reçus par le Roi George III et la Reine Charlotte. La grâce avec laquelle, tant Sa Majesté le Roi que la Reine, nous ont accueillis est indescriptible. En peu de mots, leur attitude à tous deux et leur caractère amical nous ont permis d'oublier qu'ils sont Roi et Reine d'Angleterre... 8 jours plus tard, nous nous promenions dans St. James Park ; le Roi est passé en voiture avec la Reine, et bien que nous ayons porté des vêtements tout différents, ils nous ont reconnus malgré tout, et, non content de nous saluer, le Roi ouvrit sa fenêtre, pencha la tête à l'extérieur et nous salua en passant, de la tête et des mains, plus particulièrement notre Master Wolfgang... »

Georg Friedrich Haendel est mort depuis cinq ans lors de l'arrivée des Mozart à Londres où il est vénéré. Installé depuis 1710 dans ce pays, c'est à lui que les musiciens anglais doivent le renouveau de leur langage, il est le seul compositeur ayant atteint l'envergure de Henry Purcell, mort en 1695. Si Wolfgang est impressionné par les nombreuses œuvres du grand maître allemand qu'il lui est donné d'entendre, en revanche c'est surtout sa rencontre avec le professeur de la reine, Jean-Chrétien Bach, qui se révèle merveilleuse pour lui. L'empreinte tant amicale que pédagogique de ce dernier sera de longue portée. Jean-Chrétien Bach est le dernier fils de Jean-Sébastien. Il est celui que l'on surnommait « le Bach de Milan » en Italie ; que l'on surnomme ici « le Bach de Londres ». Reconnaissant d'emblée les dons exceptionnels du garçon, il se propose comme un guide attentif et affectueux. Assis devant le clavier, l'enfant sur ses genoux, il joue quelques mesures d'une musique que Wolfgang reprend aussitôt sans hésitation. Comment résister à cet enfant éblouissant de dons et d'impertinence que l'on juche sur un tabouret ajusté à sa petite hauteur...

Entre eux s'installe une forme d'harmonie, une fraternité d'esprit, et, presque la même éducation mêlée du Nord et du Sud, mélange dont Wolfgang subit l'attrait avant même de découvrir l'Italie.

Wolfgang sent bien que ce nouvel ami a suivi un chemin qu'il devra lui-même parcourir. De plus, Jean-Chrétien a exploité tous les domaines vers lesquels il est déjà attiré : la sonate pour clavier, pour violon, le trio pour clarinette, le concerto, la symphonie, et même le domaine vocal de l'*opera seria*. Dans une lettre du mois de mai 1764, Leopold écrit : « Maintenant, Wolfgang a toujours un opéra en tête ! »

Maurice Barrès a feuilleté le carnet d'esquisses écrit à Chelsea par Mozart en 1764. La richesse de ce carnet lui a inspiré une phrase très belle : « Que tels aient été les songes d'un enfant, c'est la preuve du paradis par le désir. »

À huit ans, il imagine déjà une symphonie en sol mineur d'une extraordinaire intensité. Puis il y a l'opus III : *Six sonates pour le clavecin, qui peuvent se jouer avec l'accompagnement de viole ou de flûte traversière*, remis à un imprimeur londonien en novembre de cette même année ; l'hommage d'un enfant à une reine, que précède une dédicace savoureuse et ingénue (rédigée sans doute avec l'aide de Leopold) : « Plein d'orgueil et de joie d'oser vous offrir un hommage, j'achevais ces sonates pour les porter aux pieds de votre Majesté. J'étais, je l'avoue, ivre de vanité et ravi de moi-même, lorsque j'aperçus le génie de la musique à côté de moi... »

Wolfgang appose au pied de son texte l'ensemble de ses noms pour y ajouter du poids : « Johann Chrisostomus Gottlieb Amadeus Mozart ! »

Malgré son désir obsédant d'exhiber le talent de ses enfants, l'intensité dont fait preuve son fils dans ses rapports avec la musique préoccupe parfois Leopold. Déjà sonne l'avertissement d'un don trop important, trop lourd à porter pour un corps si frêle : « Quand tu t'occupais de musique, ton visage exprimait un tel sérieux, que maintes fois, et en divers pays, j'ai vu des gens s'inquiéter de ta santé et se demander si ton talent précoce ne devait pas l'ébranler... »

Leopold rend fidèlement compte des rencontres et des événements : « Le 19 mai, nous sommes allés encore une fois chez le Roi et la Reine. Il n'y avait personne d'autre que les deux frères de la Reine et le frère du Roi... Le Roi fit jouer à Wolfgang, non seulement des pièces de Wagenseil, mais encore de Bach, d'Abel et de Haendel. Il joua tout cela *a prima vista*. Il a joué aussi sur l'orgue du Roi et tellement bien qu'on le considère ici comme meilleur organiste que claveciniste... »

Georg Christoph Wagenseil, fort oublié désormais, est l'un des grands prédécesseurs de Haendel. Allemand du Sud, sa notoriété est importante. C'est l'un de ceux chez qui Leopold, toujours soucieux de former le goût de ses enfants, puise couramment pour enrichir leur répertoire. Ce compositeur fait partie de ceux qui ont vigoureusement attaqué dans la presse nord-allemande l'influence légère de la musique italienne auprès de certains compositeurs germaniques : « Accès de fièvre, que trahissent les alternances continuelles de piano et de forte... de nouveaux compositeurs à la mode, originaires de l'Italie...

Quant à nous, Allemands d'une autre espèce, avec, à notre tête, des Graun, un Hasse, un Bach, un Quantz, nous tâcherons, dans toute la mesure du possible, de préserver en musique le sublime, le tendre, l'émouvant, le beau chant, la pure harmonie, la noble expression... »

Mais Wolfgang, sans s'en rendre compte, a déjà absorbé le style italien. Cette fantaisie peu germanique lui plaît, elle façonne peu à peu son propre langage, et son nouvel ami, Jean-Chrétien Bach, est tout acquis à cette musique. Il est vrai que l'esprit « galant » de la musique du « Bach de Londres » est parfois taxé de superficiel et même (ironie des choses) qu'elle sera parfois qualifiée de « Mozart sans âme », mais il ne faut pas oublier qu'il est contraint d'écrire pour des salons anglais ! Leopold lui-même encourage son fils dans cette voie : « Ce qui est mince, léger, peut tout de même être grand, lui dit-il, de telles pages sont plus difficiles à écrire que toute une progression harmonique, qui, elle, échappe à la compréhension de la majorité... »

Wolfgang assimile naturellement ce que peuvent lui apporter les tendances des uns et des autres. À cette période Jean-Chrétien Bach est le seul compositeur qu'il chérit et qui le lui rend bien. Plus tard, il dira de lui : « Je l'aime tendrement et je le respecte de tout mon cœur, et quant à lui, il ne fait pas de doute qu'il m'a chaleureusement loué en ma présence, mais aussi auprès d'autrui et en tout sérieux, non pas de manière exagérée comme le font certains autres ! »

Il reste à l'enfant à découvrir l'univers de Joseph Haydn, l'influence majeure, ainsi que tant d'autres...

Quelque temps après le séjour des enfants à Londres, un juriste et écrivain anglais du nom de Daines Barrington remettra au secrétaire de la Royal Society de cette ville un passionnant compte rendu daté du 28 novembre 1769. Barrington y analyse longuement le phénomène Mozart en développant point par point ses observations : « Imaginons qu'un enfant de huit ans ait à lire cinq lignes en même temps, dont les lettres de l'alphabet auraient différentes significations.

Par exemple, dans la première ligne A, avec sa signification normale. Dans la seconde, celle d'un B, dans la troisième, celle d'un C, dans la quatrième, celle d'un D.

Imaginons de plus que les lignes ainsi composées de caractères de différentes significations ne soient pas organisées de manière à être lues exactement l'une au-dessous de l'autre, mais souvent dans un ordre irrégulier.

Imaginons alors un discours capital de Shakespeare, jamais vu auparavant, lu maintenant par un enfant de huit ans avec toute l'énergie propre à Garrick [David Garrick, célèbre comédien anglais de l'époque].

Imaginons encore que cet enfant lise d'un coup d'œil trois différents commentaires de son discours, en vue de l'illustrer ; et qu'un commentaire soit écrit le premier en caractères grecs, le second en caractères hébreux et le troisième en caractères étrusques... Supposons alors que par divers signes il souligne ce qui est le plus important dans chaque mot ; et parfois que les trois commentaires, parfois deux d'entre eux doivent être soulignés...

Si l'on conçoit ceci, on aura une certaine idée de ce que cet enfant est capable de faire... », etc.

Le 1er août 1765, la famille Mozart amorce le long chemin du retour. Fidèle à sa pratique habituelle, Leopold n'hésite pas à modifier l'itinéraire prévu s'il se présente une situation plus avantageuse ailleurs. En l'occurrence, il s'agit de se rendre en Hollande, à l'invitation de la princesse Caroline von Nassau-Weilburg, sœur du prince Guillaume d'Orange, celle-ci ayant manifesté « un désir extraordinaire » d'entendre les jeunes prodiges allemands. Ce voyage, qui les amène à Lille, à Gand, à Anvers, à Bruxelles, à Rotterdam et enfin à La Haye, est émaillé d'étapes forcées. Nannerl est malade, tant et si bien qu'on la considère comme perdue : « Je l'engageai à se résigner à la volonté de Dieu... lui fis administrer les saints sacrements, note Leopold, ajoutant pour l'édification de la pauvre enfant : Ma femme et moi persuadions la petite de la vanité de ce monde et du bonheur de mourir jeune ! » Mais contre toute attente, et peut-être peu convaincue « du bonheur de mourir jeune », Nannerl se rétablit, pour céder aussitôt la place à Wolfgang, terrassé par une fièvre cérébrale qui le plonge huit jours durant dans un coma alarmant : « Wolfgang est méconnaissable, il n'a plus que la peau sur les os ! » L'enfant sera long à s'en remettre... Quelle sera l'incidence de ces atteintes sur l'extrême brièveté de sa vie ?

Les enfants enfin rétablis, ils sont aussitôt remis à l'épreuve des concerts : Amsterdam, Utrecht, Rotterdam, Anvers, Bruxelles... la route les mène par Cambrai vers Paris où ils séjourneront de nouveau deux mois avec réceptions obligées à Versailles avant d'entamer enfin le long chemin du retour à la maison. Ils traversent la Suisse où Leopold compte bien rencontrer Voltaire auquel Grimm a adressé une lettre de recommandation : « Le célèbre M. Voltaire a son château dans les environs immédiats de Genève en un lieu nommé Ferney... »

La rencontre ne se fait pas. Voltaire, alors âgé de soixante-douze ans, est souffrant, il ne peut se rendre à Genève pour écouter les enfants, ce dont il avise Mme d'Épinay : « Votre petit Mazar *(sic)*, madame, a pris, je crois, assez mal son temps pour apporter l'harmonie dans le temple de la Discorde... j'étais très malade quand ce phénomène a brillé sur le noir horizon de Genève... il est parti à mon grand regret sans que je l'aie vu... »

Le dernier grand parcours du retour à la maison s'étire encore sur cinq mois épuisants. Wolfgang souffre cette fois de fièvres rhumatismales. À la fin de novembre, exsangues, les enfants peuvent enfin se reposer chez eux. Le 27 janvier 1767, Wolfgang fête ses onze ans.

L'immense tournée à travers l'Europe, le séjour londonien et les étapes interminables du retour se seront donc étendus sur trois années et demie. Si la maladie a souvent été leur hôte au cours de ce voyage, en revanche la musique entendue, les rencontres, les terres et les villes traversées, tant et tant d'expériences nouvelles ont enrichi de manière unique et privilégiée l'univers des enfants. Wolfgang se révèle un interprète surdoué, il est vrai. Pour autant, Leopold ne néglige jamais de développer ses dons de compositeur. Il est parfaitement conscient de la nécessité, pour son fils, de se frotter à tous les styles, à toutes les tendances en cours afin qu'il puisse trouver son propre langage. Au retour du voyage, il sait le chemin encore à parcourir afin d'accéder au niveau d'une gloire qui ne soit pas passagère : « Vous savez que mes enfants, et principalement Wolfgang, ont encore beaucoup à apprendre... »

Si cet apprentissage, par certains aspects, se révèle cruel, parfois même déplaisant par les excès exhibitionnistes qui abusent de son enfance, Wolfgang est en revanche l'un des rares compositeurs à avoir pu, par la volonté inflexible de son père, bénéficier d'une éducation unique. Celle-ci le place de manière tout aussi unique dans l'histoire de la musique.

IV

La Finta Semplice (La fausse naïve) : le premier *opera buffa*

Le 11 septembre 1767, neuf mois seulement après le retour du grand voyage, Leopold, toujours à l'affût d'occasions propices pour produire ses enfants, embarque de nouveau sa famille à Vienne. Il s'agit de participer aux célébrations entourant le mariage de Marie-Josepha, fille de l'impératrice avec le roi de Naples, Ferdinand. Le fait que les Mozart n'aient pas été conviés à ces noces ne décourage nullement Leopold. Il sait qu'il y aura de multiples concerts et il est confiant dans la possibilité d'organiser quelque chose à l'avantage de sa progéniture. Le voyage se révèle pourtant peu fructueux, l'émerveillement provoqué par les enfants lors de leur première visite étant déjà quelque peu éventé. La famille est effectivement reçue par l'impératrice, mais d'audition il n'en est pas question ! Wolfgang n'est plus l'enfant prodige qu'il a été. À onze ans, il est désormais au seuil de l'adolescence et peut-être ses dons d'interprète ne sont-ils plus aussi exceptionnels que dans l'improvisation ou dans son oreille infaillible. Par ailleurs, comme compositeur, il a encore tout à prouver, surtout dans une ville où Gluck est le maître absolu et où le nom de Haydn se fait toujours plus illustre.

Leopold, comme toujours, réagit avec vigueur au manque d'intérêt suscité par son fils. Il se rend compte qu'il faut se tourner vers ses compositions et exploiter cet aspect-là de son talent. « Alors, écrit-il à son fidèle propriétaire et pourvoyeur de fonds, Hagenauer, j'ai pris la décision de tenter une chose tout à fait extraordinaire : il doit écrire un opéra pour le théâtre – Quel bruit n'a-t-il pas fait, dans la coulisse, parmi ces compositeurs – Quoi ? – Aujourd'hui, on verra un Gluck, et demain un garçon de douze ans assis au piano et diriger son opéra ? – Oui, malgré tous les envieux. – J'ai même amené Gluck à nous soutenir, de sorte que, même s'il ne le fait pas de très bon cœur, il ne peut rien laisser paraître, car ses protecteurs sont aussi les nôtres... La gloire d'avoir écrit un opéra pour le théâtre de Vienne ne constitue-t-elle pas le meilleur moyen pour Wolfgang de nous procurer du crédit non seulement en l'Allemagne mais aussi en l'Italie ? »

L'amour de Wolfgang pour l'opéra remonte loin puisque, dès le mois de mai 1764, c'est-à-dire quand il avait huit ans, son père avait noté qu'il ne cessait d'y penser. À cet âge, il avait déjà assisté à un certain nombre de spectacles musicaux, notamment à Londres. C'est donc un projet qui évoque pour lui une certaine réalité.

Dans le catalogue où il prend note des compositions de son fils, Leopold inscrira, quelques années plus tard, toute une série d'*arias*, aujourd'hui perdues hélas, par lesquelles l'enfant fait ses armes, à défaut d'obtenir une commande aussi importante que celle d'un opéra.

Une lettre écrite par Leopold en 1765 fait mention aussi d'un *pasticcio*, genre très goûté du public, pour lequel il s'agit de mettre bout à bout sur un même livret des airs empruntés à d'autres opéras et composés par des musiciens divers. En l'occurrence, il s'agit, semble-t-il, d'un *pasticcio* sur le livret d'*Ezio*, du célèbre poète et librettiste Métastase avec lequel, plus tard, Wolfgang va collaborer plus d'une fois. Comme toujours pour Leopold, lorsqu'une idée germe dans sa tête, tous les moyens sont bons pour faire en sorte qu'elle se concrétise. Il prétend que c'est l'empereur lui-même qui en est à l'origine, lorsque ce dernier demanda au jeune homme s'il aurait plaisir à écrire un opéra ; cet empereur est désormais Joseph II, rencontré autrefois chez sa mère, l'impératrice Marie-Thérèse au château de Schoenbrunn. L'affaire est transmise au directeur, le comte Affligio, directeur du Burgtheater depuis 1767. Celui-ci signe, sans enthousiasme semble-t-il, un contrat de cent ducats pour la composition de l'ouvrage.

Le livret, tiré d'une comédie, *La Finta Semplice* du Vénitien Carlo Goldoni, est élaboré par un certain Marco Coltellini.

La durée du séjour à Vienne s'étire malgré la rapidité à laquelle compose le jeune homme. L'archevêque de Salzbourg commence à se lasser de tant d'absences de la part de son *Kapellmeister*. Leopold est informé que son traitement est suspendu tant que durent celles-ci. Par ailleurs, lorsque quelques mois plus tard Wolfgang met fin à son importante partition (quelque cinq cents pages !), nul ne se presse pour la monter. Il s'ouvre même une sourde cabale que Leopold, dans des lettres de plus en plus amères, attribue à Gluck et à d'autres compositeurs confirmés, qui verraient mal un adolescent de douze ans leur damer le pion sur leur propre terrain. Les dates de représentations sont remises. On monte d'autres ouvrages à la place. Leopold en est malade, blessé dans son orgueil, honteux de cet échec, notamment aux yeux de sa ville natale et pour son « honneur » aux yeux de l'archevêque : « Nous sommes des gens honnêtes qui font connaître au monde – pour la gloire de leur prince et de leur patrie – un miracle que Dieu a fait naître à Salzbourg... Si je dois convaincre le monde de ce miracle, je ne peux le faire que maintenant, alors que tout le monde tourne en ridicule ce qui est miraculeux, et en dénie le caractère. »

Force lui est de constater que malgré (où peut-être à cause de) tous les efforts qu'il déploie pour se faire considérer, lui et les siens, à l'égal du milieu qu'il courtise, Leopold n'y est pas admis. Il est, et demeure, un musicien subalterne placé dans une situation subalterne.

Pour Wolfgang, il s'agit là du premier échec important. Son père n'a cessé de le couvrir d'éloges, de vanter ses mérites auprès de tous, mais c'est une tactique à double tranchant. Les intrigues continues afin de parvenir à s'imposer, lui et sa famille, ont pu en agacer plus d'un, susciter aussi sans doute quelque jalousie de la part de ceux qui se sentent menacés dans un poste officiel difficilement conquis : « Entre-temps, tous les compositeurs, Gluck en particulier, avaient tout mis en œuvre pour empêcher l'opéra d'avancer. On embobina les chanteurs, on ameuta l'orchestre et l'on fit tout pour bloquer la mise en scène. Les chanteurs qui savent de toute façon à peine lire leurs notes, et dont certains doivent apprendre d'oreille leurs rôles, ont dû affirmer qu'ils ne pouvaient pas chanter leurs airs alors qu'ils les avaient auparavant entendus chez nous, les avaient approuvés, applaudis, et dit qu'ils leur convenaient. L'orchestre ne voulait plus être dirigé par un enfant, et cent objections de ce genre... »

Mais qu'en est-il réellement du refus de monter *La Finta Semplice* ? On ne sait trop. Il est difficile d'admettre qu'un compositeur aussi confirmé que Gluck par exemple, aussi conscient de son génie, se soit compromis dans les médisances mesquines dont sont victimes les Mozart. Nous ne connaissons pas davantage la réaction de Wolfgang lui-même, mais on peut imaginer, malgré une déception certaine, qu'étant donné son tempérament bien affirmé, il est suffisamment confiant en son talent et sa bonne étoile pour ne pas s'y attarder. De fait, peu après, le voici tout entier absorbé par l'écriture de la musique pour un petit spectacle que souhaite monter un certain Dr Mesmer, qui réalise des travaux importants sur le magnétisme animal. C'est un homme fortuné et grand mélomane. Le spectacle est destiné au théâtre de verdure situé dans son jardin viennois. Il s'agit d'un opéra comique, *Bastien et Bastienne*, inspiré du texte français de Favart : *Les Amours de Bastien et Bastienne*, lui-même étant une parodie burlesque du fameux *Devin du village* de Jean-Jacques Rousseau.

Le 1er octobre, date de sa création, le spectacle, étant privé, suscite peu de commentaires dans les journaux. Nous ne savons donc pas quel en est l'accueil, mais il est certain que cet ouvrage jette un léger baume sur la fierté blessée de Leopold, lui permettant de rentrer enfin à Salzbourg la tête haute.

Malgré l'échec de son premier opéra, *La Finta Semplice*, le long séjour dans une ville aussi fastueuse que Vienne ne peut être négatif pour Wolfgang qui a pu assister à d'innombrables académies, découvrir des pages religieuses, entendre au théâtre les opéras des compositeurs les plus en vue : ceux de Johann Adolf Hasse notamment (qui a, semble-t-il, défendu vivement le jeune homme durant ses démêlés dus à *La Finta Semplice*), ceux de Piccinni, de Leopold Florian Gassmann et surtout de Gluck. Il a pris connaissance des nouveaux courants symphoniques grâce aux œuvres de Joseph Haydn entre autres (peut-être est-ce là qu'a lieu leur premier vrai contact), toutes manifestations qu'une petite ville comme Salzbourg n'est pas en mesure d'offrir. Wolfgang rencontre également le jeune baron van Swieten avec lequel il se lie d'une amitié fidèle. C'est chez le père de ce dernier qu'il fait la connaissance du poète et librettiste Métastase.

V

Nannerl : la fin de l'enfance

Dès son retour à Salzbourg début janvier 1769, Leopold projette d'emmener son fils dans un périple qu'il considère comme un maillon essentiel pour le développement d'un compositeur, le voyage en Italie ! En attendant, le moral de la petite famille se trouve grandement raffermi par le fait que le bienveillant archevêque Sigismond von Schrattenbach, non seulement ne tient pas rigueur à son *Kapellmeister* de sa longue absence, mais décide de faire monter *La Finta Semplice* à l'occasion de sa fête. Reconnaissant pleinement la nature musicale d'exception de Wolfgang, il lui confère en outre le titre officiel de *Hofkonzertmeister* (maître de concert de la Cour), et accorde à Leopold le nouveau congé nécessaire au voyage en Italie, le premier voyage que le père et l'enfant vont faire seuls, car Nannerl ne participera plus à ces longs périples, le temps de l'enfance est terminé pour elle. Leopold porte tout son intérêt sur son fils.

À cette époque, on ne connaît à Wolfgang aucune relation avec d'autres enfants, hormis sa sœur. Nannerl est son compagnon de jeux dans tous les sens du terme, sa complice aussi bien en musique que dans les mille et une espièglerie auxquelles les enfants se livrent. Elle est l'objet d'une tendresse qui, chez lui, est toujours à fleur de peau. On peut imaginer que l'inverse est également vrai. L'absence de Wolfgang n'en sera que plus dure : « Frère chéri, je te souhaite tout le bonheur possible. Que Dieu te garde en bonne santé, et que, dans la joie comme dans la peine, tu penses à nous qui vivons des temps si tristes et sommes séparés de vous. »

Elle se fera désormais l'alliée de son père pour maintenir son frère dans le droit chemin : « Je t'en prie, suis en tous points les conseils de mon père et j'aurai le plaisir indescriptible de pouvoir t'embrasser avec une joie intense... »

En 1770, Nannerl a dix-huit ans. En d'autres temps, ses dons de virtuose eussent été reconnus, ainsi peut-être que ses essais à la composition : « C.S.M., sorella mia, j'ai été très surpris de ce que tu saches si bien composer... En un mot, ton lied est très beau. Écris souvent quelque chose... »

Il est émouvant que Wolfgang s'intéresse et encourage sa grande sœur dans ses tentatives de compositeur, car à l'époque il est tout simplement inconcevable qu'une femme puisse envisager de faire carrière dans ce domaine. Et d'ailleurs, comment se mesurer à un frère aussi exceptionnel ? Nannerl se résigne ! Lorsque cette nouvelle tournée s'annonce, elle sait qu'elle devra rester à la maison, à Salzbourg où elle commence à donner des leçons de clavecin grâce auxquelles l'ordinaire de la famille va être sensiblement amélioré. Regrette-t-elle que cette sage activité vienne si vite se substituer à une carrière à laquelle la prédisposait pourtant sa virtuosité ? Et ne conçoit-elle pas alors quelque rancœur envers un frère qui poursuit brillamment sa trajectoire sans qu'elle soit à ses côtés ? Consciemment du moins, il semble que non, car tous deux continuent à entretenir une tendre correspondance et à se faire des confidences, même sur leurs premières amours. Dans leurs lettres, les plaisanteries abondent, assorties parfois d'une phrase plus grave, plus révélatrice : « Je suis encore de ceux qui veulent faire, jusqu'à ce qu'à la fin il n'y ait aucun moyen de faire », lui avoue son frère.

Toute sa vie Wolfgang exprimera sous les formes les plus diverses l'affection profonde qu'il porte à ses amis et, en ces années d'enfance, à sa famille. Sa pudeur, on la devine au détour de nombreuses et tendres bouffonneries qu'il distribue généreusement ; au hasard de farces, souvent aussi grossières que cocasses, qu'il se plaît tant à inventer et dont il se montre particulièrement prodigue avec sa sœur :

Ma très chère Sallerl, mon petit cœur,
Ma très chère Nannerl, ma petite sœur
Je te remercie fort de tes souhaits, mon ange
En voici de Mozart, ce butor, en échange
J'espère que tu m'aimes comme Wolferl t'adore ?
À toi, bonheur et joie, s'il en existe encore...
Ah, venez vite ici mes chéris, et dansons !
Et que vive tout le monde. Et Maman, et Papa,
Et la sœur, et le frère ! Huissa, hopsassa !
Et la « maîtresse » de Wolfgang
Et Wolfgang lui-même.
Qu'ils attendent longtemps, longtemps leur heure dernière,
Et que longtemps encore, ils puissent pisser et chier
Et que longtemps encore Wolferl et Sallerl, la petite sœur
Demeurent de vrais copains.

Hélas, il faut que j'aille au beau pays du rêve,
Il est minuit, tout dort, et le sommeil m'achève.

Ce poème innocent ne porte-t-il pas déjà le sens fugitif des choses et la volonté de partager la tendresse qui pénètre toute sa musique et qui ne le quittera qu'avec son dernier souffle ?

VI

L'Italie : « *Kennst du das Land* »
(« Connais-tu le pays... », Goethe.)

Leopold sait à quel point il est important que Wolfgang s'imprègne de l'art musical italien, et même de la culture italienne en général. En orientant ses efforts vers un voyage que sa famille n'a pourtant guère les moyens de supporter, il obéit à une tradition solidement ancrée dans les us et coutumes des musiciens depuis l'époque des grands maîtres vénitiens. L'imprégnation italienne a valu à plus d'un, tels Haendel, Hasse, Gluck et Jean-Chrétien Bach, une réputation universelle. L'Italie musicale conserve encore un prestige indéniable, bien que promis à un déclin inévitable. À la suite de ses grands prédécesseurs, Wolfgang est déjà acquis à ce que cette terre peut offrir : la vivacité de la pensée musicale, le charme, une écriture plus chantante...

En 1769, Wolfgang a quatorze ans ou presque, lorsque vers la mi-décembre il se met en route avec son père pour l'Italie. Première escale importante à la veille de Noël, Rovereto, où Leopold s'empresse de prendre les contacts nécessaires, dont l'un avec un ancien élève pour le violon, le bailli Nicolo Cristiani, devenu une haute personnalité de la ville. L'accueil est plus que prometteur. Tous veulent entendre le jeune prodige lorsque celui-ci manifeste le désir de s'essayer aux orgues de la ville : « Nous sommes allés jusqu'à l'église principale et bien que seulement 6 à 8 personnalités de la ville aient été au courant, nous y avons trouvé tout Rovereto... il a littéralement fallu que des gars solides marchent devant nous et nous frayent un chemin jusqu'au chœur. Là, il nous fallut encore bien une demi-heure avant d'atteindre l'orgue, car chacun voulait être au plus près. »

Après Rovereto, Vérone où ils séjournent quinze jours. C'est à qui arrivera à côtoyer au plus près Wolfgang... On fait même appel à un peintre, Cignaroli, pour « croquer » son portrait ! Déjeuners, dîners, mondanités se succèdent. Si Wolfgang est souvent heureux d'un pareil succès, il ne se laisse pas pour autant griser ; sa lucidité et son humour le protègent de toute vanité. En revanche, il ne manque pas de décocher, selon son habitude, quelques flèches impertinentes à l'intention de ceux qu'il rencontre ou des spectacles qu'il voit, en s'amusant à mélanger les langues dont il est désormais imprégné, l'italien, l'allemand, l'anglais, même le français ! Il écrit à sa complice en farces, Nannerl : « Oronte, il padre di Bradamante, e un principio, un bravo cantante, un baritono, ma très maniéré dans le fausset, pourtant pas autant que le sieur Tibaldi à Vienne ! Bradamante, figlia d'Oronte, innamorata di Ruggiero (mais elle doit épouser Léonte, dont elle ne veut pas !), fa un povera Baronessa che a avuto una gran disgrazia, ma non so che...

Il Principe, Ruggiero canta un poco genre Manzoli, ed a un bellissima voce forte, ed e già vecchio. Ha cinquanta cinque anni ed un gosier à roulades... a une voix nasillarde e canta sempre un quart d'heure trop tard, o troppo buona ora...

À propos, tout le monde est maintenant en travesti et ce qu'il y a d'agréable à cela, c'est qu'on a le droit de ne pas se découvrir quand on est salué, mais de simplement répondre tout le temps : "Servitore umilissimo, giora maschera. Cospetto de Bacco (Sapristi !), ça barde" ! »

Wolfgang est tout à son affaire avec les mascarades et les travestis ! Son imagination se divertit follement à transformer les choses et les noms... Son œil moqueur, son goût du jeu trouvent ici un terrain de prédilection !

À l'Académie philharmonique de Vérone, il déchiffre brillamment un trio de Boccherini, l'un des nouveaux maîtres italiens du domaine instrumental. C'est un homme auquel on attribuera le sobriquet de « femme de Haydn » ! Pourquoi ? Parce qu'il emploie volontiers pour la symphonie comme pour la sonate le style italien aussi bien que celui dit allemand. En vue de ce voyage, Wolfgang lui-même a composé deux symphonies qu'il dit être « italiennes », mais ce qualificatif n'empêche pas la qualité allemande de la musique malgré une couleur plus chantante, des sujets plus contrastés, des thèmes secondaires plus vifs, une plus grande agilité dans l'élaboration. D'ailleurs le milieu dans lequel il évolue en Italie est fortement pénétré d'influences germaniques. Milan est sous domination autrichienne, et l'un des rois de l'opéra milanais est précisément l'Allemand Johann Adolf Hasse que les Italiens surnomment « Il Sassone » (le Saxon) ! Ce voyage ne doit donc pas provoquer chez Wolfgang le choc, ou disons le conflit qui pourrait naître du choix obligatoire entre deux écoles. Au contraire, son éclectisme se trouve nourri par les différentes formules dont il s'imprègne, et cette imprégnation dans sa musique, c'est aussi le charme de l'Italie et l'esprit du XVIIIe siècle.

Dans chaque ville, Leopold s'efforce de se munir de lettres de recommandation et d'introduction pour l'étape suivante. Ils arrivent à Mantoue vers la mi-janvier. Là aussi, Wolfgang fait feu de tous ses dons à la Société philharmonique. Le public est pantois de ce qu'un adolescent de quatorze ans puisse apparemment se produire aussi aisément au clavecin, au pianoforte, à l'orgue, au violon, qu'il puisse varier ou déchiffrer tout ce qu'on lui met sous le nez, improviser à loisir, et se sortir brillamment des épreuves qu'on se plaît à lui faire subir : « Écrire comme les meilleurs maîtres, pour les chanteurs comme pour les instrumentistes, à autant de voix concertantes et obligées qu'on le désire, est pour lui chose facile... »

Même, il n'hésite pas à se servir de sa voix, lorsque l'occasion le demande : « Il chanta un air à première vue, dont il n'avait jamais lu les vers, avec un accompagnement adéquat. »

La Gazette de Mantoue ne tarit pas d'éloges en rapportant ces prodiges : « Après différentes épreuves singulières qui lui ont été proposées... nos musiciens et nos maîtres ne craignirent pas trop dire, en affirmant que ce jeune homme semblait né uniquement pour confondre les hommes les plus expérimentés en musique... »

Lorsqu'on lit le programme des réjouissances d'une telle soirée, on imagine la fatigue et la tension auxquelles l'adolescent est constamment exposé, car un programme normal s'ouvre et se referme par une symphonie, de lui bien sûr.

Entre les deux, le menu est copieux : un concerto pour clavecin déchiffré par lui, un air d'un maître italien, une sonate au clavecin avec variations de son cru, le tout devant être repris ensuite dans une autre tonalité, puis un concerto d'un autre compositeur, un air improvisé et chanté par lui sur des paroles que l'on vient d'écrire, le tout accompagné par lui bien entendu. Ensuite, le premier violon lui propose un thème sur lequel il devra improviser, suivi d'un air d'un autre compositeur suivi d'un concerto pour hautbois suivi d'une fugue composée et exécutée par Wolfgang sur un thème qu'on lui présente, suivie d'une symphonie qu'il doit composer d'après la seule partie de violon, suivie d'un petit duo puis d'un trio dont il déchiffre la partie de violon, enfin arrive la symphonie de clôture... C'est monstrueux ! Mais on se souvient que Nannerl rapportait de son frère, tout petit enfant : « Jamais il ne fallut le contraindre pour composer ou pour jouer ; au contraire, il fallait toujours l'en distraire. Autrement il serait resté jour et nuit assis au piano ou à composer. »

À Crémone, vingt ans avant de s'attaquer lui-même à ce sujet, Wolfgang assiste avec son père à *La Clemenza di Tito* (La Clémence de Titus) de Johann Adolf Hasse. Il en profite pour aiguiser encore une fois son esprit moqueur : « La *prima donna* chante bien, mais tout doucement, de sorte que, si on ne la voyait pas jouer, mais seulement chanter, on pourrait penser qu'elle ne chante pas, car elle ne peut ouvrir la bouche et gémit simplement les sons... *la seconda donna* est faite comme un grenadier, etc. »

Puis vient l'étape de Milan et les fastes du gouverneur général de la Lombardie. Là, on représente *Cesare in Egitto* de Niccolò Piccinni, dont la renommée est au plus haut (et que Wolfgang, pour une fois, s'abstient de commenter !) ainsi qu'un opéra de Niccolò Jommelli.

Leopold tient Jommelli, l'un des compositeurs les plus importants de l'école napolitaine, pour un intrigant.

Il l'avait déjà accusé en 1763 de « se donner toutes les peines du monde pour fermer aux Allemands l'accès de la Cour, et n'y introduire que des Italiens », alors que Jommelli, qui a entendu l'enfant Mozart à cette époque, avait déclaré, non sans une pointe d'antigermanisme il est vrai : « Il est surprenant, et à peine croyable, qu'un enfant allemand puisse avoir autant de talent musical, d'esprit et de flamme. »

À l'égard de Piccinni, Wolfgang déclare simplement : « Je puis être son égal, bien que je sois un Allemand ! » Il aura l'occasion de le côtoyer plus tard, en 1778 à Paris ; une fréquentation pour laquelle Leopold mettra son fils en garde. Il craindra évidemment que son fils ne prenne part à la guerre qui opposera alors les partisans de Gluck et ceux de Piccinni. Mais Mozart saura fort bien garder ses distances lorsqu'il le faudra, outre que cette histoire ne l'intéressera alors que très moyennement, sa voie propre n'étant plus ni l'*opera buffa* italien tel que le pratique Piccinni, encore moins l'*opera seria* !

Pourtant à Vienne en 1768 lorsqu'il s'acharnait à écrire *La Finta Semplice*, c'était bien *La Buona Figliuola*, *opera buffa* de Piccinni, qui lui avait servi de modèle. Et bien que ce temps-là soit depuis plusieurs années dépassé, il a, selon la coutume, contribué pour trois *arias* à l'un des *opera buffa* de Piccinni, *L'Astratto*. Ces quelques adjonctions à l'opéra d'autrui ont trouvé d'emblée la vivacité, l'humour, la structure, permettant d'avancer au même rythme que l'action de la pièce. Mais ses rapports avec le compositeur italien se sont arrêtés là.

À Milan, en plus de la rencontre avec Piccinni, a lieu celle avec le vieux maître Giovanni Battista Sammartini, organiste et maître de chapelle au couvent Sainte-Marie-Madeleine et qui jouit du privilège d'avoir été quatre ans durant le maître de Gluck. À cette époque, Sammartini a déjà soixante-dix ans, il n'a plus que cinq ans à vivre. Entre le vieil homme et l'adolescent, l'admiration est spontanée et réciproque. Quant à Leopold, selon son habitude, il ne voit que les honneurs qui couvrent son fils : « Il serait trop long de te raconter en détail comment Wolfgang, en présence de maestro Sammartini et d'une foule de gens des plus habiles, fut soumis à des épreuves savantes et étonna tout le monde. Du reste, tu sais très bien toi-même comment se passent les choses dans ce cas-là. »

Au cours de ce voyage et des suivants qu'il fera en Italie, Mozart se familiarisera tout à fait avec l'univers symphonique du vieux maître, sans se douter qu'il sera amené à organiser souvent l'audition de ses symphonies lors de sa charge future auprès de l'archevêque Colloredo, qui les goûtera particulièrement.

Avant son départ de Milan, le comte Firmian, gouverneur général de la Lombardie, tient à organiser une grande soirée d'adieux. C'est lui qui a hébergé les deux Salzbourgeois durant ce séjour. Le comte Firmian est un Allemand à qui Leopold est redevable de son poste à la Cour de Salzbourg. Wolfgang doit, une fois de plus, se mettre en frais. Il s'est souvent produit dans ses salons devant les notables de la ville et diverses personnalités de la Cour. À cette occasion, Leopold, qui ne perd jamais de vue leurs intérêts, décide de frapper fort. Il demande à Wolfgang de composer quelques œuvres vocales pour l'occasion, afin que son savoir-faire dans ce domaine incite à une commande, celle d'un opéra, but absolu.

Le stratagème réussit ! Leopold, triomphant, s'empresse d'en informer Anna Maria et Nannerl. Il s'agira de mettre en musique *Mitridate, Rè di Ponto*, d'un poète originaire de Turin, Cignasanti : « Le livret sera envoyé à Wolfgang pour qu'il puisse y penser un peu d'avance... nous reviendrons alors à Milan à l'Avent. Et comme le compositeur n'est obligé de rester que jusqu'au moment où l'opéra est *in scena*, nous pourrons alors revenir à la maison par Venise et y passer alors toute une année... »

Quant au principal intéressé, il ne se livre pratiquement à aucun commentaire : « Les récitatifs doivent être envoyés à Milan le 1er novembre. Là, Wolfgang écrira les *arias*. La prima et la seconda donna sont Signora Gabrielli et sa sœur, le ténor est le Signor Ettore, actuellement "il cavaliere Ettore" parce qu'il porte une certaine décoration... La Signora Gabrielli est connue dans toute l'Italie comme une folle terriblement orgueilleuse, qui gaspille tout son argent et fait les choses les plus extravagantes... »

Leopold est déjà bien décidé à prodiguer à cette dame toute la flatterie nécessaire pour en faire une alliée et réduire les jalousies, mais surtout à gagner la sympathie des chanteurs et à maintenir celle des vieux maîtres tels que Sammartini et Lampugnani.

Dans ses lettres, Wolfgang continue à faire le pitre et à ne pas prendre au sérieux tous les honneurs qu'il recueille et qui auraient de quoi tourner la tête à plus d'un. À celles, si sérieuses, que son père adresse à la maison, il ajoute souvent un peu de légèreté : « Quand on parle du diable, on en voit la queue ; je vais bien, Dieu merci, et brûle d'impatience de recevoir une réponse. Je baise les mains de Maman et envoie à ma sœur un bécot gros comme un grain de petite vérole, et demeure le même... mais qui ?... le même Hanswurst !

[« Hanswurst » est un personnage de farce du sud de l'Allemagne, une sorte d'équivalent de l'Arlequin de la *Commedia dell'arte*.]

Wolfgang en Allemagne, Amadeo de Mozartini en Italie ! »

Wolfgang manifestera son admiration pour Sammartini dans son *Premier quatuor à cordes*, dit *de Lodi* (K. 80). Il l'écrit lors du passage dans cette ville. Ni Haydn, ni Stamitz, ni Gassmann, ni la musique des autres Allemands ne lui servent de modèle, seul Sammartini l'inspire. Trois mouvements, tous trois dans le même ton, le premier étant un *adagio*. Au bas de ce quatuor, il s'amuse à apposer son prénom italianisé : *Amadeo* ! De même pour la symphonie en ré majeur (K. 135) qu'il écrira deux ans plus tard et qui servira d'ouverture à son *opera seria*, *Lucio Silla*, une symphonie dans laquelle apparaîtront pour la première fois, à l'exemple de Sammartini et des vieux maîtres italiens, de très fréquentes indications de nuances. L'expression psychologique des sentiments prend donc le pas sur la grammaire musicale.

Après la longue étape de Milan, père et fils se rendent à Parme, puis à Bologne, où ils parviennent vers la fin du mois de mars. Bologne se situe dans les territoires des États pontificaux, la deuxième ville en importance après Rome. Là, se produit une nouvelle rencontre capitale pour le jeune homme, celle du Padre Giovanni Battista Martini, mathématicien, historien de la musique, compositeur et grand théoricien du contrepoint. Wolfgang y accorde d'autant plus de prix que parmi ses élèves figure son cher Jean-Chrétien Bach « de Londres » : « Wolfgang est encore plus apprécié ici que dans les autres villes d'Italie, parce que c'est ici la ville et la résidence d'un nombre important de maîtres, d'artistes et de savants. C'est ici qu'il est mis le plus sérieusement à l'épreuve, et cela ne fait qu'accroître sa réputation dans toute l'Italie, puisque le Padre Martini, qui est l'idole de tous les Italiens, parle avec une telle admiration de Wolfgang et de toutes les preuves qu'il a données de son savoir.

Nous lui avons rendu visite deux fois, et les deux fois Wolfgang a composé une fugue dont le Père lui avait simplement fourni en quelques notes le *dux* et la *guida* ! [les notes principales du thème]. »

On pourrait douter du bien-fondé des vantardises permanentes de Leopold concernant son fils si nous n'avions la preuve de l'estime réelle que le vénérable et vénéré Padre Martini porte au jeune adolescent. Elle lui permet de mesurer ses dons hors du commun.

Ce premier contact, qui ne dure cependant que six jours, lui est bénéfique au plus haut point. C'est à Bologne durant ses premières leçons avec le Padre Martini que Wolfgang compose, mais n'achève pas, un *Miserere* pour trois voix (K. 85) en la mineur, illustrant l'enseignement du contrepoint qui fait partie de la discipline formelle scolaire de base. Ce contrepoint viendra enrichir le langage mélodique et expressif qui lui est naturel.

La musique de Haendel que Wolfgang a commencé à découvrir dès 1764 à Londres lui en a révélé la beauté. Ces leçons prendront leur plein effet surtout douze ans plus tard lorsqu'il découvrira la musique de Jean-Sébastien Bach. Mais il a trop de sens esthétique et d'esprit créateur pour s'enfermer dans une voie qui ne répond plus aux besoins, ni aux sentiments de son époque. Pour le moment cet ancien *contrapunto osservato* lui apparaît souvent comme un fatras poussiéreux et scolaire dont il ne tardera pas à se débarrasser. Il a parfois du mal à aller au bout des nombreux exercices qu'il lui faut accomplir pour faire « rentrer le métier ». Mais peut-être est-ce encore un peu sous l'influence de cette formation que naîtront ses premières œuvres religieuses écrites après le retour à Salzbourg...

Au concert organisé chez le comte Pallavicini, haut personnage bolognais, en l'honneur du jeune Allemand, le Padre Martini tient absolument à être présent, chose rare chez lui : « Le célèbre Martini y était invité aussi, et bien qu'il n'aille jamais au concert, il a tenu à venir », cette attitude est d'autant plus inhabituelle que le Padre Martini, s'il est expert en musique ancienne, ne manifeste, en revanche, aucun intérêt pour la musique de son temps.

Mozart conservera en son cœur l'admiration et le respect que lui inspire le vieux maître italien, continuant à lui soumettre, chaque fois qu'il le pourra, ses compositions et lui confiant plus tard ses préoccupations.

Lorsqu'au retour de leur périple, le père et le fils repasseront par Bologne, Wolfgang reprendra avec joie l'enseignement quotidien du Padre. Celui-ci sera en train de mettre fin au deuxième grand tome de son histoire de la musique. Il en entretiendra Leopold et Wolfgang pendant des heures... ce dernier se montrera insatiable.

Le premier passage à Bologne est suivi par une étape également courte à Florence, Leopold désirant arriver à Rome pour la semaine sainte, ce dont lui-même se lamente auprès d'Anna Maria : « Je suis désolé de devoir partir dès vendredi pour arriver à Rome. Je voudrais que tu puisses voir Florence même, les environs et la situation de cette ville. Tu dirais que c'est là qu'il faudrait vivre et mourir. »

Wolfgang se désole plus encore de ce rapide départ, car il s'est lié d'amitié avec le jeune virtuose anglais du violon, Thomas Linley, enfant prodige tout comme lui, avec lequel il fait de la musique. Le jeune *Tommaso* Linley, triste lui aussi de perdre si vite son nouvel ami, lui remet un poème d'une teneur ardemment romantique :

Pour le départ de Florence de M. Amadeo Wolfgango Mozart :

... Oh jour de joie ! Oh moment fortuné
Où je t'ai vu et t'écoutai, étonné,
Avant de m'éprendre de tes vertus
Veuillent les Dieux que jamais de ton cœur
Je ne sois séparé...

Sienne, Orvieto, Viterbo, cinq jours de voyage exténuant pour arriver aux portes de la ville éternelle, où, d'emblée, Leopold et son fils assistent aux divers offices de la semaine sainte. Ils en profitent pour rencontrer les plus hautes personnalités, parmi lesquelles le cardinal Pallavicini de la famille bolognaise : « Celui-ci fit un signe à Wolfgang et dit : "Ne voulez-vous pas avoir l'obligeance de me confier qui vous êtes ?" Wolfgang lui dit alors la vérité ! Le Cardinal fut tout surpris et répondit : "Eh ! Êtes-vous l'enfant célèbre dont on m'a tant écrit ?" Là-dessus Wolfgang lui demanda : "Et vous, n'êtes-vous pas le Cardinal Pallavicini ?..." »

Dans cette même lettre Leopold relate un exploit extraordinaire auquel se livre son fils. À l'office de la Sixtine, celui-ci est ébloui par le *Miserere* de Gregorio Allegri. Aussitôt rentré à la maison, il le transcrit de mémoire, puis, lors d'une deuxième audition de l'œuvre, ayant caché le manuscrit dans son chapeau, il en vérifie la bonne notation : « Tu as peut-être déjà entendu parler du *Miserere* de Rome tellement célèbre, et qui est estimé à tel prix, qu'il est expressément défendu, sous peine d'excommunication, aux musiciens de la Chapelle Sixtine, de sortir une partition hors de la Chapelle, de la copier ou de la communiquer à qui que ce soit. Or, nous la possédons déjà. Wolfgang l'a déjà écrite et nous l'aurions envoyée à Salzbourg dans cette lettre... Mais nous l'apporterons nous-mêmes à la maison, parce que nous ne voulons pas laisser ce secret de Rome en d'autres mains, pour ne pas encourir directement, ou indirectement, les foudres ecclésiastiques. »

Dans l'ensemble, les remarques de Mozart concernant les lieux et les paysages dans lesquels il évolue sont rarissimes ! Son appréciation de Rome n'apparaît que fugitivement dans un petit *post-scriptum* adressé à sa sœur : « Je souhaiterais seulement que ma sœur soit à Rome, car la ville, sans aucun doute, lui plairait à cause de la beauté régulière de la basilique Saint-Pierre et de tant d'autres choses de la ville. On voit passer dans la rue les plus belles fleurs du monde. C'est Papa qui le dit à l'instant ! Je suis un fou, c'est un fait bien connu... Je viens de dessiner saint Pierre avec ses clés, saint Paul avec son épée, saint Luc avec ma sœur, etc., etc. J'ai eu l'honneur de baiser le pied de saint Pierre à Saint-Pierre, mais comme j'ai le malheur d'être trop petit, on a dû, moi le vieux farceur Wolfgang Mozart, me soulever jusqu'à lui. »

Peu après, il ajoute : « Je suis (Dieu en soit loué et remercié) en bonne santé. Je baise les mains de Maman, le nez, le cou, la bouche, et le visage de ma sœur, et (oh ! que ma plume est méchante !) aussi le cul, s'il est propre ! Wolfgango Mozart Rome, 1770. »

Pour corser un peu ses épîtres, Wolfgang donne volontiers dans la scatologie !

Il n'évoque pour ainsi dire jamais ses succès, parlant essentiellement des autres et de leur musique. Il se produit, recueille les louanges, et s'en accommode avec son naturel coutumier.

Après le séjour dans la ville éternelle, dans le programme rigoureux auquel ils se sont jusqu'alors astreints, le père et le fils s'accordent une pause à Naples, bien que Leopold espère certainement tirer quelque bienfait de ce berceau de tant d'illustres compositeurs lyriques : Pergolèse, Piccinni, Paisiello, Cimarosa, pour n'en citer que quelques-uns. L'argent ne manque pas, et c'est en simples touristes qu'ils vivent une partie du séjour. Le vice-*Kapellmeister* en rend compte selon son style habituel. Malgré la beauté des lieux et *l'animation de toutes choses*, comme il dit : « La crasse et la multitude des mendiants, le peuple abominable, oui, le peuple païen, la mauvaise éducation des enfants, l'incroyable dépravation que l'on rencontre, même à l'église, me rendent plus facile la séparation avec cet endroit magnifique... »

Le fils, bien que se retrouvant en pays connu par la présence à la Cour d'une souveraine autrichienne – l'archiduchesse Marie-Caroline (qui a remplacé auprès de Ferdinand de Naples sa sœur, la pauvre Maria-Josepha, morte de la petite vérole à la veille de ses noces) – n'est pas plus élogieux : « De Londres, ou de Naples, pour ce qui est de l'impertinence du peuple, je ne sais pas si Naples ne l'emporte pas sur Londres... Ici, le peuple, les *lazzaroni* ont leur propre chef, ou gouverneur, qui reçoit chaque mois 25 *ducati d'argento* du Roi, simplement pour faire régner l'ordre chez les *lazzaroni*... Fais mes plus affreux compliments à M. von Schiedenhofen, traliera, traliera... »

Quant à ceux de la Cour : « Le Roi est mal élevé, à la napolitaine. Il se tient, tout le temps que dure l'opéra, sur un tabouret afin d'avoir l'air un tant soit peu plus grand que la Reine ! Celle-ci est belle et gracieuse... »

Un concert est organisé au Conservatorio della Pietà. Wolfgang joue sur un clavecin d'accompagnement, la ville n'étant pas pourvue d'un pianoforte. Il doit son succès au fait que le public, pour le moins crédule, est convaincu que son talent vient de la bague qu'il porte à l'auriculaire. Mozart s'empresse alors de l'enlever afin de prouver son aisance sans cet accessoire.

Seule note discordante (si l'on peut dire) : celle qu'apporte un ancien secrétaire d'ambassade, l'abbé Galiani, dans une lettre : « Je crois vous avoir écrit que le petit Mozart est ici, et qu'il est moins miracle, quoiqu'il soit toujours le même miracle ! Mais, il ne sera jamais qu'un miracle et voilà tout ! »

Remarque quelque peu étrange et ambiguë !

À la suite des semi-vacances napolitaines, Leopold et son fils reprennent la route de Rome, un trajet harassant dont la durée s'étend sur vingt-quatre heures. Ils arrivent épuisés. Entre-temps, le cardinal Pallavicini a reçu l'ordre de remettre à l'adolescent la distinction dont son grand aîné Gluck a été honoré, Chevalier de l'Éperon d'Or ! Si Leopold rayonnant de bonheur et de fierté s'empresse de communiquer la nouvelle aux siens, le *signor cavaliere*, quant à lui, n'en fait même pas mention, sinon en signant la lettre : « frère chevalier de Mozart » (en français !).

Durant l'étouffante chaleur des mois d'été, Wolfgang et son père retrouvent Bologne où le comte Pallavicini leur offre l'hospitalité. Wolfgang lie de nouveau l'une de ses amitiés éphémères, mais fortes, avec un jeune garçon de son âge, le fils du comte. Celui-ci possède comme lui le goût et la culture des arts. Leopold est flatté de ce que Wolfgang devienne son ami : « Le jeune comte... unique héritier, a de grands talents ; il joue du clavecin, parle allemand, italien et français, et a tous les jours cinq ou six professeurs pour ses études en diverses matières. »

Les deux adolescents deviennent complices sur bien des plans. Que son nouveau compagnon soit ou non aristocrate n'impressionne nullement Wolfgang qui, au contraire de son père, n'a jamais fait et ne fera jamais de distinction entre lui et les autres à cet égard.

De son côté, Leopold lie connaissance avec le musicographe et organiste Charles Burney dont l'ouvrage *Voyage musical dans l'Europe des Lumières* fournira aux générations futures une mine d'informations précieuses. Burney est intrigué de savoir comment Wolfgang se sortira d'une commande pour une sérénade théâtrale que lui a livrée l'impératrice Marie-Thérèse à l'instigation du comte Firmian. Cette sérénade est destinée aux célébrations de mariage du jeune archiduc d'Autriche, son fils, avec la princesse de Modène, qui devront se fêter à Milan en octobre 1771 : « J'ignore qui sont ses concurrents, mais je serai curieux de savoir comment ce jeune garçon extraordinaire réussira à mettre en musique des paroles d'une langue qui n'est pas sienne... »

Les, ou plutôt le concurrent principal à cette occasion sera son aîné le « *Sassone* », Johann Adolf Hasse !

L'été se passe à lire, à se promener (à dos d'âne !), à s'éloigner toujours plus de l'enfance ! Sa voix mue, « Il n'a même plus cinq notes de nettes » ! Il a beaucoup changé au cours de ce voyage. Il croît en savoir comme au physique. Ce n'est plus un enfant : il est devenu

Mozart, il prend de l'assurance en même temps que de la taille. Ayant reçu dès son arrivée le livret de l'opéra de Milan : *Mitridate, Rè di Ponto* (dont l'auteur Cignasanti s'est lui-même inspiré du *Mithridate* de Racine), la musique commence à s'assembler en lui. Comme pour toutes ses œuvres futures, la notation proprement dite n'adviendra qu'au dernier stade d'une conception interne aboutie.

Grâce à la présence et à l'enseignement quotidien du vieux Padre Martini, les journées sont riches en enseignements de tous ordres. Les honneurs ne manquent pas de pleuvoir, puisque Wolfgang est élu à l'unanimité membre de l'illustre Académie philharmonique de la ville. Pour sanctionner cette élection, le règlement exige du candidat un travail de style sévère sur un *cantus firmus* de l'antiphonaire grégorien, c'est-à-dire le développement à plusieurs voix partant d'une ligne mélodique préexistante. Leopold note soigneusement le déroulement de cette épreuve : « Wolfgang eut à se présenter à l'Académie le 9 octobre à quatre heures... Là, en présence de tous les membres, le *princeps accademiae* et les deux *censores* lui remirent une antienne tirée d'un antiphonaire qu'il devait transcrire sur quatre voix. Il fut conduit dans une pièce adjacente où il fut reçu par le *pedallus* et on l'y enferma à clé. Le travail achevé fut soumis alors à un *censoribus* et du *compositoribus*. Puis, on procéda au vote lequel se fit au moyen de boules blanches et noires. Toutes les boules sorties étaient blanches... »

Ce genre d'exercice n'impressionne pas trop le jeune homme, le Padre Martini l'ayant grandement initié à ces formes anciennes.

Cette fois, le séjour à Bologne aura duré trois mois.

VII

Mitridate : le premier *opera seria*

En octobre, de retour à Milan, le travail de Wolfgang sur *Mitridate* se fait intense, tout devant être rendu et mis en répétition dès le mois de décembre. Il se plaint que les doigts lui font mal, tant il passe d'heures à rédiger les récitatifs, les *arias*, l'orchestration. Les espiègleries jusqu'alors envoyées régulièrement à la maison, sont suspendues. Même Leopold le regrette. Il s'en plaint à ses femmes : « Si nos bons amis inséraient de temps à autre quelques plaisanteries dans tes lettres, ils feraient une bonne action, car Wolfgang est maintenant à des choses très sérieuses qui le rendent très sérieux ! Je suis heureux lorsque lui tombe entre les mains quelque chose d'amusant ! »

La tension nerveuse est forte...

Il s'agit, comme ce sera toujours le cas pour lui, d'écrire les *arias* en fonction des aptitudes de l'interprète auquel celles-ci sont destinées, de prendre en considération la nature du timbre, la tessiture, l'étendue du registre, outre la caractérisation du personnage qu'il faut développer. Ce travail achevé, il peut être rejeté, bien entendu, par tels *diva* ou *divo* mécontents ! Wolfgang a quatorze ans, la tâche est ardue, mais elle répond à ses plus chers désirs : écrire pour l'opéra, même s'il s'agit d'exploiter un genre ancien et un sujet mythologique de l'Antiquité gréco-romaine, qui ne le motivent guère. Plus expérimenté, il tirerait sans doute davantage de cette tragédie de Racine, ou du moins obtiendrait-il de plus puissants effets dramatiques, mais il voit encore l'Antiquité avec les yeux de Métastase et à travers son théâtre baroque. Si la caractérisation de ses personnages manque aussi de profondeur, son amour de l'expression lyrique s'épanouit néanmoins par moments, l'originalité à venir étincelle par à-coups. Quant à la réaction du public : son opéra monte aux étoiles, *alle stelle*, selon l'expression italienne ! Même les interprètes, notoirement capricieux, se déclarent satisfaits. L'un d'eux, méfiant, le *primo uomo*, émet une phrase savoureuse : « Il a dit que si le duo ne réussissait pas, il acceptait de se faire châtrer une seconde fois ! »

Fort heureusement, cette opération quelque peu barbare, dont la pratique perdurait encore afin d'obtenir la voix céleste du « castrat », ne se révélera pas nécessaire.

Leopold, toujours prêt à partir en guerre dès qu'il s'agit de son fils, se répand contre les détracteurs (« de musique tudesque, barbare, sans forme et sans profondeur »), les chanteurs (« canailles »), mais l'opéra, une savante assimilation de l'écriture allemande et italienne, plaît, malgré les assauts de la cabale et des jaloux pour torpiller le succès de cet impétrant. La première de l'ouvrage a lieu le lendemain de Noël, le 26 décembre 1770, il sera repris vingt fois au cours de l'hiver : « Dès le premier soir, on a bissé une *aria* de la *prima donna*, alors que jamais on ne rappelle les chanteurs au cours d'une première ; deuxièmement presque toutes les *arias*, sauf à peine quelques-unes de la dernière partie, ont provoqué des applaudissements surprenants et des cris de *Viva il Maestro, viva il Maestrino !* »

Leopold termine sa lettre en annonçant qu'on s'adresse à leur fils avec le titre *Signor Cavaliere filarmonico*. S'y ajoutera sous peu un autre, celui de *Cancelliere dell'Accademia*, de Vérone cette fois.

Après quelques ultimes tournées dans les villes italiennes, le long chemin du retour vers la maison est interrompu par une étape à Venise, assortie d'un concert prestigieux, un de plus, auquel le jeune compositeur est soumis. À cette occasion, s'élève une petite note discordante mais affectueuse et clairvoyante, la remarque du compositeur Hasse à un ami : « Le jeune Mozart est certainement un miracle pour son âge et, pour ma part, je l'aime infiniment. Le père, pour autant que je le connaisse, est un perpétuel mécontent... Il idolâtre un peu trop son fils et fait tout ce qu'il faut pour le gâter, mais j'ai personnellement si bonne opinion du bon sens naturel du jeune garçon que j'espère, malgré les encensements du père, qu'il ne sera pas perverti et deviendra un homme valeureux. »

Le trajet de Venise à Padoue se fait par voie d'eau sur la rivière Brenta dont les rivages sont ornés d'admirables palais érigés par les seigneurs vénitiens afin de s'y retrancher lors des grandes moiteurs estivales.

Cette longue absence se solde par trois nouvelles commandes importantes : un oratorio de Carême, *La Betulia liberata* (K. 118) d'après Métastase, la « Sérénade théâtrale » pour le mariage princier du fils de l'impératrice Marie-Thérèse, *Ascanio in Alba* et surtout une nouvelle commande d'opéra pour Milan. Ce sera *Lucio Silla* (K. 135).

Les deux hommes rentrent chez eux le 28 mars 1771, « l'honneur » satisfait...

Anna Maria Mozart et Nannerl les y attendent après un an et trois mois de séparation !

VIII

Wolfgang : les premiers émois...

Quelles sont les relations que Wolfgang connaîtra avec les femmes ? Une anecdote qui remonte à sa toute petite enfance alors qu'il n'a que six ans révèle son assurance dans la séduction qu'il exerce auprès des grands de ce monde, et auprès de la gente féminine en particulier.

La scène se passe au château de Schoenbrunn en présence de l'archiduchesse Marie-Antoinette, future reine de France : Mozart glisse et tombe sur un parquet ciré. L'archiduchesse l'aide à se relever et le console : « Vous êtes bien gentille, lui dit le petit garçon, et quand je serai grand, je vous épouserai ! » L'impératrice arrive sur ces entrefaites et lui demande la raison de cette décision. Il répond : « Pour la récompenser, car elle a été très bonne pour moi ! »

Wolfgang a quinze ans. Ses premiers émois semblent se manifester à ce retour d'Italie. L'objet de sa convoitise est une amie de Nannerl, une fille du médecin de l'archevêque, le Dr Silvester Barisani. Est-ce parce qu'il est souvent en tournée, que les déclarations que Nannerl (toujours prête à lui servir de complice) adresse à cette jeune personne de la part de son frère lui semblent trop abstraites ? La jeune fille se prépare activement à se marier ailleurs. Ce premier amour ne constituant pas de menace à l'autorité paternelle, Leopold y sourit avec bienveillance : « Savoir pourquoi il a pensé d'abord à Mlle Barisani, c'est pour une raison tout à fait naturelle et qu'on n'a absolument pas besoin d'expliquer. »

L'essentiel, c'est que personne ne vienne entraver la bonne progression du travail de son fils sur le nouvel opéra, *Lucio Silla*, une commande que Wolfgang avouera plus tard avoir honorée sans élan. Était-ce à cause du mariage de la jeune fille ? Son cœur est juvénile et fougueux. Il se consolera rapidement de ce premier échec sentimental : d'autres femmes salzbourgeoises surgissent à l'horizon, mais ses absences répétées, malgré les interventions de Nannerl, ne jouent pas en sa faveur.

Les ravages que Wolfgang fait, ou aimerait faire dans les cœurs des jeunes filles de Salzbourg, et qui ne sont pas sans divertir les connaissances et les relations de la famille (à son grand dam !), touchent une demoiselle Mundbecken dont le cœur soupire après l'absent. Leopold s'en amuse de nouveau auprès de sa femme : « Et maintenant, voici une autre histoire. Dis à Wolfgang que la fille Mundbecken aux grands yeux, celle qui a dansé avec lui au Stern, et qui lui a fait tant de compliments, et qui finalement est partie au cloître à Loretto, est maintenant revenue à la maison paternelle. Elle a entendu dire qu'il allait quitter Salzbourg. Elle a dû penser l'y trouver encore et l'y retenir. Wolfgang aurait donc la bonté de rembourser à son père tous les frais qu'il a fait pour sa somptueuse rentrée au couvent. »

L'adolescent n'en est pas autrement affecté. Évoquant les rumeurs qui risquent de se répandre en ville, il répond sur le même ton plaisantin : « J'espère que cette histoire ne fait pas le tour de Salzbourg... Je prie instamment Papa de l'étouffer aussi longtemps que possible. Au nom de Dieu, remboursez vous-même de ma part les frais engagés par son père pour la magnifique entrée au couvent, jusqu'à ce que je sois de retour à Salzbourg et rende cette pauvre demoiselle, le plus naturellement du monde et sans sorcellerie aucune, d'abord malade, puis ensuite, de nouveau en bonne santé, et ainsi que je la ramène tout à fait à la vie cloîtrée ! »

Depuis que l'archevêque Sigismond von Schrattenbach, conjointement à la décoration « Chevalier de l'Éperon d'Or », a nommé le jeune compositeur *Konzertmeister* à sa cour, il l'oblige à respecter ses devoirs officiels ; il oublie en revanche de lui régler ses gages ! Il est vrai que les Mozart, père et fils, ne demeurent jamais plus de quelques mois dans leur ville natale et que les diverses commandes en cours les poussent fréquemment à reprendre la route.

Dès le 18 août 1771, les voici repartis à Milan, pour quelques mois seulement. Il s'agit de terminer et de mettre en répétition la sérénade théâtrale *Ascanio in Alba* (K. 111) commandée par l'impératrice Marie-Thérèse pour le mariage princier. Le succès du concert est grand, on redonne l'œuvre cinq fois. Leopold jubile hypocritement en relatant à ses femmes l'échec de l'opéra de Hasse : « Cela me peine, la sérénade de Wolfgang a tellement mis par terre l'opéra de Hasse que je ne puis te le décrire... »

Pour autant, le voyage ne suscite pas de nouvelles commandes. De surcroît, la date du retour à Salzbourg, le 16 décembre, coïncide avec celle de la mort de l'archevêque. Wolfgang, surmené, tombe alors malade. Leopold tente, en vain, de récupérer le salaire des mois passés... Sigismond von Schrattenbach était un homme bon. Il avait su déceler l'être d'exception qu'il s'était attaché à la Cour. Sa générosité a permis au jeune musicien de parfaire son art. Désormais, les Mozart ignorent vers quel avenir ils sont jetés. Si les voyages apportent souvent des honneurs, la situation financière demeure en revanche suspendue aux gestes de générosité émanant du bon vouloir des uns et des autres. Les lettres de Leopold font constamment allusion aux difficultés matérielles auxquelles les Mozart sont soumis presque quotidiennement. Et puis, il ne s'agit pas de se présenter auprès des grands de ce monde vêtus comme des gueux, la perruque et la mise négligées. Leurs charges fixent auprès de l'archevêque la source d'un revenu essentiel.

Que vont devenir les musiciens ? L'évêché se soucie peu de ces questions. Ses musiciens n'ont qu'à se débrouiller en attendant l'élection du nouveau titulaire quelques mois plus tard.

À partir du 29 avril 1772, date de l'intronisation solennelle de Hieronymus Colloredo, dont la nature est à l'opposé de celle de son prédécesseur, la famille Mozart ne se retrouve plus sous une bonne étoile. Wolfgang, d'emblée, prend en haine son « patron »... non sans raison, hélas.

IX

Hieronymus Colloredo

Malgré la haine spontanée que Wolfgang voue aussitôt au nouvel archevêque, il faut reconnaître qu'il s'agit pourtant d'un homme « éclairé » dans le sens où on l'entend sur les plans politique et judiciaire. Il est l'instigateur de réformes justifiées et un grand soutien pour l'empereur Joseph II qui œuvre dans ce sens. Colloredo se qualifie lui-même de « despote éclairé ». Sa personnalité dure et autoritaire lui vaudra cependant beaucoup d'ennemis ! Son élection à Salzbourg, jusqu'ici État indépendant, avec des sujets fiers de leur statut, ne se fait pas sans contestation, et pour cause, la famille Colloredo étant notoirement inféodée aux Habsbourg. La ville sera désormais dépendante de Vienne et de la maison d'Autriche.

Le prince-archevêque instaure immédiatement des amendements financiers, il resserre le budget en commençant par supprimer le théâtre de la Cour, renvoyant de nombreux membres de la troupe. Il réorganise sa chapelle musicale en l'orientant résolument vers les courants en vogue de la musique italienne et en tournant le dos aux vieilles formes traditionnelles affectionnées par son prédécesseur. Il écarte ainsi l'ancien *Kapell-*

meister Leopold Mozart pour engager un Italien « pur sang ». Cette humiliation est légèrement atténuée par le fait que Wolfgang est non seulement confirmé en sa qualité de *Konzertmeister*, mais qu'il reçoit un salaire de cent cinquante florins, avantage qu'il vivra cependant comme une véritable chape de plomb.

Le musicologue Charles Burney, inlassable voyageur, nous en fournit l'écho : « L'archevêque et souverain de Salzbourg se montre très généreux dans la protection qu'il accorde à la musique, ayant habituellement à son service près de cent exécutants, aussi bien chanteurs qu'instrumentistes. Ce prince est lui-même un dilettante et joue bien du violon ! Il a été en grande peine ces derniers temps pour réformer sa chapelle que l'on a accusée d'être plus remarquable par le bruit et la rudesse, que par la délicatesse de son exécution. »

Pourtant le nouvel archevêque se soucie beaucoup de musique. Il considère qu'elle doit tenir son rôle essentiel au service de la religion, mais en même temps il lui réduit son budget. Il en résulte une baisse sensible de la qualité. Peut-être cette baisse est-elle due aussi à la dissension constante qui s'instaure entre les musiciens et leur intransigeant patron ? Vingt ans plus tard, Carl Maria von Weber remarquera avec sévérité : « les talents ne manquent pas ici, mais ce sont tous des libertins et des ivrognes ».

En effet, les talents ne manquent pas. Felix Winter et Joseph Nikolaus Meissner possèdent des moyens vocaux exceptionnels ; ils ont tous deux été formés en Italie, comme Maria Magdalena Lipp (qui deviendra l'épouse de Michael Haydn) et sa collègue Maria Anna Braunhofer, auxquelles s'ajoutent cinq autres cantatrices de qualité. Le prince Sigismond a aboli l'emploi des castrats, dont la vogue s'atténue. Dans les chœurs, quinze enfants chantent les voix élevées. Ils habitent sur les lieux, sont surveillés par le préfet, et apprennent, outre la musique, son complément indispensable, la langue italienne.

Au sein de l'orchestre existent aussi nombre de grands interprètes, parmi lesquels Joseph Leutgeb, corniste destiné à devenir le souffre-douleur de Wolfgang, ainsi que le trompettiste Johann Andreas Schachtner, ami de longue date de la famille Mozart. C'est un homme cultivé, qui est aussi dramaturge profane et sacré. À ce titre il travaille pour Wolfgang. Quant à la stridence de sa trompette qui autrefois effrayait tant le petit garçon, elle est oubliée puisqu'on retrouve cet instrument partout dans ses partitions...

Parmi les organistes de la Cour et de la Chapelle princière figure Michael Haydn. Frère cadet de Joseph, il occupe d'abord la fonction de directeur de l'orchestre archiépiscopal, ensuite celle de *Konzertmeister* et organiste de la cathédrale. Son talent lui crée rapidement des liens avec Wolfgang. Pour ce dernier, sa présence à Salzbourg est le premier contact avec le nom prestigieux de Haydn.

Leopold n'apprécie pas trop cette entente. À son avis, les Haydn mènent une vie dissolue. Mme Haydn s'endette constamment. Quant à Michael, il s'adonne sans mesure à la dive bouteille, bière ou vin. Il a des façons de paysan (*dixit* Leopold). La désapprobation de ce dernier atteint son comble lorsqu'il remarque un jour l'état de Michael au cours d'un solennel *Te Deum* à la cathédrale où ce dernier tient l'orgue en état d'ivresse : « Haydn buvait jusqu'à l'hébétude, déjà trop paresseux pour tout, cela n'a fait que s'aggraver. »

Mais en tant que musicien, Michael Haydn force le respect du fils comme du père, et surtout lorsqu'il se consacre à ses activités d'église où il révèle sa connaissance profonde du contrepoint. Dans une lettre au cher Padre Martini, que Wolfgang tient au courant des activités salzbourgeoises, il y fait référence ainsi qu'à un autre organiste ami de la famille, Adelgasser, en les qualifiant de *due bravissimi contrapuntisti*. Cette admiration se poursuivra jusqu'aux années viennoises avant que Wolfgang découvre les cimes de la polyphonie avec la musique de Johann Sebastian Bach. Pour l'heure, celle de Michael Haydn l'aidera à nourrir la sienne. Il joue ses quintettes à Munich. Il compose même à son intention deux duos pour violon et alto. Enfin, il adjoint à l'une de ses symphonies une introduction, et il dirige l'ensemble. Peut-être est-ce même Michael qui le stimulera pour sa grande trilogie symphonique de 1788 ? Jusqu'en 1782, celui-ci est donc le modèle principal de Mozart qui, dans sa frénésie d'apprendre, recopie des fugues tirées de ses *Litaniae de venerabili altaris sacramento*.

En plus de ces éminents musiciens que côtoie quotidiennement Wolfgang, la cathédrale de Salzbourg est richement pourvue en orgues, puisqu'elle en compte jusqu'à six : le grand orgue principal, quatre orgues latéraux et un petit orgue pour les chœurs. Leopold, selon son habitude, en rapporte la configuration et nous fournit de précieux renseignements sur les effectifs : « À la cathédrale, on entend rarement le hautbois et la flûte allemande, jamais le cor. À l'église, tous ces messieurs jouent du violon. Aucune trompette ni trombone ne sont acceptés au service du prince, s'ils ne connaissent également le violon, car dans les grandes circonstances à la Cour, il leur faut tenir le deuxième violon ou l'alto. »

En effet, les membres de l'orchestre sont obligés de pratiquer plusieurs instruments, mais Wolfgang déplore l'absence de toute clarinette, cet instrument dont il apprécie tant le timbre feutré : « Ah, si seulement nous avions des clarinettes !... Vous ne croiriez pas l'effet merveilleux que peut produire une symphonie avec flûtes, hautbois et clarinettes. Lors de la prochaine audience que m'accordera l'archevêque, je me propose de lui dire bien des choses et de lui suggérer quelques innovations. Ah ! la musique pourrait être tellement meilleure et plus belle chez nous, si seulement l'archevêque le voulait. »

Mais l'archevêque n'a cure des suggestions de son jeune *Konzertmeister*...

X

Où Wolfgang devient Mozart : *Lucio Silla*

Le 24 octobre 1772, Colloredo qui ne peut feindre ignorer l'existence d'un contrat déjà établi, accorde un congé à ses deux musiciens. Les Mozart père et fils prennent la route de l'Italie pour la troisième fois. Il s'agit d'achever à Milan la partition de *Lucio Silla*, mais apparemment sans la même joie qu'auparavant. La lassitude de Mozart est si grande, qu'à l'étape de Bozen (actuellement Bolzano), il se distrait en composant un quatuor, comme il l'avait fait à Lodi, Quatuor dit *de Lodi*, Quatuor dit *de Bozen* : « De Bozen, ce trou de porc, voici un poème de quelqu'un qui était furibond et hargneux contre Bozen. Je dois aller à Bozen, mais j'aime encore mieux un coup de pied quelque part ! »

Est-ce un hasard que ce désarroi s'exprime dans l'une des formes les plus intimistes, les plus intériorisées ? Crise d'adolescence ? Lassitude de ces éternels départs ? Absence d'enthousiasme pour le travail ?

Quant à l'attrait que constitue la commande de *Lucio Silla*, on comprend le peu de motivation qu'éprouve Mozart devant un livret, un de plus, destiné à célébrer la clémence des monarques envers leurs sujets, le tout dans un langage ampoulé, l'une des nombreuses moutures d'un sujet maintes fois remanié par les uns et les autres. Il s'éloigne déjà des beaux airs de bravoure qui doivent être généreusement ornementés afin de valoriser la voix du *primo uomo* (« le *primo* qui n'est pas *uomo* », dit-il !), et de la *prima donna*. Il commence à acquérir sa propre conception de l'action dramatique, de la caractérisation musicale des rôles. Il se permet de l'exprimer en bousculant la sacro-sainte structure traditionnelle de l'*aria*, en investissant une humanité nouvelle dans l'expression de certains personnages, en augmentant la richesse de l'accompagnement orchestral.

Mais, dans l'ensemble, le cœur n'y est pas, de plus on peut imaginer que le public milanais qui s'attend à recevoir ce qui lui est familier, ce qu'il connaît déjà, est dérouté par ces écarts par rapport à la tradition.

C'est à cette période que Mozart commence à user dans ses épîtres aux uns (et aux unes sans doute) d'une sorte de langage codé qui lui permet de se dissimuler derrière un masque, de préserver, dans cette vie livrée à tous, son jardin intérieur, et aussi de s'adonner à son passe-temps chéri, le jeu.

Les lettres qu'il adresse à Nannerl, une fois achevé l'immense travail sur *Lucio Silla*, versent dans une sorte de *nonsense* dont une partie est rédigée à l'envers. Apparemment il s'en délecte : « Approposito, sais-tu déjà l'histoire qui est arrivée ici ? Alors, je te raconte. Aujourd'hui, nous sommes sortis de chez le comte Firmian pour revenir à la maison, et comme nous arrivions dans notre rue, nous avons ouvert la porte de notre maison, et que crois-tu qui arriva ? nous sommes entrés !

Adieu mon petit poumon, je t'embrasse, mon foie, et

reste, comme toujours, mon estomac, ton indigne *frater*, Wolfgang.

Je t'en prie, je t'en prie, ma chère sœur, ça me démange, gratte-moi ! »

Lucio Silla s'annonce sous les meilleurs auspices durant les répétitions. Cependant, le 26 décembre 1772, date prévue pour la première, tout manque de verser dans la catastrophe. L'archiduc, peu soucieux de faire attendre le public, arrive au théâtre avec trois heures de retard, la chaleur est insupportable, les chanteurs au bord de la crise de nerfs... Enfin, le premier ténor, un novice ayant été engagé *in extremis*, met une telle ardeur à gifler (pour les besoins de la cause, bien entendu !) sa partenaire, la *prima donna* signora De Amicis, qu'on dirait (*dixit* Leopold), qu'il veut lui envoyer un soufflet ou lui arracher le nez avec son poing, et le public se met à s'esclaffer... L'opéra sera donné vingt fois durant l'hiver, mais n'est suivi d'aucune commande lorsque Mozart reprend le chemin de sa ville natale. Les débuts précoces d'un compositeur ne sont pas chose rare à l'époque : Scarlatti, Rossini, Paisiello, Cimarosa ont commencé au même âge. Aux yeux du public, Mozart n'a plus l'auréole de l'enfant prodige. Son opéra apparaît identique à celui d'un autre, il ne suscite pas la curiosité équivoque d'être écrit par un enfant ; rentrer maintenant dans le rang représente pour lui un handicap.

XI

La musique de la foi

Jusqu'à présent, les retours et séjours à Salzbourg étaient sources de joie et de retrouvailles familiales, assorties de promesses de nouveaux départs... Cette fois, riche de l'expérience italienne, trop de facteurs négatifs s'accumulent pour qu'il en soit de même ! Le *Konzertmeister* de la Cour doit respecter sa charge. « Le bruit et la rudesse » que le voyageur Charles Burney relève chez les musiciens de la chapelle nouvellement réformée par l'archevêque Colloredo affectent vivement le jeune maître de musique, et ne font qu'ajouter à l'aversion que celui-ci éprouve pour son protecteur ainsi que pour la manière dont la musique est pratiquée.

Désormais, Mozart doit surtout produire d'innombrables sonates d'église et autres messes requises pour les cérémonies religieuses. Il n'entend pas pour autant écrire une musique sacrée aride, ni appliquer la polyphonie et les fugues sèches apprises dans l'enfance. En outre, il possède un profond sens religieux.

Quels ont été d'ailleurs ses premiers essais dans ce genre ?... On peut citer un « madrigal spirituel » *God is our refuge* (K. 20) pour chœur à quatre voix, écrit à Londres en 1765.

Puis durant le séjour parisien de 1766 ou du moins durant le voyage de retour vers Salzbourg, il compose un *Kyrie* (K. 33) qui a un peu la couleur d'une mélodie française. Puisqu'à Paris alors, on ne donnait plus de messes en musique, ce *Kyrie* était donc destiné à Salzbourg. Il avait alors dix ans. Leopold, toujours diligent, avait soigneusement annoté le cahier d'exercices de son fils : « Après les intervalles et les gammes, vient une longue série de petits devoirs, consistant à faire sur une mélodie donnée un travail de contrepoint, le plus souvent à trois voix, d'après les différentes espèces de contrepoint simple... Toutes les mélodies choisies, comme *cantus firmus* dans ce cahier, sont empruntées au *Gradus ad Parnassum* de Johann Joseph Fux, qui a servi de manuel pour toutes les leçons du petit... »

À l'époque, sans doute pour rendre plus supportable l'aridité de tels devoirs, Wolfgang s'était amusé à désigner les voix par les noms de *il Signor alto*, *il Marchese tenore*, *il Duco basso* !

Subsiste également un autre *Kyrie*, très beau, pour chœur et orchestre (K. 341). La maturité en est telle et les circonstances de composition étant inconnues, qu'il se peut qu'elle ait été attribuée à tort à cette période de sa vie. À la suite de ce *Kyrie*, envisagea-t-il de bâtir toute une messe ? Si ce fut le cas, il n'en subsiste rien.

En 1767, Wolfgang composa ce qu'il appela une « opérette spirituelle ». *Die Schuldigkeit des Ersten Gebotes* (« L'obligation du premier commandement », K. 35), où se réunit à la fois le goût du baroque et celui du mondain qui envahissent alors la musique religieuse, et que certains déplorent ! Le livret de cette « opérette » (signé Wimmer, poète attaché à la Cour du prince-archevêque) mettait en scène quatre personnages allégoriques : l'Âme chrétienne, la Compassion, la Justice (trois sopranos) et l'Esprit du Monde (ténor), le tout aboutissant au devoir, ou plutôt à l'obligation de l'homme qui est d'aimer Dieu. L'ouvrage avait été donné le 12 mars à la Cour de Salzbourg : « Musique ! La première partie est l'œuvre de Mr. Wolfgang Mozart, âgé de dix ans [on le rajeunit souvent par rapport à son âge réel pour impressionner davantage, en réalité il en avait onze !]. La deuxième partie est due à Monsieur Johann Michael Haydn, maître de concert à la cour. La troisième partie à Monsieur Anton Cajetan Adelgasser, compositeur de la Chambre et organiste de la Cour. »

Il s'était donc mesuré avec des compositeurs plus âgés et déjà confirmés : Adelgasser avait alors trente-neuf ans, Michael Haydn, trente !

Cette année-là, 1767, avait été riche en musique sacrée. Après l'opérette spirituelle, étaient venues les premières sonates d'église, ou « sonates d'épître » parce que destinées à occuper le temps situé entre le chant du *Gloria*, et l'Évangile du jour. Ces sonates, qui n'avaient rien de particulièrement religieux, ne devaient pas durer plus de deux à trois minutes. Elles étaient destinées en général aux cordes avec un orgue dont la partie n'était indiquée que par une basse chiffrée afin que l'organiste pût éventuellement déployer ses talents d'improvisateur.

En 1768, absorbé ensuite par son opéra *La Finta Semplice* et *Bastien et Bastienne*, une année s'écoule avant que Wolfgang ne se remette au domaine religieux. À Vienne, apparut alors sous une forme contrapunctique (résultat de leçons soigneusement apprises !), un offertoire : *Veni Sancti Spiritus* (K. 47), puis, peu après, une première grande *Messe en ut mineur* (*Waisenhaus Messe*, K. 139) pour laquelle il prit modèle sur les messes du compositeur Hasse. Elle fut écrite pour l'inauguration d'un orphelinat.

À partir de cette messe, Wolfgang n'eut de cesse de vouloir pénétrer les textes qu'il devait exprimer afin d'en traduire au mieux la pensée dans sa musique... À l'âge de douze ans, apparut alors une profondeur de pensée musicale qui n'était pas de son âge et qui le distingua déjà de ses contemporains.

Rochlitz rapporte une conversation, où le jeune compositeur, agacé, finit par intervenir. Elle est significative. Pris à partie plus tard par des amis qui regrettent qu'un musicien ou un peintre doive, pour gagner sa vie, appliquer ses forces aux sujets arides de l'église, *néfastes à son génie*, Wolfgang répond : « Que voilà encore des paroles oiseuses ! Chez vous autres, protestants éclairés comme vous vous nommez, cela peut être vrai, en partie, si vous portez votre religion dans votre tête, je ne sais pas ! Vous ne sentez rien de ce que signifie l'*Agnus Dei*, *Pacem* et le reste. Mais quand on a été élevé comme moi dès sa plus tendre enfance dans la sainteté mystique de notre religion, c'est autre chose. On a une sensibilité religieuse toute particulière. Lorsque avant même de comprendre la signification des sentiments, obscure et pressante, on a assisté d'un cœur fervent aux offices et qu'on s'est trouvé, allégé, soulagé, d'avoir loué, sans savoir exactement ce qui se passait, les élus agenouillés recevant la communion aux sons touchants de l'*Agnus Dei*. Oui, tout cela, il est vrai, se perd ensuite à mesure qu'on vit dans le monde, pour moi du moins. Mais lorsqu'on entreprend de mettre en musique ces mots mille fois entendus, tout cela vous revient, se ranime devant vous, et vous remue l'âme... »

Comment ces idées s'expriment-elles dans les œuvres sacrées ?

Un nommé Johann Bähr, dans son dictionnaire musical de 1719, se lamente de ce qu'en général, la musique du *Kyrie* soit si peu conforme aux paroles que l'on y exprime : « Quiconque a une requête à formuler, se présente avec un visage empreint de contrition et non avec un air de vainqueur ! Or, en admettant même qu'on y supprime les trompettes, la plupart des *kyrie* sont ornés de fugues, thèmes et autres éléments si joyeux, qu'ils donnent bien plus l'impression de somptuosité que d'humilité, d'allégresse que de tristesse. En somme, ils ressemblent davantage à une danse, qu'aux lamentations de Jérémie. »

Plus tard (en 1824), Anton Friedrich Justus Thibaut, professeur à Heidelberg, formulera les mêmes griefs : « Ainsi donc, les messes et autres compositions sacrées de nos musiciens modernes ont-elles souvent dégénéré en productions de caractère purement sentimental, purement passionnées, et portent-elles, de la façon la plus absolue la marque de l'opéra profane et même parfois sous sa forme la plus affectée, et par conséquent fort vulgaire. »

Ce Thibaut fait-il allusion à l'*opera buffa* ? « Ce qui est vrai, c'est que la plupart se délectent au plus haut point, et les grands encore plus que les humbles ! Il n'est point jusqu'aux compositions d'église de Mozart et de Haydn qui ne méritent ce reproche... »

Mais il ajoute très justement : « Dans la plupart des fêtes solennelles, la musique n'est pas autre chose que ce qu'est le vêtement pour le communiant. Et la piété du communiant est-elle diminuée par les beaux atours sous lesquels il se présente ? »

Ce pouvait être le cas de Mozart, qui ne perd pas plus de vue la solennité qu'il ne perd « l'expression ».

Le catholicisme de Mozart n'est-il pas justement en accord parfait avec le rococo foisonnant des églises du sud de la Bavière ? Si on a parfois reproché à sa musique de manquer de religiosité, n'est-ce pas parce que celle-ci y est intrinsèque, au sens supérieur du mot ? Et peut-on lui reprocher des accents si humains qu'ils plongent au cœur de chacun ?

La fonction de musicien d'église qu'il assume auprès de l'archevêque Colloredo rompt Mozart à tous les exercices musicaux liés à la liturgie, mais les contraintes de durée lui pèsent. L'archevêque n'apprécie pas les messes trop longues. Elles doivent être courtes en même temps que très fournies instrumentalement : grand orchestre avec trompettes de guerre, timbales, etc. ce qui conduira son *Konzertmeister* à composer parfois ce qu'on peut appeler des « messes motets », où il supprime tous les *soli.*

Dans une lettre au Padre Martini de septembre 1776, il exprime son agacement de ce que l'archevêque limite la durée d'une messe à trois quarts d'heure. Il n'en reste pas moins que, vers la fin des années 70, il composera quatre ouvrages sacrés de grande envergure, concis, et tous dans la même tonalité, ut majeur, ce qui symbolise pour lui une majesté nouvelle. De plus, le talent de la femme de Michael Haydn, Maria Magdalena, lui inspire une musique d'une beauté et d'une pureté exceptionnelles.

À Vienne, Mozart n'étant pas tenu par ses fonctions à écrire de la musique d'église n'écrira que deux messes au cours des dix dernières années de sa vie : la *Messe en ut mineur* (K. 427) et le *Requiem* (K. 626).

XII

Le second versant : un long servage

L'année 1773 se révèle amère à plus d'un titre. Finie la période privilégiée de l'enfance et même de l'adolescence, Mozart a désormais dix-sept ans ! Il a atteint la moitié de sa vie, ou presque...

Son expérience étant importante du fait de ses riches années de jeunesse, il éprouve l'urgence de s'exprimer comme il l'entend et surtout dans les formes qui l'attirent le plus.

Or, durant quatre longues années, il va se voir condamné à végéter à Salzbourg et à ne remplir que ses charges. Tout ce qui venait à lui auparavant, sans même qu'il s'en préoccupe, semble lui être refusé maintenant sans plus de raison.

Le déménagement de la maison Hagenauer à un appartement plus grand dans la Hannibalplatz au numéro 8, grâce à sa charge à la Cour et aux gains de sa sœur Nannerl, ne le réjouit en rien. De Salzbourg, il connaît désormais toutes les limites, toutes les contraintes. Il sait que, s'il ne réussit pas à s'évader de là, il ne pourra épanouir sa personnalité propre et donner la pleine mesure de son génie...

Un court retour à Vienne « capitale du monde de la musique » dans l'espoir éventuel de remplacer le maître de chapelle à la Cour, le compositeur Florian Gassmann, gravement malade, se révèle infructueux, mais le séjour relance son imagination créatrice et lui fournit la mesure de nouvelles tendances.

L'engouement pour la musique italienne, du moins sur le plan instrumental, est en perte de vitesse. Joseph Haydn s'impose toujours plus comme figure de proue. Avec les œuvres de Gassmann, Wanhal, Gluck et d'autres, on tente d'imprimer un souffle nouveau aux divers genres musicaux ; une expression plus libre, plus subjective... Il en est de même dans le domaine littéraire avec l'évolution entamée dans l'Allemagne du Nord du *Sturm und Drang*.

La famille Mesmer, toujours aussi passionnée par l'évolution de l'expression artistique, donne, dans son jardin des faubourgs (celui-là même pour lequel, autrefois, l'enfant Wolfgang écrivit son *Bastien et Bastienne*), des fêtes où l'on peut découvrir toutes les nouveautés ambiantes. Mozart y entend les *Quatuors dits « du soleil »* (opus 20) que Joseph Haydn vient de composer, ainsi que ceux de Gassmann. Le stimulant est puissant ! Il compose aussitôt lui-même six nouveaux quatuors...

Le retour inévitable à Salzbourg deviendrait intolérable s'il ne pouvait s'atteler à une œuvre, commandée sans doute par l'entremise des Mesmer.

Il s'agit de sa première grande page maçonnique ainsi que de son premier contact avec une philosophie qui acquerra une importance capitale dans sa vie : deux chœurs et cinq entractes pour un « drame héroïque » allemand intitulé *Thamos, roi d'Égypte* du poète Tobias-Philipp von Gebler.

L'impératrice Marie-Thérèse est farouchement opposée à la maçonnerie malgré (ou peut-être à cause de) l'appartenance de son mari à une loge qui, à cette époque, obéit à des courants plutôt mystiques et alchimiques, la recherche du secret de l'univers. Gebler fait partie, lui, du courant rationaliste directement inspiré « des Lumières ». Pour la musique de son drame, il a d'abord approché Gluck, maçon tout comme lui, mais sans succès, ainsi qu'un autre compositeur dont il n'a pas aimé le travail. C'est donc en troisième lieu qu'il s'adresse à Mozart. À cette période très vulnérable de son développement, cette sollicitation vient sans doute à point nommé. Il en rédige avec ardeur une première mouture ; première, car six ans plus tard il y reviendra, et encore beaucoup plus tard avec *La Flûte enchantée*. Cette œuvre est donc capitale parmi sa production et à cette époque de sa vie..

Dans l'élan, Mozart compose plusieurs œuvres majeures : son premier *Quintette* (K. 174), son premier *Concerto* pour piano (K. 175), ainsi que quelques symphonies. Le travail sur *Thamos* suscite chez lui un véritable déclic. Durant plusieurs mois, il lui permet d'oublier le joug de Colloredo et l'étau de Salzbourg. Mais, un an plus tard, il est toujours prisonnier de la ville. L'espoir de remplacer Gassmann à Vienne est envolé. C'est un Italien qui est nommé au poste prestigieux de *Kapellmeister* de la Cour. Pour Mozart, la routine s'installe et en même temps un véritable tarissement du désir de composer, faute de stimulant.

C'est soudain, à l'automne de 1774, que lui parvient enfin une bienheureuse commande d'*opera buffa* pour le carnaval de Munich. Elle provient de l'électeur de

Bavière, Maximilien III, que le père et le fils ont rencontré lors de leurs passages dans cette ville. Maximilien est lui-même gambiste et compositeur à ses heures. La qualité de ses musiciens n'en est que plus élevée. Colloredo est bien obligé d'accorder la demande de congé. Ne concerne-t-elle pas un électeur de l'Empire ?... L'espoir renaît ! Mozart pourra s'éloigner quelque temps de sa ville odieuse. Au début de décembre 1774, le voici de nouveau sur les routes, avec la promesse d'être rejoint par Nannerl lors du carnaval, et avec un opéra déjà quasiment achevé dans ses bagages. Il s'agit de *La Finta Giardiniera* (K. 196) sur un livret de Calzabigi, l'un des collaborateurs de Gluck. Comme toujours, dans les lettres qu'il adresse chez lui, Mozart se montre plus farceur qu'enclin à parler de son travail. À Nannerl, il écrit : « J'ai mal aux dents ! Johannes Chrysostomus Wolfgangus Amadeus Sigismondus Mozartus ; Mariae Annae Mozartae, matri e sorori, ac amicis omnibus, praesertimque pulchris virginibus, gratiosisque freillibus.

S.P.D. Mozart 16 décembre 1774. »

(Mozart adresse de nombreuses salutations à sa mère, sa sœur, à tous ses amis, et plus particulièrement aux jolies jeunes filles et aux gracieuses demoiselles.)

Les Mozart retrouvent un peu de l'atmosphère des voyages d'antan. Ils sont reçus avec tous les égards chez un gentilhomme, le comte Seeau, intendant de la musique et des spectacles à la Cour de Bavière. Leopold reprend d'emblée son rôle de promoteur, flattant qui il fait bon flatter, afin « d'obtenir comme il dit, la commande du prochain grand opéra de l'année ici ».

Pour assurer sa réussite, Mozart n'hésite pas à placer ses pas dans les traces de son rival Pasquale Anfossi qui lui sert de modèle aussi bien pour la coupe des *arias*, pour l'allure générale de la forme, que pour le ton d'un grand nombre de morceaux. Il assimile à sa propre esthétique, et avec tout l'art dont il est désormais pourvu, les exemples de réussite qui lui sont offerts. Il se conforme, comme il se doit, et tout comme l'a fait Anfossi, à la règle galante de l'*opera buffa*. Ce dernier vient d'obtenir un gros succès au carnaval de Rome, avec un opéra inspiré de ce même livret, un succès qui ne se démentira pas au cours des années suivantes, et qui s'étendra même à travers toute l'Italie, l'Allemagne et même jusqu'à Paris. La tâche n'est donc pas aisée. Mozart tient tout particulièrement à gagner ce pari, non seulement pour ne pas se montrer inférieur à Anfossi, mais aussi pour s'affirmer vis-à-vis de l'humiliante servitude salzbourgeoise, au fait d'être constamment refoulé au rang de laquais, et ne pas être reconnu à sa juste valeur. Il lui faut donc se justifier encore et toujours. Il a soif d'admiration. C'est une compensation à sa situation présente, et une possible ouverture sur un avenir meilleur.

Son instinct le pousse à déborder les conventions du genre. Son premier essai à l'*opera buffa*, *La Finta Semplice*, est loin et ne peut trop lui servir d'expérience, car depuis lors ce genre s'est transformé, l'esprit galant en a modifié les règles. Ainsi, il y inclut quatre numéros entiers dans une tonalité mineure et il s'enflamme dès que doivent être suggérés l'amour ou la douleur.

C'est lui cette fois qui relate à sa mère les événements et presque dans le même ton un peu vantard, habituel à son père ! « Ce fut une telle réussite qu'il m'est impossible d'en décrire à Maman tout le tumulte... Après chacune des *arias*, ce fut chaque fois une terrible tempête d'applaudissements et de cris : *Viva il Maestro*... Après cela, je suis allé avec Papa dans une salle prévue pour le passage du Prince électeur et de toute la cour. J'ai baisé la main de Leurs Altesses Royales, le Prince électeur et la Princesse électrice et des autres nobles qui furent tous des plus gracieux... » Pourtant, l'hôte des Mozart, l'intendant des théâtres, le comte Seeau, rapportera plus tard que l'ouvrage a été sifflé ! Où est la vérité ?

En fin de lettre, Mozart prévient que son séjour risque de se prolonger, et il ajoute : « Nous reviendrons toujours assez tôt... »

Quant à Leopold, il est indigné de ce que l'archevêque Colloredo, de passage à Munich au même moment, ne se donne même pas la peine d'aller entendre l'*opera buffa* de son musicien, choisissant plutôt de se rendre à l'*opera seria* d'un rival, le *Kapellmeister* Antonio Tozzi, où il arrive d'ailleurs en retard. Tant de louanges sur son *Konzertmeister* qui courent la ville lui auront-elles déplu ?

Pourtant la volonté de Mozart de vouloir marier deux genres pour sa *Finta Giardiniera* abâtardit quelque peu l'homogénéité de son opéra, alors qu'Anfossi, lui, n'a visé qu'à amuser. Mozart est jugé inapte au service galant pour le théâtre parce que trop musicien, et parce que (déjà !) trop dramaturge.

Heureusement, certains hommes de valeur ne se trompent pas en entendant la musique du jeune compositeur. La critique prémonitoire de l'éminent poète Friedrich-Daniel Schubart doit mettre un baume sur le cœur des deux hommes après l'affront de l'archevêque, et malgré une légère réserve : « Si Mozart n'est pas une plante de serre, il deviendra l'un des plus grands compositeurs qui aient jamais vécu. »

À Munich, il laisse libre cours à son ardeur d'adolescent. Il a dix-neuf ans, il est de toutes les fêtes, de tous les bals, de toutes les redoutes ! Il dirige deux de ses messes à la Cour. Son *opera buffa* est repris plusieurs fois. La vie est de nouveau belle, du moins momentanément ! Mais il quitte la ville sans avoir obtenu la commande de l'opéra tant briguée par son père. Peu avant son départ, il reçoit tout juste celle d'un motet. Il l'écrit en quelques jours afin qu'il puisse être chanté à la fin du mois de février en la présence de Maximilien III. On lui livre également commande de sonates, à la fois pour le piano et pour le basson, le commanditaire étant amateur de ces deux instruments. Mais rien de plus !

Le retour, le 7 mars 1775, et la reprise des activités salzbourgeoises sont adoucis par l'effervescence qui règne en ville pour préparer le passage annoncé du dernier fils de Marie-Thérèse, l'archiduc Maximilien-Franz. Celui-ci revient de Versailles où il a rendu visite à sa sœur Marie-Antoinette. Il a exactement l'âge de Mozart. Son destin, en tant que futur prince électeur et archevêque de Cologne, lui vaudra plus tard de devenir le mécène de Beethoven... Comme toujours lorsqu'on reçoit un haut dignitaire, c'est par la musique qu'il convient de le fêter. Au *Konzertmeister* échoit la commande d'une fête théâtrale sur un livret de Métastase qui a déjà servi à bien des compositeurs, et non des moindres : Gluck, Piccinni, Hasse et d'autres. Mozart compose *Il Rè Pastore* (K. 208) à la hâte, ce qui ne l'empêche pas d'écrire en même temps son premier *Concerto* (K. 207) pour violon. Quatre autres le suivent en quelques mois !

Au début de l'automne, le prince-archevêque décide de fermer le théâtre de la Cour. Mozart, désespéré de voir ainsi disparaître la seule occasion possible de composer pour la scène, se sent toujours plus confiné dans sa fonction officielle, surtout dans l'étroite atmosphère d'une ville qui est loin de pouvoir lui offrir ce à quoi il aspire tant. L'année de ses vingt ans s'écoule tout entière dans ce climat étouffant...

Il ne compose plus, sauf par obligation dans le cadre de sa charge. Il lui faut s'évader ou mourir à lui-même... Il fait part de sa détresse à celui qui a partagé si généreusement son savoir et son amitié, le Padre Martini : « Nous vivons en ce monde pour apprendre avec une ardeur toujours plus grande, pour nous éclairer les uns et les autres au moyen d'échanges d'idées, et pour nous efforcer toujours de faire progresser davantage les sciences et les arts. Oh ! que de fois n'ai-je pas désiré vivre plus près de vous, afin de m'entretenir avec votre Révérendissime Paternité ! Je vis ici dans un pays où la musique a bien peu de fortune...

Je ne cesse de m'affliger d'être si loin de la personne que j'aime, vénère et estime le plus au monde. Combien de choses j'aurais encore à vous dire... Je demeure inviolablement... »

Le Padre perçoit-il à quel point son ancien élève est en détresse ; à quel point il est éloigné de l'ancien enfant insouciant, qui s'acquittait, comme en se jouant, des épreuves auxquelles son maître le soumettait quotidiennement ? Et pourquoi Mozart, dans sa lettre, ne fait-il à aucun moment référence à toutes les œuvres, déjà nombreuses et diverses, qu'il a composées au cours des dernières années ? Peut-être, estime-t-il qu'aucune n'atteint le niveau qu'il s'est fixé...

La réponse du Padre est mesurée. Il commente, sans trop se commettre, quelques motets, que lui a envoyés son ancien élève : « Bonne harmonie, modulations bien mûries, un mouvement des violons excellemment approprié, une coulée naturelle des voix, et une élaboration remarquable... »

Il dit aussi : « J'ai trouvé tout ce qu'exige la musique moderne... »

Or, on sait que « tout ce qu'exige la musique moderne » n'est pas au goût du Padre.

Enfin, il recommande de continuer à s'exercer infatigablement : « Car la nature de la musique exige un exercice et une étude approfondis tout au long de la vie... »

Il ne se livre à aucun commentaire plus personnel, mais comment le pourrait-il ? Il ignore tout de la vie de Mozart depuis leurs rencontres de Bologne, et peut-être veut-il ne pas entendre la détresse qui transparaît chez son épistolier. Comment pourrait-il la soulager d'ailleurs ?

Pour le moment, Mozart doit écrire de la musique pour l'église. Il en écrit donc. C'est même la plus grande partie de son activité. Il accumule un nombre important de sonates d'église. C'est un genre qui ne le passionne pas. Il ne se laisse pourtant pas trop décourager. Pour la première fois, il les enrichit en s'écartant de la simple basse chiffrée, laissant à l'interprète le soin de développer l'harmonie qu'il élabore lui-même afin d'obtenir davantage de consistance.

Un peu plus tard, lorsqu'il compose délibérément, à l'encontre de toutes les directives de Colloredo, une messe dont la durée est telle qu'on la surnomme *Missa Tonga* (K. 262) (donc impossible à exécuter dans les trois quarts d'heure prescrits par l'archevêque), il semble que ce soit pour lui un véritable défoulement et une petite revanche. Il se laisse aller à cœur joie à exploiter toutes les possibilités de l'orchestre, ainsi que les formes diverses du contrepoint. Mozart commence à prendre quelque liberté vis-à-vis de l'autorité pesante qu'il subit. Par conséquent, la messe n'est pas donnée à la cathédrale, mais à l'église paroissiale de Saint-Pierre de Salzbourg.

Durant cette période d'intense production religieuse, Mozart écrit tout de même quelques œuvres instrumentales à l'intention de ses élèves : deux concertos pour piano (K. 242 et 246). Il compose pour les notables de la ville qui lui manifestent leur estime un *Divertimento* (K. 247) et une superbe *Sérénade Haffner* (K. 248b) puis la source se tarit. Il se sent privé de tout ce qui lui est le plus essentiel : les rencontres avec d'autres musiciens éminents, le théâtre, le stimulant et l'émulation d'une grande ville aux courants divers, tout ce qui lui est nécessaire comme ferment à son art.

Pour toute composition instrumentale, il remarque simplement : « C'est exactement comme si la table et les sièges étaient mes seuls auditeurs... »

Est-il déjà usé malgré son jeune âge ? Comment son enfance miraculeuse a-t-elle pu ainsi s'évanouir ?

Durant le troisième trimestre de 1776, Mozart semble subir une importante révolution intérieure, car non seulement il se consacre intensément à la musique d'église, mais il s'y investit également à travers une conception nouvelle. Que s'est-il passé pour que se produise ce soudain approfondissement, ce sentiment plus simple, plus personnel de son langage ? Il veut s'éloigner de l'esprit galant puisque la musique instrumentale ne lui permet pas d'exprimer ce qu'il ressent, du moins à Salzbourg. C'est dans la musique d'église qu'il se livre donc.

Le prince-archevêque lève son veto, et Mozart compose coup sur coup trois messes, toutes trois en ut, pour la cathédrale. Il s'écarte résolument de la musique galante ou « savante » en forme de motet. Cette évolution nouvelle se manifeste surtout dans la messe dite du *Credo* (K. 257) où il exprime son ardeur dans une réelle simplicité, tout en rendant plus dense le contenu polyphonique...

Désormais, chaque messe marque un approfondissement fait de simplicité et de sincérité. À la veille du grand départ pour Paris que projette son père, et, sans doute afin que ce voyage qu'il redoute quelque peu se déroule au mieux, Mozart compose un *Graduel* dédié à la Vierge (K. 273), qui ne sera exécuté qu'après son départ, et dont Leopold lui rendra compte dans une lettre à Mannheim. Ce graduel a le ton populaire propre à l'Allemagne du Sud. Il se retrouvera bientôt sur tous les lutrins d'Autriche et de Bavière : « Sainte Marie, mère de Dieu, je vous dois tout, mais dès aujourd'hui je me voue expressément à votre service et vous élis ma patronne et gardienne. Désormais, ni votre honneur, ni votre culte ne s'effaceront de mon cœur. Jamais je ne les abandonnerai, ni ne les laisserai violer en parole ou en acte par qui que ce soit qui se trouve sous ma dépendance... Sainte Marie, me voici prosterné à vos pieds. Accueillez-moi, miséricordieusement. Protégez-moi durant ma vie, et défendez-moi à l'heure de ma mort. Amen. »

Sed hac hora singulariter : « défendez-moi à l'heure de ma mort », cette dernière phrase est répétée avec insistance...

Une telle consécration, étant donné l'éducation que Mozart a reçue et l'époque à laquelle il vit, est toute naturelle. En outre, elle remplit de joie la pieuse famille et soulage ses inquiétudes. Mais, même loin d'elle, Mozart s'exprimera toujours avec la même ferveur. À sa sœur, il écrira : « J'espère en Dieu... je prie pour ce que je crois nécessaire pour moi et pour nous tous. Mais je me remets toujours à lui. Seigneur, que ta volonté soit faite sur la terre comme au ciel. Nous autres hommes, nous croyons souvent que les choses vont mal, et puis, en définitive, elles vont pourtant bien. Dieu sait toujours mieux que nous comment ce doit être. »

Croit-il réellement que son avenir va être effectivement protégé par le ciel ou bien a-t-il une mystérieuse prémonition de la détresse matérielle, des échecs, des humiliations et de la solitude qui l'attendent ?

Au début du mois de janvier 1777, Mozart accomplit sa seule action vraiment notoire de cette époque, il dédie son admirable *Concerto en mi bémol* (K. 271) à une jeune pianiste virtuose, Mlle Jeunehomme, qui vient jouer à Salzbourg et qu'il reverra à Paris l'année suivante. Durant l'été, la rencontre avec la cantatrice tchèque, Josepha Duschek, épouse du compositeur Franz Duschek, éclaire un peu son horizon. Celle-ci a tout pour lui plaire, à commencer par un beau talent. Sa présence est tonique. Avant de repartir de la petite ville, elle fait promettre à Mozart de lui rendre visite à Prague, une invitation à laquelle il n'accédera que dix années plus tard.

Leopold, bien que très attaché à sa ville, comprend parfaitement (comment l'ignorerait-il ?) que les fruits de tout ce pour quoi il a tant œuvré depuis la plus tendre enfance de son fils sont en train de se flétrir. Ensemble, les deux hommes établissent le nouveau plan d'action : celui de repartir sur les routes à l'assaut de ceux qui peuvent agir sur la destinée du jeune homme. Leopold n'envisage pourtant pas de le laisser partir seul... Sans doute n'a-t-il pas confiance dans l'habileté de son fils à solliciter les rencontres et les auditions nécessaires pour décrocher une position plus prestigieuse que celle de Salzbourg. En même temps, il semble que la présence et la volonté paternelles commencent à peser sérieusement sur Mozart. Colloredo voit d'un mauvais œil sa demande de congé. Entre lui et les Mozart n'existe plus aucune sympathie depuis longtemps. Il ne se donne même pas la peine de répondre. Leopold récidive une fois, deux fois, et finalement essuie un refus sous prétexte qu'il faut préparer le prochain passage à Salzbourg de Joseph II, lequel, tout comme son frère Maximilien-Franz, vient de séjourner auprès de leur sœur Marie-Antoinette à Versailles. Après cette visite, il n'est plus question d'accorder un congé, sinon éventuellement pour Mozart seul, ce dont Leopold éprouve un vif dépit. Sans doute, lui aussi, ressent-il le besoin d'échapper à l'étouffante petite ville et à l'emprise de l'archevêque.

Celui-ci semble s'évertuer à jouer avec les Mozart comme un chat avec les souris, à prendre plaisir à les brimer, à donner puis à reprendre sa parole. Pourquoi les déteste-t-il à ce point ? Parce qu'il sent chez le fils un esprit de rébellion, une insoumission profonde, un manque de respect pour sa personne ? Parce qu'il méprise en même temps l'apparent esprit de servilité chez le père ? Après le départ de son fils, Leopold prend note d'une conversation entendue entre le comte Firmian et l'archevêque : « Nous avons une personne de moins à la musique », dit l'archevêque. Firmian répond : « Votre Altesse a perdu un grand virtuose ! – Et pourquoi ? – C'est le plus grand claveciniste que j'aie jamais entendu de ma vie. Il a rendu de grands services à Votre Altesse comme violoniste, et c'est un bon compositeur. »

L'archevêque, semble-t-il, ne répond rien ! Quant au terme de « bon » compositeur, il nous suggère sans doute le degré d'estime que l'on porte à cette époque, et en ce lieu, à Mozart dans cet emploi, c'est-à-dire rien de plus que ses congénères.

À son tour, Leopold ouvre son cœur au Padre Martini : « Écoutez l'histoire. Voici cinq ans passés que mon fils sert notre prince pour un traitement de misère, dans l'espoir qu'il ferait peu à peu agréer ses efforts et son savoir accompli, uni à sa très grande diligence et à son zèle jamais en défaut. Mais là, nous nous sommes trompés... qu'il me suffise de dire qu'il n'a mis aucune vergogne à dire que mon fils ne sait rien, qu'il devrait aller au Conservatoire de Naples pour étudier la musique – et tout cela pour quoi ? – pour donner à entendre qu'il ne mérite plus ni salaire ni reconnaissance... »

C'en est trop ! La seule issue c'est la démission, décision que prend Mozart. Elle se révèle nécessaire, et elle est courageuse. Colloredo a le bras très long. Son pouvoir peut s'étendre bien au-delà des frontières de Salzbourg. Mozart adresse une très longue lettre à « Sa Grandeur Sérénissime », au « Prince Souverain et Seigneur » reprenant point par point (et combien respectueusement !) les sacrifices consentis par ses parents pour son éducation, le devoir dans lequel il se trouve d'en faire un usage maximum, les récents refus de congés sollicités par son père pour eux deux, puis pour lui seul. Sa lettre se termine par d'amples remerciements pour les grâces reçues de la part de « Sa Grandeur », et par l'espoir « très flatteur » de pouvoir « La » servir avec plus de succès dans son âge mûr... qu'à présent !

Ultime brimade : Colloredo laisse passer plusieurs semaines avant de daigner noter une brève phrase en marge de la lettre : « Ex decreto Celsissimi Principis, 28 augusti 1777. Pour la Chambre des Comptes, avec ceci : que le père et le fils aient, selon l'Évangile, la permission d'aller chercher fortune ailleurs. »

Leopold, qui a désormais cinquante-huit ans, est donc renvoyé du même coup. La petite famille se retrouve privée de presque tous ses revenus. Le chat continue-t-il de jouer ? Quelques jours plus tard, Colloredo annonce que Leopold sera tout de même maintenu dans ses services...

XIII

Vers Paris :
découverte de « Bäsle » et du pianoforte Stein

Septembre 1777 : Mozart est enfin libre, délivré d'un poids immense et oppressant, libre de partir, délivré aussi du joug paternel. Mais Leopold ne conçoit pas que son fils puisse agir seul, il décide de le faire accompagner par sa mère Anna Maria. Il est évident que celle-ci n'a que peu d'emprise sur son fils, encore moins de pouvoir et de savoir-faire quant aux relations avec les grands de la Cour, mais au moins Leopold recevra-t-il un fidèle rapport sur la marche des événements et sur le comportement d'un fils pour qui les convenances sont étrangères. Le voyage vers Paris devra conduire Mozart et sa mère dans ces villes si aisément conquises autrefois : Munich, Augsbourg... Qu'en sera-t-il aujourd'hui ? A-t-on oublié le prestigieux enfant d'autrefois ?

Nannerl, qui a pu jouir, ces dernières années, de la présence constante de son frère, demeure accablée par ce départ. Elle ne se doute pas que leur absence va être plus longue que prévue, ni qu'elle ne reverra jamais sa mère. La pauvre Anna Maria est désemparée à l'idée de ce voyage. C'est une femme qui n'aime que Salzbourg, et à Salzbourg, son foyer ! Ce sera Leopold cette fois qui lui en donnera des nouvelles : « La Nannerl pleurait tout ce qu'elle savait et il fallait que je me donne une peine énorme pour la consoler. Elle se plaignait de maux de tête et de crampes d'estomac. Enfin, elle vomit et cracha bravement. Je lui mis un bandeau sur la tête, la mis au lit et fermai les volets. Le chien "Pimperl", tout affligé, resta près d'elle. »

Mozart est trop heureux de sa nouvelle liberté pour s'attendrir : « J'embrasse ma sœur de tout mon cœur, et elle ne doit pas pleurer pour chaque crotouille. Sinon, de ma vie, je ne reviens plus jamais ! »

La famille s'endette beaucoup pour permettre ce voyage. Leopold ne manque pas une occasion de faire sentir à son fils le poids de son sacrifice, et celui de Nannerl qui s'est dépassée en donnant inlassablement des leçons de clavecin.

Mais les lettres que leur adresse Mozart respirent l'insolente joie de la vie retrouvée. Il ne manifeste aucun regret hypocrite de s'éloigner toujours plus de sa ville si odieuse et même de son père et de sa sœur : « Croyez-moi ! Soyez bien sûrs que ce n'est pas l'oisiveté que j'aime, mais le travail ! À Salzbourg, oui, c'est vrai, cela m'a coûté beaucoup d'efforts et je pouvais à peine m'y résoudre. Pourquoi ? Parce que mon cœur n'était pas satisfait... »

Il laisse libre cours également à son ressentiment pour Colloredo : « Je suis toujours dans ma plus excellente humeur. Mon cœur est aussi léger qu'une plume depuis que je suis en dehors de ces chicanes... j'ai même déjà engraissé ! »

La première déconvenue survient pourtant rapidement. À Munich, il prend tout de suite contact avec ceux qui l'ont soutenu lors de son précédent séjour : le comte Seeau et d'autres. Il espère être reçu par le prince électeur Maximilien III avec lequel il a précédemment entretenu de très bons rapports, mais le pouvoir nuisible de Colloredo fait déjà son œuvre. Il est évident que Maximilien ne va pas risquer de se mettre à dos un personnage aussi important en engageant son ancien musicien. Mozart ne veut pas comprendre. Il insiste ; il se prévaut même de ses réussites, attitude rare chez lui, et qu'il adopte seulement lorsqu'il estime qu'un poste officiel correspond parfaitement à ses capacités : « Je suis déjà allé trois fois en Italie, j'ai écrit trois opéras, je suis membre de l'Académie de Bologne, j'ai dû subir une épreuve pour laquelle bien des *maestri* ont peiné et sué pour quatre ou cinq heures, et que j'ai terminée en une heure. Cela pour bien prouver que je suis en état de servir n'importe quelle cour ! »

Mais, lorsque Mozart se met à sa disposition pour un poste à sa Cour, Maximilien se dérobe en alléguant le manque de place parmi ses musiciens. Il feint même d'avoir oublié les commandes déjà réalisées par Mozart pour sa ville : *La Finta Giardiniera* entre autres, ainsi que le carnaval de 1775.

Mozart, se fiant aveuglément à ses prestigieuses références, à la confiance qu'il a en ses capacités, ne semble pas du tout se rendre compte de la situation réelle si l'on en juge par les lettres qu'il adresse à son père : « Je voudrais faire un contrat avec le comte Seeau : livrer chaque année quatre opéras allemands, les uns bouffes, les autres sérieux. Pour chacun d'eux, j'aurais une soirée-recette à mon bénéfice, suivant l'usage ici... Et combien serais-je davantage encore aimé, si je participais au relèvement du théâtre, car dès que j'ai entendu le *Singspiel* allemand, je me suis rempli de l'ardent désir de composer... »

Il énonce une volonté qui lui deviendra toujours plus chère : insuffler à l'opéra une expression nationale, éloigner « tous ces grands seigneurs de leur effroyable engouement pour l'opéra italien ! ». Il ne cache pas l'irritation que lui cause l'immense popularité dont jouissent les Italiens dans le domaine musical. Sa frustration est constante : « Il suffit que j'entende parler d'opéra, que je sois au théâtre, écoute des voix... oh – je suis alors complètement hors de moi. »

Mais le prince électeur ne veut rien entendre, encore moins se commettre : « À présent, c'est trop tôt... Qu'il parte... qu'il voyage, en Italie... Qu'il se rende célèbre ! Je ne lui refuse rien, mais pour le moment, c'est trop tôt... »

Ce propos est ambigu. Tout le monde conseille à Mozart d'aller tenter sa chance en Italie. Son désir d'écrire pour la scène est si intense qu'il se montre prêt à souscrire à ce conseil plutôt qu'à être privé de cette possibilité : « Si j'y réfléchis sérieusement, je n'ai dans aucun pays reçu autant d'honneurs. Nulle part, je n'ai été aussi prisé qu'en Italie... J'ai une envie inexprimable d'écrire de nouveau un opéra... »

Son passage à Augsbourg n'est pas seulement l'occasion pour lui de découvrir, émerveillé, les pianos Stein, mais aussi de faire connaissance avec celle qu'il appellera sa « cousinette », fille de son oncle Franz-Aloys, auprès de laquelle il passera, dit-il, des moments délicieux. Sa cousinette « Bäsle », comme il dit, s'appelle Maria-Anna Thekla. Elle est de deux ans sa cadette et elle se montre un délicieux compagnon de jeux (jeux de tous ordres, semble-t-il !) : « J'écris et j'affirme que notre petite cousine est belle, raisonnable, gentille, habile et gaie, et cela vient de ce qu'elle a été mêlée au monde. Elle a même été quelque temps à Munich. C'est vrai, nous allons bien ensemble, car elle est aussi un peu coquine... »

Mozart ajoute que, s'il n'avait pas à Augsbourg de si braves oncle et tante et une si gentille cousine, il aurait autant de regrets d'être venu que de cheveux sur la tête ! La petite « Bäsle » semble déclencher chez lui un goût appuyé pour la scatologie. La cousine ne se montre pas le moins du monde horrifiée par le torrent de grossièretés dont Mozart désormais la gratifiera dans ses lettres. Elle semble se prêter volontiers à tous ses caprices. Un jour, il la prie de se défaire d'une tenue bourgeoise qui dissimule trop soigneusement ses appas : « Hier, pour me faire plaisir, elle s'est habillée à la française. Elle est ainsi *cinque per cento* plus jolie ! »

Mozart parle de sa cousine avec un tel enthousiasme que Leopold laisse entendre qu'il ne serait pas opposé à des fiançailles, ce qui n'effleure même pas l'esprit de son fils, tout occupé à s'amuser plutôt qu'à engager son cœur. Sans connaître la demoiselle, Leopold, comme à son habitude, fait son commentaire : « Je suis infiniment heureux qu'elle soit belle, raisonnable, gentille, habile et gaie, et n'ai rien à y opposer, mais souhaiterais, au contraire, avoir l'honneur de la voir. Il me semble toutefois qu'elle a trop de connaissances chez les curés. Si je me trompe, je suis prêt à lui demander pardon à genoux... cela ne me gêne pas qu'elle soit coquine, mais messieurs les ecclésiastiques sont souvent pires encore... »

Mozart renchérit en écrivant : « Ma petite cousine n'est rien de moins qu'une "calotine" ! »

Les remarques de Leopold se révèlent quelque peu prémonitoires, car plus tard « Bäsle » aura une fille illégitime avec un chanoine d'Augsbourg !

Cette relation révèle l'une des facettes qui marquent la personnalité multiple de Mozart, et non des moindres, on ne peut l'ignorer. À cela s'ajoute une véritable délectation pour le jeu de mots, les assonances, les énumérations de synonymes, les phrases hachées, la mystification... Si ce comportement semble puéril alors qu'il a vingt et un ans accomplis, n'est-il pas une sorte de libération nécessaire après une enfance plombée par des contraintes trop lourdes, une échappatoire nécessaire à sa vitalité débordante, en même temps que l'éveil, pour lui, d'un érotisme auquel il donnera bientôt libre cours avec sa future femme Constanze ?

Dans une des lettres adressées par la suite à « Bäsle », Mozart la prie de transmettre un « compliment » à deux dames de leurs relations communes. Et le délire monte... « À la plus jeune, je demande bien pardon, de ne pas encore lui avoir envoyé la sonate que je lui ai promise, mais je lui enverrai dès que possible. Pourquoi pas ? Quoi ? Pourquoi pas ? Pourquoi ne l'enverrai-je pas ? Pourquoi ne l'expédierai-je pas ? Pourquoi pas ? Curieux, je ne saurais vraiment pas pourquoi pas ? Bon, vous me ferez bien ce plaisir... Pourquoi pas ? Pourquoi ne me le feriez-vous pas ? Pourquoi pas ? Curieux ! Je vous le fais bien à vous, si vous voulez, pourquoi pas ? Pourquoi ne vous le ferais-je pas ? Curieux ! Pourquoi pas ? Je ne saurais vraiment pas pourquoi pas... »

Les deux jeunes cousins ne voient, en effet, aucune raison, de ne pas céder au « pourquoi pas » ! Mozart fait même à « Bäsle » une sorte de serment de fidélité en lui assurant : « Depuis que j'ai quitté Augsbourg, je n'ai pas retiré mon pantalon, excepté la nuit, avant d'aller au lit. »

Les biographes ont, la plupart du temps, refusé à Mozart le droit d'être autre chose qu'un génie, et surtout pas un simple mortel capable de s'exprimer (et souvent !) de manière très crue. Cette image, si elle se révèle vraie à travers une multitude de lettres, n'en est pas moins dérangeante lorsqu'on veut transmettre un portrait édifiant à la postérité. Évidemment, plus tard, après sa mort, la première à vouloir corriger cette image sera sa propre femme Constanze : « Les lettres à sa cousine “Bäsle”, de mauvais goût sans doute, mais tout de même très spirituelles, méritent d'être mentionnées, mais non publiées intégralement. »

Inquiète, c'est elle-même qui recommandera aux futurs éditeurs du projet d'une *Vie de Mozart* de ne publier aucun texte sans lui en référer à elle.

Quant à « Bäsle », elle effectuera, elle aussi, une purge importante parmi ces documents. D'elle, nous ne possédons aucune réponse. Mais ce qui restera permettra de rectifier l'image, combien fausse, que tant de biographes ont érigée, de l'homme-enfant d'une innocence et d'une candeur radieuses.

Stefan Zweig possédera la plupart des lettres adressées par Mozart à la cousine « Bäsle » ! En 1931, il aura l'idée de les soumettre à l'appréciation de Sigmund Freud, dont nous ignorons malheureusement la réaction : « Vous qui êtes un familier des sommets et des abîmes, ne jugerez pas tout à fait superflue, je l'espère, la copie confidentielle ci-jointe que je ne transmets qu'à un cercle restreint d'intimes : le texte intégral que vous trouverez ici est celui d'une des neuf lettres écrites par Mozart à l'âge de vingt et un ans. Elles jettent un jour psychologiquement très particulier sur son érotisme qui révèle plus que chez tout autre grand homme une tendance à l'infantilisme et une passion pour la scatologie. Cela constituerait un sujet d'étude intéressant pour l'un de vos élèves, car toutes les lettres, sans exception, gravitent autour du même thème. »

Mais, Zweig lui-même estimera à l'époque que la majeure partie de ces lettres ne devra pas être divulguée.

« Bäsle » fut sans doute la première maîtresse de Mozart. Presque tous les biographes ont voulu en diminuer l'importance, traitant la chose de « lutinerie », de « petite amourette », de « relation placée sous le signe du charme et de la malice », de « flirt badin parfaitement innocent ». Il est certain que, le génie ne s'exprimant que dans son œuvre, on pourrait laisser de côté cet aspect de son être. Mais c'est tout de même la vie et la personnalité d'un créateur qui nourrissent son œuvre et il semble grave, quand on veut examiner cette vie au grand jour, de pratiquer de telles amputations ; d'en dissimuler des éléments importants, pour préserver « la pureté » d'une image. De plus, au XVIIIe siècle, et peut-être en Autriche particulièrement, on a l'habitude de désigner franchement les fonctions corporelles. La famille Mozart (à l'exception peut-être de Nannerl) ne s'en prive pas. Mozart joue avec les mots, qu'il disloque, qu'il invente, qu'il manipule avec virtuosité, quel qu'en soit le thème... Mais il se trouve que, dans son délire verbal, c'est à la scatologie qu'il revient avec le plus de délectation, celle-ci s'exprimant en toute liberté avec Bäsle : « À présent, j'ai l'honneur de vous demander comment vous vous portez et comportez, si votre ventre est toujours bien libre ? Si par hasard vous n'avez pas la teigne, si vous pouvez encore me souffrir un peu ? Si vous écrivez plus souvent au crayon, si vous pensez encore à moi de temps en temps ? Si parfois vous n'avez pas envie de vous pendre ? Si par hasard vous êtes fâchée ? Contre moi, pauvre fou ? Si vous ne voulez pas, de bonne grâce, faire la paix, sur mon honneur, je lâche un pet ! Mais vous riez ? Victoire ! Nos culs doivent être l'emblème de la paix. Je pensais bien que vous ne pourriez me résister plus longtemps !

Oui, oui, je suis sûr de mon affaire et je devrais encore chier une fois aujourd'hui, bien que dans quatorze jours je parte pour Paris. Si donc vous vouliez me répondre d'Augsbourg, écrivez-moi vite, afin que je reçoive la lettre, car je suis déjà parti, au lieu d'une lettre, je n'aurais qu'une crotte ! Crotte ! Motte ! Crotte ! Frotte ! Charmant ! Crotte ! Frotte ! Voilà qui me réjouit ! Crotte ! Motte et frotte ! Motte, crotte et frotte crotte !... », etc. Mozart termine sa lettre en demandant à sa destinataire si elle a encore pratiqué le « spuni cuni » ? Le terme de « spuni cuni » fait partie d'un vocabulaire érotique inventé dont Mozart usera fréquemment avec sa future femme, Constanze. Il se qualifie souvent lui-même de pitre et son humour n'est pas des plus fin. Du moins échappe-t-il à l'austérité qui caractérise presque tous les autres compositeurs. La délectation qu'il éprouve à jouer avec les mots est celle-là même que l'on trouve dans l'harmonie phonétique qu'il choisit pour ses opéras ; dont il use également brillamment, et qui peut jaillir à partir de tout et de rien :

« Ma très chère nièce ! Cousine ! Fille ! Mère ! Sœur et épouse !

Tonnerre du ciel ! Mille sacristies ! Croates de malheur ! Diables, sorcières et sorciers, bataillon infini de crucifiés ! Éléments, sacrebleu ! Air, eau, terre et feu ! Europe, Asie, Afrique et Amérique ! Jésuites, Augustins, Bénédictins, Capucins, Frères mineurs, Franciscains, Dominicains, Chartreux et Pères de Sainte-Croix, Chanoines réguliers et irréguliers, et tous les fainéants, fripons, canailles, couillons et coquins pêle-mêle, ânes, buffles, bœufs, lourdauds et crétins ! Qu'est-ce que ces manières ? Quatre soldats et trois baudriers !... »

Mozart parodie l'amour entre lui et « Bäsle » dans le style et la construction d'un air dramatique d'*opera seria*... mais il abandonne parfois les badineries pour se laisser aller à un lyrisme tendre dont il s'évade toutefois par une pirouette finale :

Ode Tendre

Ta douce image, ô cousinette
Ne quitte pas mon regard
Voilé de larmes
De crainte... que ce ne soit pas toi.
Je la vois lorsque le soir
M'enveloppe, lorsque la lune
M'éclaire, je la vois et... je pleure

De peur, que ce ne soit pas toi.
Par les fleurs de ce vallon
Que je veux lui cueillir,
Par les branches de myrte
Que je veux lui tresser,
Je te conjure, image,
Métamorphose-toi,
Métamorphose-toi, image,
Et deviens – Oh, ma cousinette elle-même !

Mes compliments et ceux de nous tous, à Monsieur, l'auteur de vos jours, et à Madame, l'auteur de vos jours, c'est-à-dire à celui qui s'est donné la peine de vous faire, et à celle qui s'est laissé faire... Adieu, adieu, mon ange !

Ainsi, non seulement il laisse libre cours à sa scatologie instinctive, mais encore, il se prive aussi de moins en moins de se moquer de ceux qu'il rencontre et qui ne lui inspirent que mépris : « J'ai eu l'honneur de jouer trois quarts d'heure environ sur un beau clavicorde de Stein. Il y avait Monsieur le fils, bouffi d'orgueil, l'aimable jeune dame au long cou, et la niaise vieille dame... »

Ou encore à propos d'un certain Langemantl (long manteau), transformé dans les lettres de Mozart en « Kurzenmantl » (court manteau) ! (et par Leopold en « Longotabarro » en italien), fils du bourgmestre qui dispose de lui de manière fort désinvolte sous prétexte d'organiser pour lui un concert. « Toutes ses paroles sont montées sur des échasses », écrit Mozart qui n'est pas homme à se laisser humilier impunément, il finit par « moucher » le jeune homme qui s'étonne avec une insistance ironique de ce qu'il puisse avoir reçu la distinction de « Chevalier de l'Éperon ». « C'est vraiment curieux..., rétorque Mozart exaspéré, il m'est plus facile d'obtenir toutes les décorations que vous pouvez recevoir, qu'à vous-même de devenir ce que je suis... »

Durant ce séjour, Mozart manifeste le vif désir de rendre visite à l'atelier du célèbre facteur de pianos Johann Andreas Stein. Au « bouffi d'orgueil » qui l'accompagne, il recommande de ne pas décliner son identité. Celui-ci ne peut se retenir toutefois d'annoncer qu'il amène un grand virtuose.

« Aurais-je bien l'honneur d'avoir devant moi Monsieur Mozart ? » demande Stein.

« Oh non, répond Mozart (qui affectionne, comme on sait, les mystifications) mon nom est Trazom ! »

Stein est particulièrement sensible et intelligent, plus un artiste qu'un artisan. Il est membre de diverses sociétés musicales de haut niveau d'Augsbourg où il se produit parfois lui-même. Mozart ne peut manquer d'apprécier l'homme, car son intérêt pour la musique l'emporte toujours. C'est un enthousiaste, un idéaliste dont le but est de réussir un instrument où se retrouveraient à la fois la sensibilité d'un toucher délicat et une gamme étendue de couleurs sonores. Il a déjà fait de nombreuses tentatives pour arriver au but. En 1769, il a inventé, entre autres, un « polytoniclavichordium », entre le clavecin et le pianoforte. Désormais, le temps a passé. Stein a abandonné ces expérimentations pour se concentrer sur le fameux pianoforte que découvre Mozart.

Ni le clavecin, ni le clavicorde n'ont jamais autant enthousiasmé celui-ci. Stein est dans le bonheur ! D'ordinaire, ce sont les amateurs qui pratiquent ses instruments, et voilà que, comme par miracle, Mozart, dont il connaît la réputation, se trouve devant lui. Celui-ci se penche, attentif, sur le clavier et des années de recherches patientes se voient en un instant récompensées au-delà de ses rêves ! Mozart joue, critique certains aspects du mécanisme qui peuvent, à son avis, être encore améliorés. Il explore longuement et à fond les ressources techniques et acoustiques, ne cessant de s'émerveiller de sa différence essentielle avec le clavecin, qui permet de graduer du *pianissimo* au *fortissimo* avec une grande variété de toucher. Il sent qu'avec cet instrument, il pourra renouveler son langage... À son père, il en vante les mérites : « Le mécanisme, que l'on actionne avec le genou, est aussi meilleur que sur les autres instruments. Il me suffit de l'effleurer et il fonctionne, et si j'écarte un tant soit peu mon genou, je n'entends plus la moindre réverbération. »

Mozart s'amuse de ce que Stein soumet ses instruments non seulement à l'épreuve de la musique, mais aussi des éléments : « Il se porte garant que la table d'harmonie ne se brisera ni n'éclatera. Quand il a terminé celle d'un piano, il l'expose à l'air, à la pluie, à la neige, à l'ardeur du soleil et à tous les diables... pour qu'elle saute. Puis il y colle des flipots de bois pour qu'elle résiste et tienne bien. Il est très heureux lorsqu'elle se fend, car on peut alors être sûr qu'il ne lui arrivera plus rien... »

Ses exécutions sur le nouvel instrument ne lui valent que des éloges : « Tout fut merveilleux, plein de goût, remarquable. Ses compositions étaient achevées, passionnées, variées, simples, l'harmonie si pleine, si puissante, si inattendue, si enrichissante, la mélodie si agréable, si pure, si pleine d'expression, et en même temps si extraordinairement aisée, qu'on savait à peine ce qu'il fallait écouter en premier. L'auditoire était tout entier ravi d'extase. »

Jusqu'alors, Stein avait été très admiratif d'un nommé Beecke, directeur musical du prince d'Œtingen-Wallerstein. L'arrivée à Augsbourg de Mozart éclipse définitivement ce sentiment, et suscite chez le compositeur une satisfaction évidente : « Le comte Wolfeck et quelques autres qui sont très enthousiasmés par Beecke ont déclaré, lors du récent concert, que je l'enfonçais complètement... Personne à son avis n'a encore su jouer aussi bien de ses pianoforte. Que je reste toujours exactement en mesure les étonne tous. Ils ne peuvent pas comprendre que dans le *tempo rubato* d'un *adagio*, la main gauche ne veuille rien savoir. Chez eux, la main gauche cède toujours... »

S'ajoutent à cela les grimaces de Beecke que Mozart « épingle » sans pitié. Ce ne sont pas choses exceptionnelles d'ailleurs, puisque Johann Schobert, pianiste du prince de Conti à Paris, fait à ce sujet une remarque curieuse : il loue le pianoforte car, dit-il, on peut en modifier le volume sonore sans pour autant grimacer. Curieuse constatation, en effet. Depuis quand une grimace change-t-elle le volume sonore d'un instrument ? En fait, elle donne simplement à l'instrumentiste l'illusion d'une grande expressivité que ses doigts et l'instrument ne sont pas capables de produire, d'où le fait que la pratique de la grimace soit si répandue, et perdure encore de nos jours. Cependant, on comprend que Mozart puisse s'en passer tout à fait, qu'il se moque, qui plus est, de ceux qui ont recours à un appui aussi illusoire. Car tous ceux qui entendent jouer Mozart rapportent que son jeu est dénué d'affectation ; qu'il n'abuse jamais d'effets dynamiques, de fluctuations expressives de rubato ; qu'il s'exprime sans mouvements extravagants du corps et sans grimaces, cela va sans dire. Ils rapportent qu'au clavier Mozart se métamorphose, que son expression se transforme, s'apaise... Il est assis, calme, n'extériorisant aucun sentiment. Il joue, oubliant tout ce qui n'est pas cet instant où il se retire en lui-même pour laisser s'accomplir la musique qui naît de sa fantaisie créatrice. Celle-ci est si bien inscrite dans son cœur et dans sa tête que, durant de longues années, il l'improvise, ne se donnant la peine de la coucher sur papier que pour jouer avec sa sœur par exemple, ou pour publier. Mozart a déjà dix-neuf ans lorsqu'il s'astreint à noter ses sonates et ses autres pièces pour clavier. L'obligation lui paraît bien fastidieuse, alors que se bousculent en lui tant d'idées nouvelles...

À Augsbourg, Stein s'étonne d'apprendre à quel point le jeune homme aime également l'orgue : « Comment ! un homme comme vous, un si grand pianiste, veut jouer d'un instrument où il n'y a ni douceur, ni expression, ni piano, ni forte et qui demeure toujours égal ? »

« Cela ne signifie rien, répond-il. À mes yeux et à mes oreilles, l'orgue est le roi de tous les instruments. »

Stein est encore plus impressionné par l'art avec lequel Mozart pratique l'orgue. Cette attirance remonte déjà loin. Ne l'a-t-il pas pratiqué à l'âge de huit ans à la Cour de Londres où il s'est fait grandement admirer ? Et à Versailles également ?

Découverte d'un orchestre et d'Aloysia

Après la rencontre si chaleureuse et stimulante avec Stein, le voyage vers la France de Mozart et de sa mère les conduit à la fin d'octobre à Mannheim. Si Augsbourg lui a apporté l'émerveillement du pianoforte, Mannheim est la ville qui lui révèle l'orchestre suprême, idéal, une phalange conçue à l'image d'un autre compositeur, Johann Stamitz, mort en 1757 à l'âge de quarante ans.

Lors de son séjour à Mannheim en 1763, Leopold avait déjà été frappé par la haute tenue de cette formation d'une cinquantaine de musiciens. Aujourd'hui, son fils en est ébloui, et d'autant plus qu'à Augsbourg la mauvaise qualité de l'orchestre lui a littéralement *donné la colique*. Le chef titulaire en est Christian Cannabich. Se souvenant bien du passage autrefois de l'enfant prodige, celui-ci s'empresse de rendre visite au nouvel arrivant et de le convier à une répétition du *Messie* de Haendel. Apparemment, Mozart n'en est pas autrement impressionné.

Précédé, comme toujours, de son auréole passée, il doit, une fois de plus, prouver à nouveau sa valeur en tant qu'adulte : « Ils s'imaginent, parce que je suis petit et jeune, qu'il ne peut rien exister en moi de grand et de mûr ? Eh bien, ils vont s'en rendre compte bientôt ! »

Très rapidement, il est reçu dans le cercle des principaux musiciens de la ville. Il rencontre les interprètes hors pair de l'orchestre, qui deviendront ses amis fidèles : l'hautboïste Friedrich Ramm notamment, à qui il offre un *Concerto pour hautbois* (K. 314), le ténor Raaf, le maître de concert et compositeur Ignaz Holzbauer et toute la famille Wendling (Elizabeth, chanteuse, Franz Anton, violoniste, et surtout le flûtiste célèbre, Johann Baptiste Wendling dont la femme Dorothea est également chanteuse). Leur fille Augusta est une véritable beauté. Pianiste, elle attire l'œil du fougueux musicien... tout comme la fille de Cannabich, Rosa, pour laquelle il compose une *Sonate en ut majeur* (K. 309) et à qui il donne, à titre gracieux, des leçons... autant de noms qui vont l'accompagner désormais dans sa vie.

Grâce à Wendling, Mozart obtient des commandes de compositions pour flûte par un Hollandais. Ce « Monsieur de Jean » est médecin de la Compagnie hollandaise des Indes orientales. Il commande trois concertos et deux quatuors, moyennant deux cents florins, ce qui fait l'affaire de Mozart à plusieurs titres. Ce dernier dit pourtant éprouver « une solide aversion » pour la flûte. Les œuvres qu'il lui consacre seront d'ordre alimentaire, et il mettra autant de mauvaise grâce à exécuter les commandes de celui qu'il appelle « le vrai philanthrope », « le Hollandais des Indes », qu'il en mettra plus tard à satisfaire celles de fantaisies destinées à une horloge mécanique.

Quant à Johann Baptiste Wendling, il est alsacien d'origine. Il s'est fixé à Mannheim en 1754 afin de faire partie du célèbre orchestre de cette ville. Leopold, qui l'a entendu autrefois, en a déjà vanté les qualités. Mozart lui doit de nombreuses et joyeuses heures musicales pour lesquelles il délaisse souvent sa mère. Il se précipite chez son ami pour s'épancher lorsque lui parvient le refus de l'électeur Karl Theodor de lui proposer un engagement officiel. Wendling, selon lui, devient « tout rouge d'indignation » à cette mauvaise nouvelle, et se lamente avec lui du peu d'élégance des princes dans leur conduite envers les musiciens.

Pourtant, et c'est malheureusement un aspect assez peu sympathique de sa nature, Mozart ne se montrera pas toujours digne de cette loyauté : « Maman et moi avons causé, et nous sommes bien d'accord pour penser que décidément la manière de vivre des Wendling ne nous plaît pas du tout. Wendling est, bien sûr, un homme honnête et très bon, mais malheureusement lui et toute sa famille sont sans aucune religion. Du reste, le fait que sa fille est maîtresse du Prince le prouve bien... »

L'ami Ramm en prend pour son compte aussi : « Quant à Ramm, c'est un brave homme, mais un vrai libertin. Je me connais, je sais que j'ai trop de religion pour faire jamais quoi que ce soit que je ne puisse proclamer devant le monde entier ! »

Il est prévu que les Mozart poursuivent leur voyage vers Paris en leur compagnie, mais le projet bascule devant ces constats : « Mais, maintenant, la pensée de me trouver au long du voyage seul en la compagnie de gens dont la manière de penser est tellement loin de la mienne (et de tous les gens d'honneur) m'effraie totalement... »

Et madame mère, Anna Maria, d'y souscrire : « Je n'ai jamais aimé beaucoup la société des Wendling et des Ramm... »

Ses amis se rendront donc en France sans lui...

À son père et à Nannerl, Mozart relate sa visite aux souverains, le prince électeur Karl Theodor et sa femme : « Cela fait quinze ans maintenant, je crois, que vous n'êtes venu ici ? – Oui, votre Altesse Électrice, quinze ans que je n'ai eu cet honneur... »

La visite ne s'achève pas sans que Mozart exprime son désir d'écrire un nouvel opéra : « Je vous prie de ne pas m'oublier tout à fait ; je puis, Dieu soit loué et remercié, l'écrire en allemand, et je souris. – Cela peut facilement se faire, me répond-on. »

Se souvenant peut-être des conseils de son père de flatter qui on veut séduire, Mozart ne néglige alors aucune occasion de s'occuper des enfants naturels de l'électeur à qui il prodigue force conseils musicaux.

Mais le temps passe et les promesses aussi... Comment convaincre ceux qui ont pouvoir sur lui de ce qu'il est en mesure de donner : « Je ne puis écrire en vers, je ne suis pas poète – je ne saurais manier les couleurs assez artistement pour qu'elles fassent jouer les ombres et les lumières, je ne suis pas peintre... Je ne puis non plus exprimer par des gestes et par une pantomime mes sentiments et mes pensées, je ne suis pas danseur. Mais je le puis grâce aux sons... je suis Musikus... »

Les Mozart prolongent leur séjour à Mannheim plus que de raison et avec l'espoir d'une commande qui ne vient pas, qui ne viendra jamais. Les lettres de Leopold se font de plus en plus pressantes : quels sont leurs projets ? Qu'attendent-ils pour partir vers d'autres cieux ? « Je peux me tracasser la cervelle à réfléchir – et écrire à en perdre la vue ; je voudrais tout prévoir, et vous considérez cela comme une peccadille, cela vous est égal, vous m'empêchez de vous conseiller et de vous aider en ne me disant jamais où vous mènera le chemin... »

Lorsque ses ressources financières viennent à manquer, Mozart, peu habitué à gérer un budget, emprunte de l'argent sans trop d'états d'âme. De lettre en lettre, le conflit entre le père et le fils augmente...

« Mon très cher père,

J'ai bien reçu ce matin votre lettre du 24, au travers de laquelle je comprends bien que vous n'accepteriez ni le bonheur ni le malheur, si jamais il nous tombait quelque chose de ce genre sur les épaules. Jusqu'à présent, tous les quatre, tels que nous sommes, nous n'avons jamais été ni heureux ni malheureux et j'en remercie Dieu. Vous nous faites beaucoup de reproches sans que nous le méritions... »

Mozart se lance alors dans une interminable lettre, souvent dans le langage chiffré qu'il affectionne, où il reprend point par point et en très grand détail les raisons de tel ou tel prolongement de séjour, les conversations et les faits qui lui ont donné de l'espoir, où il se sent obligé de justifier du moindre de ses actes, comme s'il était toujours l'enfant dont, jusqu'ici, son père a géré chaque minute de l'existence...

Quant à sa mère, il semble que, durant ce séjour, Mozart s'en montre peu soucieux : « Wolfgang préfère toujours être chez d'autres gens que chez moi... » Elle passe beaucoup de temps seule dans des logements bon marché, sombres, malpropres et sans confort sanitaire, mal chauffés et peu propices à la consoler : « Je suis seule à la maison, comme la plupart du temps et dois endurer un froid épouvantable, car même si on fait une petite flambée, à peine est-elle éteinte que la chambre est de nouveau froide... En ce moment, alors que j'écris, je peux à peine tenir la plume, tant je gèle... »

Mais elle se soumet humblement à la volonté de son mari et aux décisions d'un fils qu'elle vénère.

De fait, son fils a maintenant sa vie propre, il se fait des relations, Anna Maria n'y participe que très rarement. Elle n'est pour ainsi dire jamais reçue dans les lieux où il évolue couramment. Que fait-elle là ? On se demande par quelle aberration Leopold l'oblige à ce rôle de chaperonne pour un fils adulte et, on voudrait l'espérer, responsable de ses actes.

De la commande tant attendue, elle dit simplement : « C'est déjà un point positif que le prince électeur ne donne pas de réponse négative. »

Au bout de six semaines d'attente et d'espoir, la réponse leur parvient, négative.

Pourquoi alors tant tergiverser encore ? Il faut savoir que l'électeur Karl Theodor brigue la succession de Maximilien III de Bavière, malade de la petite vérole. Or celui-ci a refusé d'engager le jeune musicien pour ne pas s'aliéner les bonnes grâces de Colloredo. La conséquence est évidente... Mozart, partout où il passe, est confronté au fait que les grands se tiennent les coudes. De plus, il vit dans une joyeuse ignorance (et, plutôt, sans doute indifférence) des ambitions et des manigances souterraines qui agitent ces milieux...

Le coup est dur ! Mais Mozart bénéficie de la sympathie et du soutien de tous ses amis musiciens et particulièrement de Wendling. Chacun s'ingénie à l'aider, soit par des leçons, soit par des académies ou toute autre occupation afin de lui permettre de vivre. À telle enseigne que, sans demander ni l'avis ni la permission à son père, il décide de prolonger durant l'hiver son séjour en cette ville. Il ne reprendra son trajet vers Paris qu'au mois de février ou de mars ! Il joue de l'orgue, il dirige même une répétition de l'opéra d'un nommé Schweitzer. Bref, il se trouve fort bien... Son père devra se contenter d'une remarque sibylline : « Le bonheur consiste uniquement dans l'idée qu'on s'en fait ! »

À la fin de décembre, Maximilien III meurt. Karl Theodor lui succède sur le trône de Munich, ses musiciens le suivent, une période heureuse prend ainsi fin. Mozart avancera-t-il alors la date de son départ pour Paris ? Lorsqu'on lui propose de passer quelques jours chez la princesse d'Orange, Caroline de Nassau-Weilburg, dont la Cour se trouve non loin de Mannheim, il accepte. En hommage à cette princesse dont le frère règne sur la Hollande, il fait copier quatre *arias* et il emmène avec lui une toute jeune cantatrice, Aloysia Weber, pour les lui faire entendre. Le père de cette jeune fille en réalise les copies : « Le copiste ne coûtera pas cher, c'est un certain Franz Fridolin Weber qui les fait », Mozart annonce la nouvelle à son père, toujours soucieux d'économie. Sans doute Leopold aurait-il dû être d'accord pour payer le double s'il avait pu ainsi prévenir le rôle négatif que cette famille jouerait dans la vie de son fils.

Aloysia Weber n'a que quinze ans, « quinze ans à peine, écrit Mozart en la rajeunissant, sa voix est belle et pure. Il ne lui manque que l'action pour pouvoir être *prima donna* sur n'importe quel théâtre ! »

L'émotion qu'elle déclenche en lui n'est plus cette fois celle d'une amourette, mais bien celle de l'amour ; le premier qui le touche en profondeur. Peut-être est-ce avec elle qu'il découvre aussi, pour la première fois, le pouvoir sensuel qu'une voix féminine peut exercer sur lui – facteur déterminant de sa personnalité.

La famille d'Aloysia est musicienne. Ses grands-parents l'étaient déjà. Ce sont des revers de fortune qui ont contraint son père à devenir copiste. Il occupe cet emploi au théâtre de Mannheim. Il est sans doute séduit par la qualité des airs qu'on lui confie, et trouve tout naturel que sa fille les déchiffre accompagnée par leur auteur. Le séjour s'organise donc tout simplement. Pourquoi n'irait-elle pas avec celui-ci à Kircheim-Boland chez la princesse ? Peut-il y avoir meilleure introduction à sa carrière ? Aloysia a tout à y gagner. De plus, la situation de la famille n'étant pas des meilleure, les bouches à nourrir sont nombreuses. Mozart mentionne six enfants, dont cinq filles. (Sans doute a-t-il compté les morts pour attendrir celui-ci, car nous n'en connaissons que quatre.) Josepha, l'aînée, est cantatrice elle aussi (elle chantera la Reine de la nuit), la deuxième c'est Aloysia, la troisième, Constanze, future femme de Mozart, et Sophie, la dernière.

Mozart se livre tout entier à un amour, lequel, dans sa générosité, embrasse toute la famille. Il ne parle plus de poursuivre son voyage vers Paris puisque Aloysia n'y serait pas. Au contraire ! Et pour persuader son père du bien-fondé de ce changement de programme, il décrit avec enthousiasme le talent d'Aloysia, qu'il lui appartient de révéler, la pauvreté de la famille Weber, qu'il lui incombe de sauver, d'autant que ce sont, ajoute-t-il, de bons chrétiens. Mais il semble que le talent de la jeune fille soit ignoré des cercles musicaux de Mannheim ; que personne ne prenne au sérieux la famille Weber. Il est fort probable que Wendling et Ramm en parlent sans sympathie et même sur un ton de commisération railleuse, ce dont Mozart, énamouré, ne peut que prendre ombrage. Son désir de convaincre Leopold est tel qu'il lui annonce que le père Weber lui ressemble en tous points, qu'Aloysia est aussi vertueuse que Nannerl... Au fond du cœur, sans trop se poser la question de savoir si elle répond vraiment à son ardeur, il se voit déjà marié. Le premier prétexte est bon pour exposer ses vues à son père. Afin de le préparer, il se livre de façon inhabituelle à de hautes considérations : « Les gens nobles ne doivent se marier ni suivant leur goût, ni par amour, mais seulement par intérêt, et avec toutes sortes de considérations annexes. Il ne siérait pas à des personnes aussi hautes d'aimer encore leur femme, après qu'ils ont fait leur devoir et leur ont donné un gros héritage. Mais nous, pauvres gens de la canaille, nous ne sommes pas seulement obligés de prendre une femme que nous aimons et qui nous aime, mais encore nous nous en arrogeons le droit. Nous pouvons et nous voulons en prendre une qui soit telle, car nous ne sommes ni nobles, ni hautement bien nés, ni gentilshommes, ni riches, mais tout à fait de basse extraction, méchante et pauvre, et nous n'avons, par conséquent, aucun besoin d'une femme riche. Notre richesse s'éteint avec nous, parce que nous l'avons dans la tête... et celle-là, aucun homme ne peut nous la prendre, à moins qu'on nous coupe la tête, et dans ce cas... nous n'avons plus besoin de rien. »

Mozart s'attarde encore et encore à Mannheim. Il tente d'organiser le retour de sa mère à Salzbourg et il échafaude le projet d'une tournée en Italie en compagnie de sa bien-aimée, en demandant la collaboration de son père. L'orage ne tarde pas à éclater. Leopold, sentant qu'il perd de plus en plus tout pouvoir, en est malade : « Cette lettre où je ne reconnais plus mon fils, sinon par cette faute qui est de faire confiance dès les premiers mots qu'on lui adresse, de se laisser mener, avec son bon cœur mis à nu par les flatteries de tout un chacun, de se laisser guider à droite et à gauche par les propositions sans fondements et peu réfléchies de n'importe qui, de marcher à l'encontre de ses besoins et de sa propre gloire, à l'encontre même des besoins de ses propres parents, et à rebours de l'aide qu'il leur doit, et cela pour répondre aux désirs d'étrangers... »

Il n'hésite pas à faire intervenir un certain chantage aux sentiments pour ramener son fils à la raison : « Oh Dieu grand et bon, les moments les plus heureux sont passés pour moi ! Le temps n'est plus, où, enfant, tu n'allais pas au lit sans chanter, debout sur ta chaise : *Oragnia figata fa* en m'embrassant à plusieurs reprises...

Il y avait deux buts assignés à ton voyage : trouver un service stable et bien rémunéré, ou, si cela n'était pas possible, te rendre dans un centre important où il y ait beaucoup d'argent à gagner...

Il ne dépend maintenant plus que de toi de t'élever dans des perspectives si grandes qu'aucun musicien ne les ait jamais atteintes... » et ainsi de suite. Leopold pousse un véritable cri du cœur, où surgit tout ce que, hiérarchiquement, il privilégie.

L'édifice, que pierre par pierre il a érigé pour élever sa famille dans l'échelle sociale, menace de s'écrouler par la rencontre de son fils avec Aloysia Weber !

La petite tournée que Mozart accomplit avec Aloysia conforte son amour pour la jeune fille. Il renonce au projet qui lui est le plus cher, écrire un opéra allemand, dans l'espoir de l'accompagner en tournée en Italie : « Je préférerais un opéra italien, plutôt qu'allemand, et un *opera seria* plutôt qu'un *opera buffa*... »

Seul un opéra italien peut fonder la réputation de la *prima donna* qu'Aloysia est destinée à devenir, il en est convaincu. Il met son génie au service de celle qu'il aime sans hésiter, et sans réfléchir si cela ne pourrait pas lui nuire. C'est la preuve même de la profondeur de son amour. Leur intimité (si intimité il y a) est certes de courte durée, trois mois au début de l'année 1778, mais ce sont trois mois d'une forte intensité émotionnelle.

Il ne fait aucun doute que les rapports de Mozart avec Aloysia (comme plus tard avec une autre grande cantatrice, Nancy Storace) font l'objet d'une certaine idéalisation ; une admiration, à la fois pour la bien-aimée, et pour l'artiste. Aux yeux de la postérité, Aloysia apparaît comme une coquette et une cynique, mais rien ne nous prouve qu'elle ait vu en Mozart autre chose qu'un ami et un musicien dont l'enseignement lui profite. L'adoration qu'il lui voue est flatteuse. Elle souhaite s'imposer en tant que cantatrice ; quoi de plus normal que d'accepter l'aide qu'il veut lui donner ? Mais pas plus à Mannheim qu'à Munich, un poste stable n'est proposé à Mozart pour le retenir. Il ne peut plus remettre le voyage à Paris auquel son père ne cesse de le pousser : « Va à Paris, et bientôt ! Prends place auprès des grands seigneurs : *aut Caesar aut nihil.* » Ou empereur ou rien : c'est l'une des formules préférées de Leopold.

Son fils finit par obtempérer.

XIV

Paris

La route entre Mannheim et Paris est longue et fastidieuse, ô combien ! Mozart et Anna Maria qui n'ont rien, ou peu, à se dire « sans âme qui vive avec qui se promener ou causer » passent des heures ennuyeuses dans des diligences cahotantes et empoussiérées.

Ils arrivent à Paris le 23 mars 1778. Mozart y demeurera jusqu'au 26 septembre de la même année. Son antipathie pour ce séjour est certainement accrue par la séparation d'avec Aloysia et il ne doute pas que les sentiments de la jeune fille ne répondent aux siens. Mais elle ne conserve pas les lettres qu'il lui adresse, hormis une seule dans laquelle il se répand en conseils (et en langue italienne) pour l'étude d'une scène dramatique écrite pour elle : *Il Popolo di Tessagli* (K. 316), dont il lui assure que, parmi ses compositions du genre, elle est la meilleure qu'il ait composée : « Je vous recommande instamment l'expression, réfléchissez bien au sens et à la force des mots, placez-vous très sérieusement dans la situation d'Andromède et imaginez que vous êtes ce personnage ! Si vous procédez de la sorte avec votre voix magnifique et votre excellente méthode de chant, vous réussirez infailliblement. »

Aloysia réussit en effet, « infailliblement ». Lorsque Karl Theodor prend son nouveau service à Munich, elle est engagée à l'opéra de la Cour. Toute la famille Weber émigre avec elle... Les leçons de Mozart ont profité certes, mais désormais elle n'a plus besoin de lui.

Il est armé de nombreuses lettres adressées aux personnalités parisiennes qui pourront l'aider. Son père s'y est employé ! En attendant qu'elles portent leurs fruits, il faut gagner de quoi vivre. Il donne des leçons, une activité qu'il déteste : « C'est un genre de travail pour lequel je ne suis pas fait... Je donne volontiers ma leçon par complaisance, surtout quand je vois à quelqu'un du génie, la joie et le désir d'apprendre. Mais être obligé d'aller à des heures régulières dans une autre maison ou d'attendre chez moi, j'en suis incapable, même s'il y a de l'argent à gagner. »

Pourtant, combien de centaines d'heures de leçons l'attendent... On imagine aisément la frustration d'avoir à prodiguer des conseils à des gens souvent peu doués, qui le méprisent et le traitent en serviteur. Combien d'heures précieuses soustraites à la composition...

C'est donc sans ardeur que Mozart affronte la capitale française. Ses pensées, ses aspirations, sa vie sont ailleurs. De plus, la présence de sa mère lui pèse, ce qu'il ne cherche pas à dissimuler. La pauvre femme se morfond : « Pour ce qui est de ma vie, elle n'est guère agréable. Je reste seule toute la journée, comme aux arrêts, dans la chambre qui donne sur une petite cour et qui est de plus si sombre qu'on ne peut voir le soleil de la journée ni même savoir quel temps il fait dehors. »

La chambre recommandée par Leopold se révèle en effet sinistre, sombre et si petite qu'on ne peut pas y mettre un piano. De plus, elle coûte fort cher. « Wolfgang doit composer au-dehors, chez monsieur Le Gros, puisqu'il s'y trouve un piano. Je ne le vois donc pas de la journée et finirai par perdre totalement l'usage de la parole... »

Oubliant les termes peu flatteurs dont lui et sa mère ont usé envers les amis Wendling et Ramm à Mannheim, Mozart se met aussitôt en contact avec eux. Voici une légère consolation : la petite bande de Mannheim un peu reconstituée... La *Symphonie concertante* (K. 297b) qu'il compose durant le séjour leur sera destinée.

Pour s'introduire à la Cour de France, but ultime, Mozart établit toute une stratégie de relations pouvant l'aider à franchir les divers échelons afin d'y parvenir. Cela commence par la conquête de la duchesse de Chabot, amie de la duchesse de Bourbon, fille du duc d'Orléans, sœur du duc de Chartres, cousine du roi... De combien de trésors d'opiniâtreté ne doit-il pas faire preuve. Sa lassitude est immense et pourtant sa vie en dépend, dans tous les sens du mot : « Je dus attendre dans une grande salle glacée sans feu et sans cheminée, au moins une demi-heure. »

Lorsque la duchesse daigne apparaître, les mains de Mozart sont tellement froides que même avec la meilleure volonté du monde il ne peut s'exécuter au piano lorsqu'elle le lui demande. Alors la duchesse l'ignore. Elle se met à jouer aux cartes avec d'autres messieurs, moment durant lequel Mozart « a l'honneur d'attendre ne sachant que faire ». Il se met enfin à jouer « sur ce misérable et détestable pianoforte », sans que ces messieurs et ces dames interrompent une seconde leur jeu et leur conversation. « Il me fallut jouer pour les sièges, les tables et les murs... » Il entame alors les *Variations Fischer* (K. 179), puis, tout à coup, s'interrompt en plein milieu et se met debout. Fusent alors les compliments ! « Donnez-moi le meilleur des pianos d'Europe, mais pour m'écouter des gens qui ne comprennent rien ou qui ne veulent rien comprendre, et qui ne ressentent pas avec moi ce que je joue, alors je perdrai toute ma joie... »

Hélas, ce genre de scène se renouvellera souvent, ajoutant au dégoût qu'il éprouve pour toute cette comédie humiliante, mais obligée : « Paris a bien changé ! Les Français n'ont plus du tout la même politesse qu'il y a quinze ans. Ils frisent maintenant la grossièreté et sont abominablement orgueilleux. »

Cependant lui aussi a bien changé, il n'exerce plus l'attrait de l'enfant miracle. Il a maintenant tout à prouver, mais comme musicien adulte. Encore faudrait-il que l'on manifestât une quelconque curiosité à son égard. Ce n'est plus le petit Wolfgang – et ce n'est pas encore Mozart ! Il espère beaucoup de l'association des Concerts spirituels dirigée par Jean Le Gros, dont les manifestations ont lieu dans la salle des Suisses aux Tuileries. Mais Le Gros « oublie » sa promesse de faire copier la partition de la *Symphonie concertante* pour instruments à vent, et tout est à l'avenant : « Votre symphonie concertante aurait été un échec complet si j'avais commis la sottise de la faire exécuter, beaucoup trop longue, trop personnelle, trop inusitée... »

Sans enthousiasme, Mozart compose le *Concerto pour flûte et harpe* (K. 299) pour le duc de Guisnes et sa fille, qu'il qualifie de « cordialement sotte et cordialement paresseuse, excellente harpiste mais piètre compositeur ». Son père, bon flûtiste, est en adoration devant elle au point qu'il charge Mozart d'en faire un compositeur afin qu'elle puisse, elle aussi, écrire pour les deux instruments. Bref, le concerto est composé, livré, mais le duc, « qui n'a pas l'honneur au ventre », ne l'aura toujours pas rétribué quatre mois plus tard !

L'esprit du concerto est bien différent de la *Symphonie concertante*. Mozart y intègre tous les poncifs attachés au genre galant pour satisfaire aux goûts aristocratiques du commanditaire. Par ailleurs, s'agissant d'amateurs, il évite les trop grandes difficultés. Mais, une fois de plus, dans l'*andantino*, il se livre avec délices à un beau chant poétique qui s'évade hors de toute contrainte... le final étant inspiré d'un thème de gavotte obéissant à l'esprit français.

Mozart contacte l'excellent baron von Grimm qui avait autrefois soutenu la famille lors de leurs passages à Paris en 1763 puis en 1766 ; leur relation ne tardera pas à se gâter car Mozart s'entiche de l'ennemi de ce dernier, le comte Sickingen, ministre de l'électeur palatin.

C'est grâce à Wendling et au baron von Grimm que Mozart rencontre le grand danseur Jean-Georges Noverre.

Noverre, maître de ballet depuis deux ans de l'Opéra, envisage de monter un nouveau ballet sur une musique dont Mozart serait l'auteur. Pour celui-ci, tous les chemins sont bons pour obtenir une commande d'opéra et malgré l'obstacle que constitue à ses yeux la langue : « Je n'ai pas peur. Cette langue a été créée par le diable, c'est vrai – et je suis parfaitement conscient de toutes les difficultés éprouvées par tous les compositeurs – mais malgré tout, je me sens en mesure de surmonter ces difficultés aussi bien que tout autre... »

Il ajoute : « Je ressens un feu dans tout mon corps, mes mains et mes pieds tremblent d'impatience de faire connaître les Allemands aux Français... de leur apprendre à les apprécier et à les craindre. »

Avant d'être maître de ballet à l'opéra de Paris, Noverre a exercé ses talents à Vienne où il a été directeur de l'opéra de cette ville, nommé par Marie-Thérèse. Tout comme Mozart il a parcouru l'Europe en faisant une carrière brillante. Disciple de Hilverding, il est l'un des premiers à avoir voulu s'attaquer au vocabulaire de la danse. Il souhaite faire de l'art et de la pantomime le fondement du ballet afin d'aider à l'expression des passions et à l'imitation de la nature, au contraire des ballets allégoriques. La pantomime, combinée à des figures de danses plus anciennes, pourrait ainsi mener, dit-il, à une action théâtrale sur l'ensemble des actes d'un même ballet. La première chorégraphie de Noverre, réalisée en 1748 à l'âge de vingt et un ans, *Les Fêtes chinoises*, a été très remarquée par sa singularité... Mozart est de suite séduit par les initiatives de son nouvel ami dont la démarche rejoint la sienne dans une volonté de renouvellement de l'expression : « S'il y a quelqu'un qui puisse nous faire sortir de l'enfance où nous sommes encore pour le ballet, ce doit être Noverre ! »

Or, aux autres dons de Mozart, s'ajoute encore celui d'avoir un sens inné de la grâce des mouvements physiques. Les idées de Noverre ne peuvent que le stimuler et lui donner envie d'une collaboration. De plus, l'orchestre de Paris, placé sous son égide, réunit à cette époque des musiciens d'une qualité nouvelle par rapport à ce que Noverre lui-même appelle « la faiblesse et l'enfance dans laquelle notre musique était plongée il y a soixante ans » : « L'orchestre de l'Opéra, est, sans contredit, le centre et la réunion de musiciens habiles. Il n'est plus nécessaire de les avertir, comme autrefois, qu'il y a deux dièses à la clef !

Ils n'ont plus besoin du bâton de mesure et des contorsions de celui qui en est muni ; du bruit désagréable et dissonant qu'il produit, lorsque le préfet de la musique entre dans l'enthousiasme et qu'il brise le pupitre, distrait l'oreille du spectateur, coupe l'harmonie, altère les chants des airs, et, en un mot, s'oppose à toute impression ! »

Dans l'espoir de voir se réaliser le projet d'opéra, Mozart, selon l'usage, lui écrit un ballet devant être adjoint à un opéra de Piccinni : *Le Finte Gemelle*. Celui-ci s'intitule *Les Petits Riens* (K. 299b), Mozart l'écrit « par complaisance » comme il dit, tout en avouant que la moitié des airs est de lui, le reste n'étant que « de misérables vieux airs français »... Pourtant la soirée est mémorable ! Il s'agit de l'inauguration en France des représentations d'opéras italiens sur la scène même de l'Académie Royale de Musique. Dorénavant, il est prévu que soirées françaises et soirées italiennes alternent leurs spectacles.

Dans l'ensemble, la critique se montre davantage favorable au ballet de Noverre qu'à l'opéra de Piccinni, elle décrit les tableaux et fait l'éloge des danseuses. Rien sur la musique de Mozart dont il n'est fait mention nulle part. Il ne s'en formalise pas, étant surtout porté par le projet commun, de bien plus grande envergure, qui mettra en application les idées de Noverre auxquelles il adhère : « Ce n'est pas un acte pour un opéra que je ferai, mais un opéra entièrement de moi, en deux actes. Le poète a déjà terminé le premier acte et en a donné l'idée... »

Toujours très préoccupé des problèmes liés à l'opéra, il s'en ouvre à celui qui peut encore le mieux comprendre, son père : « Pour l'opéra, voici où nous en sommes. On trouve très difficilement un bon poème. Les anciens, qui sont les meilleurs, ne sont pas combinés selon le style moderne, et les nouveaux sont tous de nul secours. Car la poésie, le seul point dont les Français ont pu être fiers, devient chaque jour plus médiocre... et la poésie est justement la seule chose ici, qui doive être bonne, puisqu'on ne comprend pas la musique ! »

Le projet pour Noverre, intitulé *Alexandre et Roxane*, ne se réalisera jamais. Pourquoi, alors qu'il semble tant y tenir ? Son échec ne fait qu'augmenter le peu d'estime que Mozart porte aux activités musicales françaises : « Ici... voici comment les choses se passent : lorsque l'opéra est achevé, on le répète... Si ces niais de Français ne le trouvent pas bon, on ne le représente pas, et le compositeur l'a écrit pour rien. Si on le trouve bon, on le met *in scena*, et puis, selon que le succès croît, le bénéfice croît de même ! Rien n'est assuré... »

Cette déception se trouve légèrement compensée par une rencontre significative dans l'itinéraire de Mozart vers la franc-maçonnerie : celle du compositeur François-Joseph Gossec, de trois ans son aîné. Il est le fondateur des « Concerts des amateurs », une association importante qui deviendra par la suite les « Concerts de la Loge Maçonnique ». C'est à Gossec et à ses « Concerts des amateurs » que l'on devra la commande à Haydn de ses six symphonies dites « parisiennes » juste au lendemain de l'adhésion de celui-ci à une loge en février 1785, celle de « La Vraie Concorde ».

Grâce à lui (« Gossec est mon très bon ami »), Mozart rencontre de nombreux autres maçons français. Il se familiarise peu à peu avec leur philosophie... À l'époque, dans son pays, cet Ordre est en proie à de nombreuses calomnies et interdictions sous la pieuse férule de Marie-Thérèse, son ennemie déclarée. Que son époux ait partie liée avec lui demeure pour elle une source permanente d'irritation. Dès sa mort, elle le frappe d'interdiction. Ensuite c'est son fils, le corégent Joseph II, qui soutiendra les francs-maçons dont les pratiques correspondent à ses propres aspirations libérales et humanitaires.

À une proposition d'engagement à Versailles comme organiste, Mozart réagit négativement ; la perspective d'y vivre six mois l'an et six mois à Paris lui étant inconcevable, surtout pour un poste qu'il estime ne pas l'honorer : « Organiste ! Une bonne charge me ferait grand plaisir, mais nulle autre que celle de *Kapellmeister*, et... bien payée. »

Enfin, point positif de ce séjour, Mozart se réconcilie avec Le Gros après « l'escamotage » de sa *Symphonie concertante*. Sans doute Le Gros se rend-il enfin compte que « le jeune dadais allemand » est peut-être un homme d'avenir ; il lui livre commande d'une symphonie pour l'ouverture des Concerts spirituels, le 8 septembre : « Pour ne pas vous désobliger, je vous donne de nouveau votre chance... Faites-moi une nouvelle symphonie, mais bien au goût du public cette fois, et je m'engage à la jouer... »

Mozart, malin, remarque simplement : « Il pense être le seul à l'avoir, mais ce n'est pas vrai, je l'ai encore fraîche dans ma tête, et la remettrai sur pied dès que je serai à la maison ! »

Sa mémoire est prodigieuse, nous le savons. De plus, il a la chance de travailler avec une rapidité hors du commun. Le 12 juin 1778, il annonce l'achèvement de la nouvelle *Symphonie* dite *de Paris* (K. 297). Il y exprime son admiration et son amitié pour Gossec, ainsi que son ardeur pour la cause maçonnique en s'inspirant de l'œuvre symphonique de celui-ci. Bien qu'il prétende lui-même peu se soucier de cette symphonie, il en relate néanmoins le succès public à son père avec un plaisir non dissimulé : « À la répétition, j'ai eu très peur, car, de ma vie, je n'ai rien entendu de plus mauvais ! Vous ne pouvez vous imaginer comment ils ont, deux fois de suite, bâclé et raclé à fond, la symphonie... j'ai vraiment eu très peur !... Le lendemain, j'étais même décidé à ne pas aller du tout au "Concert", mais il fit beau le soir, et je résolus finalement de m'y rendre, avec la ferme intention, si cela marchait aussi mal qu'à la répétition, de pénétrer dans l'orchestre, de prendre le violon des mains du premier violon, Monsieur Lahoussaye et de diriger moi-même ! »

Le miracle a lieu, l'assistance est transportée, elle aussi : « Dans ma joie, sitôt la symphonie achevée, je m'en allai au Palais Royal ; pris une bonne glace, dis le chapelet que j'avais promis de dire, et rentrai à la maison... C'est toujours à la maison que je me sens le mieux, et c'est toujours là que je me sentirai le mieux – ou chez un véritable et honnête Allemand... »

Avec sa symphonie, Mozart connaît son premier succès parisien et Le Gros lui-même en est si content qu'il la proclame la meilleure, exception faite de l'*andante* qui n'a pas l'heur de lui plaire : on y trouve trop de modulations, c'est trop long... Mozart ironise là-dessus : « Mais cela vient de ce que les auditeurs avaient oublié de faire autant de vacarme, en battant des mains fort et longtemps à cet endroit, qu'aux premiers et derniers morceaux. Car l'*andante* a le plus gros succès, d'abord auprès de moi-même !!! Et puis, de tous les connaisseurs et amateurs, et de la plupart des auditeurs, c'est juste le contraire de ce que dit Le Gros. Il est tout naturel... et court. Cependant pour le contenter, et avec lui les autres, j'en ai composé un second ! Chacun, dans son genre, est bien... parce que chacun a un caractère différent... mais le dernier me plaît davantage ! »

Les instruments à vent, que Mozart affectionne tant, y ont la part du lion, et cette symphonie est la première à incorporer la clarinette. Toutes les œuvres « parisiennes » de Mozart sont destinées par la pensée aux amis de Mannheim : Cannabich, Wendling, Ramm, au ténor Raff, et aussi bien sûr à la bien-aimée Aloysia Weber...

Son cœur est resté là-bas ; son œuvre s'adresse à ceux de là-bas...

Les amis de Mannheim repartis dans leur pays, Mozart se sent fort délaissé : « Je ne trouve souvent ni rime ni raison à rien – je n'ai ni chaud ni froid – je n'ai vraiment de joie à rien ; ce qui me console le plus et me maintient de bonne humeur, c'est l'idée que vous, mon Papa chéri, et ma chère sœur, vous allez bien – que je suis un honnête Allemand – et que si je n'ai pas toujours le droit de parler – j'ai du moins la liberté de penser ce que je veux... »

Chose curieuse et qui lui est tout à fait inhabituelle : à aucun moment Mozart ne fait mention à son père des opéras, pourtant nombreux, auxquels il assiste à Paris : ceux de Gluck, de Piccinni, de Grétry, de Gossec, de Pergolèse, de Philidor... ni même des interprètes qu'il a l'occasion d'entendre. Il ne lui parle même pas des *Petits Riens*. De même, il semble qu'il ne fait aucun usage (ou peu) des lettres d'introduction dont il est muni ; des lettres pour d'Alembert, pour Diderot... Sa révolte contre tout cela est profonde ; son refus d'obtempérer aux éternels *desiderata* de son père, absolu.

Quant à la pauvre Anna Maria, elle ne se porte pas bien, elle se languit de son pays, de tout ce qu'elle aime et qui lui est familier. Pour quelle raison absurde, par quelle volonté bornée et égoïste Leopold l'oblige-t-il à demeurer dans cette situation ? Mozart se repentira-t-il un jour d'avoir quelque peu délaissé sa mère lors de leur long séjour parisien ? Il a vingt-deux ans lorsqu'elle meurt, le 3 juillet :

« Samedi – 4 juillet 1778

Le dit jour, Marie-Anna Pertl, âgée de cinquante-sept ans... décédée d'hier rue du Groschenet a été inhumée au cimetière, en présence de Wolfgang Amadée Mozart, son fils et de François Heina, trompette des chevau-légers de la garde du Roi, son ami... »

Elle meurt sur cette terre française qui lui est si étrangère ; une mort que Mozart semble éliminer de son esprit avec désinvolture, avec un sentiment de délivrance, même, peut-être... Chose surprenante, dans un premier temps il dissimule cet événement à son père. Le jour même, il lui écrit : « Je dois vous annoncer une nouvelle pénible et triste – ma chère maman est très malade – elle s'est fait saigner, comme elle en avait l'habitude, et c'était aussi très nécessaire ; elle se sentit mieux ensuite... Nous voyons bien que les gens chancellent, tombent et meurent lorsque le moment est venu et tous les moyens ne servent à rien. Ils facilitent plutôt qu'ils n'empêchent la mort. Je ne dis pas pour autant que ma mère va mourir, que tout espoir est perdu. Elle peut recouvrer la fraîcheur et la santé, mais uniquement si Dieu le veut... »

Le reste de la lettre, très longue, décrit toutes les activités auxquelles Mozart se livre à Paris ainsi que leur bonne réussite – ou pas.

Le même jour, il annonce cependant la vérité au vieil ami de la famille, l'abbé Bullinger, « pour vous tout seul », dit-il. Puis enfin le 9 juillet : « Monsieur, mon très cher Père, j'espère que vous serez en état d'apprendre avec Nannerl une nouvelle bien triste et bien douloureuse – ma lettre du 3 vous aura préparé à ne rien attendre de bon – lorsque je vous ai écrit, elle jouissait déjà des joies célestes... Je dois tout d'abord vous dire que ma bienheureuse mère devait mourir – aucun docteur au monde n'aurait pu la sauver cette fois – car c'était de toute évidence la volonté de Dieu ; son temps était écoulé... »

Après un certain nombre de phrases analogues, il abrège en écrivant : « Maintenant, la volonté divine et sainte s'est accomplie – récitons un fervent *Notre Père* pour son âme, et tournons-nous vers d'autres pensées, chaque chose en son temps... »

Et il s'étend de nouveau très longuement sur ses activités, combien il a ri en apprenant les griseries de Michael Haydn et autres considérations sur ses amis, la musique à Paris, sur le mépris que lui inspire tout ce qui se passe à Salzbourg, alors qu'à Mannheim..., etc.

Où est la vérité de ses sentiments envers sa mère ? Les relations entre Mozart et son père nous sont largement révélées par leur correspondance : en revanche, sur les rapports de Mozart avec sa mère, Anna Maria, nous en savons beaucoup moins. Il semble qu'il ait hérité à parts égales des qualités et des défauts de ses parents. De sa mère, une nature enjouée, et surtout un goût déclaré pour les plaisanteries scabreuses. Tout comme son fils, elle donne très volontiers dans la scatologie, ce qui ressort des épîtres qu'elle adresse à son mari durant le séjour parisien : « Addio ben mio, de toi prends grand soin, et ton cul, tends-le bien. Pète à tout va et chie dans les draps... Voilà que je fais des vers, mais continue toi-même... »

Curieux humour pour une femme alors âgée de cinquante-trois ans ! Du moins a-t-elle avec son fils une certaine complicité sur ce plan, peut-être la seule, qui sait ? Il ne subsiste qu'une seule lettre de Mozart à sa mère :

Madame mère !
J'aime bien le beurre
Nous sommes, Dieu merci
En bonne santé et pas malades
Nous parcourons le monde
Mais nous n'avons guère d'argent
Nous sommes toutefois fort gais
Et personne n'est engorgé.
Je suis chez des gens
Qui ont la crotte au ventre,
Mais qui la laissent sortir
Tant avant qu'après bombance.
On pète toujours la nuit
Bravement, et que cela craque.
Mais hier, le roi des pets
Dont les pets sentent le miel,
N'était guère en voix
Et était lui-même en courroux.
Il y a déjà plus de huit jours que nous sommes partis
Et nous avons déjà chié bien souvent...

Etc., cela se poursuit dans cette veine, à la fin de quoi, Mozart signe, comme autrefois : « Votre enfant fidèle qui a la teigne, Trazom. »

Mais de sa mère, il semble que Mozart tienne aussi la générosité, l'absence de tout calcul, une disponibilité toujours renouvelée pour les spectacles que peut lui offrir la vie... Du côté de son père lui vient un manque quasi total de psychologie, le souci de paraître, l'orgueil, l'absence d'humilité, et un mépris évident pour ses contemporains, même pour ceux qu'il admire.

Lorsque sa mère meurt, il n'y a pas que Leopold pour culpabiliser son fils et lui reprocher de ne s'en être pas occupé comme il le fallait. Nannerl, elle aussi, se range à partir de ce moment-là, et définitivement, du côté du père. Mais cette mort ne semble pas être la seule raison. En effet, la rencontre de son frère avec la famille Weber, l'amour fou qu'il conçoit pour Aloysia ont déjà suscité non seulement chez Leopold mais également chez Nannerl une désapprobation profonde. Peut-être, l'idée que son frère, son cadet, pourrait se marier, alors que nul prétendant ne songe encore à elle, lui est-elle difficilement acceptable ? L'éloignement entre elle et son frère se confirme par une absence totale de correspondance entre eux. Pas un mot depuis la mort de leur mère. Ce silence implique une condamnation ouverte.

Mozart, lui non plus, n'est pas pressé de retrouver son père et sa sœur. Son séjour à Paris, la mort de sa mère, ses amours déçues avec Aloysia Weber, qui n'a pas daigné lui adresser une seule lettre, l'ardeur des rêves qu'il a entretenus au départ du long voyage, confrontés à la perspective de retrouver la petite ville de Salzbourg où tout lui paraît étriqué et sans envergure, ne font qu'augmenter son sentiment d'échec : « Ce qui me rend odieux Salzbourg, c'est cette musique de cour, grossière, débraillée, débauchée... Non, un honnête homme, qui a de l'usage, ne peut vivre avec ces gens-là. Il lui faut, au lieu de pouvoir leur faire bon accueil, rougir d'eux. »

Il s'en ouvre encore un mois plus tard au vieil ami de sa famille, l'abbé Bullinger : « Salzbourg n'est pas un endroit favorable à mon talent ! D'abord, les gens qui font de la musique ne jouissent d'aucune considération, et en second lieu, on n'y entend rien. Là, pas de théâtre, pas d'opéra ! S'il arrivait qu'on en voulût vraiment jouer un, qui le chanterait ? Depuis quelque cinq ou six ans, l'orchestre de Salzbourg a toujours été riche en éléments inutiles, superflus, et très pauvre (au contraire) en éléments nécessaires ! »

À son père, si peu compatissant, il livre toute sa détresse : « À Salzbourg, je ne sais pas qui je suis... Je suis tout, et puis parfois rien du tout... Je n'en demande pas tant, mais je n'en demande pas si peu non plus. Je ne demande qu'à être quelque chose... »

Mozart quitte Paris le 26 septembre 1778. Poursuivi par d'innombrables sommations et colères de Leopold, il fait étape à Strasbourg, à Mannheim afin de retarder jusqu'à l'extrême limite le retour chez lui.

C'est dans cette ville que Mozart découvre, grâce au compositeur tchèque Georg Benda, un procédé nouveau du langage théâtral : le mélodrame. Aussitôt lui revient son désir ancien de composer un opéra allemand : « Combien j'eusse aimé que ce soit à moi que la scène musicale nationale doive son relèvement... »

Il est passionné par ce qu'il entend chez Benda. Il en fait aussitôt part à son père : « Jamais encore, rien ne m'a autant surpris... Vous savez qu'on n'y chante pas, mais qu'on y déclame... et que la musique est comme un récitatif obligé. Par moments, on parle aussi sur la musique et ceci fait encore la plus magnifique impression. Ce que j'ai vu, c'est la *Medea* de Benda. Il a écrit une autre pièce : *Ariane auf Naxos*. Toutes deux sont véritablement excellentes... Savez-vous quelle serait ma manière de voir ? On devrait traiter de cette façon la plupart des récitatifs dans l'opéra, et ne chanter que de temps en temps ces récitatifs lorsque les paroles "sont bonnes à rendre en musique" ! »

Lorsqu'il s'agit du langage théâtral, Mozart se montre totalement disponible pour renouveler tout jugement théorique. Il se met à la disposition de ce qui, dramatiquement, lui semble valable. C'est ainsi que, dans quelques années, il réussira à créer, malgré la disparité de langage que comporte inéluctablement le *Singspiel*, une unité à partir d'une diversité incroyable, surtout dans *La Flûte enchantée* ; dans *L'Enlèvement au sérail* également, et dont *Thamos* est déjà bien plus qu'une amorce...

Mozart arrive à Munich en décembre, peu avant Noël, et se dirige tout droit vers la demeure de celle qui l'obsède : « C'est là que Mozart parut à son retour de Paris, vêtu d'un habit rouge avec des boutons noirs selon la mode française pour le deuil de sa mère. Il trouva Aloysia dans d'autres dispositions à son égard. Elle ne sembla plus reconnaître, lorsqu'il se présenta, celui qu'elle avait pleuré naguère. Alors Mozart se mit au piano et chanta d'une voix forte. Je laisse volontiers la jeune fille qui ne me veut plus... »

La présence de la cousinette Bäsle, avec laquelle il retrouve d'emblée l'ancienne complicité, le réconforte quelque peu. Il lui propose de poursuivre en sa compagnie le chemin de Salzbourg et d'y séjourner quelque temps, sans doute dans l'espoir de tempérer ainsi la colère paternelle.

Il apprend, ce qu'il ignorait jusqu'alors, que son père, toute fierté bue, et à la suite de la mort de deux musiciens clés au service de Colloredo, a présenté une demande de remplacement de l'un d'eux pour lui-même, le *Kapellmeister* Lolli (Leopold invoque ses trente-huit ans de fidèles et loyaux services en tant que vice-*Kapellmeister*), tout en laissant entendre que son fils pourrait remplacer l'organiste, Cajetan Adelgasser. Il se montre prêt à tout, pourvu qu'il ait de nouveau celui-ci sous sa férule, même aux dépens des ambitions entretenues à son égard. Lorsqu'il présente le contrat de Colloredo à son fils, fine mouche, il laisse entendre que le prince aimerait entendre Aloysia Weber, que si elle acceptait de venir à Salzbourg, il serait disposé à héberger sa famille et il joue à fond également la carte de la culpabilisation quant à la mort de son épouse : « Si ta mère était revenue de Mannheim, elle ne serait pas morte, etc. »

Mozart est pris au piège. Pathétique, il avoue pourtant : « Je ne me sens coupable de rien, je n'ai commis aucune faute... »

XV

Salzbourg : pris au piège

Durant deux ans, son objectif principal est de s'évader de là, d'échapper à l'autorité paternelle et même à la présence d'une sœur avec laquelle il n'a plus l'ancienne complicité. Par désœuvrement, c'est lui qui tient parfois le journal de celle-ci. Il y consigne avec soin et avec une délectation morose des événements sans éclat. Ces notes reflètent bien l'état d'esprit dépressif dans lequel il est tombé :

« Le 12 à 8 heures et demie, à l'église. Puis visite à Lodron et à Mayer. Après-midi, Katherl à la maison. Un orage et forte pluie.

Le 13, à 10 heures, à la cathédrale pour la sainte messe de 10 heures. Chez la Katherl. Joué aux tarots avec les cartes de tarot. À 7 heures, promenade au Mirabellgarten, promené comme on se promène, marché comme on marche. Peu à peu le ciel sourit.

Le 14, messe à 8 heures. Chez Hagenauer, Mayr et Obereiter. Après-midi chez Lodron. À 3 heures, à la cathédrale. À 5 heures, mon frère (? !), à 6 heures, promenade. Beau temps. À 9 heures, pluie.

Le 15, à 9 heures, à la cathédrale. À 11 heures, chez Hagenauer, mangé là-bas, parce que Papa et mon frère ont mangé ailleurs..., etc.

Le 26, à la messe de 9 heures. Chez Lodron. L'après-midi, Altmann est également venu. Le matin, il a plu. L'après-midi, le temps est devenu beau. Temps ! Ô devenu ! Ô beau ! Ô après-midi. Ô pluie. Ô matin. »

Les jours se poursuivent dans une désespérante monotonie... Dans sa morne énumération des événements, Mozart introduit parfois un zeste de scatologie : « Le 19, après chier, à l'église. Resté à la maison à me souffler un peu dans le cul. L'après-midi visite de Katherl. Et aussi le sieur Fuchs-Schwanz, à qui j'ai gentiment léché le cul. Ô précieux cul ! Le docteur Barisani est venu aussi. Pluie toute la journée. »

Et ainsi de suite... Parfois aussi, Mozart s'amuse à jouer avec les mots et avec les langues pour s'égayer un peu :

« Le 52 août... Lodron pour le dessert. À 3 heures, nous sommes tous les six allés, allis, allos, allus nous promener. Ce belle fut une journée.

Le 62 apud die contessine de Lodron. Alle dieci et demie, je suis allé in templo. Postéa chès le signore von Mayern. Post prandium la signora Catherine chès nous. Nous habemus joués colle carte di Tarock. À 7 heur, siamo andati spatzieren in den horto aulico. Faceva la plus pulchra tempestas von der Welt...

Le 72, à 10 heures, à la cathédrale...

Le 82, à 8 heures et demie, souffle-moi dans le derrière, à l'église. À 9 heures un quart, souffle-moi dans le derrière, zum Mayrischen. Après-midi chez Lodron. Le jeune Weyrother chez nous. À 5 heures et demie, promenade. Beau temps. »

Les journées de Mozart ne se limitent évidemment pas à jouer au tarot et à constater qu'il fait beau ou qu'il pleut. Il doit aussi assurer son service d'organiste auprès du détesté prince-archevêque et fournir les compositions impliquées par sa charge. Est-ce le fait qu'il soit si peu stimulé par sa vie ? Les pages sacrées qu'il produit n'ont plus le magnifique élan de la première *Messe solennelle* en ut mineur (K. 139) et, même dans sa musique profane, les créations sont restreintes.

Il écrit des sonates d'église ; « d'église » à cause de la présence de l'orgue.

Mais il y a tout de même une lueur d'espoir : la chance veut qu'à partir de l'automne 1779 deux troupes s'installent temporairement dans la petite ville. La première est dirigée par un nommé Johann Heinrich Böhm. Le contact avec cette troupe allemande, et ensuite avec celle qui lui succède, dirigée par Emmanuel Schikaneder (dont, plus tard, le nom sera intimement lié à *La Flûte enchantée*), se révélera capital dans l'évolution dramatique de Mozart. Car à cette occasion, il se livre à une véritable orgie de spectacles. Moyennant chants et interludes qu'il fournit à la troupe, lui et sa famille se rendent à quatre spectacles par semaine d'une stupéfiante variété de genres : tragédies (musicales ou pas), comédies, opérettes, farces, ballets... Lessing avoisine Philidor, Calderón, Shakespeare (Schikaneder sera le premier « Hamlet » allemand), le tout dans un déploiement fastueux de machinerie, avec apparitions, orages et tempêtes, qui font les beaux jours du public populaire, et de la famille Mozart.

XVI

Prélude à une initiation

À cette époque, vers la fin 1779, on ne sait si c'est Böhm qui suggère à Mozart de sortir de ses cartons la musique écrite pour Gebler six ans auparavant : *Thamos, roi d'Égypte*, d'en étoffer de nouveau l'orchestration et de la porter sur scène, ou si c'est Mozart qui le lui propose. Peu importe ! Fort de l'effet produit sur lui par les partitions de Georg Benda, Mozart reprend sa partition et introduit dans cette musique un élément nouveau, un mélodrame « façon Benda » avec tantôt des accords, tantôt de brèves phrases mélodiques qui viennent remplacer les vides entre les paroles dites par l'acteur. Au contraire de la première mouture de 1773, celle de 1779, revue et corrigée, est désormais l'œuvre d'un homme mûr. Pour autant, Mozart ne renie jamais ses anciennes partitions. Il retouche celles-ci pour tenter de leur donner davantage d'homogénéité. L'ensemble est plus riche, plus puissant. Il y adjoint une ouverture. À cette ouverture fait suite un chœur, d'origine, mais réorchestré royalement ; un chœur dans lequel les voix des vierges consacrées au Soleil s'unissent à celles des prêtres dans le temple. Dans cette œuvre, le ravisseur de la jeune princesse captive est un prêtre égyptien du soleil qui agit pour les raisons les plus sages, tandis que la Reine incarne les puissances maléfiques. Lorsque Mozart deviendra lui-même franc-maçon à Vienne, cinq ans plus tard en 1784, il se rendra compte à quel point ce mythe est tissé dans la tradition maçonnique ; que la source en est *Séthos*, ancien document grec traduit depuis les années 1730 en France par l'abbé Terrasson. La teneur en est familière aux Allemands depuis longtemps. Dans *Thamos* sont présents pour la première fois les trois grands symboles maçonniques, les trois bémols, les trois accords de trois notes, les triades insistantes qui préfigurent *La Flûte enchantée*... Mozart en tirera deux extraits, quasi textuels, pour les inclure dans son ultime opéra. Est établie, d'emblée, l'opposition de la lumière et de l'ombre qui sera le symbole de base de *La Flûte*. Le soleil se lève, et triomphe de son ennemi, la nuit !

Mozart est tout à fait conscient de l'importance de *Thamos* dans son œuvre et de la présence puissante au sein de cette musique (composée pourtant sur un texte quelque peu ampoulé) de la philosophie maçonnique.

La rencontre avec Gebler en 1773 et les diverses étapes du travail sur *Thamos* avaient constitué ses premiers contacts avec la franc-maçonnerie, à l'exception d'une mélodie, composée à l'âge de onze ans durant son séjour chez le comte Podstotsky à Olmütz. Cette mélodie célébrait *La joie, Reine des sages* (*An die Freude* Kv. 53b). Elle fut écrite en guise de remerciements au Dr Wolff qui lui avait sauvé la vie lors de l'épidémie de variole qui avait éclaté à Vienne. Wolff était franc-maçon et le texte de l'ariette était évidemment d'inspiration maçonnique, mais dans quelle mesure Mozart pouvait-il alors en mesurer la portée ? On ne sait... mais il semble que ces contacts se soient poursuivis à Mannheim en 1777 au moment de sa rencontre avec la famille Weber. Il y a fait la connaissance du chevalier Otto von Gemmingen, grand dignitaire maçon pour qui il ébauche une partition, désormais perdue hélas, un drame ésotérique : « J'écris en ce moment pour l'amour de Monsieur von Gemmingen, et pour le mien propre, le premier acte de l'opéra déclamé que j'aurais dû composer "gratis"... voyez quelle passion j'éprouve pour ce genre de composition ! C'est Monsieur von Gemmingen qui en est le poète naturellement, et ce duo/drame a pour titre *Sémiramis.* »

Mozart s'était rapidement lié d'amitié avec ce maçon fervent, écrivain et auteur dramatique, au point que Gemmingen lui acheta (pour trois louis d'or !) son quatuor écrit à Lodi, ainsi que le *Quintette à cordes* en si bémol de Salzbourg de 1773 (K. 174) tout en l'assurant de son amitié, lui demandant la sienne en retour et en lui témoignant des sentiments égalitaires et inhabituels (pour un aristocrate !) qui relèvent de l'esprit maçonnique.

C'est grâce à lui que Mozart rencontra un autre « frère », le comte von Sickingen, à Paris. Deux contacts, rapprochés donc, avec des francs-maçons...

Grâce à ces hommes, Mozart a absorbé et pris connaissance des aspirations et des sentiments qui dominent les milieux maçonniques les plus favorables aux idées des Lumières.

En 1781, il retrouvera avec plaisir son ami Gemmingen à Vienne. Peut-être sera-ce même lui qui lui fournira le beau texte de la cantate maçonnique *Die Seele des Weltalls* (K. 429) (L'âme de l'univers) qui deviendra à la fin de *La Flûte enchantée*, l'invocation admirable de Sarastro, l'hymne au soleil. Cette nouvelle rencontre coïncidera en tout cas avec l'intronisation officielle de Mozart à la loge de « La Bienfaisance » fondée par son ami.

À présent, pour Böhm et sa prochaine saison viennoise, Mozart se met au travail sur un *Singspiel* selon son cœur, *Zaïde* (K. 344). C'est le vieil ami de la famille Mozart, le trompettiste Johann Andreas Schachtner, qui en rédige les paroles. Le travail n'est pas encore terminé lorsque, le 29 novembre 1780, l'impératrice Marie-Thérèse meurt, mettant une fin, du moins provisoire, à toutes les activités théâtrales de la saison... *Zaïde* demeure inachevé, mais *L'Enlèvement au sérail* auquel Mozart s'attellera en 1781 aura une très proche parenté avec ce premier *Singspiel*.

Une fois terminée l'animation créée dans la petite ville par la présence de Böhm et sa troupe, puis de Schikaneder et de la sienne, l'ennui quotidien retrouve sa place. Après la magistrale *Symphonie concertante pour violon et alto* (K. 364), une sérénade et deux symphonies, Mozart perd peu à peu toute motivation pour composer. Il reste presque une année entière sans écrire autre chose que les œuvres de circonstance pour l'archevêque. Il se voit déjà dans la position de certains autres employés de la Cour, y compris Michael Haydn, pour lesquels la vie entière se déroule au sein de cette routine.

En mars 1779, il compose néanmoins une nouvelle messe, et non des moindres : la *Messe du Couronnement* (K. 317) pour la cathédrale de Salzbourg. Le résultat est grandiose... la forme en est plutôt symphonique que contrapuntique... Mozart passe avec maîtrise d'une expression apparemment conventionnelle à des accents plus profonds et graves, le tout dans une grande unité.

Animé par l'énergie du désespoir, a-t-il continué à faire des démarches pour échapper à l'état de quasi-stagnation dans lequel il se sent sombrer, ou est-ce à ses amis musiciens de Mannheim, désormais installés à Munich auprès du prince électeur Karl Theodor, qu'il doit de recevoir une nouvelle planche de salut ? On ne sait. À la fin de l'été 1780, arrive enfin une commande importante : composer un *opera seria* pour le prochain carnaval de la ville, la ville même pour laquelle, autrefois, il a composé *La Finta Giardiniera* à la demande de Maximilien III. Ce n'est pas le *Singspiel* dont il rêve, mais écrire pour la scène, c'est ce qui importe plus que tout.

N'a-t-il pas dit : « Je préférerais écrire un opéra italien, plutôt qu'allemand, et un *opera seria* plutôt qu'un *opera buffa*... » ?

Il s'agit d'*Idomeneo, Rè di Creta*, un sujet de la tradition française du XVIIIe siècle, une tragédie de Crébillon, déjà mise en musique par Campra. Par ce choix, on peut supposer que Karl Theodor tient compte de la permanence de l'influence française dans son pays. Mozart étant revenu dans le sérail de Colloredo, le prince électeur peut, sans faillir, lui demander d'honorer cette commande. Par ailleurs, c'est à un autre Salzbourgeois, l'abbé Varesco, qu'il commande le livret, ce qui pour Mozart est un avantage considérable. Il va pouvoir collaborer de près avec lui. Il a maintenant des idées et des exigences extrêmement précises sur « le poème » d'un ouvrage musical. Colloredo ne peut refuser l'honneur de la demande faite à son musicien, mais une fois de plus, il ne lui accorde qu'avec réticence le congé nécessaire à sa réalisation.

Mozart a vingt-quatre ans, le cœur léger. Il peut oublier Salzbourg et ce qu'il appelle sa « cour de gueux ». Seul pour la première fois, le 5 novembre 1780, il prend le chemin de Munich, où tous ses amis : les Wendling, Cannabich, Raaf... le flûtiste, Becke l'attendent pour lui faire fête : tous, sauf la famille Weber, qui, une fois de plus, s'en est allée avec armes et bagages accompagner Aloysia, engagée à l'Opéra de Vienne. Aloysia a suivi son étoile sans plus se soucier du petit compositeur salzbourgeois et sans se douter non plus que leurs destins se croiseront à nouveau avec l'arrivée de Mozart lui-même à Vienne en 1781. Le père Fridolin meurt, et l'acariâtre mère d'Aloysia et de Constanze fait savoir à sa fille qu'il lui appartiendra désormais de faire vivre sa famille. Aloysia se mariera avec Joseph Lange, comédien à la Cour et peintre, et c'est lui qui consentira, moyennant cette alliance, à l'une des combinaisons odieuses de la mère Weber : lui verser six cents à sept cents florins par an sa vie durant.

XVII

Idomeneo, rè di Creta : un *opera seria* abouti

Mozart reprend contact avec le comte Seeau, toujours en poste comme intendant des théâtres et de la musique. On se souvient que c'est à lui qu'il avait eu affaire pour *La Finta Giardiniera*. Ce même homme qui l'avait battu froid en 1777 alors que Mozart avait quitté Colloredo et avait tant besoin de secours se montre tout sourires de nouveau. Il en est de même pour le prince électeur. De plus, ce sont ses amis mêmes qui sont les interprètes de son opéra, à savoir Anton Raaf, dans le rôle titre, Dorothea Wendling, dans celui d'Ilia, et Elizabeth Wendling, dans celui d'Elettra. C'est Leopold qui joue le rôle d'intermédiaire entre son fils et le librettiste, demeuré à Salzbourg : « Je n'ai pas le temps et ne suis pas du tout né pour faire le secrétaire », déclare-t-il avec hauteur.

Le père est trop heureux et en profite pour sermonner Mozart sur ce qu'il faut et ce qu'il ne faut pas faire, se réinsérant avec aisance et bonheur dans son rôle d'antan.

Les amendements que Mozart prie son père de transmettre à Varesco se font de plus en plus pressants et toujours plus nombreux au fur et à mesure que la partition s'étoffe. Il soigne, comme jamais, chaque détail. Il lui arrive même de consulter Leopold, pour le plus grand bonheur de celui-ci, avant de transmettre ses *desiderata* : « Mais, dites-moi, ne trouvez-vous pas que le discours de la voix souterraine est trop long ? Réfléchissez bien... imaginez la scène, la voix doit être terrifiante – elle doit être pénétrante – il faut qu'on la croie vraie – comment peut-elle faire cet effet si le discours est trop long, et que par cette longueur les auditeurs se persuadent peu à peu de son néant ? »

Et ainsi de suite... Mozart se montre parfois très sévère à l'égard d'un mot au cœur d'une *aria*, un mot qui affaiblit, par sa sonorité et son sens, l'ensemble d'une phrase chantée.

Parfois, il lui arrive d'apporter à sa partition des modifications, mais à contrecœur, non sur sa proposition, seulement sur son consentement, car, comme il le précise, ces changements sont dictés par la qualité des interprètes : « Si j'ai été de cet avis, c'est que Raaf et del Prato chantent le récitatif tout à fait sans vivacité, sans feu, d'une façon toute monotone... et qu'ils sont bien les plus méchants acteurs que la scène ait jamais portés ! »

Le nommé Raaf devient alors sa bête noire : « Il aime trop les nouilles toutes coupées, et ne s'inquiète pas de l'expression... »

Mozart n'hésite pas à mettre son père à contribution pour lui faire parvenir certaines fournitures qui lui font défaut : « Maintenant, j'ai besoin, pour la marche du second acte, qu'on entend dans le lointain, de certaines sourdines pour les trompettes et les cors qu'on ne possède pas ici... Voudriez-vous bien, par le prochain courrier, m'en envoyer une de chaque sorte, afin qu'on puisse en faire de semblables ici ? »

Le plus souvent, rien ne peut distraire Mozart du travail qui lui est le plus cher. L'élaboration d'*Idomeneo* l'enfièvre : « Ma tête et ma main sont tellement prises par le 3e acte, qu'il n'y aurait rien de merveilleux si j'étais moi-même transformé en un troisième acte... à lui seul, il me donne plus de peine que tout un opéra. »

Mais, satisfait de sa besogne, il ajoute : « Il ne s'y trouve aucune scène qui ne soit extrêmement intéressante. »

Enfin tout semble aller à sa convenance : « La dernière répétition a marché magnifiquement », et cela d'autant plus que le prince électeur, qui y a assisté, dit à Mozart : « Bravo, cet opéra sera charmant, il vous fera sûrement honneur ! » Ajoutant en riant : « On n'imaginerait pas que d'aussi grandes choses se cachent dans une si petite tête. »

On a prétendu qu'*Idomeneo* est le plus riche, le plus grandiose opéra du Mozart musicien, mais non celui du Mozart dramaturge, la surabondance de musique et de thèmes ne justifiant pas toujours l'action dramatique. Si tel est le cas, ce ne sera plus jamais ainsi par la suite. Aucun des opéras futurs ne contiendra des idées et des thèmes qui ne soient totalement justifiés par l'action dramatique.

Désormais, Mozart sait ce qu'il veut exprimer ; il connaît le moyen d'y parvenir. Pour lui l'opéra ne doit pas être simplement du théâtre mis en musique. Il doit ajouter au *parlando* (au parler) l'élément du langage musical qui se combine et s'unit de mille manières à celui, particulier, du théâtre. On donne au texte une forme musicale qui peut être parlée ou chantée sur un accompagnement d'orchestre. Dans le dialogue, la musique peut aussi être un partenaire indépendant, et non pas seulement une façon de souligner celui-ci. Sa présence dans le théâtre restructure de manière totalement différente les événements qui s'y déroulent. Celle-ci possède sa propre architecture qui doit se subordonner au *parlando* des protagonistes sans pour autant détruire l'illusion de la réalité. Mozart connaît parfaitement la complexité de cette forme d'art, et le soin qu'il faut y apporter. Il est éminemment conscient que la composition ne relève pas simplement de l'inspiration divine, mais qu'il faut posséder une conception des idées musicales qui soit également visuelle. C'est là qu'il surclasse d'innombrables compositeurs dans ce domaine, et, bien évidemment, qu'il les dérange.

La relation entre texte et musique est toujours artificielle. Mozart est tellement passionné par les problèmes de la mise en musique d'un texte parlé qu'il dit vouloir écrire un livre ; une œuvre critique, courte, munie d'exemples musicaux, mais pas sous son nom, précise-t-il à son père. Hélas, ce livre ne sera jamais écrit, sinon nous aurions eu une approche sur l'esthétique de la musique, un livre sur la théorie de la composition peut-être et, dans tous les cas, un ouvrage polémique de la plus haute signification... Les images de Mozart, qu'on nous eût données ensuite seraient peut-être toutes différentes, les biographies moins romanesques sans doute...

Par ailleurs, Mozart est conscient, malgré le désir qu'il a d'écrire un opéra allemand, que, s'il veut obtenir la faveur des nobles qui font vivre l'opéra et ses musiciens, il doit inévitablement se soumettre à l'*opera seria*, un genre élitiste, en général inspiré des personnages célèbres de l'histoire. Et les librettistes tels que Métastase n'ont aucun scrupule à déformer quelque peu l'histoire afin que leurs héros aristocrates soient investis d'un maximum de vertus. Il existe aussi la *festa teatrale*, qui célèbre les grands événements ponctuels, un mariage royal par exemple.

L'*opera buffa* a en revanche une fonction très différente : il s'agit de tourner en dérision les travers humains, ceux des classes sociales inférieures, et même des bourgeois. Peu à peu il commence à mêler moyenne aristocratie et classes inférieures et cette évolution est très importante à l'époque, car elle fait apparaître des personnages de demi-caractère qui se situent à la frange d'un groupe social. Mozart en profite pour créer des personnalités de haut rang, dont le comportement est en dessous de leur statut social. Dans *Le Nozze di Figaro* par exemple, un aristocrate courtise une femme de rang inférieur, le comte et Suzanne. La musique de Mozart est ainsi grandement diversifiée. Elle peut même s'approprier quelques caractéristiques de l'*opera seria*, l'inverse ne peut pas se produire.

Autre point important, l'*opera seria* étant patronné par l'élite, il peut s'offrir tout ce qu'il y a de mieux comme interprètes, donc l'écriture musicale est bien plus complexe sur le plan technique, pleine d'ornements et de vocalises. L'*opera buffa* doit s'accommoder d'interprètes de talent moyen. Les *arias* leur sont attribuées suivant leurs aptitudes, la conclusion des actes réunissant invariablement toute la distribution. Mozart vit cette époque de changements, il peut donc intégrer à ses opéras tous les aspects, toutes les techniques musicales qui peuvent l'inspirer tout en demeurant, bien sûr, soumis aux contraintes pratiques.

Entre son librettiste, Varesco, et Mozart, la querelle est incessante. La tension monte, d'autant plus que ce dernier est à bout de forces, le temps de préparation étant plus que limité. La passion de ce travail requiert toute l'énergie de Mozart, mine sa santé également :

« Ce qu'il me faut en ce moment, c'est un état d'âme que rien n'assombrisse... »

Il doit écrire jusqu'à la dernière minute, et souvent la nuit, des pages manquantes : « J'ai dû faire, au dernier moment, le plus considérable et le plus dur de mon travail... mais non par paresse ou par négligence, je suis resté quatorze jours sans écrire une note, parce que la chose m'était impossible... encore en ai-je écrit, mais... rien au net... »

Depuis ses premiers opéras italiens, *Lucio Silla* et *Mitridate*, les idées de Mozart sur la dramaturgie lyrique se sont beaucoup précisées, il se montre peu enclin à les abandonner. *Idomeneo* doit donc obéir à la forme *opera seria* de cour, mais il souhaite que l'œuvre se démarque en tout de celles qui l'ont précédée. Il abandonne partout où il le peut les poncifs de la tradition. Et la qualité des musiciens auxquels il a affaire ne peut que l'encourager à une approche nouvelle. De plus, ceux-ci le tiennent en grande estime.

Mozart exploite au maximum leurs ressources, en particulier dans le domaine des instruments à vent. Il écrit de manière que la musique prédomine sur le texte, dans l'écriture orchestrale, mais aussi dans les récitatifs, qui prennent une force dramatique tout à fait inhabituelle. S'il le faut, Mozart taille à la mesure de leurs capacités les *arias* des solistes sans faire de concessions musicales. En revanche, pour les chœurs et les ensembles, il se soumet totalement aux nécessités dictées par l'action. Il en résulte une structure dramatique qui donne à l'*opera seria* une force totalement nouvelle et qui est, par surcroît, essentiellement étrangère au genre.

Avec *Idomeneo*, n'a-t-on pas proclamé : « Mozart a triomphalement baissé le rideau sur l'*opera seria...* » ?

Il est entouré de chaleur dans sa démarche. Ses amis se montrent très heureux de leurs rôles. Le flûtiste Becke s'empresse d'en aviser Salzbourg : « Tous soutenaient que c'était la plus belle musique qu'on ait jamais entendue, que tout y était neuf et singulier... »

La mort de l'impératrice Marie-Thérèse, le 29 novembre 1780, survient pendant les répétitions. À la date prévue pour la première, Mozart devrait être de retour à Salzbourg, son congé étant épuisé. Il sera momentanément sauvé, car le prince-archevêque devra bien entendu se rendre à Vienne pour le deuil ainsi que pour les célébrations liées à l'accueil du nouveau souverain, Joseph II. Les problèmes de ses musiciens passent au second plan, Mozart peut prolonger son congé et Leopold, libéré lui aussi de sa charge, rejoint son fils à Vienne en compagnie de Nannerl.

Enfin, le grand jour arrive !

Idomeneo est à la hauteur des espoirs ! Le rideau de la répétition générale s'ouvre au moment du 25e anniversaire de son créateur, le 27 janvier 1781, celui de la première deux jours plus tard. On découvre, enfin, le musicien adulte dans toute la plénitude de son génie. Est-ce un hasard si l'argument raconte le sacrifice que fait un père aimant de son fils et l'intervention des dieux afin que l'abdication du père assure la victoire au fils ? Leopold est-il un instant troublé par cette histoire, bien qu'il ne s'agisse naturellement que d'une intrigue fictive ? On peut supposer que non, tant il est persuadé de son bon droit lorsqu'il s'ingère dans les affaires de son fils.

XVIII

Colloredo : l'épreuve de force

Mozart n'étant rappelé auprès de l'archevêque qu'au mois de mars, il profite avec bonheur du carnaval et de l'attrait de la célébrité que lui procure le succès d'*Idomeneo*.

Le hasard veut que ce soit à Vienne qu'il doit, dans l'immédiat, reprendre son service. Le prince-archevêque, parfaitement au courant des succès de son subordonné, le rabat vite au rang de serviteur en lui faisant un accueil glacial, mais Mozart retrouve toute sa combativité : « Par Dieu, si cela ne dépendait que de moi – je me serais essuyé le derrière avec le dernier décret avant de partir ! Sur mon honneur, ce n'est pas Salzbourg, mais le prince-archevêque, la fière noblesse qui me pèsent chaque jour davantage. J'attendrai avec joie qu'il me fasse écrire qu'il n'a plus besoin de moi. C'est à en pleurer quand on y réfléchit... »

Il se remet aussitôt en contact avec ceux qui l'ont autrefois aidé, à commencer par Mesmer, lequel, en 1778, lui a écrit : « Vienne est toujours un lieu propice pour un grand talent... avec le soutien d'un excellent ami, on parvient toujours à son but... réfléchissez, choisissez, et dites-moi que vous optez pour ce but... »

Colloredo ne manque pas d'imposer avec force des règles à ses musiciens : ceux-ci ne doivent se produire en aucun cas en dehors des séances musicales qui relèvent de son service. Il considère Mozart comme sa propriété. C'est peu connaître le jeune homme : dès le premier jour, il se rebiffe ! Avec son indocilité fondamentale, il se débrouille rapidement pour faire cavalier seul. Il s'introduit lui-même auprès du prince Galitzine, ambassadeur de Russie, lors d'une réception, afin de lui présenter ses hommages ; il est reçu chez la comtesse Thun, grande amie de Joseph II et élève de Joseph Haydn ; il échafaude des projets pour arriver jusqu'à l'empereur : « Que croyez-vous que je fasse, maintenant que le public me connaît, si je donne une académie à mes frais ? Mais notre archicoquin ne l'autorise pas, pourtant, il ne veut pas que les gens tirent du profit, mais seulement du tort. Mais il ne peut si facilement venir à bout de moi, car avec seulement deux élèves ici, j'aurai une meilleure situation qu'à Salzbourg... Oh, je ferai certainement faire un pied de nez à l'archevêque que c'en sera une joie, et avec la plus grande politesse encore... »

Le conflit entre lui et Colloredo éclate lorsque, unissant la parole à l'acte, Mozart se produit dans une manifestation organisée par « La caisse des veuves et orphelins de la ville de Vienne » (où il devra, de plus, jouer gratuitement !), les interventions de l'organisateur et du noble entourage s'étant faites tellement pressantes qu'il a fini par accepter. On peut être certain que l'évêque compte faire payer à Mozart son accord et cela d'autant plus que son musicien y remporte un franc succès, et comme compositeur, et comme interprète.

Colloredo n'ignore pas que c'est en éloignant Mozart de cette ville où il trouve trop de soutiens qu'il réussira le mieux à le mater. Il lui ordonne de regagner Salzbourg rapidement et il s'abstient de le payer afin de l'asservir encore plus. Mozart sait que, s'il retourne à Salzbourg, c'en est fini de lui, qu'il n'en réchappera plus. Mais il sait aussi, et l'expérience l'a prouvé, qu'en donnant sa démission une deuxième fois, bien des portes influentes lui seront fermées. Par ailleurs, son père, à qui il fait part de son dilemme, est consterné de constater que tout ce qu'il a échafaudé depuis deux ans risque, une fois de plus, de s'effondrer sur un coup de tête de son fils : « Je suis encore jeune... mais lorsqu'on gaspille ainsi sa jeunesse en un lieu misérable et dans l'inaction, c'est une perte considérable et bien triste. »

Deux entretiens violents entre Mozart et l'archevêque achèvent de mettre le feu aux poudres. Le souverain traite son serviteur de gueux, de gredin et de débauché. À son tour, Mozart avoue à son père qu'il hait l'archevêque « jusqu'à la frénésie ! » « Il me dit que je suis le plus grand polisson qu'il connaisse. Que personne ne le sert aussi mal que moi... Il était impossible de répondre, il continuait comme un feu de brousse : – Je ne veux plus rien avoir affaire avec un si misérable gamin. J'écoutais le tout avec calme. Enfin je dis : – Et moi non plus avec vous. »

Mozart quitte la « Maison allemande », là où logent Colloredo et sa suite, là où il a « l'honneur d'être placé avec les cuisiniers », prend une chambre chez Mme Weber, mère d'Aloysia, et annonce résolument à son père : « Aujourd'hui commence mon bonheur et j'espère que mon bonheur sera aussi le vôtre ! »

Il ne cesse de se justifier à l'égard de son père, dont il craint manifestement le courroux, en lui relatant avec force détails ses diverses convocations auprès des uns et des autres et, parmi ceux-là, le grand maître des cuisines, le comte d'Arco : « Il m'assura que je ne pouvais démissionner sans l'accord de mon père. – C'est votre devoir, me dit-il. – Je lui rétorquai que je connaissais aussi bien et peut-être mieux que lui les devoirs envers mon père – et que je serais navré de les apprendre de sa bouche. – Bien, dit-il, si cela lui convient, vous pouvez demander votre démission ; et sinon – vous pouvez également la demander. – Quelle belle distinction ! »

Le 10 mai 1781, sa démission est donnée ! Mozart a vingt-cinq ans. Ce geste de liberté revêt une importance capitale, elle est d'un courage sans bornes et d'un exemple admirable pour tous ceux, artistes épris d'indépendance, qui lui succéderont.

« C'est, dira l'un de ses exégètes (Girdlestone), toute la musique qui rejette les chaînes dorées du mécénat attitré. Son geste fait de cette date le 1789 des musiciens. »

Mais Mozart sort blessé, humilié, des insultes dégradantes dont l'a gratifié Colloredo. Il en tombe malade : « Ce que ce magnifique homme de Dieu me débita de nouveau eut un effet si direct sur mon corps que, le soir, je dus quitter l'opéra au milieu du premier acte pour aller me coucher. – Car j'étais tout échauffé, je tremblais de tout le corps – et je titubais dans la rue comme un ivrogne. »

Jusqu'alors, Mozart communiquait souvent avec son père en langage chiffré ; maintenant que les cartes sont irrévocablement mises sur table, il lui adresse ouvertement ses missives et peu importe, et même tant mieux si la Cour en prend connaissance.

Débutent alors toutes les retombées familiales et officielles de son geste impensable. Leopold, au premier rang, se range avec les autorités contre son fils. On imagine l'atteinte aussi bien physique que psychologique que cette bataille exerce sur une nature aussi sensible, aussi aimante... Les tentatives de conciliation demeurent inutiles. Le 13 juin, une convocation du jeune comte d'Arco, maître des cuisines du prince et donc « supérieur » de Mozart (dont la place se situe hiérarchiquement entre les cuisiniers de la maison et les valets de chambre), demeure sans effet d'autant plus que ce supérieur se laisse aller à lui donner un coup de pied dont son blason reste entaché. Mozart est inébranlable dans sa décision quel qu'en soit le prix qu'il devra payer, et nous savons, hélas, ce qu'il en sera : « S'il est véritablement animé de si bons sentiments à mon égard... qu'il ne me bouscule pas en me traitant de manant et de drôle, qu'il ne me jette pas à la porte avec un coup de pied au cul, – mais, j'oubliais, c'est peut-être un ordre de Son Altesse... »

Mozart est fier, il ne s'estime le valet de personne, il sait sa valeur, il refuse l'humiliation et surtout de la part de quelqu'un qui lui est inférieur, en tous points, sauf en celui de la naissance : « Au sujet de d'Arco, cet âne bâté, il n'échappera pas à mon discours musclé, fût-ce dans vingt ans... je ne dois prendre conseil que de ma raison et de mon cœur, et je n'ai besoin ni d'une grande dame, ni d'une personne de qualité, pour faire ce qui est juste et bien, ce qui n'est ni trop, ni trop peu. C'est le cœur qui ennoblit l'homme ; je ne suis pas un comte, mais j'ai peut-être plus d'honneur au cœur que bien des comtes, et, valet ou comte, du moment qu'il m'outrage, c'est une canaille... »

XIX

De Charybde en Scylla...

Mozart habite toujours la maison de Mme Weber, dite de « L'œil de Dieu », il y est indépendant de toute intrigue, de toute conspiration de son père ou de ses « amis », parfois mouchards. Il sait que c'est le dernier endroit où son père aurait envie de mettre les pieds. Toutefois, même si la belle Aloysia n'y est plus depuis son mariage, ce choix n'est sans doute pas un hasard, d'autant qu'il avoue : « Je sens qu'elle ne m'est toujours pas indifférente... et que c'est un bonheur pour moi que son mari soit affolé de jalousie, et ne la laisse aller nulle part, et qu'ainsi j'ai rarement l'occasion de la voir... »

Il est, semble-t-il, bien accueilli, et la compagnie des trois jeunes filles de la maison n'est certainement pas pour lui déplaire, bien qu'il ne semble encore avoir jeté aucunement son dévolu sur l'une d'elles. Mais devant l'insistance de son père, auquel de mauvaises langues ont rapporté la vie insouciante qu'il mène auprès de cette famille d'intrigants, il finit par quitter « L'œil de Dieu » en septembre 1781. Il a obtempéré, mais pour s'installer à deux pas, sur le Graben. À son père, cette fois, il ne cache pas son agacement : « Je constate malheureusement – que (exactement comme si j'étais un scélérat, ou un imbécile, ou les deux à la fois) vous vous fiez davantage aux rapports et aux commérages des autres qu'aux miens... Si ça n'avait pas été pour vous, qui avez voulu que je cherche un autre logis, jamais je n'aurais déménagé – car c'est exactement comme si j'avais échangé ma propre et commode chaise de poste contre une diligence... »

Lorsque Mme veuve Weber lui propose d'habiter chez elle à la suite de son violent conflit avec Colloredo, Mozart accepte avec joie, bien que devenant ainsi une proie facile pour une famille qui a encore trois filles à marier. Les protestations et justifications de sa conduite s'étendent sur de longues pages : « Parce que j'habite chez eux, j'épouse la fille, il n'est pas question d'en être épris... s'il y a un moment où je n'ai pas pensé à me marier, c'est bien maintenant... Dieu ne m'a pas donné du talent pour que je l'accroche à une femme et me prélasse dans l'inaction pendant ma jeunesse... Si je devais épouser toutes celles avec lesquelles je badine, j'aurais facilement deux cents femmes ! »

Mais Leopold connaît assez son fils pour tirer les conclusions qui s'imposent. Ses craintes ne tardent pas à se confirmer. Mme Weber se révèle une véritable professionnelle de l'intrigue. Avec la complicité du tuteur de ses enfants, un nommé Johann Thorwart, elle fait courir le bruit que l'honneur de sa fille Constanze a été compromis par Mozart. Elle le contraint à signer un papier par lequel il s'engage à l'épouser dans un délai de trois mois, à défaut de quoi il devra lui payer une rente annuelle de trois cents ducats !

Constanze elle-même, sans être à l'image de cette mère redoutable, voit en Mozart un homme dont le succès est considérable – pour le moment du moins, et dont l'avenir sera, par conséquent, assuré, semble-t-il.

En décembre, Leopold reçoit de son fils une très longue lettre dans laquelle celui-ci explique d'abord que la nature parle aussi puissamment chez lui que chez de grands et forts lourdauds ; que pour autant il n'a encore jamais fréquenté de « fille » par répulsion et par crainte de la maladie ; que par ailleurs, n'étant pas doué pour s'occuper lui-même du quotidien : blanchissage, habillement, etc., il pourrait, s'il avait une femme, éviter de telles dépenses, etc., tout ceci afin de préparer le terrain à l'aveu de son amour pour Constanze Weber. Pour mieux vanter les mérites de celle-ci, Mozart va même jusqu'à vilipender les autres sœurs, même celle dont il était, il y a peu, si violemment épris : « L'aînée, Josepha, est une personne paresseuse, grossière, fausse qui a plus de malice qu'on ne peut penser... La Lange (Aloysia !) est une fausse et méchante personne, et une coquette... la jeune est encore trop jeune pour pouvoir être quelque chose ! »

En revanche, « celle du milieu est ma bonne, ma chère Constanze – la martyre de cette maison... » qu'il s'agit de sauver, rien de moins.

Mozart y va un peu fort. Son père n'est tout de même pas naïf à ce point !

De plus, son fils aggrave les choses en ne faisant, à aucun moment, mention d'un éventuel goût ou talent pour la musique, dont sa bien-aimée serait dotée. C'est l'essence de sa vie, ce fut aussi la raison même de son ardent attachement à la sœur de celle-ci.

Leopold est ivre de rage. Mozart, dans une ultime tentative pour convaincre son père de la noblesse de sentiments de sa future épouse, ne cesse de se justifier : « Que fit la céleste jeune fille lorsque le tuteur fut loin ?

Elle demanda l'écrit à sa mère... et me dit : "Cher Mozart, je n'ai que faire d'un engagement écrit de vous. J'ai assez foi dans vos paroles." Et elle le déchira ! Ce trait m'a rendu ma chère Constanze plus précieuse encore. »

Par ce geste, Constanze s'est, en effet, assuré définitivement sa prise.

Cette histoire, pour le moins sordide, se poursuit, même après les noces. Au terme de maintes suppliques, Mozart reçoit le consentement de son père, et cela, le lendemain de la cérémonie ! « Je vous baise les mains et vous remercie, avec toute la tendresse qu'un fils ait jamais ressentie pour son père, de l'autorisation et de la bénédiction paternelle que vous avez eu la bonté de m'accorder... Je pouvais d'ailleurs y compter absolument ! »

Si nous ne le connaissions pas si bien, on pourrait s'imaginer qu'il pratique l'ironie, d'autant plus que : « Au mariage, il n'y avait personne que la mère et la plus jeune sœur... Monsieur Thorwart, tuteur et témoin de nous deux... Monsieur de Zetto (conseiller provincial) comme témoin de la fiancée, Gilovsky comme le mien ! Au moment où nous avons été unis, nous avons, ma femme et moi, fondu en larmes. Et tout le monde, y compris le prêtre, en a été touché... tous se sont mis à pleurer ; à être témoins de l'émotion de nos cœurs... »

Quant à Mme Weber mère, elle tente aussitôt de persuader son gendre et son épouse d'habiter avec elle afin de partager leur bonne fortune. Lorsque tous deux refusent, elle n'a de cesse de rendre misérable la vie de sa fille, secondée en cela par les autres sœurs semble-t-il... Comment Mozart a-t-il pu se laisser à ce point prendre dans cette redoutable toile d'araignée ? À d'autres reprises, il s'est montré plus d'une fois tout à fait apte à se défendre, et même bien, lorsqu'il a senti qu'une femme avait des vues sur lui...

Le récent grand bouleversement dans sa vie l'a sans doute rendu plus vulnérable, et peut-être Constanze l'aime-t-elle déjà vraiment ? Lorsqu'il l'épouse, elle sort de l'adolescence, elle n'a que vingt ans. Mais l'époux de sa sœur Aloysia la dépeint disgracieuse avec des lèvres asymétriques et presque gonflées ; des yeux démesurément grands... Mozart lui-même n'est guère flatteur : « Elle n'est pas laide, mais aussi rien moins que belle ! Toute sa beauté consiste en deux petits yeux noirs et une belle tournure ! Elle n'a pas de vivacité d'esprit, mais suffisamment de sain bon sens pour pouvoir remplir ses devoirs de femme et de mère. »

Et sachant son père particulièrement pointilleux sur ces questions, il s'empresse de le rassurer : « Elle n'est pas portée sur la dépense... il est vrai qu'elle aimerait être gentiment et proprement habillée, mais non pas avec élégance. Elle se coiffe aussi elle-même chaque jour... elle s'entend à tenir un ménage, elle a le meilleur cœur du monde... »

Il couronne sa description par : « Je l'aime, et elle m'aime cordialement ! »

Par la suite, il semble que Constanze se révèle être l'inverse de la femme d'intérieur tant vantée par Mozart auprès de Leopold, mais son peu de préoccupation pour le linge, la cuisine, le bruit que feront ses enfants, ne trouble guère celui-ci. Qu'elle ne cherche pas davantage à lui donner un semblant de stabilité, partageant plutôt son penchant pour le désordre, non plus. Nous savons que la maison Mozart est une maison bruyante et agitée par des activités musicales permanentes... Les élèves, les concerts à demeure, les répétitions, en plus du besoin constant de Mozart d'effervescence, de conversation, de rires, de visiteurs, de jeux de billard ; autant d'activités qui peuvent se prolonger jusqu'aux petites heures du matin : de tout cela il a besoin pour composer. C'est au milieu de ce vacarme, de cette agitation, que s'assemblent dans sa tête les idées musicales. Qu'il soit heureux dans cette ambiance, du moins au cours des premières années, semble certain. Un témoin de ce bonheur le confirme : « J'ai vécu les plus heureux instants que la musique m'ait donnés. Ce petit homme, ce grand maître improvisa pour moi à merveille... à merveille... Sa femme taillait des plumes pour le copiste. Un élève composait. Un petit garçon de quatre ans se promenait dans le jardin et chantait des récitatifs. Bref ! Tout ce qui entourait cet homme sublime était musical... »

Une brèche a déjà été largement ouverte entre Leopold et Mozart depuis la décision de ce dernier de quitter définitivement Colloredo et Salzbourg. La rupture devient irréversible lors de son union avec Constanze Weber...

Nous savons Constanze, au contraire de sa sœur Aloysia, de nature plutôt instinctive et insouciante, mais Mozart, s'il a au début quelques réticences, l'adorera par la suite. Toutes les lettres qu'il lui adressera lors de leurs séparations à venir le prouveront. Dans quelle mesure l'aimera-t-elle en retour, il est difficile de le dire... Son propre investissement affectif n'a-t-il pas été tel avec Aloysia, qu'il s'est refusé, jusqu'à l'extrême limite, à admettre l'indifférence qu'elle manifestait envers lui ? Ses rapports avec son entourage en général ne sont-ils pas soumis à un monde illusoire à l'intérieur duquel il évolue ?

Mozart ne se rendra compte de l'absolue solitude dans laquelle il se trouve qu'au terme de la longue traversée de sa dernière année. Exceptionnellement chez lui, il l'exprimera une fois, par ces quelques paroles bouleversantes, adressées justement à Constanze : « Je ne puis t'expliquer mon impression. C'est un certain vide, qui me fait mal ; une certaine aspiration qui n'est jamais satisfaite et qui donc ne s'interrompt jamais, qui persiste et qui croît de jour en jour... »

Qui est-elle réellement, quels sont ses véritables sentiments, celle à qui il adresse de telles confessions ? Constanze entend-elle seulement cet appel de l'âme ? D'elle, nous ne possédons pratiquement aucune lettre intime ; aucune réponse ne subsiste à celles, quasi quotidiennes, que lui écrit son mari durant ses absences, fréquentes, des derniers mois. Qui détruit ces lettres – ou les a détruites plus tard ? Elle-même peut-être à la suite de son remariage avec Georg Nikolaus Nissen quelques années après la mort de Mozart ? Pourtant, Nissen sera un admirateur passionné de Mozart et de sa musique. Il recueillera et cosignera avec soin tout ce que Constanze voudra bien lui confier le concernant... Mais à Nissen, Constanze avouera avoir été plus sensible au talent de Mozart qu'à sa personne ; elle avouera avoir eu pitié de cet homme « dupé », mais dupé par qui ?

XX

L'amour selon Mozart

Nous ne cesserons de constater, à travers lettres et documents, l'amour attentif et tendre que Mozart portera à sa femme. Cet amour nourrit très certainement celui qu'il exprime dans ses opéras ; dans *L'Enlèvement au sérail* tout particulièrement. Dans cet ouvrage apparaissent déjà les thèmes fondamentaux de ses futurs opéras : la purification de l'amour dans l'unité du couple et le thème de la mort. Belmonte et Constanze doivent mourir. C'est Constanze qui se montre forte afin qu'ils affrontent courageusement cette mort. *Was ist der Tod ?* Qu'est-ce que la mort ? La question est posée... « Un passage dans l'au-delà vers la paix, et puis, à ton côté, un avant-goût de la béatitude... »

Voici posé, au cœur d'un simple *opera buffa*, l'essentiel de la pensée mozartienne, celle qu'il ne cessera d'exprimer désormais : la fraternité humaine, le pardon des offenses, l'absurdité de la violence, la fidélité à toute épreuve, l'unité du couple, le rôle privilégié de la femme, et, liée à tout cela, la pensée de la mort dont la présence constante aide à se libérer de toute passion.

Dans *Così fan tutte*, *La Clémence de Titus*, *La Flûte enchantée*, c'est l'amour qui sera au centre de tout, et dans tous ses aspects : lubrique avec Osmin et Monostatos, pur avec Cherubino et Tamino, romanesque avec Dorabella, libertin avec Don Giovanni, frivole avec Zerlina et Despina, passionné avec Doña Elvira, robuste et bienveillant avec Masetto et Papageno, généreux avec Suzanna et la Contessa, tendre et quelque peu béat avec Belmonte, Ottavio et Ferrando... Mais tous ces personnages, quelle que soit la forme de leur amour, sont inscrits dans une réalité incarnée. Mozart n'exploite pas une vue théorique du sentiment de l'amour, il suit une ligne qui tend toujours vers un aboutissement, vers une solution...

Il exprime aussi la passion, mais pas toujours celle de l'amour ! Par exemple, les accès de cruauté sadique d'Osmin dans *L'Enlèvement* relèvent de la rage de dominer, et éclatent dans sa jalousie. La passion de la Reine de la nuit est possessive et haineuse. Celle de Doña Anna n'est pas amoureuse, elle est vengeresse. Celle de Vitellia dans *La Clemenza di Tito*, c'est celle de l'ambition, celle de la volonté de monter sur le trône.

Quelle est la place de l'amour passion ? Il occupe rarement, sinon jamais, la place centrale, du moins dans ses opéras, sans que cela diminue en quoi que ce soit l'intensité dramatique du propos. L'amour, pour Mozart, n'est pas nécessairement passion. Il l'appelle *eine wahre und vernünftige Liebe* (un amour véritable et raisonnable) pour reprendre ses propres termes dans une lettre qu'il adresse à son ami Gottfried von Jacquin : l'amour fait d'ouverture, de compréhension, de générosité et de don de soi.

Les personnages de cet amour sont légion, ils s'appellent Aspasia, Giunia, Ilia, Constanze (que ce personnage porte le même nom que sa femme est une coïncidence !), Suzanna, Doña Anna, Pamina, la Contessa...

En ce qui concerne l'amour passion, sans doute est-ce la Doña Elvira du *Don Giovanni* qui en représente le cas le plus émouvant. Mais même chez elle, il s'opère une sorte de transformation de cet amour dont elle ne se remet pas. Doña Elvira mène un dur combat intérieur, afin de le transmuer en amour divin : « Le ciel a banni de mon âme toutes ces indignes ardeurs que je sentais pour vous ; tous ces emportements d'un amour terrestre et grossier. Et il n'a laissé dans mon cœur qu'un amour détaché de tout, qui n'agit point pour soi, et qui ne se met en peine que de votre intérêt. »

Lorsque Don Giovanni sombre, Doña Elvira découvre en elle un sentiment nouveau : « Quand je regarde sa perdition, mon cœur palpite de pitié... »

C'est sur Don Giovanni qui se perd à jamais qu'elle pleure, et non sur elle-même !

XXI

Le passage obligé de l'enseignement

Pour l'heure, de commande qui permette à Mozart d'exprimer tout ceci, il n'y en a aucune. Va-t-il subir le même revers que lors de sa première démission de la Cour de l'archevêque, alors même qu'on le couvre d'éloges, d'estime et d'amitié ?

Pressent-il à quel point les Viennois vont, dans les années à venir, se lasser de lui ?

« Les Viennois sont bien gens à vous lâcher volontiers », note-t-il le 2 juin de cette même année 1781.

Il lui reste néanmoins des fidèles, notamment la comtesse Thun, qui œuvre de son mieux pour l'aider, ne serait-ce qu'en lui procurant des élèves ; pis-aller pour lui, vu l'aversion qu'il éprouve pour cette activité. Pourtant, durant la première année de sa nouvelle vie à Vienne, Mozart n'en a jamais eu autant ! Il donnera non seulement des leçons, mais il met au point des cahiers d'exercices pour ceux qui étudient la composition, et pour ses leçons de piano, des pièces conçues dans un but essentiellement didactique, une musique qui permet l'assouplissement et l'agilité pour chacune des deux mains à tour de rôle par exemple, mais auxquelles s'ajoute, bien entendu, le plaisir de la musique. Comment en serait-il autrement avec lui ?

Mozart se complaît alors dans ce rôle de musicien prospère. Il décrit son emploi du temps à son père : « À 6 heures, le coiffeur me réveille. À 7 heures, je suis habillé (une heure pour la toilette, c'est presque un "lever" !), travail jusqu'à 10 heures, puis leçons... »

On imagine mal Mozart professeur. Ce petit homme vif et nerveux, où trouve-t-il la patience nécessaire pour instruire ceux qui lui demandent conseil pour le piano ou pour la composition ? On comprend aisément que pour lui, c'est toujours à contrecœur, par obligation financière, qu'il soustrait ce temps aux heures précieuses de création. Pourtant, d'après Niemtschek, il semble que sa nature bonne et généreuse lui fait accepter avec docilité et gentillesse cette épreuve. « Avec une attention encourageante, il écoutait des jeunes artistes. Il éveillait par une aimable parole d'approbation la conscience de soi-même qui sommeille. »

Dans ce domaine, et quel que soit le niveau de celui que Mozart écoute, son attitude est dénuée de jalousie ou de volonté de puissance. Il n'écoute que le talent. Il aime à se lier d'amitié avec ceux auxquels il prodigue ses conseils. De l'un de ses élèves, un Anglais, Thomas Attwood, Mozart dira : « C'est un jeune homme pour lequel j'ai une véritable affection et une sincère estime. Il se conduit avec une grande honnêteté et j'ai plaisir à vous dire [cette lettre s'adresse au chanteur/acteur O'Kelly] qu'il a plus mon style qu'aucun autre de mes élèves. Je prédis qu'il sera un très habile musicien ! »

L'enseignement est le prix de la nouvelle liberté acquise qui passe, du moins pour le moment, par cette fonction. Mais sa joie d'être enfin indépendant lui donne des ailes : « Pour les élèves, je puis en avoir autant que je veux, mais je n'en veux pas tant... je veux être mieux payé que les autres, et c'est parce que je préfère en avoir moins. Il faut, dès le début, se mettre un peu haut sur pied sans quoi on perd tout à jamais, et on sera obligé de courir toujours la route commune avec les autres... »

Mozart n'aura pas que des jeunes filles oisives et nobles pour élèves. En 1786, on lui amènera un jeune garçon du nom de Johann Nepomuk Hummel. En l'écoutant, il se voit sans doute lui-même au même âge. Ses dons précoces l'impressionneront au point qu'il proposera de le prendre en charge pour l'aider à se développer. Hummel demeurera deux années entières avec la famille Mozart. Il vivra au rythme de la maison, s'imprégnant de la manière la plus privilégiée, puisque naturelle, des richesses que Mozart dispense quotidiennement. Toute la vie de Hummel s'en trouvera enrichie, fécondée... Ses premiers maîtres sont ceux-là mêmes de ses contemporains : Beethoven, Albrechtsberger, Salieri, mais c'est Mozart qui s'imprimera le plus profondément en lui et qui l'accompagnera jusqu'au bout, puisqu'à son propre enterrement résonnera le *Requiem* de son maître aimé.

Autre élève propre à stimuler l'intérêt de Mozart : Franz Xaver Süssmayr, qui deviendra aussi son assistant et qui sera, jusqu'à sa mort, une présence constante dans la famille, bien que les relations de maître à élève seront toujours un peu ambiguës (« Il est vrai que Süssmayr est un âne »), sans doute du fait que Süssmayr est un ami de Salieri, futur rival et détracteur de Mozart. De toute évidence, Süssmayr estimera que l'avenir s'annonce plus prospère avec Salieri... L'année de la mort du compositeur, et malgré l'assistance musicale que lui prodigue Süssmayr, il semble en effet qu'il ne négligera pas le camp « ennemi » !

Au début de cette nouvelle vie à Vienne, Mozart se met en œuvre pour organiser également des académies, pour se faire connaître, tant comme pianiste que comme compositeur. Au début, tout à la nouveauté, celles-ci constituent un attrait puissant pour les nobles et les patriciens, qui s'empressent d'y assister. À l'une d'elles, Gluck sera présent ; il se trouve dans une loge voisine de celle du couple Lange (Aloysia et son mari), où est également placée Constanze. Gluck ne cesse de témoigner son admiration pour la symphonie et l'*aria* inscrites au programme. Il les invitera tous les quatre à déjeuner le dimanche suivant.

À la première académie, l'empereur lui-même se déplace : « applaudissements frénétiques – rappels nombreux, et... rentrée de caisse appréciable ! ».

Encouragé par ce succès, Mozart continue d'en organiser, tout en prêtant son concours à celles des autres, ainsi qu'aux diverses manifestations dans les résidences privées de la noblesse : « Vous pouvez imaginer, il me faut nécessairement jouer des choses nouvelles. Il s'agit donc de les écrire. Mais toutes mes matinées appartiennent aux élèves, et presque tous les soirs, je joue quelque part ! »

DEUXIÈME PARTIE

La réalité incarnée

DEUXIÈME PARTIE

La gravité incarnée

[illegible]

I

Vienne : un paradis ?

« Ici, même les anges de pierre, sculptés au-dessus des portes, chantent. »

C'est ainsi que le grand voyageur Charles Burney décrit la ville à laquelle Mozart s'attachera, envers et contre tout, à partir de maintenant.

Aux yeux de la génération suivante, la vie musicale des dernières décennies du XVIIIe siècle y apparaîtra comme un véritable paradis musical. Mozart a toutes les raisons d'avoir foi en sa destinée : « Il est peu de villes où l'amour de la musique soit aussi répandu qu'ici. Tout le monde joue de la musique, tout le monde l'apprend ! Les académies dites privées (il s'agit de musique jouée dans des maisons de qualité) ont lieu ici tout au long de l'hiver en quantités innombrables. Il n'est de fête ou d'anniversaire sans musique. D'ailleurs, on ne peut pas en dire grand-chose et même rien qui ne doive paraître ridicule. Elles sont, pour la plupart, très semblables les unes aux autres. D'abord : un quatuor ou une symphonie, qui passent pour un mal nécessaire (il faut bien commencer par quelque chose !), ensuite de quoi on applaudit ! Puis, les demoiselles apparaissent l'une après l'autre, posent leur sonate sur le piano (si possible, non sans charme et sans grâce), et la jouent, tant bien que mal ! D'autres viennent ensuite chanter quelques airs tirés des opéras les plus récents, de la même manière. La chose plaît ! Et pourquoi pas ? »

Avant son installation définitive dans ce lieu, Mozart en a, chaque fois, subi la même fascination. Comment demeurer insensible à une ville d'une telle splendeur, d'un tel éclat ? Il a le privilège d'évoluer parmi des palais disposés tels des décors de théâtre, afin que chacun, riche ou pauvre, puisse se régaler du regard. Grâce à son art, on l'accueille derrière ces luxueuses façades. Les salons de marbre lui sont familiers avec leurs larges fenêtres et leurs parquets reluisants. Il se plaît à suivre, lui aussi, une mode dont la richesse en beauté et en goût égale les architectures nouvelles, et à arborer l'habit de velours noir doublé de satin rose qui s'ouvre sur un gilet brodé en drap d'or. Lui aussi porte des bas de soie blancs, des souliers à talons rouges, dont les boucles sont ornées de brillants. Il est admiré par ces dames aristocrates qui se rendent à l'église enveloppées de larges capes noires garnies de fourrure de Pologne, bordées de satin rouge et de renard bleu. Sa célébrité lui vaut d'être convié à se promener dans leurs luxueux équipages précédés de heiduques hongrois vêtus à la turque selon la vogue du temps où l'orientalisme est à la mode, avec écharpes, aigrettes et bottes à bouts retroussés. Mais la disparité de rétribution entre les musiciens est grande, les loyers à Vienne sont élevés, les vêtements chers. Si Mozart est admis dans un milieu élégant, son nom et ses origines ne suffisent pas pour le faire passer pour un gentilhomme, il est donc d'autant plus soucieux de son apparence : « Quant au beau frac rouge qui me travaille si cruellement le cœur, je vous demanderai de bien vouloir me dire exactement où on se le procure, et à quel prix ? Car ceci, je l'ai complètement oublié, n'ayant pris en considération que la beauté de l'habit et non son prix... »

Et de s'extasier sur les boutons en nacre sur le côté et une belle « pierre blanche » au milieu : « Je voudrais avoir tout ce qui est bon, pur et beau... »

Tous ces privilèges, il est loin d'y être indifférent, même s'il n'est pas dupe de leur caractère éphémère et vain...

Sa vie est encore une fête...

Or, qu'en est-il du récent avènement au trône de l'empereur Joseph II et de ses grands projets de réformes ? Et quelle en est l'incidence sur la vie des musiciens et la vie musicale en général ?

Goethe salue le nouveau souverain de la manière la plus élogieuse : « Les dernières nouvelles reçues de la capitale de notre patrie assurent unanimement que l'aurore du plus beau jour commence à poindre là-bas, et bien que nous soyons assez loin de ces contrées, nous sommes disposés à le croire... »

Mais, ces éloges « de convenance » mis à part, qu'en est-il réellement ?

Vienne n'est plus la ville que Mozart a connue sous la férule de Marie-Thérèse lors de ses trois précédents voyages. Tout a changé depuis lors : l'architecture des églises, les palais, les demeures résidentielles, l'atmosphère des rues, les marchés, les kiosques, la mode, et toute l'activité publique dont l'architecture constituait en quelque sorte la toile de fond. À l'opposé des idées autocratiques de sa mère, Joseph II se veut empereur du peuple. Il est avide de réformes politiques, d'idées progressistes : « Les grandes choses doivent être exécutées d'un seul coup », dit-il. Les fastes de cour n'ont que peu d'importance à ses yeux. Sans enfants, sans vie familiale, il veut arborer une simplicité de vie exemplaire. On le voit en ville dans un modeste *pirutsch* à deux places, ou même tout bonnement à pied parmi le peuple. Il pousse l'austérité même jusqu'à se promener en habit râpé : « Je vis avec étonnement que le manteau vert au col rouge de l'empereur était rapiécé aux coudes ! Il avait des boutons jaunes. Son gilet et ses culottes étaient de couleur citron, ses genoux étaient couverts de guêtres en toile blanche... Il détestait le gaspillage et le luxe. Il voulait donner l'exemple de la simplicité en mettant un manteau rapiécé. L'Empereur s'était fait fabriquer une casquette recouverte de toile cirée qui lui allait mal, mais il la préférait à toute autre, et portait même au théâtre ce couvre-chef, qui évidemment n'avait rien de royal ! »

Mais, en fait, les sujets de Joseph II ne lui savent pas gré de cette attitude et, bien qu'ils le respectent, il est loin de bénéficier de l'affection et de l'admiration que le peuple vouait à sa mère. L'austérité de la Cour devient la misère pour une ville qui vit, en grande partie, des dépenses de cette Cour.

Ainsi, cette austérité que pratique Joseph II lui fait réduire de moitié la garde royale. Les réceptions n'ont lieu que lors du passage à Vienne d'un hôte étranger de marque. Seule l'intéresse la réalisation d'amendements sociaux qu'il surveille personnellement. Sa désapprobation de tout gaspillage superflu ou de contraintes inutiles le conduit même à décréter la suppression de certaines choses assez cocasses : le port du corset par exemple pour les femmes, qu'il considère malsain. Mais ses réformes se veulent plus profondes : il abolit partiellement la censure, il pratique des réformes judiciaires importantes, il radicalise une situation déjà existante du temps de sa mère en limitant le pouvoir de l'Église, en en faisant une Église d'État, en exerçant un contrôle sur les monastères, et jusqu'aux proclamations du pape. Il abolit les chapelles privées et supprime la sonnerie des cloches en guise de paratonnerre. Tout ceci bien qu'il soit, tout comme le fut sa mère, un ardent catholique.

Il semble que Joseph II ne mérite pas le peu de popularité dont il est victime. Il estime sincèrement les hommes, ce qui est plus important et quelquefois plus difficile que de les aimer.

Les réformes qui se veulent aussi éclairées de la part d'un jeune empereur conduisent Mozart à espérer que la même clairvoyance s'exercera sur les musiciens, et sur lui-même en particulier. Il respecte beaucoup, aussi bien l'homme que ses idées et la hardiesse de certaines de ses réformes. En revanche, ses goûts musicaux sont nettement plus limités et Mozart a vite fait de se rendre compte de son peu de jugement. L'empereur se comportera envers lui d'une manière qu'il estimera juste, mais à l'intérieur de ses limites. Il l'admire, il se montre fort généreux à son égard. Il est conscient qu'un musicien de cette valeur ne doit pas rester sans secours et il finira même par lui attribuer une sorte de poste officiel, mais presque trop tard, en 1787.

Cependant le vide qui règne dans les activités sociales à la Hofburg est amplement compensé par celles des quelque vingt princes et soixante comtes qui gravitent autour du palais, chacun bénéficiant d'un poste officiel. Non seulement, l'empereur n'en conçoit aucune jalousie ; mieux, étant lui-même mélomane, il se rend volontiers dans les salons de ces aristocrates et de ces bourgeois pour son propre divertissement. Mozart sait parfaitement que ces salons lui fourniront non seulement de multiples occasions pour faire son chemin, mais aussi, comme il dit à son père, celle de le rapprocher de l'empereur...

« *Lieu de plaisance consacré à tous les hommes par celui qui les estime.* » Cette inscription est placée à l'entrée principale du parc du château préféré du souverain : « La Favorita » (devenue « Augarten »), dont il fait cadeau au peuple. Elle révèle l'esprit démocratique du souverain : « Cet été, il va y avoir, tous les dimanches, musique dans l'Augarten ! Un certain Martin a fondé cet hiver un "Concert des Dilettantes" qui a lieu tous les vendredis au Mehlgrube. Vous savez bien qu'il y a ici une foule de dilettantes, et même de très bons, autant de femmes que d'hommes. Seulement leur réunion n'a jamais encore été très bien organisée. Ce Martin a obtenu à présent, par un décret de l'Empereur, l'autorisation (et même avec l'assurance de sa très haute approbation) de donner douze concerts à l'Augarten, et quatre grandes exécutions de nuit sur les plus belles places de la ville... Je m'en mêle et suis associé à l'entreprise... »

Il s'agit d'une des premières associations de concerts publics qui ait été créées à Vienne, et qui dépassera de beaucoup Mozart en longévité, puisqu'elle existera toujours lorsqu'à son tour Beethoven s'installera dans la ville. En général, on sait peu que Mozart s'est dépensé avec une telle ardeur pour promouvoir cette initiative, qui est pourtant caractéristique de son comportement social du moment. Il souhaite vivement ouvrir la musique à une audience bien plus large que celle qui lui est réservée dans quelques salons privilégiés. Mais alors qu'il est, depuis longtemps déjà, partie prenante dans ce projet, pourquoi en parle-t-il si tard à son père ? Sans doute ce comportement est-il significatif, car il y a déjà longtemps qu'il se tait sur ce qui lui importe profondément. Et il est évident que le « Concert des Dilettantes » répond à un idéal bien plus élevé que le but de gagner de l'argent... Ce n'est pas un hasard si au même moment, à Paris, Gossec dirige le « Concert des Amateurs », qui a (tout comme les autres associations qui apparaissent alors) des liens étroits avec la franc-maçonnerie.

Bien que Mozart ne soit pas encore franc-maçon (il ne sera admis à une loge qu'en 1784), il tend spontanément, et depuis longtemps, vers ce but. Le « Concert des Dilettantes » s'inscrit tout à fait dans cette trajectoire...

La douzième *Sérénade en ut* (K. 388) qu'il composera au cours de l'été (un an après la précédente) peut très bien avoir sa raison d'être dans ces concerts. Elle sera écrite peu après *L'Enlèvement au sérail*. Il dira avoir dû l'écrire « en grande hâte », la nuit, à cause des travaux de réduction de son opéra à des fins commerciales ; « en grande hâte », en effet, car elle est achevée en une semaine. On a du mal à y croire lorsqu'on en entend la facture et le contenu. Pourquoi cette hâte ? Bien que ce soit une sérénade, elle est empreinte d'un sérieux et d'une profondeur qui l'éloignent en tout de ses homologues écrites autrefois à Salzbourg pour agrémenter la table sans trop solliciter l'oreille. Le choix d'un ton mineur pour ce type de musique est unique chez lui, et même, sans doute, chez tout autre compositeur du genre. C'est la négation même de l'esprit galant. Mozart y investit tout ce que recèle, pour lui, la tonalité d'ut mineur en y alternant une sorte de pathétique ardent et de lyrisme chantant... Le sérieux de l'ouvrage constitue une nouvelle preuve de sa volonté de montrer son savoir-faire, afin de s'affirmer auprès des plus sérieux connaisseurs de la musique à Vienne.

Dans la capitale, l'appétit de divertissement fait rage. Tout y est prétexte. Le spectacle est roi. Celui, raffiné, de l'opéra et du théâtre, aussi bien que celui de la rue où baladins et dresseurs de chiens savants, montreurs de marionnettes sollicitent sans cesse l'attention du passant. Parmi ces distractions, il en est une qui règne suprêmement : la danse ! Toute la ville est saisie d'une frénésie de danse ! Mozart n'échappe pas à ses séductions, mais il en subit également la tyrannie car, durant les premiers mois qu'il passe à Vienne, on ne le sollicite, ni pour des symphonies, ni pour des opéras, des concerti ou de la musique de chambre, mais seulement pour de la musique de danse afin d'alimenter une demande constante de menuets, contredanses et allemandes... Son ami et élève, O'Kelly, évoque ce qu'il appelle « la fureur de la danse, la rage », ou encore « la folie de la danse qui sévit » : « Lorsque le carnaval approche, la fièvre du plaisir commence à se manifester de tous côtés et elle atteint, lorsqu'il est arrivé, un paroxysme que rien ne pourrait dépasser. Les salles des redoutes, où l'on donne des bals masqués, se trouvent dans le palais impérial. Si vastes que sont ces appartements, les masques s'y embouteillent comme dans le goulot d'un flacon. Le goût que les dames de Vienne ont pour la danse et la mascarade est si absolu qu'elles ne supportent pas le moindre empêchement à leur plaisir favori... »

Sur tout ceci, l'empereur veille. Il adjoint aux affiches d'annonces des bals, un « Avertissement de sa Majesté » afin de prévenir contre tout libertinage.

Écrire des danses ne déplaît pas à Mozart. Bien que réduit à ne composer que pour cette forme de musique (« trop rétribué pour ce que je fais, trop peu rétribué pour ce que je pourrais faire »), il apporte à ce travail le même soin que s'il s'agissait d'une œuvre de plus vaste envergure. Il y investit son invention, sa fantaisie, sa joie de vivre, qui sont grandes en ce moment.

Comme pour la conversation ou la correspondance, la danse satisfait son besoin de communiquer par tous les moyens possibles. Il va même jusqu'à organiser lui-même des manifestations : « La semaine passée, j'ai donné un bal chez moi. Il va de soi que chacun a payé deux *gulden* pour les chapeaux. Nous avons commencé à six heures du soir, et terminé à sept heures ! Quoi ? Une heure seulement ? Non, non, terminé à sept heures du matin !... »

On se souvient de l'amour que le petit Wolfgang portait déjà aux menuets. Il semble que son professeur de danse actuel, un nommé Vestris, soit particulièrement fier de la manière magistrale dont son élève le pratique : « Vous n'êtes pas sans savoir que c'est l'époque du Carnaval, et qu'on danse ici aussi bien qu'à Salzbourg et à Munich ! J'ai bien envie de me mettre en Arlequin (mais sans que personne le sache !) parce qu'il y a tant d'ânes à la redoute (il n'y a vraiment que ça !). Pourriez-vous donc me faire parvenir votre habit d'Arlequin ? Mais vite ! Nous n'irons pas à la redoute avant de l'avoir, bien qu'elle batte déjà son plein... »

On imagine bien avec quel talent Mozart incarne le rôle d'Arlequin. Ce personnage vif, plein de fantaisie, bouffon, ne correspond-il pas de près à l'une de ses propres facettes ?

II

La vie musicale ambiante

Entre *Die Entführung aus dem Serail (L'Enlèvement au sérail)* et *Die Zauberflöte (La Flûte enchantée)*, ces deux grands *Singspiele* du théâtre allemand composés aux deux extrémités des années viennoises de Mozart, quels sont les compositeurs qui lui font ombrage, qui remplissent la place qu'il convoite, mais dont il est, plus que tous, éloigné ? Quels sont les spectacles pour lesquels le public se dérange et dont la qualité est sans commune mesure avec les trésors qui l'habitent ; qu'il brûle d'offrir, mais que l'on ne lui demande pas ?

Gluck occupe la scène du Burgtheater. C'est un homme honoré, riche, qui assume le poste (grassement rétribué celui-là) de *Hofkompositor* (compositeur de la Cour). Mais il est physiquement diminué. Une première, puis une deuxième hémorragie cérébrale ralentissent ses activités. Il habite la Michaelerplatz, où Mozart lui rend visite. Gluck est davantage occupé à revoir certaines partitions qu'à se lancer dans la fièvre de créations nouvelles. Il travaille notamment à une version allemande d'*Iphigénie* pour le Burgtheater. On lui rend hommage en organisant un festival de ses œuvres... Il aide son élève, Antonio Salieri, dans la composition de son opéra

Les Danaïdes, une œuvre dont la création, à Paris, sera signée du nom du maître, celui de l'élève étant trop peu connu.

À Vienne, en revanche, les œuvres de Salieri envahissent bien la scène sous son nom propre. Ce musicien occupe la fonction que Mozart aimerait tant assumer et pour laquelle il est sans conteste le mieux désigné, celle de *Hofkapellmeister*. C'est certainement avec amertume qu'il assiste au succès d'une bonne douzaine d'ouvrages représentés au Burgtheater pour la plupart ; ces ouvrages abordent tous les genres à la mode, opéras comiques ou dramatiques italiens, tragédies lyriques à la française, et même *Singspiele*.

Salieri, se sachant soutenu par Gluck, aura l'audace de se lancer parfois dans des entreprises hardies : *Tarare* par exemple sur un texte de Beaumarchais qui traitera des acquis de la Révolution française, et qu'annoncera de manière presque prophétique l'époque d'après 1795, et l'avènement de Bonaparte.

Quelle en est la qualité d'exécution ?

Un article de l'*Allgemeine Musikalische Zeitung* de l'époque laisse quelque peu rêveur : « L'orchestre ne manque pas de braves gens, mais plutôt de bonne volonté, d'unité et d'amour de l'art... Le directeur, Monsieur Conti, n'est manifestement pas à la hauteur de ses fonctions ; il arrive que la moitié de l'orchestre soit composée de remplaçants, envoyés par ces messieurs, pris pour un autre engagement, ou par leur bon plaisir ! On imagine l'effet qui en résulte !

Le choix des opéras n'est certainement pas bon : les anciens, reconnus comme bons, sont rarement donnés, les nouveaux, dont il est notoire qu'aucun connaisseur ne pourrait les juger bons dans leur totalité, le sont souvent ! On les fait venir d'Italie, sur la recommandation de tel ou tel interprète, en raison d'un joli rôle, ou même d'un seul air brillant. »

Même si la surabondance d'activités et les intérêts de chacun donnent parfois un résultat de niveau approximatif, Anton Schindler, futur premier biographe de Beethoven dont il sera le fidèle ami dans les dernières années de sa vie, se souviendra de cette époque avec une immense nostalgie. Il évoquera l'atmosphère unique de ces décennies : « Pourtant, ce n'était pas une époque philosophique, mais une période de jouissance effrénée dont le caractère s'est préservé intact, sans faiblir, pendant plusieurs années encore dans la première décennie de notre siècle... »

On peut donc comprendre l'optimisme confiant qui habite Mozart dans cette ville à l'esprit éclairé où la musique se pratique en tous lieux et à tous les niveaux sociaux. Pas une maison de classe moyenne qui ne possède au moins un piano. Quant aux milieux aristocratiques, le talent dont font preuve certains membres n'a rien à envier aux professionnels. L'empereur lui-même se retire chaque jour une heure, afin de se livrer à ce plaisir. Il joue du pianoforte, il chante, il compose même à l'occasion, poursuivant ainsi la tradition des Habsbourg dans laquelle l'un des membres, l'empereur Joseph Ier, mort très jeune, s'était révélé surdoué.

Le besoin de renouvellement du répertoire est grand. Les Viennois réclament toujours du nouveau, il faut alimenter constamment les cérémonies, les fêtes, les séances de musique de chambre... Mozart se plaint à son père de manquer du temps nécessaire pour satisfaire à cette demande. Mais il déclare aussi qu'il ne lui viendrait pas à l'esprit de composer autrement que pour une occasion précise. Heureusement donc qu'elle existe. Pourtant, souvent, ces nouvelles œuvres ne sont entendues qu'une fois, puis rejetées, sauf à réapparaître pour d'autres effectifs instrumentaux.

Vienne est un creuset de talents qui proviennent de partout. Chacun se déploie et intrigue pour occuper une place au soleil. Chacun gravite autour de la Cour, ou, à défaut, dans des cercles qui vont s'élargissant à partir de là dans une hiérarchie décroissante, à commencer par les grands nobles : le comte Esterházy, le prince Galitzine, le prince Karl Lichnowsky, le prince Grassalkowics et bien d'autres. La comtesse Thun-Hohenstein demeure un soutien fidèle. C'est l'une des femmes les plus cultivées, les plus averties de la ville. De plus, elle a été l'élève de Joseph Haydn. Elle deviendra plus tard l'une des protectrices de Beethoven, d'autant plus que sa fille épousera Karl Lichnowsky, l'un des futurs élèves et ami de celui-ci. Mozart tient le jugement de la comtesse en telle estime qu'il lui fera entendre des extraits de son *Singspiel*, *Die Entführung auf dem Serail (L'Enlèvement au sérail)* au fur et à mesure de sa composition. La haute bourgeoisie compte également bien des mélomanes avertis : le *Hofrat* von Greiner (conseiller aulique), ancien protégé de l'impératrice Marie-Thérèse, ou encore le Dr Peter Genzinger, ami de Joseph Haydn dont l'épouse est une bonne pianiste. Certains musiciens, ayant réussi à parvenir à un rang élevé de cette échelle, tiennent des salons musicaux très convoités.

Les amitiés de Mozart ont souvent leurs origines dans son enseignement. Josepha Auernhammer en est un exemple. Il la déclare être un épouvantail en évoquant son physique, mais il admire son jeu au point d'écrire à son intention une *Sonate pour deux pianos* (K. 448), afin de pouvoir la jouer avec elle.

Il fréquente volontiers Theresa von Trattner, épouse d'un grand imprimeur et fabricant de papier. Il y a aussi Michael Puchberg qui est dans l'industrie textile, Sigmund Barisani, fils du médecin de Colloredo, ou encore la famille Mesmer, dont il a hanté le salon. Mais Mozart est trop souvent incapable de tirer parti des occasions qui se présentent, bien que Leopold, toujours vigilant, ne cesse de le conseiller et de lui dicter le comportement qu'il devrait observer... Il est vrai que son peu de diplomatie, la piètre opinion qu'il a de certains musiciens, compositeurs et interprètes rendent difficiles ses relations avec ce milieu. De plus, ses facultés musicales extrêmes font qu'il est souvent jalousé par ses collègues : « Certains qui me reconnaissent "per renommée" se montrèrent très courtois et pleins d'égards, mais d'autres, qui n'avaient jamais entendu parler de moi, me regardèrent avec de grands yeux en souriant. » Mozart doit encore prouver que le fait d'être comme il dit « petit et jeune » ne l'empêche pas d'être grand par ailleurs.

Il pense que son extraordinaire talent seul suffit pour le propulser au zénith de la musique. À Paris déjà, le baron Grimm avait perçu à quel point cette attitude le desservirait : « Il est trop candide, peu actif, trop aisé à attraper, trop peu occupé des moyens qui peuvent conduire à la fortune. Ici pour percer, il faut être retors, entreprenant, audacieux... »

Si Mozart cherche à s'assurer une place à sa mesure dans les activités musicales viennoises, une place qui lui revient, c'est qu'il est conscient de sa valeur exceptionnelle. Il ne s'abaisse pas à solliciter n'importe quoi auprès de n'importe qui : « Messieurs les Viennois, parmi lesquels il faut comprendre en tête l'empereur, ne doivent pas s'imaginer que je ne suis au monde que pour Vienne seul... il n'est nul monarque au monde que je serve plus volontiers que l'empereur, mais je ne veux mendier aucun service... Je crois être en état de faire honneur à n'importe quelle Cour... Si l'Allemagne, ma chère patrie, dont je suis fier... ne veut pas m'accueillir, par Dieu ! il faudra que la France ou l'Angleterre s'enrichisse de nouveau d'un habile Allemand de plus... à la honte de la nation allemande ! Vous savez aussi que, dans presque tous les arts, les Allemands ont presque toujours été ceux qui excellaient... mais où ont-ils trouvé leur bonheur ? ou leur réputation ? pas en Allemagne, bien sûr ! Gluck, lui-même, est-ce l'Allemagne qui en a fait le grand homme qu'il est ? Malheureusement non ! »

Les relations de Mozart, aux premiers temps de son séjour viennois, sont loin de se limiter à la seule aristocratie et à la bourgeoisie. Il affectionne également beaucoup la compagnie des acteurs, son amour pour le théâtre débordant largement le domaine lyrique. Par son beau-frère, Joseph Lange, l'un des célèbres acteurs de l'époque, il se fait beaucoup de relations dans ce milieu. C'est ainsi qu'il rencontre Gottlieb Stephanie, le librettiste de son opéra *Die Entführung aus dem Serail (L'Enlèvement au sérail)*, ainsi que Friedrich Schröder, que l'on surnomme le « Garrick » allemand, en hommage à l'acteur anglais. Ce dernier, à qui l'on doit de connaître Shakespeare sur la scène allemande, est un fervent de la musique de Mozart.

Joseph Lange est l'un de ceux à avoir manifesté envers ce beau-frère hors du commun une tendresse et une compréhension toutes particulières, ne lui tenant pas grief de ses soudains et imprévisibles changements d'humeur : « Jamais on ne reconnaissait moins le grand homme en Mozart que lorsqu'il était occupé à un ouvrage important. En ces moments seulement, il s'exprimait de manière confuse et désordonnée, mais il faisait aussi des plaisanteries qu'on n'attendait pas de lui, et parfois même, il s'oubliait délibérément dans sa conduite... Ou bien il dissimulait sa tension intérieure sous une frivolité superficielle pour des raisons insondables, ou bien il prenait plaisir à opposer brutalement les divines idées de la musique à ces soudains éclats de vulgarité et à s'amuser en semblant se moquer de lui-même. »

Mozart a une expérience de la haute société qui remonte à l'enfance. Il évolue à l'aise aussi bien parmi la noblesse et la bourgeoisie que parmi les artistes et les classes modestes. De plus, il pratique volontiers de nombreuses habitudes propres à toute une partie de la population viennoise, telles que la promenade, la danse, la bonne chère. Il aime jouer au billard, boire du punch en bonne compagnie dans les cafés. Pourquoi est-il si difficile d'imaginer Mozart en train de fumer la pipe, encore plus, de posséder un cheval et d'arpenter en cavalier les rues de Vienne ? Nous savons en effet qu'il en possède un. Mais où l'héberge-t-il ? Dans l'une des écuries de sa demeure viennoise donnant sur la rue ? Et qui s'en occupe ? Le nommé Primus. Il aura également (du moins pendant une courte période) une calèche, celle avec laquelle il se rendra à Francfort en 1790. Pourtant l'image qui nous est transmise n'est jamais celle-là, alors qu'avec une vie intérieure aussi abondamment créatrice que la sienne, il a besoin de se défouler. D'ailleurs son médecin lui recommande spécifiquement l'équitation pour contrer les effets malsains du travail sédentaire.

Ces distractions n'empêchent nullement son besoin de lecture des livres de sa bibliothèque, où les *Mille nuits et une nuit* côtoient des ouvrages de Métastase, Molière, Beaumarchais, Platon, ou encore l'auteur dramatique Gottfried Dyk. Il y a aussi des ouvrages scientifiques, philosophiques, de voyages, d'histoire, de musique, bien sûr. Cet ensemble se révèle essentiel à l'incessant travail de création qui s'accomplit en lui.

S'il est grandement loué comme interprète et compositeur, on peut se demander en revanche quel est à son égard le comportement d'une aristocratie décrite de la manière suivante par un témoin de son temps : « Il règne, en général, une incroyable arrogance dans les plus hautes sphères. Les gens ne pensent qu'à leurs aïeux, et sont d'une telle précision à ce sujet, qu'il peut surgir d'innombrables difficultés lorsque quelqu'un doit être présenté à la cour ! »

Les musiciens sont, nous le savons, considérés comme des inférieurs et traités en tant que tels. Significative est une annonce qui paraît dans le *Wiener Zeitung* :

Cherche valet de chambre/musicien !
On demande un musicien qui joue bien du piano et qui sache aussi chanter et qui puisse donner des leçons de l'un et de l'autre. Ce musicien devra, en même temps, remplir les fonctions de valet de chambre !

Mozart oppose à une musique toute de finesse et d'élégance un comportement sans retenue qui lui porte maintes fois préjudice. S'il observe de manière scrupuleuse l'étiquette vestimentaire, en revanche il semble se préoccuper peu ou pas de son image sociale. La fille du *Hofrat* von Greiner, Caroline Pichler, poète et journaliste, dont le salon est réputé être « le temple de la musique », de bon ton et distingué, connaît bien non seulement Mozart, mais aussi Haydn, qu'elle reçoit fréquemment chez elle : « C'étaient des hommes qui ne manifestaient dans leurs relations personnelles pas la moindre force spirituelle exceptionnelle, et presque aucune sorte de formation intellectuelle, d'éducation scientifique ou supérieure. Une tournure d'esprit banale, des plaisanteries insipides, et, chez Mozart, un rien d'insouciance ! Voilà tout ce qu'il montrait à leur entourage. Et pourtant, quelles profondeurs, quels mondes de fantaisie, d'harmonie, de mélodie et de sentiment gisaient cachés sous cette insignifiante coquille. Par quelle révélation intérieure leur est venue cette faculté qui leur permet de savoir produire des effets aussi puissants, et exprimer à l'aide de sons des sentiments, des idées, et des passions de telle sorte que chaque auditeur soit contraint de les éprouver, et soit touché au plus profond de son cœur ? »

On imagine aisément la surprise, dans son salon musical, provoquée par certains comportements de Mozart quelque peu déroutants : « Alors que j'étais assise au piano, et jouais *Non piu andrai* de *Figaro*, Mozart, qui se trouvait justement chez nous, vint derrière moi, et mon jeu dut lui convenir, car il fredonna la mélodie et battit la mesure sur mes épaules, mais soudain il approcha une chaise, s'assit, et me demanda de continuer à jouer la partie basse ; il se mit à improviser des variations si merveilleuses que toute l'assistance retint son souffle pour écouter l'Orphée allemand. Puis, subitement lassé, il se leva d'un bond, et d'humeur bouffonne, se mit, comme il le faisait parfois, à sauter pardessus les tables et les sièges, à miauler comme un chat et à cabrioler comme un enfant turbulent... »

À son arrivée à Vienne, Mozart tente principalement de se faire connaître comme « tapoteur de piano » comme il se nomme. Il place très haut la barre dans l'interprétation de la musique, avec le respect du texte. Mais il n'accorde que peu d'importance à l'interprète en soi, à commencer par lui-même. Pourtant, Leopold, lors de la visite qu'il rendra en 1785 au couple, reconnaîtra les qualités exceptionnelles de son fils à ce sujet. Il avouera son émotion à sa fille : « J'eus le plaisir d'entendre tous les échanges instrumentaux si clairement que j'en eus les larmes aux yeux... »

D'innombrables témoignages subsistent : « La finesse, la délicatesse de toucher, le phrasé le plus pur et le plus expressif, et une sensibilité dont lui seul était capable. Telles étaient les qualités qui faisaient de Mozart le plus grand pianiste de son temps... »

Mozart estime que Vienne est véritablement le pays du piano et c'est pour cette ville qu'il écrit ses concertos : « Ils tiennent juste le milieu entre le trop difficile et le trop facile, ils sont très brillants, agréables aux oreilles, naturels, sans tomber dans la pauvreté. Çà et là... les connaisseurs seuls peuvent y trouver aussi satisfaction pourtant, de façon que les non-connaisseurs puissent en être contents, sans savoir pourquoi. »

À qui a-t-il à se mesurer en ce domaine ?

III

Un duel au clavier

Parmi ceux qui réussissent à conquérir d'emblée leur place, Mozart rencontre un homme destiné à devenir célèbre : « Il est venu ici un autre pianiste/compositeur, un Italien qui se nomme Muzio Clementi, il a été convoqué ! »

Convoqué par qui ? Par l'empereur, et sans doute à l'instigation du clan italien qui sévit puissamment autour de lui. Clementi est renommé pour avoir « une stupéfiante maîtrise pianistique » et une santé robuste qui lui permet de sillonner l'Europe. Il est virtuose, tout en pratiquant l'édition, tout en fabriquant des pianos et en se livrant à des activités pédagogiques aussi intenses que permanentes. Mozart se montre peu tendre avec lui. Sans doute est-il un peu partial, à cause de sa défiance envers le clan italien en général : « Il a une grande agilité dans la main droite, sa force est dans les passages en tierces... mais il n'a pas un kreutzer de sentiment et de goût. En un mot : un simple mechanicus ! »

Il est amené à se livrer avec son concurrent à une sorte de joute pianistique dont il sort victorieux, et chacun des hommes de raconter, à sa manière, cette aventure : « L'empereur (après que nous nous étions fait suffisamment de compliments) décida que ce serait Clementi qui commencerait à jouer. “La santa chiesa cattolica” dit-il, parce que Clementi est romain. Celui-ci préluda, et joua une sonate... alors l'empereur se tourna vers moi et me dit : – Allons, à vous maintenant... – Je préludai à mon tour et jouai des variations. Là-dessus la grande duchesse apporta des sonates de Paisiello (misérablement écrites par lui-même) et nous avons dû en jouer, moi les *allegros*, et lui les *andantes* et les *rondos*. Enfin, nous choisîmes un thème et le développâmes sur deux pianofortes... Il est à remarquer que j'avais emprunté le pianoforte de la comtesse Thun... l'empereur l'a voulu ainsi... L'autre était désaccordé et trois touches étaient bloquées... – Cela ne fait rien ! déclara l'empereur qui connaissait déjà mon talent et ma science technique et qui a voulu seulement faire bien les honneurs à l'étranger... »

Ce duel s'est terminé par le don, à Mozart, de cinquante ducats ! Clementi, bon prince, relate à son tour cette épreuve à deux en rendant hommage à son vainqueur : « Mozart a remporté tous les honneurs. Jamais je n'ai entendu jouer avec tant d'esprit et de grâce. Ce qui m'a le plus étonné, c'est un *adagio* avec quelques variations improvisées pour lesquelles l'empereur avait choisi le thème que nous devions ensuite varier, en nous accompagnant à tour de rôle. »

Mozart, moins élégant que son adversaire, ne se borne pas à accabler Clementi pianiste : sans ménager ses mots, il fait part à sa sœur de son peu d'estime pour le compositeur, en particulier au sujet des sonates pour piano qu'elle se propose de jouer : « Leur composition n'a aucune valeur, toute personne qui les joue, ou les entend le sentira elle-même ; – elles ne comportent aucun passage digne d'être noté... sauf les sixtes et les octaves... et ceux-ci, je prie ma sœur de ne pas “trop” s’en occuper, afin de ne pas gâter sa main si calme, si bien posée, de ne pas perdre par là sa naturelle légèreté, sa souplesse, sa fluide agilité. En effet, qu’y gagne-t-on, en fin de compte ?... Clementi est un *ciarlattano*, comme tous les Italiens... »

Mozart a aussi affaire, non pas à un autre Italien mais à un Hollandais, le pianiste Georg Friedrich Richter qui « fait un tour à Vienne et ailleurs » comme interprète. Celui-ci profite de ce « tour » pour donner des leçons, et même pour organiser quelques académies : « La noblesse a souscrit, mais avec cette déclaration qu’elle n’y aurait aucun plaisir si je ne jouais pas ! En sorte que monsieur Richter m’a demandé de venir et je lui ai promis de jouer trois fois. Mais, en même temps, j’ai ouvert une souscription pour trois autres séances pour moi, une souscription à laquelle tout le monde a répondu ! »

En effet, Mozart organise de son côté, et dans la même salle, des académies auxquelles en revanche Richter n’est pas convié. Il se vante à son père que « ses » académies attirent bien plus d’abonnés que celles de son confrère et du violoniste Fischer ensemble. Et il lui rend compte du beau succès du premier concert : « La salle était pleine à étouffer, et le nouveau concerto que j’ai joué a eu un succès extraordinaire. Partout où l’on va, on en entend faire l’éloge. »

Le fait que Mozart se targue ainsi, de manière un peu puérile il est vrai, de remporter une victoire sur Clementi ou de réunir davantage d’abonnés à ses académies que Richter, est une réaction au frivole engouement que porte le public viennois aux artistes étrangers. S’y ajoute le fait que la spiritualité de Mozart ne tarde pas à déborder le cadre de mondaine beauté pour le hisser rapidement vers des méditations et des introspections bien plus profondes. La musique qu'il jouera dépassera de plus en plus le style de la musique de salon, même élevée.

Mais à l'époque où il rencontre Richter, son étoile est encore haute dans le ciel, du moins comme pianiste. Sûr de lui, et avec le désarmant naturel qui le caractérise, ses jugements sur ceux qu'il entend jaillissent spontanément. Richter n'y échappe pas plus que Clementi : « Il joue bien, en ce qui concerne l'exécution, mais, comme vous l'entendrez... trop lourdement, trop péniblement... et sans aucun goût ni sentiment... enfin, c'est un homme qui compte toujours parmi les bons pianistes... »

Quant à ses propres œuvres, Mozart les réserve jalousement pour son propre usage, bien qu'il lui arrive parfois, dans une soirée privée, de poser l'une de ses partitions sur le pupitre d'un autre. C'est le cas un soir où il finit par inviter chez lui le pianiste Vogler (autrefois une idole, désormais sur le déclin) : « Celui-ci voulait absolument faire connaissance avec moi... avant le dîner, il avait bousillé, *prima vista*, mon concerto... le premier morceau *alla prestissimo*, l'*andante allegro*, et le *rondo* tout à fait *prestissimo*. Il jouait en général une autre basse que celle qui était écrite, et, parfois, une tout autre harmonie, même une autre mélodie... »

La suite de la longue relation que Mozart fait de sa soirée avec Vogler est fort intéressante sur son approche et sa conception de la musique : « Jouer ainsi *prima vista*, ou rien, c'est tout un à mes yeux. Les auditeurs (je veux parler de ceux qui sont dignes de ce nom) ne peuvent dire autre chose sinon qu'ils ont... vu la musique et l'exécution. Ils ont entendu, pensé et... senti, aussi peu... que lui... Au reste, c'est bien plus facile de jouer un morceau vite que lentement. On peut, dans les traits, laisser sur le carreau quelques notes, sans que personne s'en aperçoive : est-ce une beauté ?... Et puis, en quoi consiste l'art *a prima vista* ? En ceci : jouer le morceau dans son exact mouvement, tel qu'il doit être joué ; mettre en valeur toutes les notes, les agréments, etc. avec l'expression, le *gusto* qui leur sont particuliers comme c'est indiqué ; et en arriver ainsi à ce que l'on puisse croire que celui qui le joue est le même que celui qui l'a composé. »

Mozart n'est pas jaloux des autres, il ne le sera jamais ! Lorsqu'il ne ménage pas ses mots à l'égard du jeu ou de la musique d'un confrère, sa critique porte sur la qualité intrinsèque et le sérieux du travail exclusivement, car son univers à lui se situe et se développe à une autre profondeur, il en a conscience.

Là où la critique l'atteint sans doute le plus, c'est lorsqu'elle provient du clan italien qui exerce une forte influence à la Cour. Il est plein de préjugés à son égard. On le comprend en lisant ce genre d'appréciation : « Il y a des barbares qui, dépourvus de toute ouïe, s'entêtent à faire de la musique... »

Les jugements sévères que Mozart se permet de porter sur des rivaux moins gênants, comme Richter ou Clementi par exemple, révèlent à quel point, au fur et à mesure du déclin de sa popularité, il soupçonne toujours plus la cabale de rivaux italiens acharnés à miner sa carrière.

Pourtant, l'un de ces Italiens, Giovanni Paisiello, fait exception. Encore tout enfant, Mozart avait fait sa connaissance à Naples. L'Italien s'était vivement intéressé à lui. En 1784, il séjournera à Vienne au retour d'un voyage à Saint-Pétersbourg. Il connaît les quatuors dédiés à Haydn. L'élève et ami de Mozart, Thomas Attwood, les lui aura fait parvenir, en lui recommandant de n'y porter un jugement qu'après les avoir entendus plusieurs fois. Paisiello réunira en partition certaines parties (entre autres la fugue en sol du premier quatuor) afin de les faire voir à un confrère, Gaetano Lattila, lequel percevra aussitôt qu'il s'agit d'une pièce magistrale. Examinant les ingénieuses combinaisons et modulations de la deuxième partie, il posera la copie sur la table, s'exclamant avec ravissement : « C'est la plus magnifique pièce de musique que j'ai jamais vue de ma vie ! » Il est vrai que la musique instrumentale constitue une menace moindre pour les rivaux italiens, portés essentiellement sur l'expression théâtrale.

Si Mozart poursuit désormais sa trajectoire sans trop tenir compte des recommandations de son père, il continue néanmoins (du moins par les mots !) à jouer le rôle d'un fils respectueux et soumis. Il semble éprouver en même temps un réel besoin de tenir Leopold au courant de ses moindres faits et gestes, avec le respect des conventions et usages de l'époque. Sans doute souffre-t-il du peu de confiance que Leopold manifeste : « Fiez-vous seulement à moi ! Je travaillerai de toutes mes forces à faire honneur au nom de Mozart... Je vous en prie, ne vous mettez pas si souvent en tête que je vous oublierai ! Je ne puis supporter cela... ! »

Il s'afflige également de la profonde désapprobation de son père devant sa décision de demeurer à Vienne... on a le cœur serré à lire certaines phrases : « Je souhaite que tout ce que j'ai fait et entreprends soit selon vos désirs et votre plaisir... ou plutôt que je ne fasse rien... qui ne doive... tourner à votre plus grande satisfaction.

Et j'en ai aussi bon espoir... car ce qui peut contribuer au bonheur de votre fils... doit aussi vous être agréable... »

L'installation définitive de Mozart à Vienne coïncide avec la présentation, au *Singspiel* national, d'un opéra en allemand, que l'empereur Joseph II a imposé à « son » compositeur, Antonio Salieri : « Je ne saurai jamais composer un opéra en allemand, je connais trop mal cette langue », lui répond Salieri, en lui proposant de traduire l'un des cinq opéras qu'il vient d'écrire en italien. « Pas une traduction, lui répond le souverain, un *Singspiel* original ! Ce travail sera un excellent exercice... »

Salieri se trouve bien embarrassé, car l'allemand est, pour lui, un véritable handicap. Il n'a jamais perdu son accent, il a toujours affaire à des gens d'opéra italiens, et de plus, pour lui, l'italien est la langue de l'opéra par excellence. Même les leçons avec son professeur, Gassmann, ne lui ont jamais fait acquérir l'aisance dans la pratique de cette langue. Mais il se doit d'obtempérer. Salieri est, depuis 1774, le compositeur officiel de la Cour. Pourquoi l'empereur le garderait-il s'il n'écrit pas ce dont son théâtre a besoin ? Le livret qu'on lui fournit, signé Auenbrugger, *Le Ramoneur*, est de surcroît des plus médiocre. Il en dit long sur la situation du *Singspiel* allemand, surtout si on le compare à celui de *L'Enlèvement au sérail* qui sera donné un peu plus tard. L'on y compare l'opéra italien et l'opéra allemand ainsi qu'une critique sur la situation de l'opéra allemand à Vienne, ce qui laisse supposer que Salieri aurait participé à l'élaboration du texte. L'un des personnages, Volpino, tend par moments à une autoparodie du compositeur lui-même et de ses problèmes de langue, d'autant que le héros est un maître de chant qui prétend être l'un des anciens élèves du célèbre castrat Farinelli. Salieri en profite pour lui faire chanter deux grands airs en italien !

L'un des rôles est chanté par Catarina Cavalieri, une très jeune élève de ce dernier qui aura une longue liaison avec lui. Elle deviendra l'une des plus célèbres cantatrices du Burgtheater et sera également une future interprète de Mozart. Y participe aussi le futur Osmin de *L'Enlèvement*, Ludwig Fischer. La parodie évidente de l'*opera seria* permet à Salieri d'exploiter habilement différents styles musicaux et, face à un livret pourtant indigent dans son ensemble, son adresse se révèle telle qu'il remporte un succès considérable.

Mozart, qui est à Vienne depuis deux mois, encore sous le coup de sa violente rupture avec Colloredo, assiste à une répétition : « Vous croyez que *Le Ramoneur* est un opéra italien. Non, c'est un opéra allemand, et même une misérable œuvre originale, dont le livret est de Monsieur le docteur Auernbrucker de Vienne ! »

Peu après ce jugement péremptoire, Mozart et Salieri se trouvent en concurrence directe pour la première fois, mais il semble qu'il n'existe encore aucune animosité déclarée entre les deux hommes. La princesse de Wurtemberg est à Vienne pour marier sa fille avec l'archiduc Franz, fils du grand-duc de Toscane et prince héritier : « Le duc de Wurtemberg, lui, est un homme charmant, la duchesse et la princesse aussi. Quant au prince, c'est une grande perche de dix-huit ans, un vrai veau... »

Mozart, toujours à l'affût d'un poste rémunérateur, se propose comme professeur de musique de la princesse Elizabeth, mais c'est Salieri qui obtient la charge, ce qui n'a rien d'étonnant malgré l'estime que Joseph II porte à Mozart. Les quinze ans d'ancienneté de Salieri à Vienne constituent un avantage certain pour lui.

Mozart s'en montre dépité : « C'est moi que l'archiduc Maximilien a proposé à la princesse. Elle lui a répondu que, si cela avait dépendu d'elle, elle n'aurait jamais pris d'autre maître que moi, mais que l'empereur lui a imposé Salieri à cause du chant, et qu'elle en était désolée ! »

Cet épisode marque sans doute les prémices d'une rivalité qui ne cessera qu'avec la mort de Mozart, et dont le point final sera un prétendu empoisonnement. Si on comprend aisément le sentiment de Salieri envers Mozart, on comprend tout de même un peu moins la susceptibilité de ce dernier à l'égard de son aîné, une susceptibilité quasi obsessionnelle. Nous savons la conscience souveraine qu'il possède de la supériorité de sa musique. On peut néanmoins admettre qu'il lui est difficile d'accepter que son rival soit couvert d'honneurs, alors que lui doit lutter quotidiennement pour assurer ce qui devrait lui revenir de droit par son génie, de plus dans son propre pays.

IV

Un opéra allemand : *Die Entführung aus dem Serail* *(L'Enlèvement au sérail)*

C'est en juillet 1781, au début de son séjour à Vienne, que Mozart commence à travailler sur son nouvel ouvrage, *L'Enlèvement au sérail*. Son librettiste est Gottlieb Stephanie. Il ne s'agit plus d'*opera seria*, mais bien de *Singspiel*. L'impatience de Mozart est telle que, le jour même où il reçoit le texte du premier acte, il se met au travail pour composer cet opéra. En deux jours, trois des sept séquences du premier acte sont déjà écrites, et un mois plus tard, le premier acte est terminé.

Nous savons Mozart d'une exceptionnelle rapidité mais, cette fois-ci, il se surpasse...

Chose surprenante chez lui, il ne s'attarde même pas sur la qualité de ce *libretto* qui stimule son imagination, mais qui se révèle par la suite n'être qu'un point de départ. En effet, ce n'est qu'en composant le premier acte et en précisant sa conception dramatico-musicale, qu'il voit clairement à quels endroits il faut y apporter des changements : « En ce qui concerne le travail de Stephanie, la poésie est tout à fait mesurée au caractère du sot et méchant Osmin... et je sais bien que la versification n'en est pas des meilleures, mais elle s'est trouvée concorder d'une façon si juste avec mes idées musicales (qui m'avaient déjà d'avance trotté par la tête !) qu'elle a dû nécessairement me plaire... et je parierais bien qu'à la représentation, on n'y regrettera rien. Pour la poésie incluse dans la pièce en général, je ne saurais vraiment pas la mépriser... et puis, je ne sais, mais... dans un opéra, il faut absolument que la poésie soit fille obéissante de la musique... »

Quels sont les préceptes que Mozart formule au cours de son travail sur *L'Enlèvement* et auxquels il se conformera au cours de sa future carrière de compositeur lyrique ? « Pourquoi les opéras italiens plaisent-ils donc partout... avec tout ce que leurs livrets renferment de misérable ? Et même à Paris..., j'en ai été moi-même témoin ! C'est que la musique y règne sans partage et dès lors on oublie tout le reste. Oui, un opéra doit plaire d'autant plus que le plan de la pièce aura été mieux établi ; que les paroles auront été écrites pour la musique, et qu'on ne rencontrera pas, ici et là, introduites pour satisfaire une malheureuse rime (quelles qu'elles puissent être, par Dieu ! les rimes n'ajoutent rien au mérite d'une représentation théâtrale et lui nuisent plutôt), qu'on ne rencontrera pas des paroles... ou même des strophes entières qui gâtent toute l'idée du compositeur. Les vers sont bien, pour la musique, la chose la plus indispensable... mais les rimes pour les rimes, c'est bien la plus nuisible... les gens qui entreprennent leur œuvre avec tant de pédanterie sombreront toujours, eux et leur musique. Le mieux, c'est quand un bon compositeur, qui comprend le théâtre et qui est lui-même en état de suggérer des idées, se rencontre avec un judicieux poète, un vrai phénix... »

Gottlieb Stephanie, son librettiste, n'est sans doute pas le phénix auquel Mozart fait allusion. Mais leur collaboration se déroule d'autant mieux que l'homme de lettres est tout à fait ouvert au travail partagé, et qu'il ne le vit nullement comme une menace envers ses propres accomplissements. L'idée même de cette œuvre « turque » n'est pas la sienne, de toute manière. Il ne s'agit que d'adapter une pièce plus ancienne, signée Christoph Friedrich Bretzner. D'ailleurs, celui-ci les accusera aussitôt de plagiat et non sans raison, puisque Stephanie se contente d'y effectuer quelques changements et amendements pour correspondre aux capacités des solistes. À l'accusation de Bretzner, s'ajoutent rapidement la jalousie et les intrigues de l'entourage. Pourtant, il semble bien que Stephanie soit intègre envers son musicien : « Tout le monde fait la moue quand il s'agit de Stephanie... il se peut que même avec moi, il ne se montre ainsi d'amitié que lorsque je suis là... mais il n'en arrange pas moins fort bien son livret pour moi... et comme je le veux... à un cheveu près... et par Dieu, je ne lui en demande pas plus ! »

Le résultat de ce travail est d'une importance capitale pour Mozart. La première doit avoir lieu en présence de la famille ducale de Wurtemberg et du grand-duc de Russie. Son avenir à Vienne peut en dépendre... et il est catégorique : il doit avoir son mot à dire afin que l'opéra soit à la hauteur du niveau dramatique et musical qu'il s'est fixé. Quant au sujet de l'œuvre, il est tout à fait en rapport avec le contexte politique et avec la présence du grand-duc, car l'alliance russo-autrichienne contre la Turquie est en train de se renforcer. Le livret apparaît donc comme une exploitation intelligente des thèmes d'actualité, avec en plus l'attrait d'une atmosphère étrange et exotique. Mozart met en valeur un sujet où deux cultures s'affrontent, mais avec un regard différent. Des Européens sont détenus contre leur gré à la

Cour d'un prince souverain turc. Après l'échec du sauvetage, on fait preuve à leur égard d'une magnanimité qu'ils n'ont jamais connue en Europe.

À l'époque, les sujets turcs abondent, aussi bien dans le domaine de l'*opera seria*, que dans celui de l'*opera buffa* et de la farce musicale. Le livret initial de *L'Enlèvement au sérail* est aussi trivial que d'autres innombrables modèles disponibles, mais Mozart sait parfaitement faire valoir les effets dramatiques par des moyens musicaux. Il rejette la tradition, se servant, pour obtenir ses effets, aussi bien des techniques de l'*opera buffa* italien que du chant à versets, de l'opérette française, ou de la grande *aria* dramatique. Et ce mélange crée un genre original de *Singspiel* où le scénario conventionnel apparaît dans un éclairage tout à fait nouveau.

Mozart participe activement au remodelage du livret, et il assume lui-même la responsabilité de tous ces changements. Il prévoit chaque détail du développement dramatique aussi bien que celui de la musique qui lui donne sa forme. Et lorsqu'il dit : « Dans un opéra, il faut absolument que la poésie soit fille obéissante de la musique », il ne faut pas oublier qu'il ajoute, comme nous l'avons vu plus haut : « Le mieux, c'est quand un bon compositeur, qui comprend le théâtre, et qui, lui-même est en état de suggérer des idées, se rencontre avec un judicieux poète, un vrai phénix ! »

Mozart considère la plupart des librettistes comme des artisans qui suivent les règles de leur métier, écrivant mécaniquement des séquences vocales qui emploient des rimes pour elles-mêmes, plutôt que poursuivant un développement dramatique cohérent qui pourrait servir au mieux le compositeur. De manière générale, il se plaint des mauvais librettistes : « Si nous autres compositeurs, nous voulions toujours suivre si fidèlement nos règles (qui étaient très bonnes autrefois quand on ne savait rien de mieux qu'elles !), nous ferions toujours tout juste d'aussi médiocres musiques qu'ils font de médiocres livrets... »

Il cherche des librettistes qui soient capables de le suivre dans sa nouvelle conception. Il ne veut pas créer des types de personnages, mais des individus. Pas de marionnettes, mais des hommes et des femmes bien en vie. Il a toujours adoré le théâtre, il a suivi tous ses développements... et il a vu tous les grands acteurs des pièces de Shakespeare et de Lessing. Il se propose de révolutionner l'opéra, tout comme ce dernier l'a fait dans son domaine... Ses personnages doivent réagir au monde qui les entoure selon leurs personnalités et leurs capacités propres. Belmonte, par exemple, n'est pas un héros exalté. Dans ses relations avec son domestique Pedrillo, il se montre égoïstement insensible. La relation maître-domestique persiste, même dans le cas de dépendance mutuelle. Seule la destinée de Constanze l'intéresse... il ne s'enquiert jamais, ni de Pedrillo, ni de Blondine. Chaque personnage de *L'Enlèvement* a un univers à l'intérieur duquel il se développe et réagit de manière cohérente, ce qui représente une véritable mosaïque de personnalités. Ainsi, en opposition au pacha turc, Belmonte est un noble Espagnol (que Pedrillo présente comme un architecte italien), Blondine est une Anglaise, et le marin que Belmonte embarque est, selon toute vraisemblance, un Hollandais...

Chose surprenante, toutes les lettres que Mozart adresse à sa famille entre les premières répétitions de *L'Enlèvement* et la première, le 16 juillet 1782, ont totalement disparu.

La cabale qui entache le spectacle est-elle donc si grave et si compromettante, pour que Nannerl, ou plus vraisemblablement Leopold, jugent bon, soit de détourner, soit de détruire les lettres qui l'évoquent ?

Il semble que l'inimitié déclarée entre Salieri et Mozart remonterait, non pas au moment du choix d'un professeur pour la princesse de Wurtemberg, mais de la création, par Joseph II, du *Singspiel* national et autonome du Hoftheater. Cette décision fournit à ce dernier les conditions idéales à la production de son *Enlèvement au sérail*. À l'occasion de la première, une cabale féroce manque de faire échouer le spectacle sous les sifflets et les huées. Il faudra même un ordre personnel de l'empereur pour exiger que cette première puisse avoir lieu. Pourtant, comment celui-ci peut-il ignorer que son propre compositeur en titre, Salieri, en est sans doute à l'origine ? Là où Mozart est très vulnérable à la critique, c'est lorsqu'elles proviennent du clan italien, de ses prérogatives et de son autorité sur la Cour. Si Salieri émet des réserves sur telle ou telle composition, il n'ignore point l'influence que de telles opinions peuvent avoir auprès de l'empereur. Les indiscrétions et les racontars des « camarades » font le reste.

Mozart considère ce clan comme une force qui lui barre tous les accès. Le meneur de jeu, Salieri, jouit d'une gloire et d'une considération (surtout dans le domaine du drame musical héroïque) qu'il ne connaîtra jamais...

En musicien hautement doué, Antonio Salieri ne peut ignorer la menace que constitue pour lui le talent du jeune Mozart. Ce dernier, pour sa part, se rend bien compte de la valeur de son rival.

Que cette cabale ait réellement existé, la meilleure preuve en est la disparition des lettres de Mozart, très précisément à cette époque. Ont-elles un rapport avec ses tentatives de mettre sur pied les « Concerts des

Dilettantes » ou d'ouvrir la musique à un public plus vaste avec des implications maçonniques ? Y a-t-il refus, de la part d'une partie réactionnaire du public et des artistes, de voir un *Singspiel* d'une grande qualité et raffiné envahir la scène et revendiquer sa place au théâtre national au même titre que les opéras italiens ? Jusqu'ici, on pouvait mépriser le *Singspiel*, qui ne présentait que des bouffonneries triviales. Avec Mozart, il reçoit ses lettres de noblesse, ce qui constitue pour certains un danger évident, d'autant plus que certains critiques saluent avec enthousiasme toutes les idées nouvelles, à commencer par le rédacteur du *Journal de Kraemer* : « *L'Enlèvement au sérail* est une œuvre qui regorge de beautés ! À la première, elle surpassa les espoirs du public et les intentions de son auteur... »

Cette réaction est aussi celle de Goethe en 1785 lorsque, soucieux lui aussi de monter des *Singspiele* pour le théâtre de la Cour, il proposera la pièce à Weimar : « Tous les efforts que nous faisions pour parvenir à exprimer le fond même des choses devinrent vains au lendemain de l'apparition de Mozart... *L'Enlèvement au sérail* nous dominait tous ! »

D'autres ignorent aujourd'hui encore jusqu'à son nom : ainsi le comte Zinzendorf notamment, qui avait salué Mozart autrefois, les yeux embués d'émotion, écrit aujourd'hui : « Le soir, au théâtre : *L'Enlèvement au sérail*. La musique est un ramassis de choses volées. »

Mais, et c'est ce qui importe plus que tout pour Mozart, le public, lui, le suit et le soutient contre ses détracteurs. L'œuvre est représentée seize fois à Vienne. Elle sera montée dans bon nombre de théâtres d'Allemagne, mais sans que Mozart voie jamais la couleur d'autres rétributions que celles reçues de la part de l'intendant des théâtres de la Cour de Vienne, le comte Rosenberg.

Le naufrage de l'opéra allemand qui s'ensuit s'explique. Tous les spectacles donnés au *Singspiel* national ne sont pas de la qualité de *L'Enlèvement*, loin s'en faut. Les échecs se succèdent. En octobre 1782, quelques mois plus tard, l'électeur Schroeder écrit une phrase qui se révèle prophétique : « Ici, l'opéra allemand a abdiqué. »

Mozart en est affligé. L'opéra allemand, si cher à son cœur, se meurt. Il est obligé de constater lui-même la nullité du spectacle qui suit le sien : « C'est une misérable pièce et, même avec la plus belle musique, on ne pourrait supporter l'œuvre. Or, par-dessus le marché, la musique en est si mauvaise que je ne sais, du poète ou du compositeur, qui doit remporter le prix du pitoyable. »

En décembre 1782, quelques mois seulement après l'éclatante réussite de *L'Enlèvement*, une nouvelle tentative ne réussit pas davantage : « La musique (un galimatias) est d'un jeune individu d'ici, élève de Wagenseil, qui s'appelle en réalité Gallus, "*cantans, in arbore sedens, girigiri faciens*" (coq chantant sur un arbre et faisant cocorico !). C'est déjà mieux que l'exécrable opéra d'Umlauf dont je vous ai déjà parlé qui, lui, n'a pas pu se maintenir jusqu'à la troisième représentation... On dirait qu'ils ont voulu achever, même avant le temps, l'opéra allemand qui, déjà, sans cela, était condamné à mort après Pâques, et ce sont des Allemands eux-mêmes qui ont fait cela... le diable soit d'eux. »

L'année suivante, Salieri fera en sorte que l'Opéra allemand soit dissous. À certains, malheur est bon... l'Opéra italien sera réorganisé, il s'ouvrira avec une de ses propres œuvres. Grand succès. Contre son adversaire, il gagne une manche...

Mozart, le cœur battant, assistera souvent aux séduisantes productions de l'Opéra italien. Il y découvrira des œuvres de Cimarosa, Anfossi, Guglielmi, Sarti, et Paisiello. Même si c'est lui qui règne encore le plus souvent sur les concerts de la ville, il se sentira cependant cruellement écarté du lieu qu'il aime le plus au monde, le théâtre. Il est depuis longtemps, nous le savons, sensible à l'élément populaire du théâtre italien l'*opera buffa* napolitain, qu'il trouve chez Paisiello, dont il connaît *Le Barbier de Séville*, et, dans un autre genre, le très bel opéra *Il Rè Teodoro* composé à Vienne. Hélas, ce n'est que par la porte de service que Mozart pénétrera dans ces lieux aimés. On lui commandera bien quelquefois des petits travaux pour les chanteurs, des interludes, et, selon la coutume d'alors, il butinera parfois chez ces grands des thèmes qu'il transformera jusqu'à en faire des chefs-d'œuvre qui semblent être nés de sa propre plume, de sa fantaisie, et avec lesquels il éblouira le public, qu'il veut séduire... Il se montrera à l'aise, quelle que soit la forme qu'il adopte pour s'exprimer.

Plus tard, Stendhal raconte à sa façon l'anecdote suivante. Si elle n'est vraie dans les faits, elle l'est dans l'esprit : « Les Italiens parlaient avec plus de jalousie que de justice des essais de Mozart, et l'empereur, n'ayant aucun jugement lui-même, fut facilement entraîné par les décisions de ces amateurs. Un jour qu'il venait d'entendre une répétition de *L'Enlèvement au sérail* (qu'il avait lui-même demandé à Mozart), il dit au compositeur : – Mon cher Mozart, cela est trop beau pour nos oreilles ; il y a beaucoup trop de notes là-dedans. – J'en demande pardon à Votre Majesté, lui répondit Mozart, sèchement, il y a précisément autant de notes qu'il faut ! L'Empereur Joseph II ne dit rien. Il parut un peu embarrassé de la réponse, mais lorsque l'opéra fut joué, il en fit les plus grands éloges ! »

V

Une découverte majeure, Jean-Sébastien Bach

Au printemps 1782, Mozart reçoit la nouvelle du décès de son ami et mentor d'enfance, Jean-Chrétien Bach, mort à Londres le 1er janvier. Les deux hommes se sont rencontrés pour la dernière fois à Paris, lors du détesté séjour de 1778 : « Quelle perte pour le monde musical ! » Cette disparition suscite un flot de tendres souvenirs... Le hasard veut qu'elle coïncide avec la découverte pour Mozart d'un monde qu'il ignore ou presque, celui de Jean-Sébastien Bach. Cette découverte, il la doit au baron van Swieten, qu'il connaît depuis l'échec de *La Finta Giardiniera* à Vienne en 1768 alors qu'il avait douze ans ! Après son service à Vienne, van Swieten a été envoyé à Berlin en tant qu'ambassadeur. Là, la découverte de la musique de la famille Bach l'a tellement passionné qu'il a livré commande au frère aîné de Jean-Chrétien, Philippe-Emmanuel, de six symphonies. À présent, Mozart est devenu l'un des familiers de sa maison. Il fait part de cette découverte à sa sœur : « Il y a un trésor de bonne musique, très grand par la valeur des œuvres, mais très petit, à vrai dire, par leur nombre... Je suis en train de me faire une collection de fugues de Bach, aussi bien de

Sebastien que d'Emmanuel et de Friedemann Bach, et puis aussi celles de Haendel... »

L'immensité du génie de Bach, Mozart la perçoit parfaitement à travers ces quelques documents. Il comprend et imagine également l'importance que cette musique pure peut avoir eue, et aura pour la musique sacrée à laquelle il est fortement attaché par sa foi. Ne dit-il pas à son père : « Jamais, je n'ai prié avec autant d'ardeur... » De Vienne, il lui écrit aussi : « Vous me recommandez de penser que j'ai une âme immortelle... Non seulement j'y pense, mais je le crois ! En quoi consiste donc, autrement, la différence entre les hommes et les animaux ? C'est justement parce que je le sais et le crois avec certitude... que je n'ai pu accomplir tous vos souhaits de la façon que vous vous l'étiez imaginé. »

La rupture avec Colloredo, et par voie de conséquence avec son père, ne le fait pas négliger pour autant ses attaches avec l'Église. Une fois à Vienne, Mozart ne manque jamais de s'informer : « Dans la dernière messe ou les Vêpres de Michael Haydn, ou dans les deux, y a-t-il des fugues d'importance ? Vous m'obligeriez fort, en ce cas, si vous pouviez me faire copier les deux œuvres en partition, comme cela, peu à peu... »

Par la même occasion, il demande à ce qu'on lui envoie de Salzbourg deux de ses propres messes (K. 321 et 329), afin de les faire entendre au baron van Swieten...

Nous savons que Mozart se penche sur les partitions nouvellement découvertes avec une ardeur telle que van Swieten consent à les lui prêter afin qu'il puisse les étudier chez lui. Il se met à composer selon leur modèle ; il projette d'écrire cinq fugues en hommage à van Swieten... mais cette décision n'est pas sans poser de questions d'ordre esthétique bien entendu, car il s'interroge toujours plus sur la nature du style expressif « moderne » tout en se livrant avec enthousiasme à la lecture des textes découverts. Dans son autobiographie de 1819, le pianiste, compositeur et chef d'orchestre Joseph Weigl rapporte : « Mozart accompagnait le baron van Swieten, le ténor Starzer et moi. Nous chantions... J'appris alors comment on doit jouer des partitions. Qui n'a pas entendu Mozart jouer une partition de Haendel à seize voix et plus, chanter lui-même et, en même temps, venir au secours de ceux qui font des fautes, ne connaît pas Mozart, car il est encore plus admirable en cela que dans ses compositions... »

Au printemps 1782, peu avant que Mozart ne commence à composer sa grande messe en ut mineur, il aborde son étude de la musique de Bach par la transcription des fugues du *Clavecin bien tempéré*, afin de les faire jouer par l'ensemble de van Swieten. Il compose même, pour elles, des préludes. Puis lui viendra l'audace de vouloir se mesurer à cet art du contrepoint en écrivant lui-même des fugues. Constanze a, semble-t-il, beaucoup de goût pour cette forme musicale. À son intention, Mozart commence par en écrire une pour le piano, le prélude ne venant qu'après. Le manuscrit de ce travail d'« apprenti » (mais d'où l'enseignement du Padre Martini n'est pas absent) porte dans la marge de multiples notes et chiffres relatifs à des combinaisons possibles : « Comme Constanze m'a souvent entendu improviser des fugues, elle m'a demandé si je n'en avais jamais encore écrit... et comme je lui répondais non, elle m'a vivement grondé de n'avoir pas voulu écrire ce qu'il y a justement de plus artistique et de plus beau en musique, et ne m'a pas donné de cesse que je ne lui compose une fugue, et c'est celle-ci (*Prélude et Fugue en ut*, K. 394). C'est exprès que j'ai écrit en tête *andante maestoso*, afin qu'on ne la joue pas trop vite... »

Les fugues destinées à van Swieten ne verront jamais le jour. Pourquoi ? Mozart est-il trop fortement impressionné par l'art accompli de ses aînés pour tenter, en cette époque de galanterie si différente de la leur, de les égaler sur leur terrain ?

Malheureusement pour la postérité, Mozart n'ouvre plus son cœur à Leopold comme autrefois, il ne lui raconte plus que ce qui le concerne de manière moins intime : ses réussites professionnelles, financières... Il lui parle de ses connaissances, mais pas de toutes : pas de celles qui sont impliquées dans la maçonnerie. Il a certainement été très blessé de l'absence d'intérêt que son père a manifestée pour son opéra : « J'ai reçu votre lettre... mais une lettre si indifférente, si froide ! Vraiment, je n'aurais jamais attendu une pareille après la nouvelle que je vous ai envoyée du succès de mon opéra... je croyais... que vous auriez à peine pu ouvrir le paquet dans votre ardente curiosité de connaître au plus vite l'œuvre de votre fils. »

Il semble que Leopold n'ait même pas regardé la partition, tant il est aigri par l'émancipation de celui-ci ! Du coup, Mozart remet « aux calendes grecques » le projet de lui rendre visite à Salzbourg afin de lui présenter Constanze. Celle-ci se trouve enceinte dès l'automne, bon prétexte pour ne rien bousculer.

Pour l'heure, les affaires ne sont pas trop mauvaises : trois concertos (K. 413, 414, 415) sont en souscription pour la gravure. Le comte Rosenberg lui propose d'écrire un opéra italien, Mozart participe couramment aux académies qu'organisent les nobles en leur palais, les élèves ne manquent pas... *L'Enlèvement au sérail* continue à faire salle comble à chaque représentation.

À la fin de l'année, il compose le premier des six admirables quatuors « dédiés à Joseph Haydn ».

Mozart a vingt-sept ans et la vie nouvelle qu'il s'est choisie semble partie sous d'heureux auspices, malgré la déception causée par l'échec de l'opéra allemand.

L'une des grandes et fidèles amitiés qu'il noue à Vienne est celle des Wezlar d'Offenbach, une famille juive qui est venue à Vienne comme agents à la Cour impériale. Cette amitié est révélatrice de l'intérêt que Mozart porte aux personnes dont l'intégration dans la société d'alors n'est pas chose évidente : des personnes ayant eu à subir l'isolement et l'ostracisme, et qui doivent renoncer à beaucoup afin de surmonter ces obstacles. Aucun juif ne se convertit par conviction religieuse, cet acte étant seulement le prix élevé à payer afin de pouvoir jouir de droits civiques normaux. Le couple Mozart s'installe pendant trois mois chez les Wezlar : « J'ai un autre logis, toujours sur la Hohenbrücke... et à quelques maisons de distance... ainsi nous demeurons dans la petite maison Herberstein, n° 412 au troisième étage chez le Baron von Wezlar, un riche juif... j'ai là une chambre de mille pas de long et de large, une chambre à coucher, une antichambre et une belle grande cuisine, et il y a encore deux belles grandes chambres qui sont inoccupées... ce sont celles que j'ai utilisées pour mon bal privé ! »

L'amitié que Mozart porte à la famille est réciproque. Lorsque Wezlar est obligé de récupérer les lieux, non seulement il ne demande aucun loyer pour les trois mois passés, mais il paie le déménagement pour aider le jeune couple. Et lors de l'arrivée du premier enfant peu après, il se propose comme parrain du petit Raimund-Leopold.

À l'époque, la communauté juive viennoise se restreint à quelque cinq cents personnes. Mais bon nombre de juifs viennent d'ailleurs pour travailler en ville. Pour la plupart, ils ne portent plus le cafetan, mais on en voit encore en costume traditionnel que les citadins ont presque tous abandonné.

La transition entre le règne de l'impératrice Marie-Thérèse (notoirement antisémite) et celui de son fils Joseph II commence à s'amorcer, mais non sans réserves. Dans le décret de tolérance que Joseph II fait émettre, il est dit que chaque citoyen doit pouvoir bénéficier d'une liberté religieuse totale, qu'aucune modification de droits civiques ne doit intervenir pour des motifs religieux. Mais la discrimination n'est pas abolie pour autant puisqu'on publie parallèlement un décret concernant spécifiquement les juifs, dont la liberté de mouvement demeure restreinte. Ils doivent payer une taxe spéciale et s'exprimer en langue allemande pour toute communication officielle. Toutefois, ils ont désormais le droit de ne plus porter le signe distinctif jaune, obligatoire jusqu'alors. Ils ont aussi le droit de fréquenter les théâtres et autres lieux publics de divertissement. Ils ont toute liberté pour exercer leurs commerces. Le *Leibmaut*, sorte de taxe de judaïté sur la personne, est aboli, et les dignitaires juifs ont le droit d'arborer des rapières. Toutefois, on spécifie clairement que ces nouvelles lois résultent de conditions économiques, et qu'il n'est pas souhaitable que la communauté juive augmente en nombre pour autant.

VI

Lorenzo da Ponte

C'est chez les Wezlar que Mozart rencontre Lorenzo da Ponte, lequel, tout comme son ami le baron, a renoncé à sa judaïté, et jouit, de ce fait, d'avantages professionnels et sociaux qu'il n'aurait pas obtenus autrement : « Nous avons ici un certain *abbate* da Ponte, poète de son état... il a actuellement follement à faire avec les corrections pour le théâtre. Il doit, *per obligo*, écrire un livret tout nouveau pour Salieri... »

Qui est cet homme qui arrive à Vienne en même temps que Mozart et qui jouera un rôle si important dans sa carrière lyrique ? De son vrai nom, Emanuele Conegliano, il est né en 1749 dans le ghetto de Ceneda, une petite ville de la république du Veneto. En tant que juif (il ne reniera jamais ses origines), il est confronté à un choix : devenir un artisan et commerçant à l'image de son père et demeurer au sein d'une communauté juive restreinte, isolée et menacée, ou renoncer aux vieilles croyances et à sa religion pour devenir tout autre chose, et se libérer du joug qui pèse sur un peuple opprimé et persécuté... Le choix se fait en réalité indépendamment de lui. Sa mère meurt de bonne heure, à la suite de quoi, dix ans plus tard, son père se remarie avec une chrétienne, renonçant lui-même ainsi que toute sa famille à la religion juive. La bonne fortune d'Emanuele Conegliano veut que ce soit l'évêque de la ville de Ceneda qui le baptise, qui devienne son parrain, et qui lui transmette, à lui et aux siens, son propre nom, da Ponte ! De plus, ce bienfaiteur s'engage à assumer financièrement les frais d'éducation et de Lorenzo et de ses deux frères pendant cinq ans avec l'idée que tous trois deviennent prêtres, à leur tour. Da Ponte est ordonné en 1773, n'osant s'opposer à la volonté de son père, bien qu'il avoue peu sentir cette vocation ! Plus tard, il décrira cet événement comme étant le seul qui lui ait réellement causé de l'embarras.

Grâce à ses fonctions sacerdotales, da Ponte peut tout de même faire preuve de ses talents. Il acquiert une connaissance littéraire approfondie, découvre les anciens classiques, et développe une fine sensibilité dans l'art du langage. Ses poèmes sont pleins d'humour, d'élégance, de malice et, parfois, de rébellion. Il a un sens satirique et humoristique aigu, et cela suffit pour faire enrager les autorités. En outre, peu respectueux des convenances que lui impose son état, il vit ouvertement avec une femme dont au surplus il a un enfant ! On ne tarde pas à l'accuser de renier sa religion, de pratiquer l'adultère et le concubinage ; il est condamné à quinze ans d'exclusion de la République. Mais avant que cette sentence ne tombe, il se trouve déjà en Autriche.

Là, il poursuit à l'aise sa vie d'aventurier, provoquant des intrigues et des scandales, toutes choses qu'il relate dans ses mémoires d'un ton quelque peu mélodramatique, et en se posant souvent en victime...

À son arrivée à Vienne personne ne le connaît, mais une lettre de recommandation dont il a pris soin de se munir l'introduit auprès d'Antonio Salieri. Il se débrouille également pour rencontrer Métastase, le doyen des poètes dramatiques italiens. Métastase voue non seulement de l'admiration à son cadet, mais il proclame publiquement cette admiration... Le poète, déjà très âgé et affaibli, mourra peu après, mais da Ponte est lancé !

À l'époque de sa rencontre avec Mozart, da Ponte est en train d'écrire le livret d'*Un ricco d'un giorno* pour Antonio Salieri, un opéra dont Leopold parlera avec grand mépris lorsqu'il l'entendra à Salzbourg, et que da Ponte lui-même hésite à entreprendre tant il trouve le sujet médiocre : « Salieri était véritablement l'un des premiers maîtres à l'époque, je devais, par déférence, lui confier la musique de mon premier ouvrage ! Je lui soumis divers sujets, et mes plans, afin qu'il puisse faire un choix, malheureusement ce choix se fixa sur le sujet le plus dénué des éléments du succès. »

Da Ponte n'est pas sans reconnaître d'emblée la supériorité de Mozart : « À mon avis, il n'existait pas à Vienne plus de deux *maestri* véritablement dignes de ce nom : Martini (pour le moment favori de Joseph II) et Wolfgang Mozart, que j'eus à cette époque l'occasion de rencontrer chez le baron von Wezlar, son grand admirateur et ami. Wolfgang Mozart quoique doué par la nature d'un génie musical supérieur, peut-être, à tous les compositeurs du monde, passés, présents et futurs, n'avait jamais pu encore faire éclater son divin génie à Vienne à cause des cabales de ses ennemis. Il y demeurait obscur et méconnu, semblable à une pierre précieuse qui, enfouie dans les entrailles de la terre, y dérobe le secret de sa splendeur. »

Au départ, Mozart, quant à lui, considère cette nouvelle connaissance avec un certain scepticisme, pour ne pas dire de la méfiance : « Il m'a promis de faire un nouveau livret pour moi... mais qui sait au fond s'il pourra tenir sa parole... ou s'il le voudra ? Vous savez bien que messieurs les Italiens sont très aimables en face !... suffit ! nous les connaissons ! S'il s'entend avec Salieri, de ma vie je n'aurai de livret... »

Pourtant, peu de mois après que Mozart a fait à son père cette remarque, débute la collaboration des deux hommes. Elle durera cinq ans et donnera à l'un comme à l'autre une célébrité quasiment éternelle. Mozart a enfin trouvé le partenaire toujours espéré, le « phénix » dont il avait entretenu son père.

Il est probable (mais nous n'en avons pas l'absolue certitude) que leur première collaboration soit les fragments d'un *opera buffa* : *Lo sposo deluso*, ou (et le titre en trahit le thème) *La rivalità de tre donne per un solo amante*, œuvre qui combine, à l'image du futur *Don Giovanni*, des éléments tragiques et comiques ainsi que l'amour que portent trois femmes à un seul homme. Dans cet opéra, Mozart peut, comme il le souhaite tant, se livrer à la caractérisation de chaque personnage, ainsi qu'il le fait et le fera de manière si remarquable dans *L'Enlèvement au sérail*, *Don Giovanni* et *Così fan tutte*.

La musique exprime les sentiments de chacun, tout en fournissant un commentaire sur l'action dramatique des protagonistes.

Bien qu'il n'y ait de problème, ni dans le travail du librettiste, ni dans un manque d'intérêt de la part de Mozart, celui-ci est obligé de l'abandonner. Aucune perspective de le monter ne se présente, bien que sur la partition il ait soigneusement noté le nom de chaque chanteur, prouvant que, comme à son habitude, il écrit pour un interprète spécifique. Mais il sous-estime les difficultés pour rentrer au Théâtre National : d'une part on ne lui a pas passé commande, d'autre part, on favorise ceux qui assument des fonctions officielles permanentes au théâtre ou à la Cour. Il travaille donc durant cette période à diverses esquisses d'œuvres lyriques afin de mieux préciser ses idées dans ce domaine.

Malgré toutes les vicissitudes dont il est et sera toujours désormais l'objet, Mozart se laisse rarement abattre. Que représente le travail pour lui ? Souvent une nécessité financière il est vrai, mais également une sorte de seconde nature, un besoin qui jaillit du plus profond, une source permanente et généreuse...

Nissen tracera un portrait émouvant et, semble-t-il, juste du cheminement de l'acte créateur chez lui : « Il travaillait avec une telle rapidité qu'il semblait qu'il eût voulu mettre un terme aux angoisses du monde matériel en se réfugiant dans les créations de son esprit. Il se surmenait à tel point, qu'il oubliait, pas seulement le monde qui l'entourait, mais même sa fatigue. Tout à coup il tombait sans force et il fallait le porter sur son lit. »

De son côté, son beau-frère, Joseph Lange, le mari d'Aloysia, écrira avec une certaine perspicacité : « Il a été écrit tant de choses sur les singularités de ce grand homme, que je me contenterai ici d'en rappeler une seule. Dans ses conversations et dans ses actes, jamais Mozart ne pouvait moins passer pour un grand homme que lorsqu'il était occupé à un ouvrage important. Alors, non seulement il parlait de choses et d'autres sans suite, mais il faisait des plaisanteries de toute sorte auxquelles on n'était pas accoutumé de sa part. Même, il se négligeait délibérément dans sa tenue. En outre, il paraissait ne réfléchir et ne penser à rien. Ou bien, sous une apparence frivole, il dissimulait à dessein son angoisse intime pour des causes qu'on ne pouvait découvrir ; ou bien il se complaisait à faire contraster brutalement les idées divines de sa musique avec les vulgarités de la vie quotidienne, et à s'amuser d'une sorte d'ironie de lui-même. »

Apparemment, Mozart n'est pas de ceux pour qui l'acte créateur constitue une source d'angoisse et de doutes. De plus, depuis son plus jeune âge, il a une puissance de travail peu commune, comme s'il était mu par le pressentiment du peu de temps qui lui est accordé. Sa haine de la paresse se manifeste déjà dans une lettre de 1769, écrite en latin : « *Cuperem scire, de qua cosa, a quamplurimis adolescentibus otium usque adeo oestimatur, ut ipsi se, nec verbis, nec verberibus, ab hoc sinant abduci.* » (Je désirerais savoir pour quelle cause l'oisiveté a tellement de prix aux yeux de la plupart des jeunes gens, que les remontrances et les coups sont impuissants à les en arracher.)

Mais quelques années plus tard, dans le post-scriptum d'une lettre adressée à sa sœur, il tourne en dérision son hyperactivité avec une pirouette à sa manière : « Le petit Wolfgang n'a pas le temps d'écrire, car il n'a rien à faire, il tourne autour de sa chambre comme un chien qui cherche ses puces ! »

VII

Affaires de famille

Durant tout ce temps, Mozart a essayé de préserver tant bien que mal ses relations avec sa sœur Nannerl. À l'occasion de la fête de celle-ci (la Sainte-Anne tombe le 26 juillet) il lui écrit gentiment : « Mon opéra a été donné hier soir pour la troisième fois avec un *applauso* général en l'honneur de toutes les Nannerl... »

Il lui vante les mérites de Constanze, lui envoie des cadeaux auxquels cette dernière s'associe, semble-t-il, avec la plus grande bonne volonté. Ils ont beaucoup remis le voyage de présentation à Salzbourg sous un prétexte ou un autre : « Le mois de novembre ne sera pas bénéfique aux Salzbourgeois qui ne peuvent supporter ma présence... Lundi, je voulais malgré tout partir l'après-midi, mais on me dit à la poste que non seulement il fallait 4 ou 5 heures pour atteindre une station, mais qu'on ne pouvait même plus avancer du tout et qu'il fallait donc faire demi-tour... Je voulais finalement partir demain, mais ma femme a aujourd'hui de forts maux de tête... »

D'une part, Mozart craint encore une action éventuelle de la part de Colloredo, d'autre part il n'a aucune envie de revoir Salzbourg, ni les Salzbourgeois.

Il en repoussera la date maintes fois, sous divers prétextes : « Malheureusement, je vois bien qu'il me faut reporter au printemps la joie de vous embrasser. Les élèves ne me laissent absolument pas partir... »

Se révèle enfin la raison fondamentale de tant de remises de départ : « À savoir s'il n'y a pas à craindre que, si je viens à Salzbourg, l'archevêque ne me fasse peut-être arrêter... – ce qui me le fait redouter particulièrement parce que je n'ai pas reçu de congé – peut-être l'a-t-on fait exprès pour m'attraper ensuite... Si vous le craignez aussi – nous devons alors trouver un autre endroit – peut-être Munich. »

Mozart et Constanze se rendent néanmoins à Salzbourg, mais seulement fin juillet 1783.

Comment se passe cette visite ?

Il semble que le séjour, qui durera trois mois, soit un véritable échec ; un échec décuplé par le fait, tragique, qu'au mois d'août ils apprennent la mort de leur bébé, confié à une nourrice pour la durée de leur séjour. Non seulement, ils ne rencontrent guère de sympathie de la part du père et de la fille, mais ni Leopold, ni Nannerl ne pardonnent à Constanze d'avoir épousé leur fils et frère, et ils le lui font bien sentir.

De plus, les amours de Nannerl avec un certain M. d'Ypold ne se sont pas concrétisées. Celle-ci a maintenant trente-deux ans et elle est toujours célibataire. Chez elle, il entre sans doute de la jalousie devant le bonheur affiché du jeune couple. Elle se comporte avec supériorité envers une belle-sœur si indésirable, et Leopold quant à lui se retranche dans une réserve glacée. Tous deux font sentir à Constanze qu'ils se gardent pour eux seuls le vrai Wolfgang, le leur ! Il n'y a qu'eux qui y ont droit... Plus tard, le deuxième mari de Constanze, Nissen, écrira : « Mozart avait espéré qu'on aurait fait présent à sa femme de quelques-uns des cadeaux qu'il avait reçus dans son enfance. Il n'en fut rien... la conscience que Leopold et Nannerl agissaient mal ainsi paraît avoir transformé en une attitude de contrainte la conduite qu'on eut envers lui et sa femme ! »

On imagine le poids que représentent pour Mozart ces relations, cet accueil et le regret qu'il doit éprouver d'avoir entrepris ce voyage dont il espérait beaucoup. Même les dons de musicienne, modérés semble-t-il, dont Constanze fait preuve et qu'elle déploie dans la messe « solennelle » d'actions de grâces composée par son mari, ne changent rien.

Cette *Messe en ut mineur* (K. 427), Mozart s'y est engagé quatre mois après sa découverte de la musique de Jean-Sébastien Bach. Ce que Constanze n'a pu obtenir de lui s'est réalisé de manière miraculeuse, et sans qu'à aucun moment Mozart ait l'air d'imiter en quoi que ce soit les anciens : « Si Mozart n'avait pas connu et surmonté la crise provoquée dans sa production par la révélation de la musique de Jean-Sébastien Bach, la *Messe en ut mineur* n'eût jamais pris la forme que nous voyons... »

À Vienne, il n'a évidemment plus aucune obligation envers l'Église, mais son sentiment religieux est si puissamment lié à son instinct artistique qu'il ne peut disparaître ainsi, malgré ses préoccupations d'ordre théâtral et instrumental. La *Messe en ut mineur* s'est imposée d'elle-même, poussée sans doute par une nécessité purement intérieure. Mozart y accomplit un vœu : Constanze était souffrante, il s'est engagé « en son cœur », comme il dit, à faire exécuter à Salzbourg une messe composée tout exprès pour le jour où, rétablie et étant devenue son épouse, il l'amènerait faire connaissance avec sa famille dans sa ville natale : « Comme preuve de la réalité de mon vœu, j'ai la partition de la moitié d'une messe, et qui donne les meilleures espérances. »

La messe est bien chantée à Salzbourg, mais à l'église Saint-Pierre, naturellement pas à la cathédrale où règne toujours le redouté Colloredo. Constanze y tient la partie de première soprano. Mais l'œuvre demeurera cependant inachevée.

Durant ce séjour, Mozart se console de l'atmosphère familiale en écrivant l'opéra *L'Oca del Cairo (L'Oie du Caire)* (K. 422) sur un livret de Varesco, sous l'œil vigilant du père Leopold qui réincarne son rôle d'antan. La reprise de la saison d'hiver à Vienne, des élèves en perspective constituent un judicieux prétexte pour mettre fin à ce long devoir filial. Constanze et son mari reprennent la route... Dans la lettre de remerciements qu'il adresse à son père, Mozart se borne à s'excuser de les avoir envahis, lui et Nannerl, si longtemps, et il conclut : « Heureusement que je suis habitué depuis ma petite enfance à quitter gens et villes ! »

Il ne reverra jamais plus sa sœur Nannerl, avec laquelle les liens ne cesseront de se distendre, alors qu'elle est déjà si froide et si lointaine.

C'est le retour, après trois mois de séjour à Salzbourg et une longue étape chez le vieux comte Thun à Linz (d'où la symphonie dite *de Linz* [K. 425] qui lui est dédiée) où ils sont chaleureusement accueillis (ce qu'ils ne manquent pas de signaler à la famille). Mozart et Constanze regagnent Vienne au cours des derniers jours de novembre. Le retour est triste. Ils n'ont plus le bonheur d'avoir le petit Raimund-Leopold, leur premier bébé dont la naissance avait été annoncée à son père dans la joie : « Ma chère femme a heureusement accouché d'un gros garçon, fort et rond comme une boule ! »

Ils s'empressent de déménager encore une fois, dans la maison des Trattner sur le Graben, au troisième étage. Mozart se met à nouveau en quête d'occupations lucratives pour la saison d'hiver. À la nouvelle année, 1784, il aura vingt-huit ans ! Résolu à mieux prendre sa vie en main, il achète deux cahiers afin d'y consigner enfin soigneusement chacune de ses compositions. La première sera son *Concerto pour piano en mi bémol* (K. 449) écrit pour une nouvelle élève. Sur le deuxième cahier (et on imagine la volonté qu'il lui faut pour accomplir une résolution aussi contraire à sa nature), Mozart note toutes ses dépenses, et tous ses gains : « Deux branches de muguet : 7 *kreutzers*, un peu plus tard : 34 *kreutzers* pour un étourneau » (qu'il désigne par *Vogel Star*), un oiseau dont il consignera également le chant. Les couplets qu'il écrit lors de la mort du petit volatile trois ans plus tard nous permettent de mesurer la tendresse qu'il porte également aux animaux :

Ci-gît un bien cher fou
Un petit étourneau.
Dans ses meilleures années
Il dut éprouver
De la mort l'amère douleur.
Saigne mon cœur
À cette seule pensée.
Lecteur ! Verse toi aussi
Une petite larme pour lui.
Il n'était pas méchant,
Mais peut-être un peu bruyant,
Et parfois même
Un petit espiègle vilain,

Sans être toutefois un gredin.
Sans doute est-il déjà là-haut
Pour me louer
De ce service d'ami
Absolument gratuit.
Car lorsqu'à l'improviste
Il s'est évanoui,
Il n'eut pas de pensée
Pour celui qui sait si bien rimer.

À côté du poème figure une petite mélodie ainsi qu'une remarque de son auteur : *Das war schön* (C'était beau) ! Ce thème, qui est celui *du rondeau* de son *Concerto en sol majeur* (K. 453), il l'avait appris à son ami emplumé !

Quant à Nannerl, malgré son adoration et son admiration pour son père, elle se marie enfin au mois d'août, alors qu'elle a trente-trois ans, non par amour semble-t-il mais plutôt pour éviter le déshonneur de demeurer vieille fille. Son promis est un digne partenaire aux yeux de Leopold et de la société bourgeoise. Il s'appelle Johann-Baptist von Berchtold zu Sonnenberg, il est conseiller à Saint-Gilgen. Mais il a quinze ans de plus que Nannerl, il est deux fois veuf, et il a cinq enfants à élever. La respectabilité bourgeoise est sauve, mais à quel prix pour elle !

Mozart et Constanze saisissent l'heureux prétexte d'une nouvelle grossesse de cette dernière pour ne pas refaire le périple de Salzbourg. Ils se contentent d'adresser à la fiancée une lettre généreuse dans le ton de la complicité d'autrefois : « Je t'envoie encore de Vienne à Salzbourg mille bons vœux et spécialement que vous puissiez vivre ensemble aussi heureux que nous deux.

Accepte, en conséquence, tiré du compartiment poétique de ma cervelle, le petit avertissement que voici :

Tu vas apprendre dans le mariage bien des choses
Qui étaient pour toi une demi-énigme.
Tu vas bientôt savoir, par expérience,
Comment Ève, jadis, a dû s'y prendre
Pour mettre ensuite Caïn au monde...
... Si ton mari te fait grise mine
Sans que tu croies le mériter,
Un jour de méchante humeur,
Pense, ce n'est là que boutade d'homme
Et dis : mon maître, que ta volonté se fasse
Le jour, mais la mienne... la nuit ! »

Après le mariage de Nannerl, Leopold demeure seul à Salzbourg. Mozart lui propose, sans conviction, de venir vivre avec lui et Constanze à Vienne (ce qu'il refuse, fort heureusement pour eux) ou de suivre sa fille à Saint-Gilgen. Mais Leopold décide de rester dans sa ville de Salzbourg, qu'il dit pourtant détester tout autant que son fils.

Malgré l'éloignement, il continue de se ranger du côté de Nannerl plutôt que de celui de son fils. Lorsqu'il se met enfin en route, pour lui rendre visite, prévoyant de passer par Munich, et ignorant son adresse, il recommande à sa fille de lui écrire directement à Vienne, « une lettre telle que ton frère puisse la lire »... !

Leopold manifestera encore plus sa rancœur lorsque Mozart un peu plus tard lui demandera de prendre ses deux petits-enfants en pension payante, afin de réaliser un projet de tournée avec ses amis Storace. C'est une proposition acceptable puisque Leopold élève chez lui le fils de Nannerl qui porte son propre prénom. Le refus sera catégorique et le commentaire à Nannerl, édifiant :

« J'ai dû répondre aujourd'hui à une lettre de ton frère, ce qui m'a donné bien de la fatigue. Tu peux imaginer que j'ai dû lui écrire une lettre très ferme, car il ne me proposait rien d'autre que laisser ses deux enfants en pension chez moi... j'ai refusé énergiquement...

Je comprends que cela ferait leur affaire ! Cela se conçoit ! Ils n'auraient qu'à partir tranquilles, ils pourraient y mourir, ou s'établir en Angleterre, et moi, je n'aurais qu'à courir après avec les mioches ou avec des réclamations d'argent... »

VIII

Vers de nouvelles audaces

En mars 1784, en deux mois de temps, Mozart a apposé dans son catalogue de nomenclature les dates et tonalités de plusieurs compositions, non des moindres : trois *concerti* pour piano dont deux qui selon lui « mettent en nage » (K. 449, 450 et 451) un *Quintette pour piano et vents* (K. 452). Peu après viendra un quatrième *Concerto* (K. 453).

Le quintette, que Mozart destine à l'une de ses académies, est, dit-il, ce qu'il a fait de mieux. De fait, cet ouvrage, réussite souveraine entre les vents et le piano, dont le rôle est analogue aux *concerti* qui lui sont contemporains, tient de la symphonie concertante et des grandes sérénades composées au début du séjour viennois. Ici, le jeu entre les timbres est épuré. C'est une quintessence, une intelligibilité d'autant plus parfaite que chacun de ces instruments tient une part égale dans le discours.

À l'époque, Mozart est encore plein d'optimisme, de joie et de confiance et il n'a souci que de hausser son auditoire jusqu'à lui... Cette partition illustre vraiment un moment de bonheur unique dans un univers qui ne tardera pas à s'assombrir et qui nous laisse percevoir ce qu'aurait pu être la vie créatrice de son auteur, le public viennois ne l'eût-il pas rejeté comme il l'a fait. Ce qui n'empêche l'existence d'un *larghetto* dans lequel s'expriment néanmoins quelques ardentes et insistantes interrogations...

Ce type de chant instrumental, en cette fin du XVIIIe siècle, est précisément ce qui gêne les critiques. L'un d'eux, un certain Nägeli, se plaint : « Les quatuors de Mozart chantent ! Or, le quatuor ne doit exprimer, par le jeu libre des sons, qu'un état d'âme libre. Ceux de Mozart expriment des passions, domaine réservé à la musique vocale... »

Un autre, Schaul, déclare : « Quelle différence entre un Mozart et un Boccherini ! Le premier nous conduit au milieu de rocs escarpés, dans une forêt de broussailles épineuses rarement parsemée de fleurs ; le second au contraire, dans des contrées riantes, couvertes de prairies, de fleurs, de ruisseaux clairs et murmurants. »

Mais en ce mois de mars 1784, aucun sombre pressentiment ne semble accabler Mozart. Seul règne le désir d'aller plus loin, de se dépasser dans le développement même de l'exigence et de l'audace... Même épanoui dans cette période de bonheur, la dernière... ses aspirations sont présentes, se transforment, croissent.

Mozart sait qu'il peut créer comme il l'entend, de manière tout à fait personnelle, qu'on l'applaudira quand même... Mais pense-t-il vraiment qu'en poursuivant la route choisie, en approfondissant ce style, les esprits frivoles de la mode d'une saison vont l'accompagner ?

Pour le moment – et c'est dans le moment qu'il vit – le quintette semble représenter le point de convergence de toutes ses expériences avec les instruments à vent qu'il affectionne tant. Tout de pureté et de simplicité, il se déroule dans une sorte de perfection du nouveau style.

IX

Nouvelle naissance : nouvelles amours...

Le 21 septembre, Mozart et Constanze sont de nouveau les heureux parents d'un garçon ; un petit Karl-Thomas qui, lui, aura la chance de survivre. La maison des Trattner sur le Graben, où il naît, ses parents vont la quitter peu après pour emménager dans une maison de la Schulerstrasse. Les finances sont prospères, et Mozart ambitionne d'y organiser des concerts. Il y a peut-être une autre raison à ce nouveau déménagement : Theresa von Trattner est, depuis son arrivée à Vienne, l'une de ses élèves. S'est-il lié de trop près avec elle ? Constanze en a-t-elle pris ombrage ? Pourtant, il semble que celle-ci ne se soit jamais offensée de l'intimité de son mari avec d'autres femmes, dont certaines pourraient pourtant être de sérieuses rivales : la cantatrice semi-anglaise Nancy Storace par exemple ou même la propre sœur de Constanze, Aloysia, qu'elle n'empêche pas Mozart de fréquenter... Ces deux femmes lui apportent une sensibilité musicale dont il a profondément besoin pour nourrir son œuvre ; une relation qui l'engage sans doute davantage que ne le fait un lien passionnel. Quoi qu'il en soit, peu après son départ de chez les Trattner, Mozart dédie à Theresa une sonate éloquente dont le climat mélancolique est évident...

C'est sans doute grâce à Theresa von Trattner, que figurent sur la liste des souscripteurs des académies de Mozart les noms de toutes les familles les plus aristocratiques de la ville : le baron van Swieten, le baron von Wezlar son précédent hôte, les Ployer, le baron von Dalberg, Ignaz von Born, le prince d'Auersperg, le prince Palm, le prince Lobkowitz, le prince von Liechtenstein, la famille Thun, le prince Galitzine, le comte Waldstein, le prince von Schwarzenberg, la princesse Lichnowsky, les divers membres de la famille Esterházy, etc., la liste est longue, et pourtant tous, ou presque, vont bientôt abandonner et oublier Mozart comme s'ils ne l'avaient jamais connu.

Après la *Sonate* dite *des adieux* (K. 457) que Mozart dédie à son amie Theresa comme la plus belle des lettres, il écrit encore pour elle la *Fantaisie* (K. 475), également en ut mineur qui sert d'introduction à la sonate, et il la lui envoie accompagnée d'une abondance de commentaires pour bien l'interpréter, commentaires que Theresa ne voudra pas communiquer à Constanze après la mort de Mozart. Ce refus, compréhensible, mais malheureux pour la postérité, n'explique-t-il pas aussi l'absence de toute autre lettre de cette période ? Lorsque Leopold rendra visite à son fils au printemps 1785, il citera abondamment les noms de toutes les relations du couple, mais le nom des Trattner n'y figurera jamais... Pourtant, il ne semble pas y avoir eu de brouille, puisque Mozart lui a fait l'offrande de deux œuvres dont la teneur est claire, qu'elle les a acceptées en dépit du « qu'en-dira-t-on ». Plusieurs années après ces événements, le quatrième enfant de Mozart et de Constanze, qui naîtra le 27 décembre 1787, une petite fille, recevra d'ailleurs le prénom de Theresa ! Theresa von Trattner sera digne de son ami au-delà de la mort de celui-ci puisqu'elle interviendra en faveur de Constanze lorsque celle-ci ne pourra pas régler les dettes du défunt et qu'elle sera, de surcroît, victime de médisances et de calomnies sur la vie d'excès qu'elle aurait menée en sa compagnie : « La veuve de Mozart se disposait justement à demander à l'empereur de lui accorder une pension. Une amie généreuse, excellente élève de Mozart, l'instruisit des calomnies dont son mari était l'objet à la Cour, et lui conseilla de détromper l'empereur. La veuve eut bientôt l'occasion de mettre ce conseil à exécution : – Majesté, dit-elle, lors de l'audience avec une noble ferveur, chacun a ses ennemis, mais nul encore ne s'est vu poursuivre et calomnier par les siens avec plus de violence et d'acharnement que mon mari... »

L'empereur acceptera la requête, fera allouer à Constanze une pension annuelle de deux cent soixante florins et prendra à sa charge un concert de ses œuvres qu'il lui recommande d'organiser. Quant à Theresa von Trattner, son destin s'alignera sur celui de son ami et professeur, car elle mourra trois ans après lui, âgée seulement d'un an de plus...

X

L'ami cher : Joseph Haydn

Au cours de cet hiver de 1784, la vie n'est pas encore devenue hostile à la petite famille, au contraire. Les concerts chez Mozart et chez les autres se succèdent. Le dimanche matin, le musicien se rend chez son ami le baron van Swieten. Il est fidèle également aux concerts qui ont lieu deux fois la semaine chez le conseiller von Kees, d'autant plus volontiers qu'il y retrouve Joseph Haydn...

En cette année 1784, Mozart a déjà composé trois, bientôt quatre des quatuors de la grande série qu'il dédiera à ce dernier. Les deux hommes se connaissent encore peu sur le plan personnel bien que leurs premières rencontres remontent sans doute au temps où Haydn, délaissant momentanément ses fonctions de *Kapellmeister* d'Esterháza, se rendait à Salzbourg pour y saluer son jeune frère, Michael, *Kapellmeister*, lui, de l'archevêque. Nannerl parle du tutoiement dont Joseph Haydn usait alors avec le jeune Wolfgang, son cadet de vingt-quatre ans, et dès 1770, Leopold fait référence à certains trios de Joseph Haydn qu'il souhaite se procurer.

Le lien véritable entre les deux hommes est leur amour commun pour le quatuor à cordes, cimenté par des séances de musique de chambre chez la cantatrice Nancy Storace : le compositeur Karl Ditters von Dittersdorf tient le premier violon, Haydn, le second, Mozart l'alto, un compositeur originaire de la Bohême, Johann Baptist Wanhal, le violoncelle, quatre compositeurs de renom dans la Vienne de l'époque, Mozart étant de loin leur cadet.

Il connaît les célèbres *Quatuors du soleil* de Haydn, il est conscient, dans sa propre écriture, de ce qu'il doit à celui qu'il appellera tendrement « Papa » ou encore « mon maître » : « C'est de lui que j'ai vraiment appris comment écrire des quatuors », avoue-t-il volontiers.

L'hommage des six quatuors est la preuve même de la tendresse de sentiments qu'il lui porte. Quel geste plus profond que cette musique, belle, investie d'une abondance d'idées précieuses, et qui est en même temps un modèle de composition... Les *Quatuors* dits « milanais » (K. 155-160) et « viennois » (K. 169-173) composés dans le même élan au début de ce travail sont encore soumis à l'influence du langage et du dialogue de Haydn mais, dès le premier de ces ouvrages écrits à son intention, Mozart s'en affranchit. Il se surpasse, il s'ouvre à une dimension nouvelle...

Haydn n'est heureusement pas le seul à comprendre toute la densité d'écriture et de pensée que recèlent les œuvres dont l'honore son cadet, leur chromatisme, leur modernité. Ne sont-ils pas issus de son propre opus 20 ? Ces deux séries, un autre jeune compositeur, Ludwig van Beethoven, les étudiera bientôt assidûment dans sa ville de Bonn. Et il produira plus tard, à son tour, une troisième série aussi révolutionnaire, qui sera son opus 18.

Il n'est pas surprenant qu'une musique de chambre aussi innovante que celle de Mozart subisse une destinée curieuse. Lorsque l'éditeur Artaria envoie les quatuors en Italie, on les lui retourne en se plaignant de nombreuses erreurs. Peu à peu, on s'habitue à ces soi-disant « erreurs », mais même en Allemagne, ce langage musical se révèle déroutant. Lorsque le prince Grassalkovics les fait exécuter par les musiciens de sa *Kapelle*, il ne cesse de les interrompre en les accusant de ne pas jouer correctement. Puis, lorsqu'il se rend compte que la musique est écrite ainsi, il déchire la partition !

Haydn perçoit parfaitement à quel point Mozart est en train de créer et d'orienter le genre vers sa forme définitive avec l'expression personnelle et indépendante de chacun des quatre instruments. Les compositions foisonnent d'idées neuves et de traits mystérieux qui lui sont propres. Comment ses contemporains ne seraient-ils pas jaloux ? Leur aigreur s'exprime parfois par des phrases vénéneuses : « Il est regrettable que la musique de Monsieur Mozart, si inspirée et d'une beauté réelle, s'égare par trop, pour vouloir à tout prix faire du neuf ! L'émotivité de son œuvre n'y gagne rien. Ses nouveaux quatuors sont bien trop épicés ! Quel est le palais qui à la longue puisse les supporter ? »

Il est certain que, pour ces œuvres, Mozart fait un effort particulier, sachant à quel point son dédicataire est expert en la matière. Le fait qu'il parle d'un « long et pénible labeur » à l'occasion de leur composition, alors qu'en général il compose avec rapidité et facilité, transcrivant simplement ce qui est déjà abouti dans sa tête, révèle combien il est soucieux de se distinguer aux yeux de celui qu'il admire plus que nul autre. Et comme on peut se nourrir, au sens propre du terme, d'une amitié profonde, Mozart continue lui de se nourrir, pour enrichir son propre langage, de Haydn auquel il doit sa seule véritable paternité, la paternité musicale. Au cœur du quatuor qu'il composera à Vienne en 1790 (K. 589), il intégrera tout naturellement l'un des thèmes de Haydn, souvenir de quelqu'un qui vous est cher et dont on ne peut s'empêcher de parler. Ces « emprunts » déborderont d'ailleurs largement le cadre du genre. Mozart connaît les symphonies de Haydn qu'il a étudiées et dont il ne se prive jamais de proclamer l'originalité : « Tout parle lorsque l'orchestre commence à jouer. Chaque voix secondaire qui serait, chez les autres compositeurs, insignifiante, devient soudain, chez lui, une partie principale, décisive. Il connaît tous les raffinements harmoniques, même si ceux-ci proviennent de la période gothique des contrapuntistes grisâtres. Dès que Haydn l'aménage pour nos oreilles, cela devient quelque chose de plaisant à la place de la raideur précédente. Il possède l'art important de sembler nous rendre familière sa musique... ainsi, malgré les raffinements contrapuntiques qu'elle contient, elle devient populaire et agréable à chaque amateur mélomane. »

La notoriété de son aîné fournit à Mozart bien des occasions d'admirer sa musique : « Sa sensibilité était telle et son sens artistique si vif, qu'à l'audition d'une bonne musique, Mozart était ému jusqu'aux larmes, en particulier lorsqu'il entendait des œuvres des deux frères Haydn. »

Par ailleurs, s'il se révèle disposé à confier à Haydn ses pensées les plus intimes, celui-ci se montre en retour, ô combien, digne de les recevoir : « Si seulement je pouvais graver dans l'âme de chaque ami de la musique, et en particulier dans celle des grands de ce monde, combien inimitables sont les travaux de Mozart, combien profonds, combien musicalement intelligents et exceptionnellement sensibles (car c'est ainsi que je les sens), alors les nations rivaliseraient pour attirer dans leurs frontières un pareil joyau. J'enrage de penser que l'incomparable Mozart n'est toujours pas engagé à une Cour royale ou impériale ! Pardonnez-moi de dérailler ainsi, c'est que j'aime cet homme... »

Cette lettre sera écrite en 1787...

La suprématie créatrice de Mozart et de Haydn conduit inéluctablement à des attaques de la part de leurs contemporains. Elles proviennent non seulement des rivaux Antonio Salieri et Leopold Kozeluch, dont les situations sont pourtant bien assises, mais aussi de l'entourage de l'empereur Joseph II, et du premier violon et directeur de la musique de chambre privée de l'empereur, un nommé Franz Greybich.

Les Viennois ne se privent pas de comparer Haydn et Mozart en disant : « Le lundi Mozart compose comme Haydn, le mardi Haydn comme Mozart ! » Deux compositeurs aussi différents qui vivent au même moment, dans la même ville, c'est chose rare. Mais quand l'un rend hommage à l'autre, il semble que ce soit dans l'esprit d'une reconnaissance totale. Haydn est pourtant de vingt-quatre ans l'aîné de Mozart. Cet état ajouté à la nature de sa personnalité le rend moins apte que son cadet à se renouveler, à ressentir l'urgence d'aller de l'avant. La présence du jeune Mozart constitue sans doute un défi pour lui, peut-être un blocage sur certains plans. Comment réagit-il ?

Par une sorte de repli. Conscient des dons de son ami dans certains domaines précis, le concerto par exemple, et surtout le théâtre lyrique, Haydn cessera au cours des années 1780 de toucher à ces domaines.

Pourtant Mozart, pour certains de ses ouvrages lyriques, va s'inspirer de l'œuvre de Haydn. *La Fedeltà Premiata* notamment est un opéra qu'il a entendu en allemand par la troupe de Schikaneder en présence de l'empereur Joseph II et de sa Cour. Il a été ébloui par les brillants finals des deux actes ; par la richesse, la durée, la complexité psychologique de l'intrigue. Lorsqu'il écrira *Le Nozze di Figaro*, il n'hésitera pas à s'en servir comme modèle, mais en l'amplifiant de manière plus spectaculaire et il citera l'un des plus beaux airs de cet ouvrage dans le *larghetto* de son ultime concerto pour piano. Il s'approprie certaines subtilités qu'il trouve chez son maître, pour les soumettre à son propre langage et les porter à leur incandescence. « Haydn, c'est le maître de l'ironie, Mozart, celui de l'ambivalence », a dit l'un de ses biographes, Robbins-Landon. L'écriture claire de Haydn, à l'orchestration délicate, devient chez Mozart l'élégance de cour qui lui est propre, avec des rythmes plus serrés, plus nerveux, le tout investi de coloris radieux. Chez Haydn, le temps d'Esterháza n'étant pas mesuré, les opéras se prolongent ; avancent lentement vers leur dénouement : « Rien n'est trop long pour le prince Nikolaus. » Chez Mozart, le temps est vif comme le mercure. Ses *Nozze di Figaro* dérouleront en trois heures une action qui s'étend sur vingt-quatre heures.

Haydn a-t-il en quelque façon profité du langage de Mozart ? Il semble que non, du moins du vivant de ce dernier. Les occasions pour lui de prendre connaissance de la musique de son jeune ami sont moindres, bien que Mozart se soit produit souvent comme interprète aux académies chez les Esterházy. Tardivement, en 1790, peu avant le décès du prince Nikolaus, on y entendra ses trois dernières symphonies. Haydn connaît certains *concerti*, il participe lui-même comme instrumentiste à l'interprétation des quintettes tardifs, mais les rapports ne sont tout de même pas semblables. Ce n'est qu'après la mort de Mozart que Haydn lui rend un hommage discret avec l'évocation, dans sa 98e symphonie, de la symphonie dite *Jupiter* ou encore du *Qui tollis* dans sa messe dite *Nelson*, et du *Quam ollis Abraham* du *Requiem* dans certains passages des *Saisons*...

L'amitié et le soutien de Haydn ne failliront jamais, et bien au-delà de la mort de son jeune ami. Leur relation ne peut se comparer à aucune autre dans l'histoire de la musique. Haydn a peut-être été le seul véritable ami musicien de Mozart. Il lui a donné l'estime et l'admiration dont il avait tant besoin pour son équilibre : « Sitôt qu'on n'a plus confiance en moi, je perds aussitôt toute confiance en moi-même... »

De son côté, Mozart ne manque jamais une occasion de défendre son maître : « Certains compositeurs malveillants et jaloux cherchaient à détruire l'image qu'ils avaient l'un de l'autre. L'un agrippait souvent Mozart ; lui apportait par exemple les symphonies ou les quatuors de Haydn qu'il avait mis en partition, et lui montrait, d'un air triomphant, les petites négligences stylistiques qui (très rarement il est vrai) avaient échappé à cet artiste. Mozart détournait ou interrompait la conversation. Mais bientôt, c'en fut trop pour lui : "Monsieur, dit-il avec une vivacité extrême, quand bien même on nous fondrait tous les deux ensemble, il faudrait encore longtemps pour qu'il en sortît un Haydn." »

Mais les deux hommes ne se retrouvent-ils pas plutôt dans la musique que dans le contact humain ? Combien différent est le contexte où chacun a évolué...

Haydn est né aux confins de l'Autriche et de la Hongrie. Ses origines sont paysannes, il ne s'éloignera des alentours de Vienne qu'en décembre 1790 alors qu'il aura déjà cinquante-huit ans. Mozart, lui, provient d'un milieu plutôt bourgeois. Dès son plus jeune âge, il connaît déjà une grande partie de l'Europe, il a fréquenté tous les salons de la haute société, il a évolué dans des cercles cultivés. Haydn, dont l'enfance est aussi laborieuse que celle de Mozart, est rapidement livré à lui-même. C'est par sa seule volonté qu'il se forme. Il est un autodidacte, un original dont l'esprit n'a peut-être pas la faculté d'assimilation de celui de Mozart, mais qui possède un esprit critique plus développé sans doute, une pensée plus concentrée, procédant par ellipses et celle-ci le fait exceller dans le quatuor à cordes, la symphonie ou les oratorios. La pensée de Mozart, d'essence dramatique, le rend inégalable dans le concerto ou l'opéra.

Par ailleurs, Haydn, de par son isolement, se soucie moins que Mozart des convenances, de la tradition. Mais au cours des années 80, c'est lui qui est internationalement connu et apprécié, alors que Mozart, malgré tant de voyages passés et tant de louanges précoces, n'est qu'une célébrité locale.

Les premières impressions musicales de Joseph Haydn sont toutes viennoises (Vienne où il est arrivé à l'âge de huit ans), c'est-à-dire tout imprégnées encore de l'esprit baroque. Certaines tournures d'écriture chez lui en découlent directement.

Mozart n'a pas vécu cette expérience. Il a d'abord bénéficié d'une portion de l'héritage transmis par son père puis il a découvert la musique de Bach et de Haendel chez le baron Gottfried van Swieten à Vienne. Mais l'un comme l'autre ont souci d'élargir ces données et de créer un langage à portée universelle, ce point commun fait qu'ils se rencontrent inévitablement...

Plus tard, Richard Wagner, se penchant sur les travaux des deux amis, combien différents des siens, sera pénétré d'admiration. Il leur rendra un hommage généreux par un éloge du genre symphonique : « C'est le génie de Haydn qui a donné la symphonie et, pour la première fois, ses vastes proportions. Par les motifs d'une variété inépuisable, qu'il a liés et transformés de mille manières, il a porté à des hauteurs encore inconnues sa puissance expressive. C'est Mozart, pénétré de charme, qui est parvenu, en même temps à donner à l'opéra italien le développement si riche de la musique instrumentale allemande, et à la mélodie de l'orchestre toute la douceur de l'air chanté italien. Ces deux maîtres ont transmis cet héritage déjà si riche et si plein de promesses à Beethoven... »

Beethoven dédiera sa première symphonie au baron van Swieten. La symphonie sera créée au Burgtheater de Vienne neuf ans après la mort de Mozart, mais celui-ci sera présent par son œuvre, tout comme le sera physiquement Haydn pour ce concert profondément significatif...

XI

Le « frère » Mozart

C'est entre l'écriture du 4e et du 5e quatuor « à Haydn » qu'advient un événement capital dans l'évolution de Mozart après avoir couvé longuement. Les affinités qu'il a avec l'esprit maçonnique, les œuvres composées qui s'en inspirent aboutissent tout naturellement à la volonté d'adhérer lui-même à cette confrérie. On peut même se demander pourquoi il a attendu si longtemps : « Ami honoré ! Mes vœux les plus chers ont toujours été de me retrouver avec des hommes dont le but méritoire a été d'aider à éclairer leurs concitoyens et contribuer à leur bien-être ! Je crois avoir trouvé, dans la franc-maçonnerie, des hommes de cette qualité. Bon nombre de raisons me font penser que vous êtes parmi ceux-là. »

C'est une demande d'admission de cet ordre que Mozart rédige en 1784 à Vienne. Aucun garant n'est requis. Il sait qu'il y trouvera des scientifiques, des écrivains, des médecins, aussi bien que des dignitaires de la Cour. Peut-être y est-il aussi attiré à cause de sa profonde solitude artistique et de son besoin éperdu d'amitié. Il est par nature enclin à la sociabilité, à la générosité, à l'assistance. Sa musique élève tout aussi naturellement son âme que celles des hommes qui veulent le suivre dans ces régions d'ordre supérieur. Son adhésion à la franc-maçonnerie, et à l'esprit des Lumières qui l'éclaire, n'obéit point au désir d'une promotion personnelle. La rencontre avec l'idéologie maçonnique correspond chez lui à une conviction profonde qui est en même temps le rêve du XVIIIe siècle finissant : celui du bonheur universel où il n'existera plus ni distinction de races, ni statut social, où prince et serviteur, philosophe et soldat, banquier et artiste, scientifique et artisan seront égaux.

Mozart s'éloigne toujours plus de la courtisanerie, des distinctions honorifiques pour s'orienter vers la simplicité. Son sentiment croissant de fraternité, il l'exprime par un langage d'une pureté indicible, sans emphase jamais et dans un dépouillement total. C'est la musique de l'amour humain, mais sans formule, sans théorie...

Il est admis au grade d'apprenti dans la loge *Zur Wohltätigkeit* (À la Bienfaisance), le 14 décembre 1784.

Imaginons-le se dirigeant vers la maison du baron Moser. C'est là que se retrouvent, depuis 1782, les membres de plusieurs loges comptant quelque cent cinquante personnes chacune. Un document de l'époque nous apprend ce qui attend l'impétrant : « Dès l'entrée, une petite pièce. On doit se livrer à l'auto-examen ; à la contemplation...

Sur un fond noir sont peints des squelettes ! Le rituel doit décrire, de diverses manières, le voyage à accomplir depuis l'obscurité vers la lumière. La terreur de la mort est là, mais il faut la surmonter.

À côté de la chambre obscure : deux autres pièces, décorées avec des tableaux à l'ancienne, et une troisième qui sert de bibliothèque, une bibliothèque contenant un grand nombre d'ouvrages et de revues sur la philosophie maçonnique, ainsi que des ouvrages scientifiques, littéraires et politiques à l'usage des "frères". Ensuite vient une quatrième pièce, également peinte à l'ancienne, où sont installés trois pupitres à musique, car la musique y joue un rôle important, en particulier celle écrite pour instruments à vent. Nombreuses sont les œuvres de Mozart destinées à cet usage.

Au centre de l'étage, il y a une grande pièce avec, à l'entrée, un *Präsenzbuch* (un livre de présence que chacun doit signer, et que tient un frère affecté à cet usage. Aucune personne étrangère aux loges n'a le droit d'y pénétrer, afin que le cœur du rituel demeure secret. Mozart, en tant que personne nouvellement admise, doit signer une déclaration sur l'honneur :

– Je, soussigné, jure que nul ne m'a incité à être initié à l'ordre des francs-maçons par des promesses de découvertes extraordinaires ou d'avantages sociaux, mais plutôt qu'il s'agit de mon initiative propre. Ayant été informé que dans cet ordre, on ne doit se livrer à aucun acte qui puisse nuire à l'état, à l'Empereur, la religion ou la société, je donne ma parole de ne livrer à personne, prêtres inclus, ce qui pourra m'être révélé ou mes expériences propres, même si ma canditature n'est pas acceptée...

Le long des murs de cette pièce centrale : cent cinq chaises blanches, côté est. Trois marches mènent à une plate-forme munie de deux tables recouvertes, chacune avec un candélabre à trois branches ainsi que nombre d'objets symboliques parmi lesquels le marteau du Vénérable, maître de cérémonie.

Les fenêtres sont oblitérées, la pièce est décrite comme étant décorée “façon corinthienne” avec des chiffres et des hiéroglyphes. Avant l’ouverture du cérémonial, les frères se sont vêtus de leurs robes et de leurs insignes : tablier de maçon de cuir blanc, gants blancs pour symboliser la pureté, petite clé d’ivoire sur une lanière de cuir pour symboliser le secret, petite truelle dont les trois pointes symbolisent la sagesse, la beauté et la force, et une étoile à cinq pointes pour symboliser le soleil qui illumine par ses rayons la terre.

Cette admission est officialisée par un certificat en parchemin richement orné de symboles.

La loge est hermétiquement close afin de se garantir contre toute oreille indiscrète. Le maître de cérémonie sonne les trois coups sur l’autel... ces coups sont repris par les deux gardiens avec les pommeaux de leurs rapières. La cérémonie commence... »

Celui qui suit cette voie pleine de dangers
Devient pur par le feu, l’eau, l’air et la terre
S’il peut surmonter la terreur de la mort
Il s’élancera de la terre vers le ciel
Illuminé, il sera alors en état
De se consacrer tout entier aux mystères d’Isis.

(*La Flûte enchantée*, chorale figurée.)

Quelles sont les sources de la philosophie maçonnique dont Mozart subit l’emprise en même temps que des milliers d’autres ?

La première loge de Vienne remonte à 1742, bien avant l’arrivée de Mozart et de Joseph II dans cette ville. Il semble que le père de l’empereur en a été l’un des membres. Mais jusque vers les années 70, elle n’a guère d’influence, tant l’impératrice Marie-Thérèse se montre à cet égard hostile. Cependant, la graine est semée, et partout apparaissent de nouveaux groupes, tous rattachés à la grande loge mère de Berlin, ce qui n'est pas sans poser de problèmes, vu la tension politique entre l'empire des Habsbourg et la Prusse.

En 1780, existent à Vienne quelque deux cents francs-maçons répartis sur six loges. Durant le règne de Joseph II, l'intérêt pour cette philosophie « éclairée » décuple. Diverses tendances se font jour d'une loge à l'autre. À Vienne, la plus célèbre est *Zur wahren Eintracht* (Vers la vraie concorde), dont le vénérable est un minéralogiste de renom, Ignaz von Born.

Après une visite à Vienne en 1784, l'Anglais George Forster rapporte : « La loge *Zur wahren Eintracht* est celle qui œuvre le plus vers les Lumières. Elle publie un journal dans lequel tout : la foi, le serment, le rituel, et même le fanatisme est le plus ouvertement discuté chez nous. [Par “fanatisme”, on entend l'élément mystique.] Les meilleurs poètes font partie de cette loge. Ils mettent en plein jour l'idée même du secret, et ils ont tout transformé en une société d'hommes rationnels, sans préjugés, et qui se voue à l'illumination. Le Vénérable, c'est Ignaz von Born... »

Ignaz von Born entretient des relations avec presque toutes les couches de la société. Le respect qu'il inspire est immense, et en particulier chez Mozart, bien qu'il ne soit pas affilié à cette loge. L'influence de von Born sur *La Flûte enchantée* sera considérable. Il cherche à s'entourer au maximum d'hommes qui pensent d'une manière semblable à la sienne, à convertir la loge de 1781 en une académie des arts et des sciences, ce qu'il réussit dans une certaine mesure, puisque, de quinze membres, ils passent à cent quatre-vingt-dix-sept quatre ans plus tard. Ceux-ci veillent sur la collection de spécimens d'histoire naturelle réunie par von Born, et sur une bibliothèque consacrée aux sciences naturelles. Parmi les connaissances de Mozart, il y a des frères de toutes tendances...

Quant à Forster (à qui on ouvre les loges viennoises lors de sa visite), il est issu du berceau de la maçonnerie fondée en Angleterre en 1717, et parti d'une réaction contre l'absolutisme politique et l'intolérance des religions.

La désapprobation des autorités en place se fait vite sentir, car outre la pratique de rituels symboliques qui puisent leurs sources dans le Moyen Âge et qui prônent la convivialité et la charité, les loges sont ouvertes aux tendances idéologiques – à toutes –, ce qui constitue une menace pour le pouvoir !

C'est Désaguière, le secrétaire de Newton, qui prêche le rationalisme, et qui crée une véritable académie maçonnique, qui deviendra à Paris « Les neuf sœurs » (ou muses), et à Vienne : *Zur wahren Eintracht*, où la pratique des réformes de Joseph II inspirées par la philosophie des Lumières se met en place.

Comment Mozart ne serait-il pas attiré par les idées des francs-maçons ? C'est là que se trouve le meilleur soutien contre les zélateurs des traditions conservatrices.

Hélas, aucune archive ne subsiste des ateliers qu'il fréquente. Mais en revanche, il existe suffisamment de documents pour témoigner de la force de son engagement, tant sur le plan de l'esprit et du cœur, que sur le plan musical...

Les détails du cérémonial d'admission à la loge de Mozart nous sont inconnus, mais parmi les maçons se trouve un grand nombre de musiciens. D'ailleurs Mozart est entouré de « frères » dans sa vie quotidienne ; il y en a un sur quatre parmi les souscripteurs de ses académies. Bien qu'il ait opté pour une loge moins prestigieuse que celle de Born, l'une et l'autre ont leurs sources dans la loge *Zur gekrönten Hoffnung* (Vers l'espoir couronné). Entre certaines confréries existent souvent des liens, à commencer par les tenues, qui prennent place dans un même lieu. Par exemple, l'admission de Mozart au grade d'apprenti se passe à la loge d'Ignaz von Born.

Des trente-deux membres de la loge de Mozart, seul le baron von Gemmingen et le prince Lichnowsky sont nobles. Ce sont deux personnalités qui se montrent assidues dans le salon de la comtesse Thun. Est-ce parce que cette loge se distingue des autres par ses efforts pour soulager certains déshérités que Mozart, soucieux d'humanité, la choisit ? Toujours est-il que son adhésion est totale, au point de convaincre même son père (combien méfiant pourtant !) à le rejoindre lors du séjour qu'il fera à Vienne en 1785. Mozart écrira un chant pour célébrer l'occasion... (*Gesellenreise « Die ihr in einem »* K. 468) : « Mozart est si zélé pour la maçonnerie qu'il offre son propre logement aux réunions de la loge. Le trou de la serrure lui montre bien des fois son père, gravement revêtu des insignes, commentant pendant des heures la Bible devant un crucifix, aux frères assis autour de lui. »

Par la suite, Leopold se montrera actif à Salzbourg au sein des deux ou trois loges existantes.

À quel point Mozart s'intéresse-t-il aux remous politiques dans lesquels certaines loges sont impliquées ? On ne sait au juste, car aucune lettre n'y fait référence. Mais il est certain que tout ce qu'il voit et observe avec son intelligence vivace nourrit ses opéras et sa contribution au mouvement musical est importante. Chants rituels, musique instrumentale, et même parfois des cantates entières avec *soli* et accompagnement d'orchestre sont donnés. Ainsi, il compose une cantate pour Ignaz von Born : *Die Maurerfreude* (La joie du maçon, K. 471) à l'occasion d'un dîner de la loge réunissant quatre-vingt-quatre personnes, dont Leopold Mozart.

L'adhésion de Mozart à la franc-maçonnerie est-elle contraire à sa foi ? Comment concilie-t-il ces deux appartenances ? À l'époque de son admission à la loge, il n'est nullement incompatible pour un chrétien d'être également maçon, bien qu'un catholique « éclairé » comme lui puisse être considéré avec suspicion par l'Église.

Sous le règne de Joseph II, de nombreux prêtres catholiques font partie de la franc-maçonnerie. L'influence du pape n'a guère de poids. L'Église subit de grandes réformes, et dans les terres des Habsbourg, même les archevêques sont parfois membres de loges. Durant cette période des Lumières et de réformes profondes, celles-ci connaissent une popularité énorme.

En outre, s'il devient un maçon fervent, c'est que Mozart n'éprouve peut-être plus la même ardeur envers l'Église. Il n'écrit plus aucune œuvre religieuse à cette période, et le témoignage de la fille du conseiller des comptes, son ami et voisin, nous permet de mesurer l'enthousiasme qu'il met à servir cette nouvelle cause.

Dans la loge dont fait partie Mozart, le serment est prêté sur l'Évangile selon saint Jean. Dans bien des cas, les loges regroupent les chrétiens les plus décidés à traduire leur foi dans l'action intemporelle, les plus décidés à témoigner...

Nous savons à quel point, jusqu'en ces dernières années du moins, Mozart connaît une vie spirituelle profonde. Les lettres adressées à son père abondent de phrases du genre : « Nous prions tous deux, Papa... d'être gai et toujours joyeux en pensant que si le muphti (l'évêque Hieronymus Colloredo !) n'est qu'un misérable, Dieu, au moins, est compatissant, miséricordieux et charitable. »

Ou encore : « Que Papa vive sans souci. J'ai toujours Dieu devant les yeux. Je confesse Sa toute-puissance, je crains Sa colère. Mais je reconnais aussi Son amour, Sa compassion et Sa miséricorde envers Ses créatures. Il n'abandonnera jamais Son serviteur. »

C'est sa foi qui inspire ses quelque vingt messes puisque (chose rare dans sa production) seulement deux d'entre elles résultent de commandes précises : la première (K. 114a), et la dernière, le *Requiem* (K. 626). Si l'on a parfois mis en doute la qualité de sa foi à cause du style « profane » de sa musique, rappelons qu'à son époque les églises sont hautes en couleur, chargées d'argent et d'or, inondées de lumière, remplies d'anges musiciens. Cette exubérance n'est pas étrangère à la tradition dogmatique et liturgique des plus anciennes conceptions du Moyen-Orient. La fin du XVIIIe siècle étant l'époque d'une prise de conscience de l'homme et de la création, la musique de Mozart exprime tout naturellement le mouvement de la vie, plutôt qu'une croyance à caractère hiératique...

Dans sa musique maçonnique, Mozart mêle volontiers des éléments chrétiens. *Maurerische Trauermusik (Musique funèbre maçonnique)* (K. 477) réunit les deux mondes, l'église catholique et la maçonnerie. On y entend les *cantus firmus* tirés du plain-chant pour la liturgie des défunts et ses premières mesures sont celles par lesquelles Mozart traduit la mort du Christ dans sa *Messe* dite *du Couronnement* (K. 317)... Le musicologue Robbins-Landon dit, de belle façon : « Elle est l'essence même de Mozart ; son humanité, et, dans tous les sens, sa passion. » Celle du Seigneur et celle des frères maçons semblent donc bien répondre chez lui à une même réalité religieuse... De même, le rituel maçonnique intègre parfois des pages sacrées parmi lesquelles l'une des siennes écrites à l'âge de quinze ans : le Psaume 129 : *De profundis clamavi...*

Peut-être, le symbolisme de la maçonnerie : la purification morale, œuvrer pour le bien-être du prochain, l'intimité de la mort, correspondent-ils davantage, vers la fin de sa vie, à l'évolution de Mozart ? Ceci ne l'empêche nullement (fidèle à sa nature malicieuse) de se moquer de certains aspects du rituel. Au groupe dénommé *Illuminati*, il attribue d'anciens noms bibliques : le duc de Gotha, c'est « Timoléon », le prince Ferdinand de Brunswick : « Aaron », le coadjuteur de l'archevêché de Mayence : « Cresceus », le baron von Knigge : « Philo »...

Joseph II portera un coup fatal à la prospérité des francs-maçons en 1785 par la proclamation de son « Acte envers la franc-maçonnerie ». Jusqu'alors il ne semble pas s'y être intéressé et le coup est d'autant plus douloureux qu'il frappe dur et profond : « Les soi-disant sociétés de franc-maçonnerie dont les secrets me sont inconnus et dont les chicanes m'ont été jusqu'ici relativement indifférentes se multiplient constamment et s'étendent désormais aux villes plus petites. Leurs tenues, si elles ont lieu sans supervision et sous leur propre égide, peuvent être un havre pour les profiteurs, et peuvent avoir un effet corrupteur sur la loi et sur l'ordre, la religion et la morale, surtout lorsqu'il s'agit de personnes occupant des postes d'autorité qui se lient ensemble avec fanatisme, se montrant gravement injustes envers leurs subordonnés, lesquels, eux, ne sont pas membres de ces sociétés. Jusqu'alors, dans d'autres pays, les francs-maçons ont été interdits et punis et leurs loges dissoutes tout simplement en raison du refus de livrer leurs secrets. Bien que je ne les connaisse pas moi non plus, il me suffit de savoir que ces sociétés ont accompli des travaux importants pour les concitoyens dans le domaine de la charité et de l'éducation, plus d'ailleurs que dans d'autres pays. Donc, j'ordonne, par la présente que, bien que ne sachant rien de ces lois et de ces pratiques, ces sociétés devront être regroupées sous la protection de l'État aussi longtemps que se poursuivront ces bons travaux, et leurs tenues seront sanctionnées officiellement. »

Sans doute ce décret est-il proclamé parce qu'une organisation secrète est incompatible avec un État autocrate, que Joseph II n'est pas homme à compromission, et surtout, parce que dans le prolongement des loges maçonniques se sont créées une foule d'autres sociétés dont toutes ne sont pas inoffensives.

Joseph II sait parfaitement qui est, ou non, favorable à ses réformes. Désormais, les loges ne seront autorisées que dans les villes où le gouvernement est présent, et celui-ci doit être informé des lieux et heures des tenues. Enfin, leur nombre doit être limité à trois avec un maximum de cent quatre-vingts membres chacune, dans un même lieu.

Ce décret entraîne la fusion de certaines loges, et la dissolution pure et simple d'autres. La maison du baron Moser sur la Landskrongasse, où Mozart se rend souvent, demeure à Vienne le Temple principal. Désormais ses cent cinq chaises suffiront, car beaucoup de maçons se retirent. Les informations sur les activités deviennent rares et ce qui existe est soigneusement dissimulé. L'activité des loges en ressort fondamentalement ébranlée, et même si celles, prestigieuses, d'Ignaz von Born subsistent et continuent de réunir les beaux esprits de la ville, les dissensions s'installent, le ver entre dans le fruit ! Born lui-même devient la cible d'attaques et de critiques. Sa loge sera dissoute en avril 1789. C'est l'ami et futur bienfaiteur de Mozart, Michael Puchberg, qui en sera le dernier trésorier ! Mozart devient membre de la loge « L'espoir Couronné », celle dite « de la Bienfaisance » dont il faisait précédemment partie ayant fusionné avec « L'Espoir Couronné » pour devenir le « Nouvel Espoir Couronné ». Il ne dépasse pas le grade de « Maître », ce qui constitue tout de même l'échelon le plus élevé du premier groupe de la hiérarchie (après lequel commencent les hauts grades).

Bien que son nom figure régulièrement sur la liste des membres présents aux tenues, les rapports des activités ont sans doute été détruits. Mais nous savons que Mozart ne niera jamais son implication malgré le fait qu'il dépende de Joseph II pour sa subsistance... Nous savons aussi que son ardeur à prouver le bien-fondé des travaux de la loge ne faiblira jamais non plus.

XII

Adieux à Leopold

Par bonheur, la visite que Leopold se décide à faire à son fils et à Constanze au début de l'année 1785 coïncide avec une période encore faste. Impressionné par la réussite et les relations de Mozart, il en fait part à Nannerl, demeurée à Salzbourg : « Ton frère a fait cinq cent cinquante-neuf florins à son académie. »

Puis, quelques jours plus tard : « Je crois que mon fils, s'il n'a pas de dettes à payer, pourrait déposer deux mille florins à la banque... L'argent y est sûrement, car le ménage, pour ce qui regarde la nourriture et la boisson, est économe au plus haut point ! »

Voilà, et malgré toutes les réticences de Leopold sur sa belle-fille, un point en sa faveur. Les concerts et les académies battent encore leur plein. Leopold se repaît de la célébrité de son fils, de la beauté des œuvres qu'il entend, de la rencontre avec Joseph Haydn qui vient à la maison jouer les trois derniers quatuors de la série qui lui est dédiée, et comment ne pas être à la fois ému et flatté par la phrase qu'il lui adresse : « Je vous le dis devant Dieu, en honnête homme, votre fils est le plus grand compositeur que je connaisse, en personne ou de nom. Il a du goût et en outre la plus grande science de la composition. »

N'est-ce pas là la plus merveilleuse des récompenses pour tous les efforts accomplis afin de faire de son fils le premier et celui-ci n'a-t-il pas largement mérité des espoirs misés sur lui ? Enfin, même le petit garçon du couple, Karl, semble être à l'image de ce que fut autrefois « le petit Wolfgang » : « L'enfant est très gentil, car il est extraordinairement aimable et rit chaque fois qu'on lui parle... »

Pour autant, le lien entre père et fils ne semble plus pouvoir se renouer. Mozart et Constanze raccompagnent Leopold sur une partie de son chemin du retour vers Salzbourg... ce sera leur dernière rencontre.

XIII

Le Nozze di Figaro (Les Noces de Figaro)

Les espoirs pour voir s'épanouir à Vienne l'opéra allemand sont au plus bas. En revanche, l'opéra italien sévit et prospère. Mozart n'a donc d'autre choix, pour s'exprimer sur une scène lyrique, que d'en écrire un. Les cabales montées sans doute par Salieri et sa clique à l'occasion de *L'Enlèvement au sérail* se retournent contre eux puisque désormais Mozart décide de s'orienter, pour s'exprimer, vers le domaine qui est le leur.

Au printemps 1785, il envisage de mettre en musique un *opera buffa*. L'empereur lui-même donne son accord, et ce contre la volonté du surintendant des théâtres impériaux, le comte Rosenberg ! Depuis l'épisode de 1783, où les *arias* de Mozart insérées dans un opéra d'Anfossi ont remporté un succès plus important que celles du compositeur d'origine, ce dernier ne le porte pas dans son cœur. De plus, le librettiste devra être da Ponte. Salieri vient d'essuyer un cuisant échec avec leur opéra commun *Un ricco d'un giorno*, à tel point qu'il jure de ne plus jamais collaborer avec lui. Il se calmera néanmoins, en reconnaissant que l'échec a été partiellement dû aux maux de gorge de la *prima donna*, Nancy Storace (destinée à être la future Suzanne des

Nozze di Figaro). Les deux hommes réalisent encore ensemble une petite cantate *Per la ricuperata salute d'Ofelia* (Ofelia étant le personnage principal de l'opéra *La grotte di Trofonio* de Salieri) pour souhaiter à Nancy un bon rétablissement. Collaborent également à cette cantate Mozart et un nommé Alessandro Cornetti, ce qui prouve qu'on sait enterrer la hache de guerre dans les relations professionnelles.

Le chanteur irlandais Michael O'Kelly, proche des Mozart, évoquera plus tard ces épisodes hauts en couleur : « Trois opéras étaient alors prévus au programme : l'un de Righini, l'autre de Salieri et le troisième de Mozart, sur ordre exprès de l'empereur. Mozart avait choisi la comédie de Beaumarchais *Le Mariage de Figaro* que da Ponte avait très habilement adaptée. Ces trois pièces se trouvant prêtes en même temps, chacun des compositeurs revendiqua le droit de jouer son opéra en premier, ce qui provoqua une grande discorde. Des partis se formèrent. Les trois hommes étaient de caractère fort différents... Mozart s'emportait comme de la poudre au canon et menaça de jeter sa partition au feu si elle n'était pas représentée en premier. Il était soutenu par le parti le plus fort ! Righini au contraire œuvra dans l'ombre comme une taupe, afin d'obtenir la priorité. Le troisième candidat, le *maestro di cappella* de la Cour, Salieri, un homme malin et avisé, possédait ce que Bacon appelle *a crooked wisdom* (une sagesse tordue) et sa revendication fut soutenue par les trois principaux chanteurs qui montèrent une cabale difficile à apaiser. Les trois compositeurs s'en mêlèrent. Pour ma part, j'étais du côté de Mozart, ce qui était assez naturel, car j'éprouvais pour lui la plus chaleureuse sympathie. J'admirais la puissance de son talent et lui devais une grande reconnaissance pour les faveurs qu'il m'avait accordées. La querelle ne s'apaisa que lorsque l'empereur eut ordonné de commencer immédiatement les répétitions des *Nozze di Figaro* de Mozart, et personne ne se réjouit davantage que moi du triomphe du petit grand homme sur ses concurrents. »

Mozart ne s'embarrasse pas de politesses : il lui faut, pour sa distribution, les meilleurs chanteurs disponibles, ce qui risque de compromettre sérieusement d'autres spectacles. Un nouveau conflit se déclenche donc inévitablement.

Quant à la pièce de Beaumarchais : *Le Barbier de Séville* dont la citation allemande de Figaro est : « Aujourd'hui, ce qui ne vaut pas la peine d'être dit, on le chante », les Viennois la connaissent bien ! Alors qu'elle est interdite sur les scènes allemandes, car la censure défend que l'on « attaque ou rende ridicules les souverains, les autorités, les classes sociales, plus particulièrement celles de haut rang », il en existe une douzaine de traductions, tant elle y a été attendue avec passion à la suite de toutes les péripéties qu'elle a connues en France. L'original circule librement de main en main dans les milieux intellectuels, souvent grâce aux bons soins des francs-maçons. Mozart pratique suffisamment le français pour lire le texte dans l'original ; il est question depuis un moment déjà d'une collaboration entre lui et da Ponte et ce dernier semble tout indiqué pour la réussir : « Je méditais avec sérénité sur les drames que je devais faire pour mon ami Mozart ! Je compris aisément que l'immensité de son génie demandait un sujet vaste, multiforme, sublime. Parlant un jour avec moi, il me demanda si je pourrais facilement mettre en drame la comédie de Beaumarchais : *Le Mariage de Figaro*. La proposition me plut beaucoup et je le lui promis. Mais il y avait une difficulté très difficile à vaincre. Peu de temps auparavant, l'empereur avait interdit à la troupe du théâtre allemand de représenter cette comédie, qui était, disait-il, écrite trop librement pour un auditoire ordinaire. Or, comment la lui proposer pour un drame ? »

C'est à da Ponte qu'il appartiendra de choisir le moment opportun pour obtenir (mais seulement l'œuvre aboutie) l'autorisation de Joseph II de faire représenter l'ouvrage. Sa cote est alors au plus haut, l'empereur se montre fort confiant envers le nouveau venu parmi les librettistes italiens : il lui attribue d'emblée mille deux cents florins, les profits qui pourraient venir de la publication de ses *libretti*, et, de plus, une rente attachée à sa réussite.

Mozart est parfaitement conscient du manque d'expérience de son nouveau collaborateur qui doit lire quelque vingt *libretti* pour apprendre à en fabriquer un lui-même. Da Ponte ne se laisse pas décourager, et bien lui en prend, car il fournira des textes non seulement à Salieri et Mozart, mais à tous les compositeurs lyriques de l'époque : Vinzente Martin y Soler, Gazzaniga, Stephen Storace, frère de Nancy, entre autres. Et alors, inévitablement, se déchaîne sur lui l'animosité d'ennemis et de rivaux. Mais il est un adversaire parfaitement apte à se défendre : sa langue est acérée et son humour mordant.

Cependant, après le décès de son protecteur, Joseph II, il devra quitter Vienne. Leopold, le nouvel empereur, ne s'intéressera guère aux intrigues et aux scandales de théâtre. Da Ponte faisant trop de remous, il le priera de quitter le pays. Celui-ci sortira alors, et pour toujours, de la vie de Mozart... La destinée curieuse de cet homme se poursuivra par un mariage avec une riche Anglaise. Il s'installera quelque temps à

Londres où il deviendra administrateur d'un théâtre, plus tard éditeur de *libretti*, puis enfin éditeur de musique, le tout assorti, comme toujours, de hauts et de bas financiers. En 1805, il se rendra avec toute sa famille aux États-Unis pour subir une fortune variable toujours liée à la langue, à la littérature et à l'opéra italien. Ce sera à lui que l'on devra la fondation du premier théâtre lyrique à New York ainsi que la première venue en cette ville d'une compagnie de répertoire italien. Ce sera encore grâce à lui que sera créé dans cette ville *Don Giovanni* de Mozart. Cet événement se fera avec le directeur de cette troupe italienne, qui ne sera autre que Manuele Garcia, père de « la Malibran » et de Pauline Viardot...

Pour l'heure, à Vienne, tout lui réussit. Il se fait fort d'obtenir l'autorisation de Joseph II pour son opéra avec Mozart. Les deux hommes se mettent au travail avec ardeur. Le sujet et le contenu de la pièce leur semblent plus importants que le fait, plutôt étrange, d'adapter du français un livret dans le but d'en faire un *opera buffa* italien. Profitant des semaines de l'été et de l'exode de la majeure partie des Viennois, le travail se déroule dans le plus grand secret. Le baron von Wezlar notamment est tellement excité par cette perspective, qu'il s'engage quasiment à faire monter l'ouvrage dans d'autres pays pour le cas où da Ponte ne recevrait pas l'autorisation de l'empereur pour Vienne.

Il est vrai que le texte de Beaumarchais contient des passages très virulents. Les intentions de l'auteur sont parfaitement claires : par exemple, dans le monologue de Figaro à la fin de la pièce, lorsque celui-ci s'oppose furieusement au comte et à sa volonté de posséder Suzanne (c'est ainsi que s'appelle le féodal « droit de cuissage »), Figaro s'exprime avec une force telle que tout le système social est mis en cause. La révolution est sous-jacente : « Non, Monsieur le Comte, vous ne l'aurez pas... vous ne l'aurez pas... Parce que vous êtes un grand seigneur, vous vous croyez un grand génie ! Noblesse, fortune, un rang, des places, tout cela rend si fier ! Qu'avez-vous fait pour tant de biens ? Vous vous êtes donné la peine de naître, et rien de plus. Du reste, homme assez ordinaire, tandis que moi, morbleu ! perdu dans la foule obscure, il m'a fallu déployer plus de science et de calculs pour subsister seulement, qu'on n'en a mis depuis cent ans à gouverner toutes les Espagnes, et vous voulez jouter... » (Beaumarchais, *Le Mariage de Figaro*.)

Puis le valet de décrire sa vie et ses vaines tentatives de se servir de son intelligence, ce qui lui vaut d'être maltraité, persécuté, et jeté en prison à cause de perpétuels conflits avec ses supérieurs.

Da Ponte, d'accord avec Mozart, retire de tels passages dans son livret. Mais ce ne sont pas seulement les déclarations d'un individu qui donnent à la pièce son caractère hautement politique : de manière plus importante, on y décrit sans indulgence le style de vie des aristocrates, l'envers de leur apparence sociale. Et cette image correspond d'assez près à la réalité.

Cependant, da Ponte ne modifie pas la structure dramatique du texte, il coupe et télescope le dialogue, ce qui lui donne une intensité accrue. Il élimine les stéréotypes comiques, et favorise l'individualité des personnages. Il en résulte un livret d'une richesse telle qu'un compositeur aussi intelligent et sensible que Mozart peut, à sa guise, souligner, commenter, ironiser sur les détails les plus infimes, déployant avec son incomparable brio toutes les ressources techniques dont il dispose.

Il est certain que da Ponte n'aura jamais de collaboration plus fructueuse que celle qu'il déploiera avec Mozart de par l'intérêt que ce dernier porte aux *libretti*, et par les changements et les observations qu'il ne cesse de suggérer, ne laissant jamais fléchir sa volonté. Da Ponte, en vrai poète et écrivain, ne peut manquer d'y être sensible, alors que les autres compositeurs se contentent d'attendre qu'on leur fournisse un texte afin de le mettre en musique, tel quel. De plus, il perçoit parfaitement la qualité exceptionnelle du musicien : « Je compris facilement que l'immensité du génie de Mozart exigeait un sujet de drame vaste, multiforme, sublime... »

Le déroulement du travail se fait dans une telle harmonie, une telle complicité et on pourrait ajouter dans une telle conspiration, qu'en six semaines seulement tout est terminé, hormis, bien sûr, les habituels remaniements et accommodements de dernière minute. Mozart, exsangue, tombe malade, un état qui n'est certainement pas étranger à la grande tension qu'il vient de vivre...

À da Ponte de jouer à présent pour obtenir l'autorisation qu'il se fait fort d'extorquer à l'empereur : « La bonne fortune de Mozart voulut qu'on manquât de partitions au théâtre. L'occasion s'étant offerte, j'allai moi-même, sans en parler à qui que ce soit, offrir Figaro à l'empereur lui-même. Que me dit-il ?

– Sachez que Mozart, très fort pour l'instrumentation, n'a jamais écrit qu'une pièce vocale, et ce n'était pas grand-chose !

– Moi-même, répliquai-je très timidement, sans la clémence de Votre Majesté, je n'eusse jamais écrit qu'une pièce à Vienne.

– C'est vrai, répliqua-t-il, mais ces *Nozze di Figaro*, je les ai interdites à la troupe allemande.

– Oui, répondis-je, mais ayant composé une pièce pour la musique et non une comédie, j'ai dû en retrancher beaucoup de scènes et resserrer plus encore. J'ai supprimé et abrégé celles qui pouvaient blesser la délicatesse et la décence de Votre Majesté. Quant à la musique : autant que je puis en juger, elle me paraît d'une beauté merveilleuse !

– Bien, puisqu'il en est ainsi, je me fie à votre goût quant à la musique, et à votre prudence quant aux mœurs. Faites donner la partition au copiste !

Je courus tout de suite chez Mozart, mais je n'avais pas fini de lui annoncer la bonne nouvelle, qu'une estafette de l'empereur venait apporter un billet lui donnant l'ordre d'aller tout de suite à la régie avec ses partitions. Il obéit à l'ordre royal ; il fit entendre divers morceaux qui plurent merveilleusement et, sans exagération aucune, qui étourdirent... Cette nouvelle ne fit pas plaisir aux autres compositeurs de Vienne... », à commencer sans doute par Antonio Salieri ! Quelle est sa part dans les nombreuses intrigues dont est entourée la production des *Nozze di Figaro* et quelle est son attitude vis-à-vis de Mozart ? Pour cet opéra, comme pour *L'Enlèvement au sérail*, tous les préparatifs se déroulent dans un climat de cabale tel que les échos en parviennent même jusqu'aux oreilles de Leopold à Salzbourg : « Le 28 avril, les *Nozze di Figaro* iront pour la première fois en scène. Ce sera beaucoup si Wolfgang réussit, car je sais qu'il y a contre lui des cabales étonnamment fortes. Salieri, avec toute sa clique, va chercher encore une fois à mettre ciel et terre en mouvement. »

O'Kelly parle de cabales des trois premiers chanteurs, difficiles à apaiser et soutenus par Salieri justement ! Que veut-il dire ?

Puisque ces trois chanteurs avaient reçu les premiers rôles des *Nozze*, de quoi sont-ils donc insatisfaits ? L'œuvre ne leur donnait-elle pas suffisamment d'occasions de faire valoir leurs talents ? Craignaient-ils de trop se fatiguer pour un opéra auquel ils ne croyaient pas ? Ont-ils eu des accrochages avec Mozart pendant les premières répétitions ? C'est tout aussi difficile à affirmer, que de cerner le rôle de Salieri dans ces cabales.

Da Ponte parle d'intrigues du comte Rosenberg, qui visent peut-être Mozart, mais qui le visent, lui aussi, à coup sûr. La correspondance du compositeur ne révèle quasiment rien. Mais une phrase bien précise dans la toute première biographie de Mozart a un effet fatal sur la réputation de Salieri, et la postérité ne manque pas de l'exploiter : « Combien toute la coterie des chanteurs et des compositeurs italiens craignait la supériorité du génie de Mozart, et combien ce que j'ai fait remarquer plus haut à propos de *L'Enlèvement au sérail* est vrai ! Les Italiens avisés comprirent bien vite qu'une pareille tête risquait de mettre en danger leurs sornettes italiennes. L'envie s'éveilla alors avec toute la virulence d'un poison italien ! Cette bande de gens lâches et sans mérite n'eut de cesse jusqu'à la mort précoce de l'immortel artiste de le haïr, de le calomnier et de déprécier son art. »

C'est le biographe Niemtschek qui parle. Et, bien que son violent anti-italianisme le rende partial envers Salieri, ces mêmes propos sont repris dans la biographie du deuxième mari de Constanze, Nissen, ce qui renforce leur crédibilité.

Il est difficile de croire, étant donné sa position officielle auprès de l'empereur, que Salieri ait pu comploter contre la réalisation des *Nozze di Figaro*. Et pourtant, que le comte Rosenberg l'ait fait, c'est certain, puisque même les journaux de l'époque en parlent.

Mozart, lui, ne met pas en doute la participation virulente de son rival... À Constanze, il écrit : « À propos, N.N. (tu sais qui je veux dire) est un coquin ! D'abord, il me fait en face de belles amitiés, tandis qu'il déclamait ouvertement contre Figaro, et maintenant il m'a horriblement calomnié ici, au sujet des choses que tu connais. Je le sais de façon certaine ! »

Qui est ce mystérieux N.N. ? On ne sait au juste !

À l'ami Puchberg, il écrit ensuite : « Je vous raconterai de vive voix les cabales de Salieri, qui sont d'ailleurs tombées à l'eau ! »

Nous avons plusieurs récits contradictoires sur les répétitions et la première. Ainsi, O'Kelly, sans doute un peu partial du fait de sa grande amitié et de son admiration pour Mozart, nous fait revivre la scène : « Je me souviens de la première répétition avec tout l'orchestre. Mozart était sur la scène avec sa pelisse cramoisie et son chapeau haut de forme à galons d'or, donnant la mesure à l'orchestre. L'air de Figaro *Non piu andrai* fut chanté par Benucci avec une animation et une force des plus grandes. J'étais tout à côté de Mozart, qui répétait sotto voce "Bravo, bravo, Benucci" ! et quand Benucci arriva au passage final : "*Cherubino, alla vittoria, alla gloria militar*" qu'il chanta avec une voix de stentor, l'effet produisit une décharge électrique aussi bien sur les acteurs en scène que sur les exécutants de l'orchestre qui, comme agités d'un sentiment de ravissement, s'écrièrent : "*Bravo, bravo, maestro ! Viva, viva, grandissimo Mozart !*" Je crus qu'à l'orchestre les musiciens ne s'arrêteraient pas d'applaudir en frappant leurs archets sur les pupitres. Le petit homme exprima ses remerciements pour les marques extraordinaires d'enthousiasme qu'on lui témoignait, en s'inclinant plusieurs fois ! »

O'Kelly dit encore : « Tous les premiers interprètes bénéficièrent des instructions du compositeur qui transfusait ses intentions dans leur âme. Je n'oublierai jamais son visage si animé quand il était illuminé par les éclairs brûlants du génie ; cela est aussi impossible à décrire que de vouloir peindre les rayons du soleil. »

Un article dans le *Wiener Realzeitung* fait remarquer que : « Dès la première représentation, la musique de Monsieur Mozart a été admirée par les connaisseurs, à l'exception de ceux pour lesquels l'orgueil et la fierté ne permettent pas de trouver bon ce dont ils ne sont pas eux-mêmes les auteurs. »

Constanze nous en donne un témoignage différent. À son mari Nissen elle racontera que ce 1er mai 1786 au Burgtheater, les acteurs tentent de faire tomber une dernière fois la pièce, en la jouant tous plus mal les uns que les autres, au point que Mozart est obligé d'intervenir auprès de l'empereur pour obtenir qu'il y fasse remédier !

O'Kelly pourtant relate qu'à la fin du spectacle, il crut que les auditeurs ne cesseraient jamais d'applaudir et d'appeler Mozart, et que jamais il n'y eut plus complet triomphe. Cependant l'opéra ne se donne que neuf fois : neuf représentations pour un opéra qui a soulevé autant d'enthousiasme, c'est peu.

La réaction négative, comme elle le fut pour *L'Enlèvement*, de personnalités telles que le comte Zinzendorf dans son *Journal Musical* n'y est peut-être pas pour rien : « 1er mai 1786, 7 heures du soir, à l'Opéra : *Le Mariage de Figaro*. Le texte est de da Ponte, la musique de Mozart. L'opéra m'a ennuyé. »

Il note encore : « La musique de Mozart est singulière ; des mains, pas de tête ! »

Hélas, la perception d'un homme perspicace et sensible comme Stendhal viendra trop tard : « Mozart n'amuse jamais. C'est comme une maîtresse sérieuse et souvent triste, mais qu'on aime davantage, précisément à cause de sa tristesse... »

Ce furent les artistes engagés par l'empereur Joseph II en 1783 après la chute du *Singspiel* national et lors de la grande réorganisation de l'Opéra italien à Vienne qui s'ensuivit, qui furent les premiers interprètes des *Nozze di Figaro*. Parmi eux, la cantatrice anglo-italienne Nancy Storace. Ce fut sans doute à l'occasion de sa maladie, qui lui valut, on s'en souvient, la petite cantate « collective », que Mozart se lia, semble-t-il, d'une tendre amitié avec elle.

Nancy doit son art du chant à un maître italien, un castrat, Rauzzini, chanteur remarquable possédant une tessiture prodigieuse. Elle se perfectionne ensuite à l'*Ospedaletto* de Venise, puis sa carrière la conduit à Florence, à Parme, à Milan et enfin à Vienne où elle épouse un violoniste anglais du nom de Fischer, de vingt-deux ans son aîné. Ce dernier se révèle à ce point odieux que l'empereur intervient pour lui interdire tout simplement de séjourner sur son territoire. Mais Nancy reste... et par l'un des caprices du sort, elle devient la rivale directe d'Aloysia Lange, le premier amour de Mozart, dont l'étoile commence à décliner.

C'est à Nancy que vont désormais les préférences de la Cour. Ses appointements à l'Opéra italien sont à la mesure de l'immense succès qu'elle y recueille.

Mozart, comme tous les grands compositeurs de

théâtre, lyrique ou pas, conçoit ses rôles pour des interprètes qu'il connaît à fond et qui hantent (lorsqu'il s'agit de femmes !) ses sens et son cœur. Outre le charme de sa voix et ses dons musicaux, Nancy est très intelligente et cultivée. Mozart passe de longues heures chez elle avec ses partenaires en musique. D'après la tessiture du personnage de Suzanna, on peut deviner la nature de sa voix, où le medium et le grave tiennent une place essentielle... L'aigu y est rare et les vocalises inexistantes. De plus, du point de vue psychologique, ce n'est pas un rôle léger. Il a du poids, ce qui n'exclut pas la grâce... Suzanna joue la vérité de sa vie. C'est une comédie pathétique parce que l'amour, irrésistible, en est l'enjeu. C'est ainsi sans doute que Mozart a vu Nancy, parée du scintillement intérieur de Suzanna. C'est ainsi qu'elle apparaît sur la scène devant le public viennois... Elle lui inspire sans doute un sentiment comparable à celui qu'il a éprouvé autrefois pour Aloysia, exerçant sur lui une séduction à laquelle il peut difficilement résister. Elle est certainement l'une des femmes envers qui Constanze éprouvera peut-être, ou du moins pourra éprouver, une jalousie motivée.

À défaut peut-être d'autre chose, Mozart exprime ultérieurement son amour pour Nancy par un duo, et peut-être sa déclaration ne se fait-elle que de cette manière éloquente ; un duo pour soprano et piano avec accompagnement d'orchestre : *Non semer, amato bene* (K. 505). Il y appose la dédicace suivante : « Pour Mademoiselle Storace et moi. » Ils créent l'œuvre ensemble à Vienne : le dialogue entre les deux solistes est si intime, la trame si serrée, qu'on sent l'intention à chaque mesure. On dirait que Mozart cherche à retenir pour lui-même le souvenir d'une voix pleine de chaleur et de tendresse ; qu'il cherche à lui insuffler, dans la partie de piano, la profondeur du sentiment qu'il lui voue.

Nancy quitte Vienne peu après la création de ce grand duo amoureux. Tout comme autrefois avec Aloysia, il rêve alors de faire une tournée en sa compagnie, avec son frère Stephen et le ténor O'Kelly. Le groupe d'amis échafaude un projet. Si Leopold n'a plus son mot à dire, il y a néanmoins Constanze. Mozart n'a pas le cœur de la laisser seule avec leurs deux enfants (dont l'un, Johann-Thomas, va mourir avant même d'atteindre l'âge de deux mois) et sans ressources financières. Et, nous l'avons vu, Leopold se montre plus que réticent pour les prendre en charge, même contre finances, afin que le voyage puisse se réaliser ; une manière comme une autre de manifester sa désapprobation.

Mozart ne part donc pas, mais il a bon espoir de rejoindre plus tard ses amis, qui se proposent de lui ouvrir la voie. De fait, trois ans plus tard il recevra de sérieuses propositions...

Il est profondément ému de la séparation, ses amis autant que lui : « J'allais prendre congé de l'immortel Mozart, de sa charmante femme et de sa famille. Il me remit une lettre pour son père Leopold, qui était à Salzbourg, où nous devions passer. J'avais peine à retenir mes larmes, et lorsque nous nous séparâmes, nous pleurâmes tous deux. »

Peu après leur départ pour Londres, Mozart compose son *Rondo* (K. 511) en la mineur. Il note sur l'album de Gottfried von Jacquin, son ami cher : « Le vrai génie sans cœur est un non-sens. Car ni l'intelligence élevée, ni l'imagination, ni toutes deux ensemble ne font le génie. Amour, amour, amour, voilà l'âme du génie... »

Mozart ne reverra jamais Nancy. Elle mourra vingt-six ans plus tard, ayant fait disparaître les précieuses lettres que Mozart ne cessera de lui adresser et dont nous ne connaîtrons, hélas, jamais le contenu.

XIV

Antonio Salieri : la guerre en dentelles

C'est cette même année 1786 qu'éclate au grand jour la rivalité entre Salieri, protégé de Joseph II, et Mozart, que l'empereur estime mais ne protège que peu. Intentionnellement ou non, ou du fait qu'il a été impressionné par ce qu'il a pu entendre des *Noces de Figaro*, le souverain souhaite confronter les deux hommes en un « duel musical » lors d'une fête (l'une des rares) à la Cour. L'événement se passe au château de Schoenbrunn, dont seule l'Orangerie est chauffée l'hiver afin de préserver les précieuses collections botaniques. Ce lieu est aménagé pour ce qu'il appelle une « fête de printemps en hiver » : « Les invités se retrouvèrent après deux heures de l'après-midi, les uns venus en barouche, les autres en voiture à quatre ou six chevaux, sur la place du Palais du côté de l'Aigle Noir. Puis ils se rendirent dans les salons du premier étage du palais Amélie et, après tirage au sort de l'ordre du cortège, le départ vers Schoenbrunn fut donné dans cet ordre aux alentours de trois heures et demie, avec pour commencer, les barouches par deux valets à cheval... »

Quatre-vingts couverts sont dressés afin de recevoir tout le beau monde. Pendant le repas, on lui fait entendre un concert... À l'extrémité de l'Orangerie, l'empereur fait dresser un théâtre où les invités se rendent ensuite pour assister d'abord à une pièce allemande avec des airs chantés, avant de se rendre à l'autre extrémité où un deuxième théâtre les attend pour le fameux « duel » en question, le clou de la réception en quelque sorte.

Les deux spectacles traitent du même sujet : c'est sans doute l'empereur lui-même qui l'a choisi. Le thème en est la caricature de la vie quotidienne au théâtre : en allemand pour Mozart, en italien pour Salieri.

Sur un texte de Castri, Salieri souligne le fait que l'opéra italien est réservé à la cour, à la noblesse : *Prima la musica, poi le parole*, et il se réserve, à lui seul, presque une heure de musique ! Quant à l'opéra de Mozart : *Der Schauspieldirektor* (*Le Directeur de théâtre*, K. 486), il rassemble toutes les formes scéniques à l'exception du ballet. C'est un *Singspiel*, où la musique se borne à une ouverture et à quatre numéros de chant. Le sujet met en évidence les difficultés des compagnies privées dont l'existence et la qualité sont constamment compromises par des problèmes d'argent, constamment contraintes à improviser pour survivre... D'emblée, les armes des deux compositeurs sont inégales – les rémunérations de l'un et de l'autre le sont aussi ! Mozart reçoit cinquante ducats, Salieri, cent... Mais, maigre consolation, au moins Mozart obtient les interprètes qu'il désire, à savoir Aloysia Lange et l'intime de Salieri, Catarina Cavalieri. Ni l'un, ni l'autre n'ont laissé de souvenirs écrits de cette soirée, mais on peut supposer que les deux hommes se sont côtoyés avec la civilité de mise pour l'occasion...

Qui est cet homme dont le nom accompagne si souvent celui de Mozart, dont on connaît si peu l'œuvre, pourtant portée aux nues de son vivant ?

Antonio Salieri est originaire de la petite ville de Legnano, située à la frontière de l'État Vénitien et du duché autrichien de Mantoue. Il a la chance d'avoir des parents qui s'appliquent à lui assurer une éducation solide aussi bien scolaire que musicale. Il fait partie d'une véritable tribu familiale : son père a déjà deux enfants d'un premier mariage et il en aura dix du second ! Mais Antonio perd ses parents à douze ans. Dans un premier temps, il est recueilli à Padoue par un frère aîné, moine à l'église de San Francesco, jusqu'à ce qu'un ami se charge de lui, l'emmène avec lui à Venise et l'installe dans un palais de sa famille qui appartient à la riche famille vénitienne, les Mocenigo, dont l'un des membres est au pouvoir à l'époque en tant que 118e doge de la ville. Salieri a toutes les chances...

Du jour au lendemain, le voici dans la deuxième capitale de la vie musicale italienne, la première étant Naples. Il y a de nombreux théâtres, et quatre scènes lyriques se font concurrence sans parler de toutes les scènes privées, dont celle de la famille Mocenigo. La vie est belle, toutes les richesses sont offertes à celui qui veut en profiter, et Salieri en est avide.

Le précepteur du jeune homme est le second maître de chant de San Marco, Giovanni Battista Pescetti, qui s'est rendu célèbre comme compositeur et chef d'orchestre au *King's Theatre* de Londres. Son maître de chant est Fernando Pacini, chanteur à la basilique San Marco, installé, tout comme lui, au palais des Mocenigo. Grâce à Pacini, Salieri se familiarise avec la scène, côté public et côté coulisses, avec ses revers et ses dessous. Mocenigo songe même à envoyer son jeune protégé à Naples, le rêve de tout musicien en herbe.

Rares sont ceux dont la famille dispose de moyens suffisants pour leur permettre de devenir des compositeurs ou des instrumentistes accomplis, de faire face à la concurrence et de se lancer grâce à leur seul talent. Mais le sort est favorable à Salieri : une rencontre qu'il fait grâce à Pacini détermine tout le déroulement de sa vie future, et (pour le malheur de Mozart sans doute) son installation à Vienne. Cette rencontre est celle du compositeur Florian Leopold Gassmann, un familier de la ville lagunaire. Il y crée chaque année un opéra. Il engage Salieri comme assistant pour l'un de ses spectacles : « Pacini parla de son jeune compagnon comme d'un garçon qui possédait un grand talent et une passion plus grande encore pour la musique. Le maître, ayant demandé à le voir, celui-ci fut présenté et eut la chance de lui plaire, tant par son habileté à toucher le clavier que par la beauté de sa voix, au point qu'il demanda à son protecteur de pouvoir l'emmener avec lui à Vienne afin de l'instruire dans la composition musicale. »

Tout comme l'a fait Mocenigo, Gassmann prend en charge l'orphelin Salieri, et l'emmène à Vienne ; il l'installe dans son vaste logement où les domestiques s'occupent de la garde-robe, des perruques et de toutes les tâches qu'il est difficile d'assumer soi-même ! Gassmann paie de sa poche les études de Salieri : un maître pour les langues françaises et même allemandes (ce qui ne lui sera d'ailleurs d'aucun profit), un autre pour le latin. Il a la chance de posséder l'italien, langue capitale pour les *libretti* futurs. Le jeune homme a un maître pour le violon, la basse continue et le solfège, mais pas pour le chant car sa voix est en pleine mue. Gassmann se réserve l'enseignement du contrepoint.

C'est encore grâce à ce mécène, et pratiquement au terme de ses deux années d'apprentissage, que Salieri a l'occasion de composer un opéra, une *commedia per musica* sur un texte de Gastone Boccherini, ami de Calzabigi, le librettiste de Gluck... On ne peut s'empêcher de songer aux conditions difficiles dans lesquelles se dérouleront, treize années plus tard, l'installation, ô combien différente, de Mozart dans cette même ville.

Une telle succession de bonnes fortunes dans la vie d'un apprenti musicien est exceptionnelle. Gassmann a lui-même bénéficié de cette chance dans sa jeunesse. Veut-il, en recueillant de même Salieri, faire acte de reconnaissance, ou pense-t-il que les dons de son protégé sont tels qu'il mérite toutes ces faveurs ? Et dans ce cas, pourquoi Mocenigo laisse-t-il partir Salieri, alors que musicalement l'Italie (et plus particulièrement Naples où il a été question de l'envoyer) a bien plus de prestige que Vienne ? Autant de questions sans réponses...

Toujours est-il que le sort en est jeté, Salieri ne reviendra jamais en Italie, sauf pour trois brefs séjours. Il devient, non pas un compositeur de l'école italienne, mais un Viennois dans le sillage de Gluck, qui lui ouvre les portes de son propre triomphe. À l'époque, celui-ci tente de créer quelque chose de nouveau, en rapprochant les traditions lyriques française et italienne. Gassmann, très ouvert à ces réformes, en entretient souvent son jeune protégé qui est, par conséquent, tout à fait familiarisé avec ces tentatives. Il est très impressionné par les œuvres créées à son arrivée à Vienne et par les controverses qu'elles suscitent, à l'encontre des opéras conventionnels de Métastase. Salieri est le témoin privilégié d'une sorte de révolution dans l'art lyrique. Lorsque Mozart arrive à Vienne, ces réformes auront fait un chemin important, à tel point que pour exécuter la commande de *La Clemenza di Tito*, d'après Métastase, il fera remanier le texte pour en tirer ce qu'il appelle un véritable opéra. Mais, pour l'instant, personne n'ose encore toucher à un livret de l'illustre poète.

Salieri ne tarde pas à profiter des relations de son mentor, à commencer par l'empereur lui-même, qui se montre curieux d'entendre ce jeune homme que Gassmann a amené de Venise. Salieri s'acquitte tant et si bien de l'audition, que son avenir devient assuré. Avant même d'être à un niveau de formation qui lui permette d'accéder à une fonction officielle, il fait déjà partie de l'entourage du souverain et reçoit des étrennes régulières pour sa participation à la musique.

La période d'ascension sociale et musicale de Salieri à Vienne coïncide avec le deuxième séjour dans la ville de son cadet Mozart, en 1768. On se souvient qu'à cette occasion, celui-ci y demeure un an. Dans ses lettres à Salzbourg, il parle d'*Amor et Psyché*, et d'*Alceste*. C'est l'époque où il doit lui-même composer son *opera buffa*, *La Finta Semplice*, et c'est sans doute à cette occasion qu'il rencontre pour la première fois Antonio Salieri. Mozart ne sait rien de ce compositeur, car il n'a pas encore fait beaucoup parler de lui. En revanche, Salieri, comme tout le monde, connaît déjà la renommée de cet enfant âgé de douze ans. Il sait que Mozart veut écrire un opéra, qu'il se met tous les soirs au clavecin. Mais il croit à une manœuvre publicitaire du père, qui vante partout son fils.

Peu après, Salieri commence à se faire un nom avec son opéra *La fiera di Venezia* notamment. En 1773, au voyage suivant des Mozart père et fils dans cette ville, Leopold critique l'ouvrage sans indulgence : « Cet ouvrage m'a fait mal, car la musique est pleine d'idées vulgaires et redondantes, démodées, mal venues et très pauvre en harmonie. Seuls les *finali* étaient supportables. Le sujet de la pièce est, comme d'habitude, un enfantillage italien assommant et dénué de bon sens. »

Son fils compose néanmoins des *Variations pour clavier* (K. 180) à partir d'un thème tiré de l'opéra, hommage respectueux d'un jeune à son aîné...

XV

Prague : la ville de l'amitié

Si en 1786 commence le déclin de la popularité de Mozart auprès des Viennois, c'est dans les derniers jours de l'année que lui parvient cependant une invitation le conviant à Prague où ses *Nozze di Figaro* ont été représentées avec le plus grand succès.

Mozart a rencontré la cantatrice Josepha Duschek pour la première fois en 1777 à Salzbourg où elle et son mari, le compositeur et pianiste Franz Duschek, rendaient visite à des parents. Josepha avait alors vingt-quatre ans. Elle était vive, gaie et pleine de talent, tout pour séduire Mozart avec lequel elle noua des liens d'amitié d'une grande fidélité. Il avait même composé une *aria* dramatique pour sa voix, une œuvre difficile, *Ah ! lo previdi* (K. 272). Josepha l'avait invité alors à se rendre chez elle, à la Villa Bertramka. Or, bien que de nombreuses années se fussent écoulées depuis lors, les amis étaient restés en relation ; Mozart se réjouit donc de les revoir et c'est avec la certitude d'une réception chaleureuse qu'il se met en route avec Constanze, invité par « une compagnie distinguée de connaisseurs et d'amoureux de la musique ».

Le voyage dure trois jours et demi. Mozart ne peut assumer de telles dépenses qu'avec l'assurance de rentrer dans ses frais en donnant au moins quelques concerts. L'invitation provenant également de l'orchestre est un encouragement supplémentaire. Aucune cabale n'est à craindre. On l'admire et on veut lui faire honneur. Toutes choses qui, à Vienne, ne relèvent que de la qualité des relations que l'on entretient, plutôt que du talent et du savoir. L'invitation a recueilli des soutiens dans les milieux aristocratiques aussi bien que chez les bourgeois mélomanes. La franc-maçonnerie est sans doute intervenue, car bon nombre de « frères » de Mozart se trouvent parmi les signataires invitants. Parmi eux, le comte Thun, qui recevra le couple chez lui en son palais avec tous les égards. Ils sont huit à partir le 9 janvier 1786. Outre Mozart et Constanze, il y a son futur beau-frère, Franz Hofer (il épousera Josepha Weber), son fidèle ami, le clarinettiste Anton Stadler, une jeune violoniste, Marianne Crux, et sa tante, et un autre violoniste, Kaspar Ramlo, le valet de Mozart, Joseph (à son service depuis de longues années), et même son chien « Guckerl ». Cette bonne compagnie se partage en deux équipages, car elle requiert deux cochers et six chevaux. Le voyage est joyeux, Mozart s'amuse à inventer des petits noms à chacun : Constanze, « Schabla Pumsa », lui-même devient « Punkititi », Stadler, « Nàtschibinìtschibi », Joseph, le domestique, « Sagadaratà », son élève Freystädtler (qui avait sans doute une face de cheval), « Gaulimauli », etc. Même le chien a droit au surnom de « Schamanuzky » !

Sitôt arrivé, s'amorce une relation plus que chaleureuse avec ce pays et ses mélomanes. Une bonne partie du temps se passe à fréquenter les dîners, les bals et les divertissements organisés à son intention, bien que Mozart soit venu à Prague surtout pour goûter le succès de ses *Nozze di Figaro*.

Il adresse à son ami Jacquin une grande lettre enthousiaste : « Ici, on ne parle d'autre chose que de – Figaro : on ne joue, on ne souffle, on ne chante et on ne siffle que des motifs de – Figaro. Aucun opéra n'attire que – Figaro et toujours – Figaro... »

Niemtschek en donne également l'écho : « Cet opéra fut accueilli à la première avec un enthousiasme qui ne peut être comparé qu'à celui qui, ultérieurement, devait accueillir *La Flûte enchantée*... L'admiration du public fut sans précédent à Prague... Il y eut bientôt des transcriptions pour piano, pour instruments à vent, pour quintette de musique de chambre ; on le transforma en danses allemandes, bref, les airs résonnaient partout dans les rues et dans les jardins publics... »

Lorsque Mozart dirige lui-même l'une des représentations de son opéra, il obtient un triomphe. La veille au soir, le public a déjà ovationné sa *Symphonie en ré*, dite de *Prague* (K. 504) suivie d'improvisations au pianoforte qui ont mis le public en délire ; l'une d'elles se fondait tout naturellement sur *Non piu andrai*... Un vieil homme, présent à ces événements, en gardera éternellement le souvenir : « J'entends encore résonner en moi ces inépuisables harmonies célestes et j'emporterai dans la tombe l'absolue conviction que Mozart était un être unique... »

Le mystère de la création ne s'explique guère. Quel est en revanche le secret de ce jeu qui fascine et qui séduit à ce point ? Dans sa biographie, Niemtschek en garde, lui aussi, un souvenir ineffaçable : « Sa virtuosité admirable, qui était estimée comme étant unique, particulièrement dans la main gauche, et le grave de sa sensibilité, sa délicatesse, la finesse et l'expression si belle qu'il y mettait, étaient les attraits principaux de son jeu, lequel, lié aux idées généreuses et à sa connaissance de la composition, ont fasciné chaque auditeur et fait de lui le plus grand pianiste de l'époque. »

Fêtes, concerts de ses œuvres et ovations abondent, véritable baume après le peu d'égards dont usent envers lui les Viennois. Niemtschek écrit : « Si je pouvais prier Dieu de m'accorder une dernière joie terrestre, ce serait d'entendre encore une fois Mozart improviser au piano. Qui ne l'a pas entendu ne peut se faire la moindre idée de ce dont il est capable. »

Voici enfin un véritable hommage au « petit homme », celui dont le priveront jusqu'au bout les siens, qu'il ne renie pourtant pas : « Je soupire tout de même après mon retour à Vienne... »

En février, les Mozart sont de retour chez eux, chaudement réconfortés. Les Pragois ont livré commande d'un nouvel opéra. Le directeur du théâtre, Pasquale Bondini, lui a demandé un ouvrage spécifiquement pour son théâtre. Les deux hommes ont discuté du caractère qu'il pourrait revêtir et du fait que Mozart devra prendre en compte les capacités dramatiques de la troupe pragoise. Aucun nom de librettiste n'est évoqué, cette décision appartenant à Mozart seul.

L'extraordinaire succès des *Nozze*, malgré certaines limites de la troupe, a tranquillisé Bondini sur les frais considérables qu'il devra engager dans cette nouvelle entreprise. Par précaution, il demande à Mozart d'être présent à un maximum de répétitions afin d'y apporter son expérience et son savoir...

L'opéra sera italien il est vrai, mais, nous le savons, pour Mozart cette forme d'expression demeure suprême... N'a-t-il pas déclaré : « Je préfère écrire un opéra italien que pas d'opéra du tout... » ?

XVI

Mort de Leopold

Mozart revient chez lui plein de projets, plein d'espoir même sur ses activités d'hiver à Vienne. Il sait que dans quelques mois il sera de retour parmi un peuple chaleureux ; il compte également rejoindre ses amis Nancy Storace, O'Kelly et Thomas Attwood dans la tournée anglaise pour laquelle ils ont promis de défricher le terrain. En attendant, l'indifférence du public viennois commence à se manifester. Aucune académie n'a lieu, semble-t-il, au cours de l'hiver. De plus, Mozart reçoit de mauvaises nouvelles de son père, très malade. Leopold a soixante-huit ans. Il est désabusé, amer, toutes choses qui sont apparues aux amis, lorsque ceux-ci lui ont rendu la visite promise avant de gagner l'Angleterre. On imagine aisément la tourmente dans laquelle cette nouvelle plonge son fils : « Avec quel ardent désir j'attends de vous-même une consolante nouvelle... »

Mozart s'inquiète sérieusement de l'état de son père. La lettre qu'il lui adresse contient des considérations graves : « Comme la mort (pour la prendre exactement) est le vrai but de notre vie, je me suis, depuis quelques années, tellement familiarisé avec cette véritable et excellente amie de l'homme, que son visage, non seulement n'a plus rien d'effrayant pour moi, mais m'est très apaisant et très consolant... Je ne me couche jamais le soir sans réfléchir que, le lendemain peut-être (si jeune que je sois), je ne serai plus là... »

Ces pensées sont capitales pour comprendre l'évolution de Mozart et son état d'esprit. Il a perdu un certain nombre de proches déjà : tout récemment un ami cher de son âge, le comte August Clemens Hatzfeld, sans parler de deux des trois petits garçons que lui a donnés Constanze. Elles semblent prémonitoires. Si ce n'est le cas, elles donnent, pourtant, le reflet de la maturité acquise, d'une réflexion douloureusement approfondie sur la condition de l'homme, à laquelle la philosophie des francs-maçons n'est pas étrangère. Toute sa musique en sera désormais pénétrée. Comment pourrait-elle trouver encore grâce aux yeux d'un peuple qui n'est friand que de divertissements galants, de constantes nouveautés et dont le langage est devenu étranger au sien... ?

C'est aux cordes que Mozart, une fois de plus, confie sa profonde intimité. Il compose coup sur coup deux *Quintettes* bouleversants (K. 515 et 516).

Leopold meurt le lundi de Pentecôte, 28 mai 1787. Comment Mozart réagit-il ? Nous n'en savons quasiment rien. Seul, un post-scriptum anodin dans une lettre qu'il adresse quelques jours plus tard à son ami Gottfried von Jacquin nous en donne un aperçu superficiel : « Vous pouvez imaginer mon état... »

À sa sœur, il écrit : « Puisqu'il convient à ton mari, mon cher beau-frère... comme à moi-même de mettre un terme le plus tôt possible à toute l'affaire de la succession de notre père, j'accepte sa proposition avec cette seule réserve, que les mille florins me seront versés, non en argent d'Empire mais en argent viennois... je suis à jamais ton frère qui t'aime sincèrement. »

La mort de Leopold nous prive, durant les cinq ans qu'il reste à son fils à vivre, d'une correspondance précieuse et sans doute unique dans l'histoire d'un grand musicien. Car, à partir de l'année 1787, seules subsistent les lettres de supplique adressées à Puchberg et à d'autres pour demander des secours, ainsi que celles qu'il envoie à sa femme en cure, en fait principalement durant les six derniers mois de sa vie.

Il ne lui confiera que peu de nouvelles sur son état d'âme ou son travail. Il l'entretiendra surtout de leurs soucis financiers et de la manière de les résoudre, ainsi que de sa santé à elle.

Tout lien avec Salzbourg disparaît, car Mozart ne garde aucune relation avec la seule personne de la famille encore vivante, Nannerl. Le contact est définitivement rompu après des lettres dans lesquelles il traite de la succession avec un reste de semblant d'affection : « Ma très chère et excellente sœur ! Si tu n'étais pas encore établie, tout ceci n'entrerait pas encore en question, je ferais ce que j'ai déjà dit et pensé mille fois : je te laisserais tout avec une véritable joie. Mais puisqu'à présent tu n'as, pour ainsi dire, aucun besoin, et que j'y trouve au contraire un intérêt particulier pour moi, je considère comme un devoir de penser à ma femme et à mon enfant... »

Nannerl expédie les mille florins à son frère ainsi que toutes ses anciennes partitions et la bibliothèque paternelle. Puis elle se replie dans l'indifférence. Bien plus tard, et après lecture de la biographie de Niemtschek, elle apprendra le naufrage des dernières années de son frère...

L'absence du père, qui fut de tout temps son guide et son mentor, une sorte d'omniprésence dans tous ses faits et gestes, coïncide curieusement avec le déclin social de Mozart. Ne s'inscrit-elle pas en un manque profond ? Celui qui a été le pôle central autour duquel il évoluait en des cercles plus ou moins rapprochés ou éloignés n'existe plus...

Leopold n'eut pas l'intelligence de comprendre et d'accepter que son fils lui échappât, et il est sans doute mort en le considérant comme un ingrat. À cet égard, une lettre adressée à la baronne von Waldstätten est très révélatrice : « J'ai rempli mon devoir comme un vrai père. J'ai expliqué à Wolfgang clairement et d'une manière compréhensible toutes choses dans tant de lettres... il sait que je suis sacrifié, aussi bien au point de vue moral que physique, par son comportement. Il ne me reste plus rien d'autre (puisqu'il le veut ainsi) qu'à le laisser à lui-même et à prier Dieu qu'il le laisse profiter de ma bénédiction paternelle et qu'il ne lui enlève pas sa miséricorde... Oui, je serais tout à fait rassuré si je ne découvrais pas chez lui un défaut capital qui consiste en trop peu de patience, en manque de réaction. C'est un homme trop facile à manier et parfois même, trop fier, et, tout ce que vous voulez pour désigner un être inefficace. Ou bien alors il est impatient, emballé et ne sait pas attendre. Ce sont là les traits contradictoires qui règnent en lui, c'est trop ou trop peu, il n'y a pas de juste milieu... »

On perçoit la détresse de Leopold comprenant que son rôle – et donc sa vie – était terminé.

XVII

Une leçon de musique

Les nombreux logements habités par les Mozart pourraient constituer autant de bornes dans le déclin de leur popularité à Vienne. Ils ne cessent de déménager afin que leurs loyers s'accordent avec leurs revenus. Au printemps, ils habitent près de chez l'ami Jacquin, dans la Landstrasse. C'est là que Mozart reçoit la visite du jeune Ludwig van Beethoven, une rencontre unique ! Mozart ne s'en souviendra guère semble-t-il, bien que l'un de ses biographes, Otto Jahn, rapporte qu'ayant donné au jeune homme un thème « d'une inspiration libre », Beethoven joua de telle façon que Mozart aurait déclaré aux amis présents : « Faites attention à celui-là, il fera parler de lui dans le monde. »

Mais, comme Jahn rapporte ces phrases alors que la réputation de Beethoven est déjà au plus haut, on peut douter de l'authenticité de l'anecdote. Beethoven, alors âgé de dix-sept ans, est frappé par le jeu de son aîné, « un jeu subtil, dira-t-il, mais haché, non legato ». Même si cette remarque n'est pas de première main, elle est significative, car à cette époque où l'on s'évertue à exprimer toujours plus les émotions spécifiquement humaines par la musique et notamment au moyen du *legato*, Mozart demeure retenu, il évite tout débordement superflu.

Est-il le premier grand virtuose ? Oui, sans doute. Mais de quelle manière sa virtuosité se distingue-t-elle de celle de ses contemporains ou de la génération qui lui succédera ? Il fustige Clementi, le traitant de simple « mechanicus ». Pourtant celui-ci représentera un modèle pour pratiquement toute une génération à venir de pianistes compositeurs.

Parmi les trois types de toucher pianistique en vigueur dans la seconde moitié du XVIIIe siècle : *staccato*, *legato*, ou ce que l'on appelle simplement le toucher courant, ordinaire, quel est celui qui correspond le plus à l'idéal expressif de Mozart ?

Karl Czerny, qui naît l'année où Mozart meurt, reconnaîtra, en écoutant la descendance pianistique de celui-ci, le jeu « brillant, plus proche du *staccato* que du *legato* », dira-t-il. Mozart s'abstient tout à fait d'indiquer dans sa musique des signes de liaisons pour ses phrases, bien que la nécessité de phraser soit parfaitement reconnue...

Une recommandation de l'historien Quantz semble correspondre à la conception mozartienne : « On doit être aussi attentif à ne pas séparer ce qui doit être uni, qu'à ne pas lier ce qui, pour des raisons de clarté, doit être séparé. »

Leopold a enseigné à son fils que, dans chaque morceau de caractère mélodique, il existe au moins une phrase à partir de laquelle on peut fixer, de façon sûre, le *tempo* correct : « Souvent, si l'on observe d'autres points avec attention, le mouvement juste s'impose de lui-même. »

Les lettres de Mozart nous révèlent constamment sa préférence pour des *tempi* qui permettent toujours une articulation claire. La valeur des notes doit donner, en effet, le *tempo* idéal, celui-ci se révélant tout naturellement par telle ou telle phrase particulière au sein d'un mouvement. Il déplore que : « La mesure, le vrai en toute chose, on ne la connaît ni n'estime plus. Pour obtenir le succès, il faut écrire des choses qui soient si compréhensibles qu'un fiacre pourrait les chanter ensuite, ou bien si incompréhensibles, qu'elles plaisent tout justement parce qu'aucune créature raisonnable ne peut les comprendre... »

À Salzbourg, avant de se marier, Nannerl s'est fait une réputation considérable comme professeur de piano. Elle était recherchée, sollicitée, respectée. Un an après la mort de son frère, il est dit que ses élèves peuvent être reconnus entre tous. Pourquoi ? À cause de la netteté, de la précision et de l'attention qu'ils apportent à leur jeu. Ces qualités sont précisément celles auxquelles Mozart s'est attaché plus que tout, celles que leur a inculquées quotidiennement leur père. Dans les lettres de Mozart à sa sœur, il lui recommande constamment de ne pas les perdre de vue. Il ajoute : « Pour toi, sois bien appliquée. N'oublie pas de jouer la galanterie dans l'exécution des partitions, afin que je n'aie pas l'air d'un menteur quand les gens, à qui j'ai tellement fait ton éloge, t'entendent. Car j'ai toujours dit que tu jouais avec plus de précision que moi. »

Il souligne l'exactitude des indications qu'il note dans ses partitions et le respect qu'il faut y apporter : « Il n'y a d'*adagios* dans aucun de mes *concerti*, mais bien des *andantes*. »

Il ne cesse de recommander la précision, en respectant scrupuleusement les nuances de *forte* et de *piano* indiquées. Il s'oppose vigoureusement à la vélocité gratuite et à une certaine forme de virtuosité : « Ils s'imaginent ajouter du feu aux œuvres, mais le feu doit naître du morceau lui-même, il ne naîtra pas parce qu'on prend le mors aux dents. »

Mozart dit que, lorsqu'on joue des choses difficiles, il faut le faire si bien que les auditeurs s'imaginent qu'ils pourraient en faire autant, que le vrai talent est cela.

L'oreille exigeante de Mozart ne critique pas seulement l'art des pianistes. Il se montre peu tendre aussi pour certains chanteurs, comme un nommé Meissner : « Il a la déplorable habitude de faire vibrer sa voix, transformant en une succession de noires, ou même de croches, une note qui devrait rester tenue, ce que je n'ai jamais pu souffrir chez lui. C'est une habitude réellement exécrable et contre nature... la voix humaine vibre déjà par elle-même ! »

Ou encore : « Certains s'imaginent avoir fait merveille quand ils ont couvert de fioritures les notes d'un *adagio cantabile* d'un bout à l'autre, et tiré une douzaine de notes d'une seule qui était écrite. Ces assassins, croqueurs de notes, ne font que mettre en lumière leur manque de jugement. Ils sont pris de panique dès qu'ils doivent jouer une note tenue, ou jouer quelques notes de façon chantante sans y ajouter leur absurde et dérisoire friperie. »

Tout ce qui relève des effets faciles l'horripile : « Pour la Grethel, en particulier, je lui recommande de ne pas ressembler dans son chant à quelque flagorneur : les sucreries, les bécotages ne sont pas toujours agréables... Il n'y a qu'aux sots et aux ânes qu'on peut en imposer par là. »

La moquerie n'est jamais loin : « La Bernasconi est ici et reçoit cinq cents ducats d'appointements parce qu'elle chante tous ses airs un bon demi-*comma* trop haut... Elle a promis à présent de chanter même un quart de ton trop haut, mais à condition qu'on double la somme. »

Mozart résume en une phrase son credo, de manière fort éloquente : « De même que les passions, violentes ou non violentes, ne doivent jamais être exprimées avec une brutalité propre à inspirer le dégoût, ainsi la musique, même dans les situations les plus tragiques, ne doit jamais offenser l'oreille. Elle doit rester agréable à celui qui l'écoute, en d'autres termes, elle ne doit jamais cesser d'être de la musique. »

XVIII

Don Giovanni : les mystères de la création

C'est tout naturellement vers da Ponte que se tourne Mozart pour rédiger le livret de l'opéra destiné à Prague. L'été y sera consacré. Da Ponte relève le défi d'écrire trois livrets en même temps : l'un pour Martin y Soler, heureux compositeur d'un ouvrage à succès *La cosa rara* qui a éclipsé celui des *Nozze di Figaro*. À son sujet, Mozart, comme souvent, émet un jugement définitif et... juste. « Il y a beaucoup de choses réellement belles dans ce qu'il fait, mais dans dix ans on ne parlera plus de lui ! » N'empêche qu'il n'hésite pas à inclure l'un des motifs de *La cosa rara* dans son *Don Giovanni* au moment du souper du séducteur. Quant au deuxième livret sur lequel travaille da Ponte, il est pour Salieri ! Du troisième, destiné à Mozart : *Don Giovanni*, da Ponte revendique l'idée ! « Je travaillerai le soir pour Mozart, et lirai d'abord quelques pages de *L'Enfer* de Dante. Je travaillerai le matin pour Martin comme si j'étudiais Pétrarque et je donnerai mes après-midi à Salieri, qui sera mon Torquato Tasso. »

La chose est plutôt plaisante et le récit de da Ponte – dont les journées et les nuits se passent accompagnées par du vin de Tokay, du tabac, du chocolat, une clochette et sa jeune muse – réjouissant.

Dans le conflit professionnel qui divise Mozart et Salieri, da Ponte prouve son amitié envers le premier en se rangeant en général de son côté, et ce malgré sa dépendance amicale et professionnelle envers Salieri qui lui a apporté la protection de l'empereur. Curieusement, ni dans les mémoires de da Ponte, ni dans la correspondance de Mozart, ne se révèle l'amitié des deux hommes. Mais n'habitent-ils pas la même ville, et ne se voient-ils pas constamment ? Il n'y a pas lieu de correspondre. Da Ponte figurait certainement parmi les gens d'exception, les marginaux, les non-conformistes, parmi ceux dont la place dans la société n'est pas établie par la naissance, ce qui ne peut que plaire à Mozart.

Les mois chauds de l'été se passent à réaliser la commande de Prague. La partition est pratiquement achevée lorsque Mozart se trouve de nouveau dans cette ville, sept mois seulement après sa première visite. Il lui reste à composer l'ouverture, ce qu'il fait la veille de la première : « Il était cinq heures du matin. Le copiste devait venir à sept heures. À sept heures, l'ouverture était sur le papier... »

On peut imaginer, connaissant sa méthode de travail, qu'elle est déjà tout écrite dans son esprit. Une fois de plus, Niemtschek nous transmet un témoignage important : « Il écrivait tout avec une facilité et une légèreté qui pouvait, à première vue, sembler de la hâte. Il n'allait jamais au clavecin en composant. Son imagination lui présentait l'œuvre tout entière, nette et vivante, dès qu'elle était commencée. Sa grande connaissance de la composition lui permettait d'en embrasser d'un coup d'œil toute l'harmonie. On rencontre rarement dans ses partitions en brouillon des passages raturés ou biffés... Il ne s'ensuit pas qu'il n'ait fait que jeter rapidement ses œuvres sur le papier... Quand on lui donnait des paroles à mettre en musique, il s'en occupait pendant longtemps, réfléchissait profondément, puis laissait courir son imagination. Il élaborait ensuite complètement la pensée au clavecin, puis se mettait à écrire. Pour lui, écrire était un travail facile pendant lequel il lui arrivait souvent de plaisanter ou de s'amuser. »

À ce propos, le biographe Rochlitz rapportera, en 1815, une confidence que Mozart lui aurait faite à cette même époque sur son mystérieux processus de création : « Quelle est au juste ma façon de composer quand il s'agit d'un travail important et sérieux ? J'ai beau chercher, je n'arrive pas à trouver mieux que ceci : quand je suis en forme et en bon état physique, ainsi dans une voiture en voyage, ou après un bon repas, ou la nuit si je n'arrive pas à dormir, c'est alors que les idées me viennent à torrents, le plus volontiers. D'où ? Comment ? Je n'en sais rien, je n'y peux rien. Je garde celles qui me plaisent et je me les fredonne – c'est ce que les autres m'affirment en tout cas. Si je m'y attache, alors peu à peu il m'apparaît comment m'y prendre pour faire un ensemble cohérent avec ces fragments, suivant les exigences contrapuntiques ou le timbre des instruments, etc. Mon cerveau s'enflamme, surtout si on ne me dérange pas, je le développe de plus en plus, toujours plus clairement. L'œuvre est alors achevée dans mon cas, ou vraiment tout comme, même si c'est un long morceau, et je peux embrasser le tout d'un seul coup d'œil comme un tableau ou une statue... je tiens le tout d'un bloc, pour ainsi dire ! Ça, c'est un régal ! L'invention, l'élaboration, tout cela ne se fait en moi que comme un rêve magnifique et grandiose, mais quand j'en arrive à entendre ainsi la totalité assemblée, c'est le meilleur moment. Comment se fait-il que je ne l'oublie pas comme un rêve ? C'est peut-être le plus grand bienfait dont je doive remercier le Créateur ! »

Ce témoignage émouvant semble véridique, tant il existe de preuves de la stupéfiante maîtrise de Mozart et de sa mémoire phénoménale – un rêve qui, chez lui, ne s'efface pas !

Don Giovanni est couramment qualifié de *dramma giocoso*, c'est le terme qui figure au haut du livret de da Ponte. Mais Mozart l'inscrit lui-même dans son catalogue comme *opera buffa*. À Vienne, lorsque l'ouvrage est représenté l'année suivante, il est même désigné comme *Singspiel*.

Pourquoi *opera buffa* ? Sans doute, à cause de la succession d'échecs attachée à chacun des personnages : Ottavio et Doña Anna réclament sans arrêt vengeance, mais l'assassin et son valet leur échappent. Elvira, qui veut châtier son mari, se fait finalement courtiser par son valet, avant de s'enfermer dans un couvent. Leporello, malgré ses velléités de révolte, obéit invariablement aux consignes de son maître. Masetto ne récolte que des coups en tentant de se défendre et de défendre sa Zerlina... Enfin, si Don Giovanni semble commander l'action, lui imposer son rythme et sa personnalité aussi bien psychologiquement que musicalement, lui aussi va d'échec en échec, jusqu'à ce que le Commandeur l'anéantisse.

Mais qu'est-ce qui a déterminé le choix de ce personnage mythique ? C'est da Ponte qui propose le sujet semble-t-il, et Mozart y souscrit d'emblée. Les deux hommes prennent comme canevas un opéra de Giovanni Gazzaniga sur un livret de Giovanni Bertati. Da Ponte le pille sans vergogne et Mozart, à son tour, n'hésite pas à y puiser quelques idées musicales. Mais leur livret comporte toutefois des différences importantes avec le modèle : certains rôles sont supprimés afin de resserrer l'action autour de quelques personnages. Ceux de Don Ottavio et de Doña Anna, en revanche, sont davantage développés. Chez Bertati, Anna entre au couvent sitôt son père assassiné, laissant la vengeance aux soins de Don Ottavio. Bien des passages de l'opéra de da Ponte et de Mozart viennent d'autres sources : celles de Molière et de Goldoni principalement, ces trois œuvres ayant en commun une critique plutôt sévère de la société : « Je sais que vous autres gentilshommes, vous êtes rarement honnêtes et sincères avec les femmes », dit Zerlina à Don Giovanni, qui lui répond : « C'est une calomnie de roturiers, l'honnêteté peut se lire dans les yeux de la noblesse. » L'air du catalogue est bien plus que l'aimable et brillante *aria* que nous connaissons. Pour Leporello, il s'agit d'une revanche sur les milieux aristocratiques auxquels appartient Elvira, il souligne l'égalité de toutes les maîtresses de son patron : *contadine*, *cameriere*, *cittadine*, *contesse*, *baronesse*, *marchesane*, *principesse*, *d'ogni grado*... !

Masetto, lorsqu'il dit : *ho capito* (j'ai compris), ne fait-il pas penser au *Se vuol ballare* que Figaro profère dans *Le Nozze di Figaro* ? Mozart savoure le châtiment de Don Giovanni, qui s'exprime par la gaieté que manifestent les autres personnages dans le final, d'où la nécessité d'une conclusion joyeuse, qui a beaucoup offusqué le XIXe siècle. Mais cela ne représente-t-il pas pour Mozart une revanche sur les aristocrates de Salzbourg qu'il a tant côtoyés et dont il a si souvent subi les humiliations ?

Cette fois Constanze seule accompagne à Prague les deux hommes. C'est Mozart qui dirige les premières répétitions de l'œuvre. Ce travail fait ressortir la nécessité d'apporter au livret quelques modifications. Coïncidence, le célèbre Casanova, qui est alors bibliothécaire de la famille Waldstein, à Dux en Bohême, se trouve dans la ville. Il rencontre da Ponte et Mozart, et tous trois se mettent à discuter de certains points de l'ouvrage...

Quand on songe à la réputation « don juanesque » du personnage de Casanova, la chose est plutôt plaisante ! Elle l'est d'autant plus que, dans ces discussions à trois, il en ressort que c'est surtout le personnage de Leporello qui l'intéresse.

Sur ces entrefaites, da Ponte est brusquement rappelé à Vienne par Joseph II. Il a été dit que, profitant de son absence, Casanova serait entré en pourparlers avec le directeur de théâtre, Bondini, pour obtenir l'autorisation de tout revoir « à sa façon », ce qui lui aurait été refusé. On imagine mal Mozart acceptant une telle proposition alors que son opéra est terminé. On connaît aussi ses exigences en matière de livret. Il ne reste, comme trace de cette étonnante rencontre, que deux pages écrites de la main même de Casanova, se rapportant, en effet, au rôle de Leporello.

La première de l'opéra est remise à plusieurs reprises pour diverses raisons : les problèmes ne viennent pas de la composition, ils résident plutôt dans la nécessité d'adapter ce que Mozart a écrit aux effectifs qui lui sont proposés. Il faut surtout tenir compte de la difficulté extrême d'un tel ouvrage, car la distribution n'est pas médiocre, loin s'en faut. Trois des créateurs sont de niveau international : la soprano milanaise Teresa Saporito pour Doña Anna, et deux chanteurs, qui ont également figuré dans *Le Nozze di Figaro*, le ténor Baglioni pour Don Ottavio, et Luigi Bassi pour le rôle titre. Bassi s'est rendu célèbre pour son agilité, son timbre et ses dons comiques, mais aussi ses caprices. Il fait changer cinq fois de suite le début du *duetto*, *La ci darem la mano* et il veut en faire autant pour l'air du champagne, mais Mozart s'obstine et tient bon. Quant à l'orchestre, il est également loin d'être médiocre. Cette ville, ne l'appelle-t-on pas « le Conservatoire de l'Europe » ? Ses musiciens occupent les meilleures places partout. L'École de Mannheim est issue, non pas d'une école allemande, mais de la tribu tchèque des Stamitz. Gluck n'est pas allemand, mais tchèque d'origine. Un proverbe, très répandu, dit : « Dans le berceau de nos enfants, on trouve toujours violons et violoncelles. »

Il n'est pas étonnant que Mozart ait déclaré : « Puisque les Pragois me comprennent si bien, je veux écrire un opéra exprès pour eux. » Donc, malgré le contretemps du recul de la première, il demeure serein. Il fait preuve de son attachement envers les Pragois en dirigeant ses *Nozze di Figaro* en remplacement.

Malheureusement pour nous, Mozart n'a pas le temps d'écrire de lettres : « J'appartiens à trop d'autres personnes et trop peu à moi-même... »

Le grand jour arrive, le 29 octobre 1787 ! Le succès est immense, les applaudissements ne tarissent pas... Les Pragois sont fiers de ce que l'opéra soit écrit expressément pour eux : « Les Tchèques sincères furent flattés de voir et d'entendre que Monsieur Mozart pense toujours à eux. Au premier acte, l'air du libertin : *Fin ch'han dal vino...* montre qu'il aime notre beau vignoble de Kosohirz, si proche de la maison Bertramka où il paraît qu'il habite ! À la fin de l'opéra, tous apprécièrent la grandeur du cimetière où repose le commandeur. On y avait aussi peur que dans notre fameuse nécropole des Israélites. Quel beau salut à notre ville de Prague. »

Ils sont également flattés de ce que Mozart dirige lui-même l'ouvrage : « Toutes et tous, chanteurs et orchestre ont donné le meilleur d'eux-mêmes pour plaire à Herr Mozart et lui témoigner l'estime qu'ils lui portaient... Vive Mozart ! Vive da Ponte ! Tant qu'ils vivront, on ne saura jamais ce qu'est la misère au théâtre... »

Un jeune Tchèque du nom de Vaclav Jan Tomaschek, qui deviendra à son tour un musicien, évoquera plus tard avec lyrisme les émotions que lui aura procurées ce spectacle : « Enveloppés dans nos manteaux, nous étions assis... attendant le début. Commence l'ouverture : ses grandes idées, et sa continuation la plus vive, avec la riche instrumentation et surtout la noble vie de l'œuvre d'art organique, tout cela m'a ému à tel point que je restai assis comme un rêveur, respirant à peine, et dans ma joie céleste je vis un soleil se lever qui, éclairant en moi un sombre pressentiment, me réchauffa le cœur avec une force magique. Mon intérêt pour l'ensemble croissait à chaque instant et, dans la scène où apparaît l'esprit du commandeur, mes cheveux se dressèrent sur ma tête, de frayeur... Cette soirée eut incontestablement une influence tout à fait décisive sur ma carrière musicale. »

Mozart reste à Prague encore quinze jours après la première de son *Don Giovanni*, dirigeant lui-même à plusieurs reprises le spectacle, tout en trouvant le temps de voir ses amis. Chez les Duschek, dans leur Villa Bertramka des faubourgs de Prague, l'atmosphère est on ne peut plus chaleureuse et amicale : « On aimait son œuvre et l'on s'en enivrait : pourquoi serait-on demeuré insensible à la personne de son créateur ? »

C'est dans cette période qu'il écrit une belle *aria* dramatique pour Josepha Duschek. L'anecdote raconte qu'elle le séquestre afin de l'obliger à y travailler. Malicieux, lors d'un passage où le texte dit : « Je suis à bout, quel lieu terrible », il s'amuse à donner à son harmonie une tournure si étrange, que même une chanteuse plus expérimentée pourrait y échouer.

Sans doute est-ce l'une des périodes les plus heureuses de toute la vie de Mozart. Mais, le 4 novembre, il écrit à Gottfried von Jacquin : « On met tout en œuvre ici pour me persuader de rester encore quelques mois et d'écrire encore un opéra. Mais je ne puis accepter cette proposition, si flatteuse soit-elle... »

Pourquoi pas ? Mozart n'attend rien à Vienne en ce moment. Aucune commande ne lui est faite. Constanze et lui sont assurés que le petit Karl, âgé de trois ans, reçoit les soins nécessaires dans une institution privée. Pourquoi Mozart refuse-t-il une commande lyrique qu'il désire tant ? Est-ce parce qu'il apprend la nouvelle de la mort imminente de Gluck à Vienne, lequel, se sachant condamné, a écrit lui-même son *De Profundis* qui est dans les mains de Salieri ? Il est certain que da Ponte l'encourage vivement à rentrer. Peut-être aussi, le fait que Constanze attende un autre enfant pour décembre, est-il déterminant. Que tous deux veuillent que la naissance ait lieu chez eux plutôt qu'à l'étranger est normal.

Les Mozart prennent la route du retour le 13 novembre 1787, et arrivent de justesse pour les somptueuses funérailles de Gluck qui ont lieu le 17, et auxquelles assiste une foule innombrable. Cette disparition a pour conséquence (en partie du moins) la proposition faite à Mozart du poste de *Kammerkompositor*, le premier poste officiel qui lui est attribué depuis son arrivée à Vienne. Il y a de fortes chances que ce soit la comtesse Thun qui ait poussé l'empereur à ce geste, les comptes rendus pragois, reproduits dans certains journaux viennois, ne pouvant que l'y encourager. Mais le traitement proposé à Mozart pour cette fonction, huit cents florins, est loin d'égaler celui de Gluck, qui était de deux mille florins : « C'est trop pour les services que je rends et trop peu pour ceux que je serais en mesure de rendre », remarque-t-il avec amertume devant cette nouvelle brimade. Comment trouver le stimulus nécessaire pour continuer à écrire ? Au début de 1788, son inspiration se tarit, tout comme ce fut le cas en 1784. Seul le *Concerto en ré* (K. 537), concerto dit *du Couronnement*, voit le jour. Est-il destiné à une académie quelconque, nous ne le savons...

Mozart souhaite vivement que son *Don Giovanni* soit donné à Vienne. Il en a fait part à son ami Jacquin. L'empereur lui-même le désire d'ailleurs, mais la guerre livrée contre les Turcs bat son plein ; il lui faut attendre la fin de l'année. Les répétitions débutent au Théâtre National au printemps. D'un commun accord Mozart et da Ponte amendent un peu l'opéra et ajoutent quelques airs nouveaux. C'est Aloysia Lange qui incarne Doña Anna et celle que l'on appelle désormais « la Cavalieri », Doña Elvira.

Après la première, le 7 mai 1788, la déception est générale ! Elle affecte même da Ponte : « L'ouvrage parut en scène, et... dois-je le dire ? *Don Giovanni* ne me fit aucun plaisir !

Tout le monde, sauf Mozart, s'imagine qu'il y manque quelque chose ! »

Le *Wiener Zeitung* se contente d'annoncer sèchement l'événement, sans commentaires.

Le comte Rosenberg, intendant du théâtre, écrit : « Voyez comment vous pourrez vous arranger le moins mal possible pour l'année prochaine. La musique de Mozart est beaucoup trop difficile pour le chant. »

Certain critique exprime sa désapprobation dans des envolées lyriques : « Oh ! Si tu n'avais pas ainsi gaspillé la puissance de ton esprit, si ton sentiment avait mieux guidé ton imagination, et si celle-ci n'avait pas emprunté des degrés aussi impurs pour s'élever vers la grandeur ! Quel honneur pourrais-tu espérer à voir ton nom inscrit en lettres de diamant sur une tablette d'or, si cette tablette était suspendue à un pilori d'infamie ? »

Joseph Haydn assiste à la première. Il est pratiquement le seul à défendre ce qu'il sait être exceptionnel. La chronique raconte qu'après la première, lors d'une réception chez le prince Razoumovsky, où se trouvent réunis un certain nombre de compositeurs, tous discutent du spectacle auquel ils viennent d'assister, s'accordant sur l'imagination de Mozart, sur son génie, etc. Compliments assortis chaque fois de réserves : trop chaotique, trop peu mélancolique, trop inégal et ainsi de suite... Enfin, après que tout le monde s'est prononcé sauf Haydn, on s'avise de lui demander son sentiment. Il rabroue les détracteurs en rétorquant : « Je ne puis vider le débat, mais ce que je sais, c'est que Mozart est le plus grand des compositeurs que le monde possède aujourd'hui. »

Quant à Joseph II, qui rentre en automne, il assiste à l'une des dernières représentations. À da Ponte, il dit : « L'opéra est divin, et peut-être serait-il plus beau que *Figaro*, mais ce n'est pas un plat pour les dents de mes Viennois. »

Rapportant cette remarque à Mozart, celui-ci se contente de répondre : « Laissons-leur le temps de le mâcher. »

Dans d'autres villes, comme Francfort, les échos ne sont pas meilleurs : « Encore un opéra qui étourdit notre public ! Beaucoup de bruit et de faste pour épater les foules. Rien que des fadaises et insipidités pour les gens cultivés ! La musique, quoique harmonieuse et grandiose, est plus savante que plaisante. Pas assez populaire toutefois pour susciter l'intérêt général. Et, bien que dans l'ensemble il s'agisse d'une farce religieuse, je dois avouer que la scène du cimetière m'a rempli d'horreur. Mozart semble avoir emprunté à Shakespeare le langage des fantômes. »

Un critique fait une distinction importante cependant entre l'histoire et l'accomplissement extrêmement « élevé » de la musique : « Il ne compose jamais de gammes ni de trilles sur les syllabes incommodes. Il n'ornemente jamais la ligne vocale par des fioritures vides et inutilement colorées ; ces choses superflues étant l'ennemi de l'expression vraie en musique. »

Et, autre remarque perspicace : « Mozart est complètement maître de ce type d'expression. C'est un vrai virtuose dont l'intellect n'est jamais paralysé par la puissance de son imagination. Son enthousiasme se soumet à la raison ; la caractérisation des personnages a des réflexions approfondies... »

Mais, en contrepartie à ces observations, ce même critique fustige sans pitié le livret qui, d'après lui, est un théâtre peu naturel, ni rationnel, ni authentique, et loin des idées des Lumières, cette opinion trouve un écho à Berlin : « Je me suis rendu plein d'espoirs élevés. J'ai entendu un opéra qui, selon moi, satisfait l'œil, charme l'oreille, mais offense la raison, insulte la moralité et piétine méchamment la vertu et les sentiments. »

On peut s'interroger sur la qualité du jeu scénique que les auditeurs-spectateurs ont vu. La musique de Mozart n'est certes déjà pas simple à interpréter, on lui reproche assez souvent la complexité de son écriture. Or, la consultation de certains écrits de l'époque laisse soupçonner le pire. L'historien Otto Jahn reprend un certain nombre de comptes rendus à propos d'un ensemble d'œuvres qui nous éclairent sur l'admirable ordonnance demandée au jeu des acteurs et le peu de cas que ceux-ci en font. Dans telle représentation, on apprend que seul le ténor chante décemment, les autres n'ayant pas pris la peine d'apprendre leurs rôles, dans telle autre, que les artistes en scène se sont permis un comportement tel que l'empereur eût dû les mettre au pilori, le ténor saluant familièrement ses connaissances dans la salle... la basse s'étant cachée sous une table pour ne pas être vue de ses pairs, faisant des grimaces comme pour dire : vous ne me verrez que lorsque arrivera la barre de musique indiquant le départ de mon air, et ainsi de suite.

Pour des opéras comme *Don Giovanni*, ou encore *Le Nozze*, on peut imaginer le résultat tant les impératifs visant à harmoniser l'ensemble des instruments, les vents et les cordes avec les chanteurs et leur jeu purement théâtral sont nombreux. Sans doute, dans bien des cas, seuls un œil et une oreille finement exercés peuvent déceler tout le potentiel de telles partitions. Autrement dit, on peut s'imaginer que les besoins outrepassent de beaucoup la capacité des interprètes d'alors, et l'excellence de la musique, les bêtises qui la suscitent, que le public n'en demande pas tant. D'où la remarque de l'empereur : « Ce n'est pas un plat pour les dents de mes Viennois... »

Le personnage de Don Giovanni qui exerce sur Mozart un tel attrait a réellement existé. Il s'est créé à partir de la légende. Il s'appelait Don Miguel de Mañara. C'est lorsque ce Don Miguel a vu la pièce de Tirso de Molina quelque vingt ans après qu'elle eut été écrite qu'il a ressenti si fort la séduction du héros, qu'il voulut s'y identifier et l'incarner, en menant une vie de débauche. L'histoire est passionnante... Mais il faut savoir que Mozart ne connaît que le personnage de la légende : *Le Burlador* (« Le libertin »), ainsi que le qualifie Tirso de Molina, un séducteur qui remet indéfiniment son repentir, perdant ainsi le privilège de la liberté dont il se prévaut tant.

Lorsque cette histoire arrive en France, en Italie, en Allemagne, en Autriche, elle a perdu quelque peu de sa grandeur. Innombrables sont les auteurs fascinés par le sujet, qui l'exploiteront à leur tour, dont Molière en 1665. Ils ont fait du personnage de Don Juan un personnage plutôt antipathique : impie, blasphématoire et cynique... Il y a également Corneille en France, Shadwell en Angleterre, Goldoni en Italie et combien d'autres... Zamora en Espagne, dont la pièce a été jouée à Vienne au début du XVIIIe siècle.

S'il est vrai que da Ponte se donne surtout comme modèle l'opéra de Gazzaniga d'après un livret de Bertati, Mozart et lui ont certainement connaissance de plusieurs autres écrits sur un thème qui trouve au XVIIIe siècle son plein épanouissement. Pourtant un certain Gendarme de Bevotte déclare : « Un tel sujet était bien le dernier qui ait pu convenir au XVIIIe siècle. Les contemporains de Voltaire et de Diderot ne pouvaient prendre au sérieux le châtiment de Don Juan, entraîné aux enfers par une statue vivante. »

Les nombreuses pièces de théâtre populaire et de marionnettes (en Allemagne du Sud et en Autriche) qui s'en inspirèrent n'étaient certes pas des œuvres d'art, mais elles constituèrent pourtant un courant qui explique l'existence de l'opéra de Mozart. Il prend au sérieux le merveilleux du sujet, tout comme les opérettes de féerie le pousseront pour *La Flûte enchantée*. Mozart connaît aussi bien la pièce de Molière que celle du Vénitien Goldoni, écrite un demi-siècle auparavant, très différente pourtant dans sa conception du personnage. Goldoni écrit : « Je l'ai toujours regardé en Italie avec horreur. Je ne pouvais pas concevoir comment cette farce aurait pu se soutenir si longtemps ; attirer le monde en foule ; faire les délices d'un pays policé ! Dans ma pièce, la statue du Commandeur ne parle pas, ne marche pas et ne va pas souper en ville... Toutefois, je crus ne devoir pas supprimer la foudre qui écrase *Don Giovanni*, parce que l'homme méchant doit être puni. Mais je ménageai cet événement, de manière que ce pouvait être un effet immédiat de la colère de Dieu, et qu'il pouvait provenir aussi d'une combinaison de causes secondes, dirigées toujours par la loi de la Providence. »

Bertati a donc, lui aussi, édulcoré le propos. Mais il a conservé les données traditionnelles de la pièce, en faisant néanmoins un avant-propos explicatif de son livret, qui met en scène une troupe de comédiens : « Les affaires vont mal, la faillite est imminente, c'est alors que l'impresario, homme avisé, propose à ses acteurs de reprendre la vieille histoire du *Convive de pierre*, qui attire toujours la foule... »

Mozart, lui, ne craint aucunement de nous plonger d'emblée dans le tragique, balayant d'un coup les affadissements précédents ; se penchant avec sérieux sur les données de Tirso de Molina. Don Giovanni est dévoré par ses désirs, et ses crimes se retournent finalement contre lui : « Dès les premières répétitions de son Burlador de Séville, on trouve une expression étonnante. Don Giovanni vient de quitter précipitamment la chambre de la duchesse Isabelle qui l'avait pris pour Ottavio, son fiancé. Mais soudain, saisie de doute, elle s'exclame : Ciel ! Qui donc êtes-vous ?

– Qui je suis ? Un homme sans nom. »

« Un homme sans nom » –, la fascination du mythe de Don Juan, ne tient-elle pas dans cette définition ?

Schiller, dans une lettre de décembre 1797 adressée à Goethe, fera les observations suivantes : « J'avais toujours espéré que la tragédie sortirait de l'opéra sous une forme plus noble et plus belle, comme jadis elle est sortie des chœurs des fêtes de Bacchus. Dans l'opéra, en effet, on s'abstient de toute imitation servile de la nature. Par la puissance de la musique, par l'excitation de la sensibilité que ce transport affranchit de ses grossières attaches, l'opéra prédispose la pensée aux plus nobles sentiments. La passion elle-même s'y montre comme un libre jeu, parce que la musique l'accompagne, et le merveilleux, qui y est toléré, doit rendre l'esprit plus indifférent au sujet même. En somme, la musique doit aider à faire passer la pilule. »

À cette lettre de Schiller, Goethe répond : « Si vous aviez pu assister dernièrement à la représentation de *Don Giovanni*, vous y auriez vu et réalisé toutes vos espérances au sujet de l'opéra. Mais aussi, cette pièce est-elle tout à fait seule dans son genre. Et la mort de Mozart a détruit tout espoir de voir jamais quelque chose de semblable. »

À Prague, si le succès de *Don Giovanni* se poursuit toujours, il n'y a hélas pas de retombées financières pour son auteur, les compositeurs ne bénéficiant d'aucune protection de leurs droits. Bondini, le directeur du théâtre, fort de cette réussite, se tourne cette fois vers Haydn afin de le prier de lui confier à son tour un opéra : « Vous me demandez un *opera buffa* ! Très volontiers, si vous avez envie de posséder, pour vous seul, une œuvre de ma composition. Mais s'il s'agit de le représenter au théâtre de Prague, je ne puis vous être d'aucun secours parce que tous mes opéras sont trop étroitement liés au personnel dont nous disposons à Esterháza, et parce que, d'autre part, ils ne pourraient produire là-bas leur effet, que j'ai calculé en fonction de notre localité. Il en irait autrement si j'avais la chance inestimable de mettre en musique un nouveau livret pour le théâtre de Prague. Mais, dans ce cas, je prendrais de gros risques, car il est difficile de prendre place aux côtés du grand Mozart ! »

La réponse est éloquente quant à l'humilité et à l'extrême lucidité de son auteur. Il ajoute quelques phrases qui révèlent à quel point l'injustice subie par son cadet le peine : « Si seulement je pouvais graver dans l'esprit des puissants de cette terre les inimitables travaux de Mozart, les leur faire entendre avec la compréhension musicale et l'émotion que j'y apporte moi-même, par Dieu, les nations rivaliseraient pour posséder un tel joyau chez elles... La vie des grands génies est trop souvent attristée par l'insouciante ingratitude de leurs admirateurs... »

XIX

Un poste officiel enfin

La fonction de « compositeur de la chambre impériale et royale » est le premier poste que l'on offre à Mozart depuis sa séparation avec Colloredo il y a maintenant sept ans. Si le titre est flatteur, la fonction l'est moins. Il s'agit essentiellement de fournir de la musique de danse pour les bals officiels de la Cour : « Trop peu pour ce que je serais en mesure de rendre... », une corvée astreignante de plus. Mais dans la situation financière actuelle de la petite famille, c'est une base sur laquelle compter, surtout qu'à la veille du nouvel an, Constanze donne naissance à son quatrième enfant, la petite fille qui aura pour prénom Theresa en hommage à Theresa von Trattner. Les Mozart se voient contraints de déménager une fois de plus, la Landstrasse étant au-dessus de leurs moyens. Cette fois ils vont à une maison *unter den Tuchlauben* au n° 281. C'est dans ce nouveau lieu qu'ils affrontent l'année 1789.

La prédiction faite autrefois : « Les Viennois sont bien gens à vous lâcher volontiers » se révèle tristement vraie. Les Mozart logent désormais à l'écart du centre : « Je n'ai en somme pas grand-chose à faire en ville. » Que sont devenues les activités multiples dont même l'infatigable Leopold lors de sa visite de 1785 se plaignait ? Ni Mozart, ni Constanze ne sont doués pour gérer le quotidien mais, pour les raisons que nous savons, ils ont chacun bien des excuses à cela. Constanze a mal supporté autant de couches successives. Son état nécessite désormais de fréquents soins, et Mozart est usé, lui aussi, par l'obsession d'assurer l'ordinaire. C'est de cette année que datent ses premières suppliques à l'ami Michael Puchberg pour obtenir des prêts financiers. Les souscriptions qu'il lance demeurent sans réponse. Il fait pourtant des efforts désespérés pour mettre ses affaires en ordre et les y maintenir, comme il dit. À la situation financière, s'ajoute l'humiliation d'avoir tant à lutter pour faire son œuvre de compositeur, d'avoir « perdu son honneur »... Pourtant de cette année, il réussit à arracher à la misère croissante des chefs-d'œuvre, à commencer par les trois dernières *Symphonies*, en mi bémol, en sol et en ut, la *Jupiter* (K. 543, 550, 551), plusieurs sonates pour piano et un *Trio* (K. 542).

Au printemps, la petite Theresa meurt, à l'âge de six mois. C'est le troisième enfant qu'ils enterrent... la nouvelle demeure est déjà marquée par un deuil.

Le baron van Swieten ne l'a pas complètement abandonné. C'est à Mozart qu'il confie, moyennant rétribution, des travaux sur certaines partitions de Haendel, compositeur pour lequel celui-ci éprouve une passion toujours aussi vive, des partitions « à revoir », c'est-à-dire à réinstrumenter pour correspondre au goût du jour. Ce n'est pas une tâche déshonorante, d'autant que Mozart admire profondément ce musicien, lui aussi. Mais que ces travaux accaparants soient accompagnés d'une indifférence quasi totale pour sa propre musique est chose amère. Il n'entendra jamais ses trois ultimes symphonies.

Constanze se trouve rapidement enceinte de nouveau. Aux premiers mois de 1789, c'est vers le mari d'une de ses élèves, Franz Hofdemel, que Mozart se tourne pour obtenir un emprunt de cent florins avec reconnaissance de dette signée. Franz Hofdemel postule pour être admis à la loge de Mozart qui termine sa lettre en assurant son ami de la bonne marche de sa demande : « Nous allons bientôt pouvoir nous qualifier d'un plus beau nom, votre affaire est près d'aboutir. »

Sa femme, Magdalena, fille d'un maître de chapelle, est l'une des élèves de Mozart à cette époque. Devient-elle plus que cela ? On ne sait au juste, mais peu de jours après la mort de Mozart éclatera au foyer Hofdemel un scandale qui fera rapidement le tour de la ville. Franz Hofdemel tentera d'assassiner sa femme à coups de rasoir (alors que celle-ci serait enceinte de Mozart, prétend-il). Puis il se suicide. Magdalena donnera naissance à un fils. Pour ses contemporains, toujours prêts à condamner, il ne fera pas de doute que la tragédie résulte d'une soi-disant liaison avec Mozart, que l'existence de cette liaison aurait été révélée par le chagrin que lui causera la mort de son amant, ce qu'elle ne parviendra pas à dissimuler. Toujours est-il que la pauvre femme sera tenue désormais à l'écart de la société. Même Beethoven, dit-on, lorsqu'il s'installera à Vienne et fréquentera les anciens amis de Mozart, refusera de jouer devant elle, « à cause de l'histoire qu'elle a eue avec Mozart », dit-il. Mais cette histoire peut aussi s'inscrire au nombre des calomnies dont Mozart sera, à la fin de sa vie, et après sa mort, l'objet.

XX

Le voyage inutile : un espoir déçu

Au printemps 1789, le gendre de la comtesse de Thun, le prince Karl von Lichnowsky, élève de Mozart, lui propose de l'accompagner pour un voyage à Berlin. Michael Puchberg s'engage à héberger, durant ce temps Constanze et l'unique enfant qui lui reste, le petit Karl. Mozart accepte, dans l'hypothèse que ce voyage pourrait être source de revenus. L'espoir renaît de nouveau, bien qu'il lui en coûte de se séparer de Constanze pour la première fois depuis leur mariage.

À chaque étape du voyage, les billets qu'il ne manque jamais de lui adresser nous permettent de mesurer la tendresse qu'il lui porte. Au milieu des démarches multipliées pour trouver de l'argent, c'est incontestablement elle qui est au centre des soucis de Mozart. Tout l'amour qu'il lui porte s'exprime dans les mille petits conseils qu'il lui prodigue : « Adieu, très chère excellente petite femme... Veille sur ta santé, car quand tout va de travers, rien n'existe pour moi, et si tu vas bien, tout m'est bon... »

Ou encore : « Voici toujours trois florins. Je voudrais pouvoir t'en envoyer plus. Dès demain à midi, tu en recevras davantage. Sois gaie... de bonne humeur... tout ira bien encore... »

Ou encore : « Maintenant, tu ne peux me faire un plus grand plaisir qu'en étant contente et gaie... car si seulement je sais avec certitude que rien ne te manque... toute ma peine m'est chère et agréable... aime-moi comme je t'aime... et sois à jamais ma “Stanzi Marini” comme je serai à jamais ton Stu... Knaller... Palier... Schnip, Schnap, Schnur... Schnepepeperl... Snai... ! »

Les lettres de Mozart sont accompagnées de dessins humoristiques dans les marges. De ce mari débordant de tendresse auquel Constanze adresse aussi des lettres, mais avec bien moins d'empressement, elle dira plus tard (trop tard) : « On ne pouvait s'empêcher de l'aimer, il était si bon. »

Mais apparemment, elle se laisse aimer plus qu'elle n'aime...

L'amour généreux de Mozart semble intarissable : « Chère petite femme, j'ai une foule de demandes à te faire.

Je te demande de n'être pas triste.

De faire attention à ta santé et de ne pas te fier à l'air du printemps.

De ne pas sortir seule, à pied – et mieux encore – de ne pas sortir du tout à pied.

D'être tout à fait assurée de mon amour. Je ne t'ai pas écrit une seule lettre sans placer devant moi ton cher portrait.

Je te demande de prendre garde dans ta conduite non seulement “à ton et mon honneur”, mais même aux apparences. Ne te fâche pas de cette demande – Tu dois m'aimer d'autant plus, pour la façon dont je tiens à l'honneur.

Maintenant, adieu, chérie, excellente. Pense que toutes les nuits, avant d'aller au lit, je cause une bonne demi-heure avec ton portrait, et de même encore au réveil... Ô Stru ! Stri ! – Je t'embrasse et te serre 1095060437082 fois dans mes bras... et suis à jamais,

Ton très fidèle mari et ami, W. A. Mozart. »

Combien émouvantes sont ces missives, bien que Mozart ne partage que rarement avec sa « Stanzi Marini » sa préoccupation majeure : celle de la musique.

Parmi les étapes du voyage avec le prince Lichnowsky figure celle de Prague. Mozart ne revoit pas Josepha Duschek, elle vient de partir à Dresde. On peut s'imaginer cependant que de se retrouver dans cette ville où on l'aime doit être réconfortant. Mozart y rencontre le nouveau directeur du Théâtre National, un nommé Guardasoni, lequel s'empresse de lui commander un opéra pour l'automne. Hélas ! la malchance voudra que celui-ci soit nommé après à Varsovie ; il quittera Prague et le projet sera abandonné.

À Dresde, étape suivante, Mozart a donc au moins la joie de rejoindre Josepha, et la vie reprend avec animation dans un tourbillon d'activités mondaines et musicales. Il retrouve à la fois l'ambiance qui le stimule et sa langue acérée. La messe du *Kapellmeister* de la ville, à laquelle toute la petite compagnie se rend dans la chapelle de la Cour, est jugée sans appel par lui comme étant « très médiocre ».

Grâce à diverses interventions amicales, Mozart est reçu à la Cour. Il y interprète son *Concerto en ré* (K. 537) moyennant paiement, il se produit sur les orgues de Silbermann de l'église catholique où il ressort brillamment, et sans modestie comme à son habitude, d'une confrontation de jeu « dans le style de Bach » avec Hässler, un élève de la postérité du *Kantor* de Leipzig : « Les gens de cette ville s'imaginent, parce que je viens de Vienne, que je ne connais pas du tout ce style et cette façon de jouer ! Je m'assis donc à l'orgue et je jouai ! »

D'autres tournois musicaux se succèdent : c'est toujours lui le vainqueur !

Après le séjour à Dresde vient Leipzig, où il se dirige aussitôt vers la Thomasschule pour se présenter à l'ancien élève du *Kantor*, Johann Friedrich Doles. Il joue sur l'orgue de la Thomaskirche : « Doles était tout enthousiasmé par le jeu de l'artiste et croyait revoir son maître devant ses yeux, le vieux Jean-Sébastien Bach. »

On rend hommage à Mozart en exécutant pour lui le motet *Singet dem Herrn ein neues Lied* (Chantez au Seigneur un hymne nouveau) dont il dévore les parties manuscrites.

Trois jours plus tard, les deux hommes reprennent la route vers Berlin en s'arrêtant à Potsdam où se tient la Cour de Frédéric-Guillaume II, neveu de Frédéric le Grand, fervent mélomane. Frédéric-Guillaume semble avoir hérité de cet amour de la musique et particulièrement du goût pour la musique de chambre. Son compositeur de cour s'appelle Luigi Boccherini. Celui-ci aime et connaît Joseph Haydn ; il connaît aussi les quatuors à cordes de Mozart et se réjouit donc de le recevoir.

Mozart se produit à la Cour, là aussi moyennant une rétribution bienvenue. Par ailleurs le roi lui passe commande de quatuors à cordes et de sonates pour piano à l'usage de sa fille. Lui propose-t-il, ou lui laisse-t-il espérer, un poste plus important ? Nous l'ignorons, car les lettres que Mozart adresse à Constanze depuis cette ville sont malheureusement perdues. Mais on peut supposer qu'une situation plus prestigieuse que celle qu'il occupe auprès de Joseph II ne serait pas de refus ! De ce séjour, on sait peu de chose, sinon qu'après une rencontre avec le violoncelliste français Duport, professeur du roi, la vieille inimitié française de Mozart se réveille avec vigueur. De celui-ci, il note : « Cette gueule française, qui depuis si longtemps mange son pain sur le sol allemand, n'a qu'à parler en allemand, même s'il parle mal. »

Le fait que le prédécesseur de Frédéric-Guillaume ne pratiquait que la langue française à la Cour, estimant que l'allemand n'était bon que pour les petites gens, serviteurs et autres, n'est certainement pas sans agacer Mozart.

Le retour commence. Mozart doit suivre son compagnon de voyage. De nouveau à Leipzig, il organise une académie, où il s'agit de jouer l'une de ses symphonies dirigée par lui-même. On connaît son exigence. Il va jusqu'à casser une boucle de ses souliers tant il bat la mesure avec énergie : « Les musiciens devinrent furieux contre ce petit homme, pâle comme la mort, qui les bousculait et les faisait travailler avec acharnement, mais tout alla bien. » (Rochlitz.)

Josepha Duschek, venue de Dresde l'y retrouver, chante l'admirable *aria* composée autrefois pour Nancy Storace, *Ch'io mi scordi di te*, puis, comme souvent, Mozart s'installe au piano : « Il commença, simplement, librement et solennellement, en ut mineur, s'abandonna ensuite peu à peu à l'envol de son improvisation, et termina par les *Variations en mi bémol majeur.* »

Le prince Lichnowsky repart à Vienne sans Mozart. Sur un coup de tête, et peut-être pour se libérer de cette compagnie qui lui pèse, celui-ci décide d'y prolonger son séjour. Tributaire du prince, il a rechigné à quitter Berlin où on se préparait à représenter son *Enlèvement au sérail*. Ici, il se montre intransigeant. Le prince repart non sans échanger de vives paroles, semble-t-il, et, ô comble, avec un prêt de cent florins de la part de Mozart qui reprend la route de Berlin, où il assiste à son opéra.

Une fois de plus, c'est à Rochlitz que nous devons le récit de cet événement, sans doute « revu et corrigé ». Il raconte que Mozart s'installe « incognito » à l'entrée du parterre d'abord, puis, au fur et à mesure de l'action, qu'il se rapproche toujours plus de la scène tout en chantonnant plus ou moins fort en même temps que les interprètes, ce qui fait rire l'assistance sans qu'il s'en rende compte : « Enfin arriva l'air de Pedrillo : "*Frisch zum Kampfe, frisch zum Streite*", etc. Soit que la direction eût une partition fautive, soit qu'on eût voulu faire une correction sur les paroles souvent répétées : "*Nur ein feiger Tropf verzagt*", le second violon faisait un ré dièse au lieu d'un ré naturel. Alors Mozart ne put se contenir plus longtemps et s'exclama, à haute voix, et en termes peu choisis : Sacrés... ! voulez-vous bien prendre un ré. »

Alors, raconte Rochlitz, tous le reconnaissent et s'exclament : « Mozart est là ! » Du coup, certains interprètes, effrayés par cette présence impressionnante, ne veulent plus poursuivre. Mozart aplanit, rassure, et même (raconte la légende) s'engage auprès de celle (fort jolie au demeurant) qui incarne Blondine, à lui donner des leçons privées...

À Berlin, il retrouve celui qui fut à la fois son élève et son pensionnaire en 1787 : Johann Nepomuk Hummel, qui a maintenant onze ans. Sans savoir que son maître est présent, le jeune homme donne un concert.

C'est la veuve Hummel qui racontera, bien plus tard, cette anecdote : « Mais lorsqu'il l'aperçut, il se précipita vers lui à travers la foule des auditeurs rassemblés, et l'embrassa avec les marques de la plus vive tendresse. »

À part ces quelques faits, aucun engagement ne remplit la bourse de Mozart, dont tous les gains disparaissent rapidement. Il prend enfin le chemin du retour vers Vienne, non sans avoir prévenu Constanze : « Prépare-moi bien proprement ton joli nid chéri, car mon petit bonhomme le mérite ; il s'est fort bien conduit, il ne souhaite rien tant que posséder ce que tu as de plus beau... »

XXI

Un destin hostile : entre craintes et espérances

En retrouvant Vienne, Mozart endosse de nouveau tous les soucis auxquels il espérait remédier par ce voyage : soucis d'argent, comme de santé. Constanze est malade, au point de bouleverser Mozart d'inquiétude : « Elle attend la guérison ou la mort », écrit-il à Puchberg vers qui il se tourne de nouveau pour du secours, lui adressant une lettre de détresse extrême : « Me voici dans une situation telle que je ne puis la souhaiter même à mon pire ennemi ! Et si vous, mon excellent ami et frère, vous m'abandonnez, je suis "aussi malheureusement qu'innocemment" perdu, moi, ma pauvre femme, et mon enfant ! »

On imagine aisément la « dignité » à laquelle Mozart tient tant, bafouée, l'humiliation qu'il doit éprouver d'avoir à écrire et à expédier cette lettre (« à peine puis-je me décider à l'envoyer »...), une lettre dans laquelle il s'épanche longuement, en détail, dans laquelle il ne cesse de s'excuser de ne point pouvoir rembourser, mais plutôt d'avoir à solliciter de nouveau la générosité de son ami. Il accuse la triste réalité : « Mon destin m'est hélas si hostile – et seulement à Vienne... »

Sa solitude et sa désespérance sont grandes, ses efforts demeurent obstinément vains, les Viennois l'ont oublié. À une souscription qu'il lance et qui, seulement cinq ans auparavant, eût recueilli de nombreuses signatures, seule y figure celle du fidèle baron van Swieten. Mozart touche le fond lorsque Constanze, enfin sur le chemin de la guérison, doit partir à Baden achever sa convalescence, voyage que Mozart n'a évidemment pas de quoi payer : « Je vous demande et conjure de m'accorder tel secours qu'il vous plaira... Que je suis donc malheureux, toujours entre crainte et espérance... »

Une nouvelle vient cependant éclairer les mois d'été. On décide de reprendre *Le Nozze di Figaro*. Cette décision de l'empereur coïncide avec le début de la Révolution française. Celui-ci se rappelle le sujet et peut-être craint-il que son musicien lui échappe en faveur de Berlin. Comme toujours lorsqu'une lueur d'espoir apparaît, Mozart repart comme une fusée. Il compose quelques nouvelles *arias*, les interprètes n'étant pas tous les mêmes qu'il y a trois ans...

Pendant ce temps, Constanze, retrouvant goût à la vie au fur et à mesure qu'elle renaît de sa maladie, lui donne quelques soucis, semble-t-il, qui lui valent de recevoir des lettres de réprimande de la part de son mari. Ce n'est pas la première fois que la jalousie de Mozart se manifeste. Est-elle justifiée ou non ? « Je souhaiterais que tu ne sois pas aussi familière que tu l'as été jusqu'ici. Avec... tu me... trop libre... [ces passages ont subi la censure de Nissen]. Souviens-toi seulement que tu m'as avoué un jour que tu étais trop liante ! Tu en connais les conséquences ! Souviens-toi de la promesse que tu m'as donnée ! », etc. Si Mozart est dans la joie à la perspective d'une nouvelle représentation de ses *Nozze*, il se ronge en même temps de ne pas être aux côtés de sa petite femme, même si lui-même ne s'est pas privé parfois de quelques écarts.

La reprise, avec grand succès, des *Nozze di Figaro* le 29 août 1789 vaut à Mozart une nouvelle commande d'opéra, mais sur un sujet que l'empereur lui-même impose cette fois. Il devra être représenté à l'occasion du prochain carnaval. Tout n'est donc pas perdu ! Auparavant, Mozart accède à la demande de son frère en loge, le clarinettiste Anton Stadler, de composer pour lui une œuvre. Ce sera l'un de ses plus purs, de ses plus ardents chefs-d'œuvre : le *Quintette pour clarinette et cordes* (K. 581).

XXII

« La légion soufflante »

Mozart porte beaucoup d'amour à la sonorité des instruments à vent en général et à celle de la clarinette en particulier. On se souvient combien il déplorait son absence parmi les effectifs dont disposait l'orchestre de la Cour de sa ville natale. Par ailleurs, on ne peut que s'émerveiller de l'esprit d'innovation dont il fait preuve dans le mariage des timbres. N'est-ce pas lui qui, le premier, a associé celui de la clarinette à ceux des cordes dans sa première grande œuvre proprement maçonnique : *Die Maurerfreude* (La joie maçonnique, K. 471) en 1785 ?

Avec les instruments à vent, Mozart se délecte maintes fois d'une alchimie nouvelle, presque toujours issue du talent d'un interprète spécifique. N'a-t-il pas composé, le premier également, quatre concerti destinés à l'ami corniste Leutgeb, par ailleurs marchand de fromage, sa tête de Turc : « Wolfgang Amadeus Mozart a eu pitié de ce pauvre âne abruti et toqué de Leutgeb à Vienne, le 27 mai 1783 », inscrit-il en tête de l'un d'eux.

Celui-ci, trop heureux de cette aubaine, s'est soumis à toutes les fantaisies du compositeur, ce dont Mozart a profité allégrement, parsemant ses partitions de notes humoristiques : *Adagio a lei, signor Asino. Animo. Presto Coraggio ! Ah, che stonatura... Avanti, avanti ! Oh, poco infâme ! Oh, maledetto, bravo, poveretto, anche bravura ? Oh, trillo di pêcore... finisci ? Grazie al ciel ! Basta, basta...* (Tout beau, monsieur l'âne ! Vite, Courage – Ah, quelle détonation ! Quelle aridité de... (coglioni !) Bravo ! Respire un peu ! Avanti, avanti... Oh, le porc infâme ! Ah, le maudit ! Bravo. Pauvre petit ! Encore du courage ! Un trille d'imbécile ! – As-tu fini ? Grâce au ciel ! Ça suffit, ça suffit !) et ainsi de suite... Il s'est plu également à mélanger dans son écriture le bleu, le rouge, le vert, pour semer des embûches. Leutgeb entre dans la vie de Mozart à l'époque de *Mitridate* à Milan. (C'est Leopold qui lui a fourni l'argent nécessaire pour monter sa fromagerie.) Il le restera jusqu'à la fin. Il assistera à toutes les représentations de *La Flûte enchantée* se divertissant bruyamment : « Il rit de tout ! Je l'ai traité de Papageno... », dira Mozart, agacé par le peu de finesse de son ami.

Il y a également l'hautboïste Ramm, ami de longue date. Il admire éperdument Mozart, qui a composé pour lui un merveilleux *Quatuor pour hautbois et cordes* (K. 370). Et Giuseppe Ferlandis, autre hautboïste, qui a eu droit à son *Concerto* durant l'été 1777 (K. 314), et combien d'autres : la trompette de l'ami Johann Andreas Schachtner, et le trombone... Mozart reprend cet instrument du Moyen Âge. Il l'inclura dans l'orchestre de *La Flûte enchantée* ainsi qu'il l'a déjà fait dans la scène du cimetière de *Don Giovanni*. Il n'aura de cesse d'enrichir le coloris instrumental d'une nuance nouvelle, celle des cors de basset dans son futur *Requiem*, par exemple...

Mozart évolue dans un pays où nombre de bons instrumentistes se trouvent à sa disposition. Il connaît à fond le fort et le faible de chaque voix de l'orchestre et il sait mieux que personne le mariage des timbres les plus divers et surtout celui des « souffleurs de tous ordres » ! Il intègre en permanence, non seulement dans ses opéras, mais aussi dans sa musique symphonique, les flûtes, les clarinettes, les bassons (« les mordeurs de bois »), les cors, les trompettes, les timbales, les faisant dialoguer ou les réunissant dans un *tutti*. Dans ses *arias*, où les instruments concertent avec la voix, le rôle de soliste est presque toujours dévolu à un membre de ce que l'historien mozartien Oulibichev appelle joliment « la légion soufflante ».

Celle-ci a été gâtée lorsqu'à Vienne en 1781 Mozart lui a destiné sa *Gran Partita* (K. 361), une sérénade qui s'évade tout à fait des conventions du genre, treize instruments à vent, qui jouent sans la moindre concession à l'esprit dit galant, dont il se libère avec délices.

Le goût de Mozart pour ces instruments ne s'étend pas toutefois jusqu'à la flûte pour laquelle il entretient, on le sait, une solide aversion et qu'il dit « ne pas pouvoir souffrir ; qui le rend tout à fait hébété ». Les œuvres qu'il consacre, de mauvaise grâce, à cet instrument ne sont que de l'ordre de la production alimentaire. On se souvient du « Hollandais des Indes, monsieur de Jean » qui lui a commandé plusieurs quatuors avec flûte ainsi que deux concerti. Mozart, étant arrivé à saturation, s'était contenté, pour le deuxième, de transposer le *Concerto pour hautbois* destiné à Ferlandis.

C'est avec la clarinette qu'il éprouve les affinités les plus profondes. Contrairement à l'époque baroque, où les instruments étaient interchangeables, il est inspiré par le timbre en soi, qu'il s'agisse de la voix ou des instruments, comme par la spécificité d'un musicien précis. On se souvient du passage à Salzbourg de la pianiste Mlle Jeunehomme qui éveilla aussitôt en lui le besoin d'écrire pour elle l'un de ses plus beaux concerti. Et Rosa Cannabich, fille du chef d'orchestre, dont il fait le portrait musical : « Tel l'*andante*, telle elle est ! » Les trois nouvelles œuvres qu'il destine à la clarinette sont magnifiques et constituent une preuve éclatante de la force qu'il tire d'un timbre qui le touche. Le talent du clarinettiste Stadler y est aussi pour beaucoup. De plus, celui-ci a entrepris d'étendre la tessiture de son instrument en la vers le grave, en faisant disposer quelques clés supplémentaires, il parvient finalement à ajouter quatre demi-tons. Pour cette clarinette de « basset », ou clarinette « Mozart », il écrit son quintette et son concerto. Dans le premier, il exprime ses propres convictions, mais aussi celles des tendances maçonniques qui transparaissent dans le domaine artistique de la Vienne de cette époque. Les instruments ne cessent jamais de chanter qu'en fonction de leur ensemble. Toutes les combinaisons savoureuses du dialogue y sont abordées, comme dans la *Gran Partita* (K. 361). Lors de la cérémonie d'affiliation de Joseph Haydn, les phrases que prononce le maître de cérémonie Joseph Holzmeister en constituent la parfaite illustration : « Si chaque instrument ne considère pas les droits et propriétés des autres instruments par rapport à ses propres droits ; si souvent il ne diminue pas considérablement son importance pour ne pas nuire à l'expression de ses compagnons : le but, qu'est la beauté, ne sera pas atteint... »

Mozart introduit les clarinettes, les cors de basset et la clarinette basse, instruments d'une même famille, parmi les instruments à vent employés traditionnellement dans les assemblées maçonniques, et il leur confère un rôle plus important. Du premier coup il parvient au style qui sera propre à toutes ses pages futures destinées à l'Ordre, l'union d'une tradition aux symboles maçonniques avec l'originalité de son style personnel, l'union d'une expression sobre avec l'expression mélodique la plus libre – avec la tonalité symbolique de mi bémol et, déjà, la souveraineté des vents sur les cordes.

Le quintette que Mozart compose pour Anton Stadler a déjà sa contrepartie lyrique, *Così fan tutte*. Ainsi s'intitulera l'opéra que vient de lui commander l'empereur Joseph II. La clarinette y tiendra un rôle capital en chaque endroit où s'expriment la tendresse et la pureté. Est-ce un hasard, qu'avant d'aborder une œuvre lyrique qui exprime le thème le plus cruel que Mozart ait eu à traiter, il proclame avec toute sa sincérité que la seule chose dont il est certain, c'est la vérité des sentiments. Dans le dernier acte de l'opéra en particulier, la beauté sonore, où un instrument à vent s'unit aux cordes, est celle même du quintette. Cette alliance, il l'épanouira toujours plus et jusqu'à la fin...

La prédilection de Mozart pour certains timbres d'instruments se manifeste également dans le choix des tonalités : trois tonalités encadrent son œuvre tout entière : ré mineur, ut mineur et sol mineur. Cela prouve que la tonalité n'est pas pour lui une simple abstraction technique, mais une réalité expressive. Il est vrai également que les tons majeurs ne représentent pas forcément la gaieté et l'insouciance, comme en témoignent le quintette et le concerto pour clarinette. Le rapport avec les tonalités se développe et se modifie, bien sûr, au fil des ans. Camille Bellaigue fera remarquer que l'œuvre de Mozart est le contraire de sa vie : « Celle-ci ne fut que souffrance, et celle-là souvent ne respire que bonheur. » L'ut majeur par exemple, d'abord brillant, deviendra à la fin olympien avec la *Symphonie Jupiter* (K. 551).

XXIII

Così fan tutte (Ainsi font-elles toutes)

Bien que Mozart fasse souvent reproche à son souverain de ne pas lui octroyer un poste digne de lui, de l'abandonner à son sort, ce n'est pas tout à fait le cas, car d'une part les postes officiels sont déjà tous pourvus, d'autre part la société viennoise étant plutôt confinée, il est peu probable que l'empereur ignore l'état des finances du jeune Salzbourgeois. Lorsque la situation est trop dramatique, arrive une nouvelle commande d'opéra. C'est le cas de *Così fan tutte*, pour lequel on lui propose le paiement conséquent de neuf cents florins.

À la différence des *Nozze di Figaro* et de *Don Giovanni*, la légende veut que l'anecdote soit fondée sur un fait véridique. Il aurait pour cadre l'aristocratie viennoise, dont l'empereur lui-même souhaite que l'on s'inspire. L'idée proviendrait directement de lui. Le sujet est donc imposé, et ce thème, par sa nature même, replonge Mozart dans une forme de théâtre qu'il a abandonnée, car il en a déjà fait le tour, à savoir le sujet galant, l'*opera buffa*. Dans un premier temps il réagit mal, mais il ne peut s'offrir le luxe de refuser. Pour bâtir le livret, il se tourne tout naturellement vers Lorenzo da Ponte. Il sait que celui-ci connaît parfaitement son art désormais, qu'il approche l'opéra comme lui, et surtout qu'il sait exactement ce dont la musique de Mozart a besoin. Da Ponte a l'art de rassembler ce que le musicologue Charles Rosen appelle « les fils épars du discours dramatique et musical ». D'ailleurs da Ponte donne lui-même une très belle définition (qui est drôle en plus !) des qualités que doit réunir un livret réussi : « Il lui faut son intrigue propre et il doit faire monter à son comble l'intérêt du public. C'est là que doit se déployer le talent du musicien et celui des acteurs, et se concentrer tout l'effet de la pièce. Le récitatif est exclu, il doit ne contenir que du chant et en reproduire tous les genres : l'*adagio*, l'*allegro*, l'*andante*, l'*amoroso*, l'*armonioso*, le *strepitoso*, le *strepitosissimo*... (beaucoup de vacarme, de bruit... !). Bref, il doit se terminer par ce qu'en langue musicale on nomme la *stretta* (qui se resserre), qui à elle seule résume toute la force du drame. Je ne sais si ce dernier terme vient de ce que l'action de l'opéra y est resserrée et comme pressée, ou si c'est parce que le malheureux auteur doit presser, non pas une, mais cent fois son malheureux cerveau pour trouver un texte de bonne qualité...

Dans le finale, tous les acteurs doivent figurer, quel que soit leur nombre, y en eût-il trois cents. Au théâtre, cela a valeur de dogme : ils doivent comparaître un à un, deux à deux, trois à trois, par six, par dix, par soixante, s'il le faut. Ils doivent chanter des soli, des duos, des *terzetti,* des sextuors, des octuors, etc., toutes les formules possibles. Et si la nature du drame s'y oppose, c'est au poète à y suppléer avec les critères de la raison, du bon sens, de toutes les règles d'Aristote, des pouvoirs de la terre et du ciel ; et si le finale est mauvais, tant pis pour l'auteur... »

La commande de l'empereur est livrée en septembre. Trois mois plus tard, l'ouvrage est, pour ainsi dire, achevé. C'est miraculeux...

Nous savons qu'à la fin de l'année Mozart invite son vieux maître Joseph Haydn ainsi que son ami et bienfaiteur Michael Puchberg chez lui, pour leur faire bénéficier d'une audition privée. Malheureusement, ce que nous ignorons, c'est la réaction des deux hommes. « Je n'invite que vous et Haydn... Je vous raconterai les cabales de Salieri », « il signor Bonbonieri » comme il l'appelle !

Les cabales sont-elles vraiment si actives ? Car seulement huit jours auparavant, c'est Salieri qui organise (à la Tonkünstlersocietät) la première audition du *Quintette pour clarinette et cordes* (K. 581).

Cet opéra consacre la quatrième collaboration (avec *Lo sposo deluso*) entre Mozart et son « phénix » Lorenzo da Ponte. Nous ne savons que très peu de chose sur l'évolution de leur travail. Da Ponte, par ailleurs auteur d'un journal important, ne nous donne pratiquement aucune explication à ce sujet. De son côté Mozart non plus, son principal correspondant, Leopold, n'étant plus là. Nous apprenons néanmoins que, grâce à lui, les finances du jeune couple se trouvent momentanément stabilisées.

Comme souvent, Mozart compose l'ouverture de son ouvrage alors que le reste est quasiment terminé. On y entend, par deux fois, une citation prise directement dans ses *Nozze di Figaro*. Basile qui est en train de railler la pauvre Suzanne, s'exclame, exaspéré : « *così fan tutte* » (ainsi font-elles toutes !), ce qui fournit à Mozart, non seulement le titre du nouvel opéra, mais aussi la suite des quelques notes sur lesquelles est proférée cette remarque indignée.

Dès janvier 1790, a lieu la première répétition, la « première » représentation étant prévue pour le 26 du mois, veille du 34e anniversaire de Mozart. On peut supposer, parce que c'est l'usage, que c'est Mozart lui-même qui dirige. Les deux hommes, Joseph Haydn et Michael Puchberg, qui ont déjà connaissance de l'œuvre, sont présents, le public aussi, mais pas l'empereur. Il semble que l'opéra plaît, sans excès toutefois. Un journaliste écrit : « De la musique, il suffit de vous dire qu'elle est de Mozart. » Cela peut tout dire et son contraire. Un autre : « La musique est charmante, le sujet fort amusant. » La critique émise par le comte Zinzendorf est plus modérée qu'à son habitude... Comme le sujet procède d'un choix impérial, certains hésitent sans doute à le critiquer. Ce n'est pas le cas de Niemtschek : « Chacun s'étonne qu'un aussi grand esprit ait pu lui-même s'abaisser ainsi en gaspillant ses divines mélodies sur un texte d'une élaboration aussi médiocre. » Et l'une des critiques récurrentes de l'ouvrage, c'est son aspect immoral et l'image insultante qu'il donne de la femme. On lit encore que « la trame en est la plus stupide du monde » !

Le jugement de Cari Schurig sur le livret est sévère et quelque peu ridicule. Mais il demeure : « Par cette collaboration, Mozart a tourné en ridicule la chose même qu'il idéalise et transfigure dans ses autres ouvrages : l'amour terrestre ! Ce ridicule ne peut refléter, en aucun cas, ses vrais sentiments... Pour lui, l'histoire est une simple bouffonnerie, rien de plus. Un homme qui respecterait les femmes, comme ce fut son cas, ne deviendrait pas leur détracteur du jour au lendemain, sous l'influence d'un simple texte d'opéra... »

Un acteur célèbre, Friedrich Ludwig Schroeder, après lecture du texte, estimera dans son journal, en avril

1791, « qu'il s'agit là d'une chose misérable et dégradante pour les femmes », et il ajoute : « Cela ne peut être un succès, car déjà aucune femme dans le public ne pourrait l'apprécier. Le public s'y rend seulement pour la splendeur de la musique et ainsi de suite... »

C'est donc da Ponte qui en prend pour son grade plutôt que Mozart ! Seul un esprit aussi éclairé que celui d'E. T. A. Hoffmann y décèlera ce qu'il qualifie « d'ironie délicieuse et d'excellence »...

Le génie de Mozart est tel que malgré ce sujet, et n'en déplaise à ses critiques, il réussit une œuvre véritablement douce-amère. À travers ses personnages, il dessine la faiblesse humaine, et pas seulement celle des femmes à travers Dorabella et Fiordiligi, mais aussi celle des hommes. La fatuité et la vanité de Guglielmo et Ferrando apparaissent dès le début de l'opéra. Mozart nous fait percevoir que ses personnages expriment la réalité humaine la plus découverte, la plus exposée...

Au XIXe siècle, aucune autre œuvre de Mozart ne sera, autant que *Così*, pervertie, déformée et mal adaptée. Lorenzo da Ponte et son livret restent la cible principale. Pourtant chaque détail de l'opéra est important pour Mozart. Toute transgression de ses instructions et de celles de da Ponte ne peut que fausser leur propos. *Così* est pratiquement toujours présenté dans l'optique d'une sorte d'expérimentation où la fidélité des amants est sacrifiée. Les individus créés par da Ponte et Mozart deviennent des personnages banals, donc ennuyeux. À la place du réalisme vivant dont cet ouvrage abonde, on nous propose une monotonie anodine qui est censée se rapporter à l'universel.

À la fin de l'opéra, rien n'est résolu. La fidélité est présentée comme un barrage contre le fleuve des sentiments irrépressibles et des passions, dont la force est aussi évidente que leur existence même.

Da Ponte et Mozart transgressent, et de beaucoup, les lois des personnages traditionnels de l'*opera buffa*, et l'argument transgresse de même toutes les conventions du genre.

Tous les aspects de l'opéra mozartien sont provocateurs. Ils posent des questions sur les lois esthétiques, sociales et politiques. *Le Nozze di Figaro* montrent une aristocratie dégénérée vue par les yeux d'un valet qui ne cesse de l'attaquer. *Don Giovanni* transforme une pièce de théâtre d'inspiration populaire en un drame grandiose. *Così fan tutte* présente avec insistance l'ambivalence des émotions humaines et *La Flûte enchantée* traitera de la franc-maçonnerie, qui sera devenue politiquement suspecte. Étant donné sa situation, Mozart prend de grands risques avec ses opéras, risques qui lui font parfois franchir difficilement la censure. Mais son langage musical est fortement persuasif malgré la complexité dont se plaignent ses contemporains, il permet de faire accepter certains aspects provocateurs qui ne transparaissent d'ailleurs nulle part davantage que dans *Così*.

Sans doute faut-il tenir compte d'un certain nombre de paramètres qui tiennent de l'époque à laquelle cet opéra est écrit. Nous sommes au XVIIIe siècle. C'est un siècle qui recèle encore tout un ensemble de conventions, de codes et d'étiquettes bien établis qui correspondent aux goûts d'alors, et qui renferment des allusions à des personnages en vue... Ces conventions étaient évidemment totalement différentes de celles que nous subissons, nous en avons sans doute perdu la clé dans bien des cas, mais le public d'alors est parfaitement en phase avec elles. Et Mozart, tout au long de l'opéra, ne cesse d'user de clins d'œil, sachant que son auditoire les comprendra au quart de tour. Il n'hésite pas à parodier les grands de ce monde, les bourgeois dont il a eu beaucoup à souffrir, ainsi que les corporations de médecins, de notaires, etc.

Le déguisement tient également un rôle important aussi bien dans le théâtre que dans l'opéra de l'époque. Il permet de jouer, non seulement sur les sentiments, mais aussi sur les identités et sur les conditions sociales. Nous savons combien Mozart, depuis sa plus tendre enfance, affectionne le travestissement, les masques, les mascarades et combien souvent il s'en est servi dans ses opéras (*serias* ou pas) pour exprimer bien des choses. Ainsi, dans *L'Enlèvement*, les amants se déguisent pour s'échapper du harem, dans *Le Nozze*, déguisement de Cherubino, de Suzanna et de la contessa, dans *Don Giovanni*, déguisement de Leporello, dans *La Flûte*, déguisement de Papageno, etc.

En fait, sous le couvert d'une farce, *Così fan tutte* est déjà une œuvre initiatique en ce qu'elle est fondée sur la tolérance, le respect, le pardon. Mozart tient profondément aux préceptes de son appartenance maçonnique et, une fois de plus, il a réussi à nous dire avec légèreté des choses graves. D. K. Chesterton ne dira-t-il pas : « Les anges volent parce qu'ils se prennent eux-mêmes à la légère. »

Mais, tout en respectant le mécanisme établi (rappelons-nous la définition savoureuse de da Ponte) de ce que doit être l'*opera buffa*, toute la gamme des procédés comiques établis depuis des siècles, il réussit en même temps et de mille manières à transcender ces contraintes tellement son inspiration est d'un ordre élevé. Par exemple (et c'est Brigitte Massin qui le souligne), dans *Così* il n'y a pas que six personnages, il y en a sept ! Au contraire des opéras précédents (et même de ceux à venir), Mozart attribue à l'orchestre un rôle beaucoup plus important que celui de simple soutien, d'accompagnateur ou de commentateur des voix. Celui-ci devient un comédien à part entière, multiforme, et donne à cette œuvre un poids extraordinaire. Brigitte Massin écrit : « C'est Mozart lui-même qui nous parle pendant qu'il fait fonctionner la mécanique des marionnettes vocales, et qui nous dit autre chose, et qui impose aux voix par entraînement de chanter bien autre chose que les âmes des pantins dont le livret les a dotées. »

Le lendemain de la première de *Così fan tutte*, Mozart fête son 34e anniversaire. À cette occasion sa belle-sœur, Sophie Haibel (ex-Weber) fait de lui un portrait savoureux : « Il était toujours de bonne humeur mais, même dans sa meilleure humeur, très absorbé, regardant dans les yeux d'un regard perçant, répondant à tout, que ce fût gai ou triste avec à-propos, bien qu'il parût absorbé par tout autre chose, dans son travail. Même en se lavant les mains le matin, il allait et venait dans la chambre, ne restait jamais tranquille, choquant un talon contre l'autre et toujours réfléchissant ! À table, il prenait souvent un coin de sa serviette, le tordait et le passait et repassait sous son nez et, absorbé dans ses pensées, semblait ne pas s'en rendre compte. Parfois il joignait à ce geste une grimace de la bouche... Il était toujours en mouvement des mains et des pieds, jouait toujours avec quelque chose : son chapeau, ses poches, sa chaîne de montre, des chaises, comme avec un clavier. »

XXIV

La mort d'un empereur : disparition d'un libéral

La première de *Così fan tutte* a lieu le 26 janvier 1790 au plus intense du Carnaval de Vienne que l'on fête toujours dans un véritable délire.

Déjà malade, Joseph II n'assistera à aucune représentation. À la mort d'une de ses nièces, le théâtre est fermé pour cause de deuil national. L'empereur est profondément attristé par cette mort, au point de déclarer que sa dépouille ne devra reposer que trois jours dans la chapelle royale, car il devra prendre ensuite sa place. De fait, il meurt le 20 février de cette année 1790, dans l'indifférence quasi générale, la plupart de ses réformes ayant échoué. L'esprit de rébellion, encouragé par les nouvelles de la Révolution française, se répand sur la ville comme une fièvre. Certaines réformes ont été fort mal vécues, les guerres contre les Turcs à la fin des années 1780 ont alourdi considérablement les impôts, et les premiers à en souffrir ont été les intellectuels, les scientifiques, les artistes à l'exception des musiciens qui bénéficient encore de quelque soutien. De plus, la menace que représente pour Marie-Antoinette, sœur de l'empereur, la prise de la Bastille en 1789 a provoqué chez lui, et dans tout l'Empire, des réactions dont les conséquences ont été considérables. Lorsque Joseph II s'éteint, la liberté de pensée des Viennois est déjà en voie de disparition. Il meurt d'ailleurs convaincu d'avoir tout manqué. Il va même jusqu'à rédiger sa propre épitaphe : « Ici repose un prince qui eut les meilleures intentions, et vit échouer tous ses projets... »

Herder écrira : « Y a-t-il jamais eu un empereur, un mortel devrais-je dire, qui travailla avec plus d'ardeur ? Et quel destin que celui de ce monarque qui, en face de la mort, a dû, non seulement renoncer à atteindre le but qu'il s'était proposé dans ses plus belles années, mais encore désavouer formellement toute l'œuvre de sa vie, l'annuler solennellement et mourir ainsi... »

L'ascension et le déclin de Mozart symbolisent le destin de Vienne et de l'empire des Habsbourg.

La disparition de l'empereur entraîne la fermeture de tous les théâtres de Vienne jusqu'au 12 avril. Mozart peut encore espérer qu'au-delà de cette date, le nouvel empereur (qui est le frère du précédent) ait à cœur de poursuivre ce qu'a mis en place son prédécesseur. Mais non ! Leopold II se soucie fort peu de la musique et, comme il arrive si souvent lors d'un changement de règne, il veut au contraire tout bouleverser. Il y aura encore cinq représentations de *Così fan tutte* : deux en juin, deux en juillet, une en août, après quoi, plus jamais à Vienne du vivant de Mozart.

Cet opéra met fin à la collaboration entre Mozart et da Ponte, que le nouvel empereur renvoie sans façon. Celui-ci n'oubliera pas pour autant Mozart, puisqu'il le priera de le rejoindre un peu plus tard à Londres – trop tard !... pourtant il aurait pu y retrouver Joseph Haydn qui ne va pas tarder à s'y rendre, ainsi que ses chers amis qu'il ne reverra plus désormais : Nancy Storace et son frère Stephen, ainsi que O'Kelly. Mozart demeurera prisonnier de sa ville, du bon vouloir de ses « supérieurs ». Il lui reste à écrire encore plusieurs de ses plus belles pages...

Le peu de représentations de *Così fan tutte* coïncide avec un nouveau drame : à cette même période, la grossesse de Constanze se termine tragiquement, puisque la petite fille, Anna, dont elle accouche en novembre meurt presque aussitôt.

L'accession au trône de Leopold II n'apporte aucun allégement à la situation du ménage. Certes, le nouvel empereur est un familier de sa musique. Il a entendu *Le Nozze di Figaro* à Florence au temps où il était archiduc de la Toscane. De plus, il ne porte pas Salieri dans son cœur, et celui-ci a lâché prise. Mozart espère que l'heure de la chance est revenue, mais toutes ses démarches échouent. On ne lui fait même pas l'honneur d'une réponse. Il doit se rendre à l'évidence, Leopold II est plus indifférent à la musique que le précédent empereur, lequel, malgré ses limites, lui manifestait un intérêt certain. Et, ô comble, le peu de goût que le monarque a pour la musique ne semble porter que sur celle écrite par des Italiens, en particulier celle de Cimarosa, un goût que partage son épouse Maria Luisa.

Lors de leur accession au trône, et pour leur première sortie au spectacle, le choix des souverains eût pu se fixer sur *Le Nozze di Figaro*, ou sur *Così fan tutte*, mais ce sera à *Axur, Rè d'Ormus*, refonte du *Tarare* de Salieri (en version italienne justement) qu'ils se rendront. Leopold II finira par confirmer Salieri au poste qu'il occupe depuis deux ans, *Kapellmeister* !

Le sort s'acharne sur Mozart car, malgré le retour en force de l'opéra italien, le *Singspiel* fait également fureur. Une œuvre de Wenzel Müller sera donnée quatre-vingt-quinze fois sur une durée de quinze ans, un opéra que Mozart autant que Haydn admirent d'ailleurs. Joseph Weigl, filleul de Haydn, répétiteur et *Kapellmeister* du Burgtheater, auteur de ballets et d'opéras italiens, triomphe avec deux *Singspiele*. Süssmayr, qui sera le dernier élève de Mozart, se distinguera à son tour avec une commande qu'il devra au directeur de troupe, Schikaneder, le futur commanditaire de *La Flûte enchantée*.

Du côté des Italiens, c'est Paisiello et son *Barbier de Séville* qui triomphent, ainsi que Giuseppe Sarti, dont Mozart qualifie la musique de « barbare et à se boucher les oreilles » (mais qu'il cite néanmoins à la fin de *Don Giovanni* !).

Il y a aussi et surtout Cimarosa qui jouit d'une réputation bien installée. Enfin, il semble que le sort se montre prodigue envers tous, à l'exclusion du seul, ou presque, qui mériterait cette attention et qui se meurt à côté d'eux de ne point l'avoir...

XXV

Aimer : être aimé

Que Mozart aime Constanze profondément ne fait aucun doute, même s'il ne peut lui dévoiler le fond de sa pensée. Est-ce cela la raison pour laquelle on a émis tant de réserves à son égard, la jugeant indigne de susciter une pareille émotion ? Mozart, lui, ne se pose apparemment pas la question. Il l'aime telle qu'elle est, et son vœu le plus cher est qu'elle soit heureuse. Il ne cesse de lui témoigner son amour par mille attentions délicates, le matin, par exemple, avant de sortir, en plaçant sur son lit un billet : « Bonne matinée, chère petite femme. Je souhaite que tu aies bien dormi ; que rien n'ait troublé ton sommeil ; que tu ne te réveilles pas brusquement ; que tu ne prennes pas froid ; que tu n'aies pas à te courber, pencher, ni à te disputer avec les domestiques ; que tu ne trébuches pas sur le seuil de la porte à côté. Évite les ennuis domestiques jusqu'à mon retour. Pourvu qu'il ne t'arrive rien de fâcheux... »

Il est vrai qu'il est difficile de se faire une image juste de Constanze. Qu'elle soit moins amoureuse de Mozart que lui d'elle semble évident. Mais est-elle réellement aussi frivole et volage qu'on l'a prétendu ? Rien ne le prouve. Elle ne se doute certainement pas en tout cas (et malgré la célébrité grandissante de Mozart lors de leur mariage) qu'en l'épousant, son nom entrerait avec le sien dans l'histoire... Qu'elle soit nécessaire à Mozart devient de plus en plus vrai au fur et à mesure du temps qui s'écoule. Durant les deux dernières années, elle est souvent malade et en cure, des absences que Mozart supporte de moins en moins : « Même mon travail ne me procure aucune joie, parce que j'étais habitué à l'interrompre de temps en temps et à échanger deux mots avec toi, et qu'à présent ce plaisir m'est malheureusement impossible. Si je vais au piano et chante un extrait d'opéra, il me faut tout de suite m'arrêter, cela me fait trop d'impression... »

Cependant la tendresse et l'attention qu'il lui manifeste ne sont jamais en défaut, même dans son état actuel de mélancolie, de solitude et de maladie, car lui aussi commence à souffrir de troubles physiologiques. Mais il ne se trahit pas plus dans son discours verbal que musical. Il ignore la sensiblerie ou l'apitoiement. Il plaisante, il lui donne le change, bien que parfois son trouble soit trop fort : « Il n'est pas bon pour moi d'être seul, quand j'ai quelque chose en tête... » Il recommande à Constanze de ne pas s'inquiéter (mais s'inquiète-t-elle ?), d'être gaie et enjouée. Par ailleurs, de nombreuses lettres révèlent à quel point il lui est attaché sensuellement. D'ailleurs, le deuxième mari de Constanze cherchera à biffer certaines phrases trop intimes. Nous savons que Mozart a inventé tout un langage codé pour son érotisme, le *stu stu stu* par exemple, qui revient souvent, ainsi que *schluk und druck*...

La générosité de ses sentiments, on la retrouve dans ses rapports avec les êtres humains en général, le besoin de communiquer, d'aimer et d'être aimé en retour, de défendre ceux qu'il estime. Cela ne fait que s'accentuer au cours des dernières aimées au moment où il est le plus délaissé, mais il s'exprime avec la même pudeur, la même retenue que dans sa musique. Outre ses sentiments sur l'amitié, il existe aussi chez lui des qualités morales, une certaine conscience de la vertu et de la gratitude : « Si un homme se trouve placé, non par un aveugle, mais par un juste bonheur... et par ses mérites, à une avantageuse situation, si d'ailleurs dans sa première et difficile passe, il n'a jamais laissé son courage s'abattre, s'il a de la religion et de la confiance en son Dieu, s'il a été un bon chrétien et un honnête homme, s'il a su apprécier ses vrais amis : en un mot s'il a véritablement mérité un meilleur sort... d'un tel homme, rien de mal n'est à craindre ! »

Aux termes d'une lettre adressée à Constanze, il lui recommande instamment : « Salue pour moi, les quelques amis qui me veulent du bien... » Par ailleurs, il s'est toujours montré extrêmement sensible à la politesse élémentaire qu'il estime, à juste titre, qu'on lui doit en retour. Toute désinvolture à son égard le blesse : « J'imagine que sa noblesse ne se fût pas déshonorée s'il avait écrit "Monsieur votre fils", et non "votre fils" tout court ! Bon, c'est un vrai ministre viennois ! Il croit peut-être qu'on a toujours douze ans... » (Il s'agit de Franz von Henfeld, homme de lettres.)

L'amitié de Mozart pour les autres se manifeste souvent au-delà des mots, par un discours musical.

XXVI

Le déclin, corps et âme

Le déclin semble bel et bien enclenché. À Vienne, on ne manifeste plus que de l'indifférence envers Mozart. Il ne peut même pas compter sur quelques élèves, malgré sa recommandation à Puchberg de faire savoir partout qu'il accepte des leçons. Les académies qu'il projette de mettre sur pied ne recueillent aucun souscripteur et, la santé de Constanze étant précaire, ses diverses cures à Baden requièrent une dépense que Mozart n'est pas en mesure d'assumer.

Durant les premiers trois mois de l'année 1790, les difficultés de tous ordres ont pour effet une stérilité dans sa création, chose rare chez lui. Le précédent état analogue remonte à 1779 durant la longue année accablante où il avait repris le joug salzbourgeois. Au printemps viennent les deux derniers *Quatuors à cordes* (K. 589 et 590), commande du roi de Prusse, puis plus rien. Sa santé se dégrade sensiblement : « Autant ma santé était supportable hier, autant je vais mal aujourd'hui. Je n'ai pu, de douleur, dormir toute la nuit... Malade et plein d'inquiétude, de soucis ! Une telle situation est particulièrement sensible à la guérison... Pour l'instant, c'est la misère... Tout me serait en aide à l'heure qu'il est... »

Cette lettre adressée à Puchberg est terrible, mais ce dernier ne lui enverra cependant qu'une petite aumône, dix florins.

Par ailleurs, malgré sa position de musicien de la Chambre, le nom de Mozart ne figure même pas parmi ceux des dix-sept musiciens conviés à Francfort pour les célébrations de couronnement du nouvel empereur. Cependant, il n'a pas perdu son sens de « l'honneur » : n'ayant plus rien à perdre, il décide de s'y rendre. Toute la noblesse y sera. Afin de pallier le coût d'un tel voyage, il met en gage son mobilier, il emprunte à un usurier et, au mois de septembre, en compagnie du mari de sa belle-sœur Josepha Hofer, il prend la route. À chaque étape, il donne de ses nouvelles à Constanze, lui rendant compte de ses dépenses, de ses emprunts, de ses espoirs, de son amour : « Je suis à jamais ton tien... » mais l'ancien enthousiasme que de nouveaux paysages, de nouvelles rencontres faisaient immanquablement naître jadis n'est plus suscité. Malgré son jeune âge, Mozart est usé, atteint au plus profond, presque indifférent aux événements... « J'ai mené jusqu'à ce jour une vie retirée, je ne sors pas de toute la matinée et reste dans mon trou... » C'est durant ce voyage qu'il se décide à composer un *Adagio pour l'horloger* (K. 594), comme il l'appelle, « un petit chalumeau dont les sons sont aigus et, pour moi, trop enfantins », une commande qu'il accepte pour le musée des figurines de cire du Cabinet Deym-Müller, « afin de faire danser quelques ducats dans les mains de ma chère petite femme ». Il ne peut s'offrir le luxe de refuser cette commande, qui sera suivie d'ailleurs par une autre du même ordre. Malgré la pauvreté de l'instrument et le fait d'avoir à s'adapter à une invention nouvelle, comme toujours, il réussit à transformer en or tout ce qu'il touche. Il semble y investir surtout une méditation insondable et triste qui est le reflet de sa propre détresse mentale... Cet *adagio* pour horloge mécanique sonne le glas de l'année qui s'achève, le glas également pour l'un des meilleurs hommes de guerre de l'Autriche du XVIIIe siècle, le général Laudon, mort récemment. Le Cabinet Müller vient de faire exécuter une figurine en cire du général, il la destine à une exposition publique, la musique de Mozart devant orner cette exposition...

Dans peu de temps, on fera appel au même Cabinet Müller pour que l'on vienne imprimer dans la cire le visage de Mozart... Mais, alors, aucune musique ne pourra le faire ressusciter.

L'état d'esprit de Mozart ne l'incite pas à entreprendre les démarches qui pourraient lui être bénéfiques, il ne fait plus partie de l'élite culturelle. On ne le connaît plus...

Seule la présence de quelques anciens amis, les Wendling entre autres, lui procure un peu de chaleur.

Ce voyage ne lui apporte aucun secours, ni matériel, ni moral. Il est dans une conjoncture inextricable. Peu de jours après les célébrations du couronnement, un concert s'organise, une tentative désespérée de prouver qu'il existe encore. Le lourd programme rappelle ceux qu'autrefois il assumait sans faillir : deux symphonies, une *aria*, deux *concerti* joués par lui-même bien sûr, un duo, une fantaisie improvisée...

Un auditeur relate que Mozart, petit homme à la figure assez agréable, s'y produit en habit de satin brun, bien usé... Mozart s'empresse d'informer Constanze de cette académie en l'assurant que « du point de vue de l'honneur, ce fut superbe, mais du point de vue de la recette, un maigre succès »... Sur le chemin du retour, il connaît quelques jours de bonheur auprès de ses amis

Cannabich et Ramm qu'il retrouve à Mannheim. On lui demande (ironie qu'il ne manque pas de commenter de manière acerbe) d'organiser une académie en l'honneur des souverains de Naples, ceux-là même pour lesquels on a négligé de l'inviter lors de leur passage à Vienne. Il prolonge néanmoins son séjour. Puis viennent Munich, Mayence... on le fête, il retrouve ses frères maçons...

L'« honneur » ne le console que peu de l'échec quasi total du voyage. Il se remet en route pour Vienne. Malgré son bonheur d'être de retour en ce mois de décembre, dans la ville qu'il aime, et auprès de sa « Stanzi Marini », comment ne songerait-il pas avec amertume au long périple qui vient de le conduire à Francfort où il a été, une fois de plus, confronté au déclin de sa popularité aux yeux de la frivole société de cour... ? Pourquoi cet ostracisme ? Parce qu'il est déjà passé de mode, parce qu'on sait qu'il est pauvre, que la pauvreté même, et peut-être surtout lorsqu'elle est accompagnée de génie, fait peur ? Parce qu'il est franc-maçon, également, et que la puissance de cette confrérie trouve de moins en moins grâce aux yeux de l'empereur ?

« Je suis tout de même très malheureux, toujours entre l'anxiété et l'espoir », écrit-il et pourtant l'optimisme et la vitalité commencent à réapparaître à chaque tour de roue de la diligence qui, d'étape en étape, le reconduit chez lui. La sève créatrice réapparaît, comme si elle se fût secrètement et mystérieusement nourrie au fond de cette période de léthargie apparente. « Par la force de la musique, nous avancerons, joyeux, au travers de la sombre nuit de la mort », diront Pamina et Tamino. Cette phrase symbolise la dernière année de Mozart, où, en un incomparable chant du cygne, il donne non seulement ses plus hauts chefs-d'œuvre, mais aussi, et souvent, les plus joyeux. Quelle est donc la force mystérieuse qui provoque, après un si long silence, ce nouvel élan créateur ; cette résurrection dont la grandeur souveraine se manifeste aussitôt dans le *Quintette en ré* (K. 593) ? Avec cet ouvrage, Mozart tourne résolument le dos au passé. Avec lui, il s'engage sur le chemin des chefs-d'œuvre ultimes, un quintette d'une dimension quasi cosmique dans lequel se réunissent toutes les grandeurs, tous les ordres de grandeur. Cette nouvelle résurgence d'espoir et de désir est couronnée au retour par une proposition d'engagement à Londres pour le mois de décembre avec deux opéras à composer pour l'Opéra italien de cette ville, « ou sérieux, ou comiques ». Les efforts des amis, Nancy et Stephen Storace et O'Kelly, commencent à porter leurs fruits !

Mais, et c'est la deuxième fois qu'un projet qui pourrait être ô combien sauveur échoue, Mozart ne peut accepter, son titre et sa charge ne lui en laissant pas le loisir. De plus, il n'a pas le premier ducat pour se lancer dans une telle entreprise, et à qui emprunter encore ? C'est impossible, il se rend à l'évidence...

Le voyage qu'il ne peut faire, c'est son cher Joseph Haydn qui va l'accomplir. N'est-ce pas à lui que Mozart doit la commande du *Quintette* ? Haydn n'ignore pas l'état dans lequel se trouve son jeune ami. Qui est ce Johann Tost, le commanditaire ? C'est un Hongrois, fou de musique, qui figure comme deuxième violon au sein de l'orchestre princier sur lequel, jusqu'ici, Haydn régnait à Esterháza. C'est pour cet homme que ce dernier a composé ses *Quatuors* de l'opus 54 et 55....

À l'automne de 1790, Mozart a la joie de voir Haydn arriver à Vienne. Le prince Nikolaus étant décédé en septembre et son successeur ne souhaitant plus engager en permanence un *Kapellmeister*, le compositeur se trouve libre et doté d'une pension annuelle confortable. Il peut désormais se consacrer à son art à sa guise, ainsi qu'au plaisir de participer aux séances musicales chez ses amis, notamment à la lecture du nouveau *Quintette à cordes* de Mozart. Les deux hommes s'amusent à alterner les rôles de premier et de deuxième violon. Au lien privilégié que crée la musique entre Haydn et Mozart, s'ajoute celui de la confraternité maçonnique.

Apprenant que Joseph Haydn est libéré de sa charge à Esterháza, les propositions ne tardent pas à affluer, du roi de Naples, du prince Grassalkovics qui veulent le prendre à leur service. Il en vient aussi une d'Angleterre. Un homme se présente à sa porte sans façon : « Je suis Salomon de Londres et je viens vous chercher, demain nous conclurons un accord ! » Ce Salomon, mystérieux autant qu'impérieux personnage, est un impresario renommé, d'origine allemande, né à Bonn, ami du jeune Beethoven dont il a habité la maison. Lui-même, compositeur et violoniste de renom, est installé depuis sept ans dans la capitale britannique.

Les académies qu'il y organise aux « Hanover Square Rooms » connaissent un succès éclatant. Salomon est devenu une célébrité et, sûr de lui, il annonce, depuis un moment déjà, la venue du célèbre Haydn, son objectif étant, dans un deuxième temps, de faire venir également Mozart.

La veille du départ de Salomon et de Haydn, les deux hommes dînent en compagnie de Mozart. Celui-ci met son ami en garde : « Tu ne le supporteras pas pendant longtemps, et tu voudras bientôt revenir, car tu n'es plus très jeune. – Mais je suis encore en bonne santé, lui répond Haydn. – Puis, Papa (c'est ainsi que Mozart l'appelle couramment), vous n'avez aucune éducation pour le grand monde et vous parlez trop peu de langues. – Ô, ma langue, on la comprend dans le monde entier », lui répond Haydn !

Les dés sont jetés ! Le départ a lieu le 15 décembre 1790. Au moment de prendre congé, Mozart prononce une phrase prophétique : « Nous nous disons sans doute notre dernier adieu dans cette vie. » Mais comment le plus âgé des deux pourrait-il soupçonner que le fil de la vie de Mozart pût être impitoyablement tranché dès l'année suivante ? Depuis longtemps, le benjamin a une espèce de pressentiment de sa mort. Tandis que le carrosse roule vers la côte, il demeure seul, face à ses dettes et à l'ahurissante incompréhension de la noblesse viennoise.

Curieusement Haydn n'adressera pas de lettres directement à son ami – du moins il n'en reste pas trace. Mais, par le truchement d'une amie commune, Mme Genzinger, Mozart peut suivre par l'imagination les péripéties de son vieux maître, et se rassurer sur ce qui pourrait l'attendre dans le futur. Il est prisonnier de sa propre misère. Peut-être n'a-t-il même plus la force de partir à la conquête de cette capitale qui ne le connaît pas, ou peu, depuis l'époque désormais lointaine (c'était en 1764), où, après une traversée de treize jours, il a été reçu comme un enfant prodige en compagnie de son père et de sa sœur Nannerl.

La santé de Mozart décline toujours plus. Il souffre de maux de tête qui lui rendent plus pénible encore son état d'esprit. Fréquemment, pour atténuer la douleur, il conserve sa tête emprisonnée dans des linges et des bandeaux. Le manque d'hygiène dans la classe moyenne est grande. Les chambres, donnant parfois sur des cours puantes et insalubres, causent une mortalité infantile très élevée : des cinq enfants que lui a donnés Constanze, il ne reste qu'un seul, Karl, âgé de six ans, qu'il faut élever. Au retour du voyage de Francfort, Constanze apprend à son mari qu'il doit s'attendre, une fois de plus, à être père. En plus de l'état de santé, du poids financier et des chagrins multipliés que représentent pour eux les dernières naissances, on peut imaginer par quels sentiments mélangés ils accueillent cette perspective.

Pourquoi Mozart est-il à ce point isolé ? En grande partie à cause de la frivolité viennoise, il est vrai... Lorsque, bien des années auparavant, il a démissionné de son service auprès de l'archevêque Colloredo, à Salzbourg, celui qu'on appelait, peu flatteusement, « le grand maître des cuisines », le comte d'Arco, n'a-t-il pas prononcé un avertissement qui, à présent, se révèle prophétique ? La scène a eu lieu à Vienne pendant le séjour de l'archevêque et sa Cour : « Croyez-moi, déclara le comte en chassant Mozart peu cérémonieusement d'un coup de pied au derrière, vous vous laissez trop éblouir. Ici, la renommée d'un homme dure bien peu. Au début on récolte tous les éloges, on gagne aussi beaucoup c'est vrai, mais combien de temps ? Au bout de quelques mois, les Viennois réclament encore du nouveau »...

Mozart a répété ces mots à son père, confirmant la mauvaise opinion que celui-ci entretenait déjà vis-à-vis du public viennois. Mais son fils a fait la sourde oreille. Bien qu'apparemment peu concerné par le grand bouleversement politique de l'époque et par l'esprit de rébellion suscité par la Révolution française, il a éprouvé un sentiment analogue, plus fort que tout, qui n'aurait pas semblé possible quelques années plus tôt. Son désir de liberté l'a emporté sur tous les avertissements proférés par son père ou par d'autres... Cette période sombre a commencé avec l'échec de son *opera buffa* qui n'eut que neuf représentations, *Le Nozze di Figaro*, opéra que Moser reconnaît pourtant être « le plus fleuri, le plus généreux et le plus capiteux des vins que le XVIIIe siècle musical ait cuvés » ! Cet échec a porté un coup fatal à sa réputation et l'a conduit vers la quasi-stérilité créatrice de cette année 1790.

À partir des années 80, Mozart a été de moins en moins « le génie de la docilité » dont parle Friedrich Heer, car il a pris conscience de sa valeur propre, et cet approfondissement de son individualité et de son originalité s'est inexorablement accompagné d'un isolement de plus en plus important. En 1790, le journal *Altes Lexicon* écrit : « Ce grand maître, grâce à sa précoce connaissance de l'harmonie, s'est familiarisé si profondément et si intimement avec cette science, qu'il est difficile à une oreille non exercée de le suivre dans ses œuvres. Même des auditeurs plus exercés sont obligés d'entendre ses compositions plusieurs fois... Parmi le commun des mortels, bien rares en effet étaient ceux capables de suivre son vol... »

Par son affirmation de liberté, Mozart incarne, non pas le premier artiste nécessiteux et pauvre, mais, du point de vue sociologique, sans doute le premier artiste libre, privilège douloureux lorsqu'on sait qu'il va en succomber. Il se jette dans le travail à corps perdu, reléguant jusqu'à la limite, jusqu'à tard dans la nuit les problèmes pour lesquels il doit constamment trouver un remède (toujours provisoire), et qui se manifestent par les douloureuses suppliques adressées en général à l'ami dont le secours est pourtant insuffisant, Puchberg. Toute sa détresse mentale, sa misère s'y révèlent :

« Mon destin m'est hélas si hostile, mais seulement à Vienne, que je ne peux même rien gagner, quoi que je veuille tenter... Maintenant, je recommence à être prêt au travail, mais je me vois de nouveau malheureux par un autre côté, momentanément sans doute. Très cher ami, vous connaissez mes affaires actuelles, mais vous savez aussi mes perspectives... Dans quelques mois, mon sort sera réglé jusqu'au moindre détail, et vous ne pouvez donc, excellent ami, rien risquer avec moi. »

Puchberg voit souvent Mozart lors de soirées intimes, mais ces problèmes, semble-t-il, ne sont jamais ouvertement évoqués entre eux. Témoin de sa double vie, son art et sa misère, Puchberg ne vient jamais lui-même avec le secours nécessaire, il le fait toujours porter par un messager, comme s'il s'agissait d'un acte sinon anonyme, plutôt clandestin.

Dans les derniers jours de l'année, Mozart vient à bout, et non sans peine, d'une nouvelle œuvre pour horloge mécanique, une *Fantaisie* (K. 608) : « Si seulement il s'agissait d'une grande horloge, et si la chose avait la sonorité de l'orgue, cela me vaudrait de la joie... »

XXVII

Une dernière demeure : Rauhensteingasse n° 970

En étudiant le type d'habitations existant à l'époque, on peut avoir une idée assez précise de la dernière maison de Mozart car, dans la Vienne du XVIIIe siècle, la configuration d'ensemble se rapporte aux formes et aux dimensions des demeures désignées à l'époque par le mot « gothique » !

Les terrains sont chers et les lots individuels longs et étroits, une douzaine de mètres de largeur au maximum... La maison de Mozart a été repérée sur un plan en vue aérienne. Elle appartient à une certaine Elizabeth Dabokur qui l'appelle *Das kleine Kaisershaus* (la petite maison impériale). En 1806, la maison sera reconstruite et la disposition de l'appartement des Mozart ne sera plus la même. Mais l'une des pièces, celle qui occupe l'angle gauche, semble bien être son cabinet de travail.

Comment ces lieux étaient-ils réellement ? On a dit qu'ils n'étaient pas éclairés ! Süssmayr les trouve sombres, tout en précisant que l'une des pièces a des fenêtres donnant sur une cour. L'ensemble est spacieux : quatre pièces au-dessus d'un rez-de-chaussée qui sert de boutique, comme c'est souvent le cas alors. Le loyer en est cher pour le peu de revenus des Mozart, quatre cent cinquante florins par an. On accède à l'appartement par l'escalier situé dans le fond et qui débouche directement dans un « vestibule-cuisine » où il y a une grande cheminée, ainsi qu'un tuyau pour le poêle du salon. Encore faut-il pouvoir l'alimenter suffisamment en bois pendant ces rudes mois d'hiver.

Entre le salon et l'indispensable salle de billard (jeu auquel Mozart et Constanze se livrent fréquemment), il y a un petit salon, qui n'est éclairé que par les deux pièces adjacentes et un lustre central équipé de chandelles. Il semble que c'est là le cabinet de travail de Mozart, la pièce la mieux exposée de l'ensemble et la mieux aérée aussi, les autres sans fenêtres provenant justement de l'héritage gothique.

Dans le cabinet de Mozart, qu'y a-t-il ? Une reconstitution d'après des documents d'époque nous permet d'imaginer l'aspect général du mobilier : « Une table en bois dur, un canapé couvert de vieux damas, six chaises, un bureau à cylindre, une horloge avec un mouvement dans un coffret doré, le pianoforte avec pédalier qui avait tant émerveillé l'un des visiteurs de Mozart, un alto dans son étui fermé, un secrétaire laqué, deux bibliothèques, en bois tendre, soixante pièces de porcelaine, un pilon en cuivre, trois chandeliers en cuivre également, deux moulins à café (il fallait bien se tenir éveillé lors des longues nuits passées à composer !), deux chandeliers en verre, une théière en fer-blanc, un plateau laqué, quelques verres ordinaires... »

Le mobilier de l'époque de Joseph II, celui que possèdent donc les Mozart, n'est pas du style rococo arrondi, ce sont des meubles de ligne droite, extrêmement bien faits, et dans les bois les plus divers. Quant à la tapisserie, elle est également très simple, en général en coton à carreaux, bleus et blancs, verts et blancs, rouges et blancs, ou bruns et blancs, les divans étant recouverts d'une sorte de toile à motif répétitif et dans des couleurs sages. Ce n'est que plus tard que les tons deviennent plus osés.

Quant à la garde-robe, nous savons combien Mozart s'en soucie ! Un journal de l'époque nous donne une idée de la mode qui a cours et qu'il observe soigneusement : « Pour les culottes, on utilise, depuis quelques années déjà, la laine peignée pour l'usage quotidien, et parfois, en été, le nankin couleur jaune chamois, ou gris cendre et rayé, couleur sur couleur (la toute dernière mode !), ou encore du drap blanchâtre, verdâtre ou jaune soufre... On fait aussi grand usage du gilet ici... On commence à le porter en "manchester" (coton) uni, rayé ou à carreaux... On se met aussi à porter des bottes... Si on porte des chaussures, c'est avec des bas gris acier. Le pardessus, de toutes les couleurs, se porte si long, qu'il touche presque les chaussures. »

Un autre numéro du même journal est illustré d'un « élégant Allemand de la dernière mode ». Par son costume, « le fin monsieur est à mi-chemin entre les Anglais et les Français » !

Mozart, qui s'efforce de lui ressembler, possède un nankin à la dernière mode, et un habit en « manchester », ainsi que d'autres en tissu blanc, bleu et rouge. Il a également un long manteau et trois paires de bottes. Il connaît donc la mode vestimentaire de son temps et, quelle que soit sa situation financière, il a grand souci de la suivre.

XXVIII

La correspondance : témoignage unique d'un père à l'autre

Il est un domaine dans lequel, jusqu'ici, nous avons largement puisé pour cheminer à travers la vie de Mozart avec ses propres yeux dans la mesure du possible, c'est sa correspondance. Celle-ci est certainement unique par son ampleur et par la multiplicité des facettes qu'elle nous livre de sa personnalité. On ne peut s'empêcher de s'attacher à l'homme qui nous apparaît à travers ces lettres, d'éprouver pour lui une tendresse profonde, de vouloir vivre avec lui ses anxiétés, ses joies, ses déceptions.

Observation plutôt surprenante mais primordiale chez lui, Mozart ne cesse de prôner « la mesure en toute chose ». Si son comportement ne respecte pas toujours cette recommandation, c'est avec notre âme en revanche qu'il faut écouter ce que nous dit la sienne à travers sa musique...

En 1767, et en 1770, Leopold Mozart a, par deux fois, exprimé le vœu de conserver soigneusement tout écrit de son fils pour la postérité. C'est pourquoi il attache beaucoup d'importance à cette correspondance, aux notices biographiques. Il encourage sans cesse les siens à rendre compte de leur vie. Même ses propres lettres durant ses voyages, il les fait recopier, les contrôlant ensuite. Il semble même qu'il les fasse circuler parmi ses amis et connaissances de Salzbourg.

Nous savons que Leopold est éminemment conscient de la valeur exceptionnelle de son fils, mais on peut s'étonner tout de même qu'à son époque il ait prévu à ce point la renommée future de celui-ci.

Comment Mozart se comporte-t-il lui-même en tant que père ? Quel est l'intérêt qu'il porte à son unique enfant Karl ? Il semble qu'il soit extrêmement préoccupé par l'éducation de son petit garçon, et surtout lorsqu'il se rend compte du peu d'efficacité de la méthode d'enseignement de Wenzel Bernhard Heeger, propriétaire et directeur d'une école assez coûteuse : quatre cents florins par an (plus que n'avait gagné Leopold dans sa charge d'assistant *Kapellmeister*, en un an). Dans une lettre à Constanze, Mozart décrit une visite qu'il y fait pour en sortir son fils : « Il est en pleine forme. En ce qui concerne sa santé, il ne pourrait être en meilleur lieu, mais tout le reste est misérable, hélas ! Le plus qu'ils peuvent accomplir, c'est fournir au monde un bon paysan... Dans l'ensemble il n'est pas pire, mais il n'est en rien meilleur qu'auparavant... Il est toujours aussi mal élevé. Il ne s'arrête jamais de jacasser comme par le passé, et il est plutôt moins motivé qu'avant pour le travail... »

Mozart possède, chez lui, un grand nombre de livres éducatifs. Il s'empresse de retirer son fils de cette école pour l'inscrire à l'Institution Piarist au Josephstadt... On y envoie les rejetons de familles bourgeoises, ainsi que ceux de familles nobles. L'inscription ne va pas sans mal pour un roturier comme lui, de plus, sans célébrité... La brochure de l'établissement dit que les nouveaux inscrits doivent amener leur argenterie et, éventuellement (s'ils le désirent !), leur domestique avec sa livrée, ainsi que leur propre prêtre. En inscrivant le petit Karl à cette institution, Mozart prend une décision d'autant plus importante que lui-même n'a jamais reçu d'éducation traditionnelle, seulement privée, durant ses années d'enfant prodige. Il est vrai que son père était un homme très éduqué, très cultivé et qui, en plus, possédait un don pédagogique évident. Chose surprenante, Mozart ne fait aucune tentative pour donner à Karl une éducation musicale précoce. Il veille surtout à ne pas en faire un enfant prodige à son image, bien que celui-ci possède de toute évidence des dons. Il se bornera simplement à l'emmener à son opéra *La Flûte enchantée*, où l'enfant, alors âgé de sept ans, se divertira grandement (*dixit* Mozart) : « Après le spectacle, je suis rentré avec lui à la maison, où nous avons tous deux parfaitement dormi. Je ne lui ai pas causé une petite joie, au Karl, en le conduisant à l'opéra. »

On le croit volontiers, car Karl voit relativement peu son père. En revanche, il accompagnera sa mère en cure à Baden en juin et en juillet de cette dernière année.

XXIX

Un retour au sacré

Pour le moment Mozart espère encore ! Il s'agit cette fois du poste de *Kapellmeister* au Stefansdom (la cathédrale de Saint-Stéphane). Celui qui est en poste, Leopold Hoffman, est fort malade. De 26 ans l'aîné de Mozart, il a soixante et un ans, âge vénérable qui laisse supposer qu'il ne se relèvera pas, croit-on de son indisposition. Hoffman, qui est un vieux rival de Haydn, occupe un poste qui rapporte deux cents florins par an, en plus d'avantages en nature très nombreux comme bois de chauffage, chandelles et autres attribués par la ville. Mozart adresse une lettre éloquente à « la très sage municipalité » de la ville, sollicitant la place si Hoffman venait à mourir ou, dans le cas où il se rétablirait, celle d'adjoint.

Hoffman, contre toute attente, se rétablit, Mozart est nommé son adjoint, assorti de la promesse de le remplacer dans le cas où il décéderait. Mais Mozart mourra avant lui et Hoffman sera remplacé par Albrechtsberger. Plus tard, Constanze rapportera que, malgré l'ardeur dont son mari faisait preuve en tant que franc-maçon, il avait gardé une affinité et un dévouement particuliers pour la musique d'église, que ce soit pour les grandes messes et les requiems ou les petites pièces sacrées d'inspiration populaire. Et pourtant, durant cette dernière année, les pièces sacrées de sa main sont rares. Mozart composera un *Ave Verum* (K. 618) au printemps, puis, plus tard, le *Requiem* (K. 626). De plus, il est parfaitement plausible qu'il veuille célébrer ses nouvelles fonctions auprès de Hoffman à Saint-Stéphane par une grande page sacrée.

XXX

Janvier 1791 : la dernière année

Mozart ne danse plus que pour se tenir chaud dans son appartement glacé de la Rauhensteingasse, et par manque de moyens pour s'acheter du charbon et du bois. Malgré l'état lamentable dans lequel il se trouve, cette activité exerce encore et toujours la séduction qu'elle eut de tout temps pour lui. Combien de centaines de bals n'a-t-il pas fréquentés tout au long de sa vie ? Une part importante de sa musique y est consacrée...

L'hiver est l'un des plus rigoureux qu'il ait connus. Le premier de l'an, le jour se lève à travers une brume tenace et pénétrante. Le carillon de la cathédrale lui parvient avec une sonorité comme figée, elle aussi, par le froid. Joseph Deiner, patron de la brasserie *Zum Silberschlange* (Au Serpent d'argent) où Mozart aime à se rendre en compagnie d'amis, se souviendra d'avoir trouvé Mozart et sa femme dans le cabinet de travail : « Mozart et sa femme étaient en train de danser consciencieusement autour de la pièce. Deiner lui avait demandé s'il apprenait à sa femme à danser ; Mozart lui avait répondu en riant : “Nous nous réchauffons, parce que nous avons froid et que nous ne pouvons nous acheter du bois.” »

Deiner, pris de pitié, raconte qu'il partit aussitôt leur en chercher et que Mozart l'accepta en promettant d'en régler le coût dès qu'il le pourrait.

En ce début d'année 1791, il compose son dernier *Concerto pour piano* (K. 595), première page qu'il inscrit à son catalogue thématique de l'année. Cette œuvre semble exprimer tout ce qu'il est devenu, tout ce qu'il a ressenti après dix années à Vienne, dix années qui s'étaient pourtant annoncées prometteuses. L'ouvrage est tout entier pénétré d'une tristesse crépusculaire, même le *Rondo* qu'il reprend quelques jours plus tard pour un chant, *Sehnsucht nach dem Frühlinge* (Nostalgie du printemps) (K. 596), un thème enfantin, comme une tentative de relier par un pont sonore les deux extrêmes de sa vie, comme s'il fallait, à tout prix, faire renaître « le sourire à travers les larmes » qu'évoque François Mauriac ; retrouver la naïveté du monde de l'enfance, et avec elle, l'espoir. Cette musique, d'une harmonie si belle et d'une inspiration si élevée ; d'une pureté et d'un accent à la fois si triste et si doux... me faisait oublier, en l'entendant, mes misères passées, et celles que me réservait peut-être l'avenir. » De telles phrases contiennent en elles-mêmes toute la justification de son art...

Ce n'est pas dans le cadre d'une brillante académie destinée à lui seul et à sa musique que Mozart s'installe pour faire entendre son concerto, mais au sein d'une soirée destinée à un autre. Sa dernière apparition publique a lieu dans la Salle Jahn, Himmelpfortegasse (rue de la Porte-du-Ciel), nom prédestiné s'il en fut. Le petit homme s'achemine vers la scène à travers une foule indifférente pour lancer son ultime perle aux pourceaux.

N'a-t-il pas avoué à sa mère bien des fois combien il lui en coûtait de fréquenter leurs salons : « Pour avouer la vérité, je suis, avec les gens, bien plus volontiers dehors par le monde et les grands espaces, que dans la société de salon. À mes yeux, rien que d'y penser, j'en ai mal au ventre... »

Pour cette académie, s'est-il revêtu de son habit de drap bleu avec fourrure, ou du blanc, du rouge, du jaune chamois, ou de couleur souris ? Son habit est-il assorti avec une culotte brodée et des bas de soie ? Comment sont ses cheveux ? Ont-ils encore, et malgré ses maux de tête, la même profusion blonde dont autrefois il était si fier ; qui avaient suscité l'admiration de son friseur ?

Attache-t-il toujours la même importance qu'autrefois à son apparence physique, à cette extravagance vestimentaire qui fut souvent au-dessus de ses moyens ? Il semble que oui. À sa mort, l'inventaire de ses biens ayant échappé au mont-de-piété énumère une garde-robe qui pourrait être celle d'un commerçant aisé, comme s'il s'agissait pour lui de compenser, par les soieries, les satins et les broderies, son peu d'apparence physique : « La taille de Mozart, cet homme extraordinaire, n'avait rien de remarquable. Il était petit. Son visage était agréable mais n'annonçait nullement au premier abord (si l'on excepte ses yeux ardents) la grandeur de son génie. Le regard semblait vague et perdu, sauf quand il était devant son clavier. Le sentiment qu'il interprétait dans son jeu s'exprimait par tous les mouvements des muscles. »

XXXI

Die Zauberflöte (La Flûte enchantée)

Le 27 janvier 1791, Mozart fête son dernier anniversaire : trente-cinq ans. Il a un seul élève, Francis-Xaver Süssmayr. Pratiquement son unique occupation créatrice est de fournir de la musique aux bals. Ce qui a toujours été un plaisir, un divertissement, devient une charge lourde, accaparante... Il est rétribué à la mesure de ce geste de charité : huit cents gulden ; cet engagement, avouera plus tard une autorité du ministère des Finances, n'a lieu que pour des raisons « négatives » en quelque sorte, afin qu'un « génie si éminent » n'ait pas à chercher sa subsistance à l'étranger.

On peut s'affliger que, durant les trois premiers mois de cette année 1791, toute grande forme musicale soit absente de son catalogue et qu'à l'exception du dernier concerto pour piano, ne figurent ni symphonies, ni messes, ni opéras. Dans d'autres genres où il excelle, on ne trouve pas davantage de quatuors, de quintettes, ni de sonates. La Cour l'estime tout juste bon à fournir de petites pièces pour divertir les foules...

Pourtant, quelques perspectives d'un regain de popularité apparaissent, les propositions de Salomon et de O'Kelly pour l'Angleterre notamment. Puis, au début de mars, peu après l'académie de la Salle Jahn, Mozart reçoit, à une heure matinale, la visite inattendue d'Emmanuel Schikaneder, celui dont la troupe a autrefois enchanté bon nombre de ses soirées salzbourgeoises. Schikaneder lui apporte une proposition inespérée. C'est sans doute l'un des rares hommes à avoir compris dans quelle solitude morale se trouve désormais son ami, dans quelle solitude physique aussi. Car en ce début de printemps, Constanze étant à Baden pour une de ses nombreuses cures, il est contraint de vivre dans un appartement où soudain le silence absolu vient remplacer l'animation qu'il aime tant et dont il a besoin pour combattre ce sentiment croissant d'isolement qui l'habite. De plus, l'absence de sa femme l'oblige à organiser une vie pratique dont il n'a pas l'habitude : l'entretien des vêtements, les repas. L'atmosphère est peu propice à stimuler l'imagination créatrice. Ne lui a-t-il pas avoué : « Cela ne me vaut rien d'être seul quand j'ai des soucis en tête » ?

Nous ne savons que peu de chose sur les conditions financières qui accompagnent la proposition faite par Schikaneder. Nissen, le deuxième mari de Constanze, rapporte que celui-ci aurait dit d'abord : « Écrivez-moi un opéra tout à fait dans le goût du public viennois d'aujourd'hui. Vous pourrez satisfaire à la fois les connaisseurs, et votre propre renommée. Mais songez aussi avant tout aux gens les plus bas de toutes conditions. Je vous fournirai le texte ; je fabriquerai les décors et ainsi de suite...

– Bien, j'accepte. »

Puis Schikaneder lui aurait demandé, tout en prétendant ne rien avoir : « Que demandez-vous comme honoraires ?

– Vous n'avez rien vous-même ! Eh bien, arrangeons l'affaire de sorte que vous soyez aidé, sans pour autant que tout avantage me soit ôté. Je vous donne, à vous seul, la partition, donnez-m'en ce que vous voudrez, mais à condition de me promettre qu'elle ne sera pas copiée. Si l'opéra a du succès, je le vendrai à d'autres directeurs et ce sera mon paiement. »

Nous savons que Mozart n'aura en fait guère le temps de vendre sa partition à l'étranger, mais faut-il comprendre qu'il ne sera tout simplement pas payé ? Quels que soient les sentiments qu'il éprouve pour son ami, c'est difficile à croire. Peut-être cet aspect des choses lui a-t-il semblé secondaire à côté de la perspective de s'atteler à un nouvel ouvrage ? On imagine bien Mozart discutant passionnément avec son ami amateur de grands spectacles, pour le persuader de donner tout de même à leur projet un contenu quelque peu substantiel, et pourquoi pas... maçonnique ! Pourquoi ne pas situer la toile de fond de l'ouvrage dans le *Séthus* de l'abbé Terrasson, traduit, paraît-il, de manuscrits grecs et qui a déjà servi pour *Thamos*, tout en replaçant son idéal humanitaire dans l'égyptologie du XVIIIe siècle ?

En ces premiers mois du printemps, Mozart et Schikaneder élaborent donc les travaux préliminaires à la réalisation de leur projet commun. Cet ouvrage sera son dernier, en même temps que le plus complet, qu'il écrira pour la scène. Toutes les facettes de la comédie viennoise devront y être représentées : le *lied* populaire avec Papageno, l'admirable *aria* avec Sarastro, certaines réminiscences de l'*opera buffa* avec Papageno et Papagena, l'*opera seria* avec la Reine de la nuit, la comédie viennoise classique avec Tamino, la tragédie lyrique avec la marche des prêtres et le chœur, le style religieux solennel avec le chant des chevaliers : tout ce qui symbolise l'œuvre même de Mozart...

Il se montre soucieux d'introduire, parmi les éléments de farce et de féerie poétique que souhaite Schikaneder, ses préoccupations maçonniques : la fraternité universelle, l'instauration de la paix par l'abolition de la haine et de la vengeance, l'absence de distinction entre les castes sociales, une égalité fondée sur la vertu, les fondements mêmes des principes maçonniques. Et qu'importe que le spectateur soit ou non initié à la maçonnerie ! Goethe dira : « Il suffit que la foule prenne plaisir à la vision du spectacle ; aux initiés n'échappera pas, dans le même temps, sa haute signification. C'est bien ce qui se produit dans le cas de *La Flûte enchantée* ! »

La franc-maçonnerie est un ciment puissant dans l'amitié qui unit Mozart à Schikaneder, une amitié qui se poursuivra parfois à la « La loge de la gastronomie » à Vienne, où Mozart va se rendre volontiers en compagnie de la joyeuse bande d'artistes et de bohémiens qui se regroupent autour de la forte personnalité du directeur de troupe.

Le lien maçonnique n'est pas mis en évidence d'ailleurs, pas plus qu'il n'est ignoré. À l'époque, il n'existe pas de mystère autour de la confrérie. C'est une pratique tout à fait courante aussi bien dans les milieux bourgeois qu'aristocratiques. On porte publiquement les insignes de sa loge. Les bijoux et les mouchoirs sont souvent ornés par des symboles qui deviennent ainsi des objets décoratifs. La franc-maçonnerie est tellement populaire que l'on ne peut accuser *La Flûte* d'en trahir les secrets, et d'ailleurs l'ouvrage ne contient aucune révélation qui ne serait pas destinée au grand public.

Tous savent que les confréries travaillent à la défense des droits humains. Quant au public, Mozart le fait participer à la quête vers laquelle lui-même et ses frères maçons tendent au sein de la loge. Chaque spectateur, ou auditeur, devient comme l'officiant d'un rite.

C'est au chevet d'Ignaz von Born, gravement malade, que naît l'idée de donner à l'œuvre le caractère d'une apothéose de l'idéal humanitaire, d'en faire une victoire de la lumière sur les ténèbres. Les rapports sont d'ailleurs frappants entre *Les Mystères égyptiens* que Born vient d'écrire, et la teneur de *La Flûte enchantée*. Les analogies surgissent comme, par exemple, l'épreuve consistant à chercher, à l'intérieur du temple, au seuil de la mort, la traversée du feu et de l'eau, le vœu de silence, la lutte contre les passions, et évidemment le caractère symbolique du chiffre trois qui joue un si grand rôle dans l'opéra. Les trois dames, les trois génies, les six groupes de trois prêtres, mais aussi le nombre mystique de dix-huit dans les grades de Rose-Croix auxquels semblent s'appliquer au moins certains des mêmes symboles. L'expression « Reine brillante comme les étoiles » vient également du rituel, ainsi que l'étoile enflammée jouant un rôle important dans toutes les loges. D'ailleurs, la gravure du premier livret de l'opéra la montre à côté de la truelle, de l'équerre et du sablier. Le triple commandement des trois génies : « Sois ferme, patient, discret » est donné au chercheur pour le voyage symbolique de son initiation d'apprenti. Quand Tamino dit que « la sagesse, le travail et les arts » demeurent dans le temple, il s'agit des trois petites lumières des loges autrichiennes : sagesse, force et beauté.

Cette fusion des mythes anciens et des symboles humanitaires, avec l'enracinement profond de cet ouvrage dans la comédie populaire et une certaine tradition viennoise, s'accomplit néanmoins avec toute la grâce dont Mozart est pourvu. Et, n'est-ce pas là l'une des œuvres, où le mélange d'élévation, de farce et d'humour est à l'image même de Mozart : l'unité dans la diversité ?

Il a été dit que la contribution de Schikaneder au livret de *La Flûte enchantée* s'est limitée aux épisodes relatifs à Papageno que lui-même a incarné, ce qui expliquerait la disparité entre les pitreries de celui-ci et les hautes spéculations symboliques du reste de l'œuvre. Nous ne saurons sans doute jamais la vérité au sujet de cette pièce que Goethe qualifie de « conte plein d'invraisemblances et de fantaisie ». Il emploie pour « conte » le terme *maerchen*, c'est-à-dire « récit féerique », plein d'aventures extraordinaires, mais en même temps chargé d'une haute leçon d'une valeur initiatique qui ouvre les portes d'un monde surnaturel. L'histoire qui y est racontée n'est que le signe d'une réalité mystérieuse que nous devons interpréter.

Grâce à ce *maerchen*, Mozart retourne, au moment de sa grande solitude morale, dans le domaine magique de l'enfance, où les inquiétudes et les tracas de la vie quotidienne sont abolis. Il rejoint cette enfance qui, plus que chez nul autre, est demeurée en lui, ce qui lui confère ce charme si particulier et cette séduction auxquels on ne songe à résister, défenses contre un sort qui s'acharne jusqu'à ce qu'il y succombe.

On sait combien Mozart tient à la naissance d'un opéra allemand en réaction contre l'opéra italien. Cependant, et n'en déplaise au récit qu'en fera

Constanze, il semble qu'il hésite tout de même un peu lorsque Schikaneder lui fait sa proposition. Créer un spectacle pour une scène de faubourg sous forme de farce ou de féerie n'est pas l'idée qu'il se fait de la réalisation d'une comédie. Il n'a jamais abordé la féerie et peut-être redoute-t-il de l'affronter. Mais il a assisté à *Oberon* signé Carl Ludwig Gieseke, celui-là même qui revendiquera une part importante du livret de *La Flûte enchantée*, à Francfort en 1790. Il a constaté le succès que peut remporter ce type de spectacle.

Et, incitation importante : outre Josepha Hofer, la belle-sœur de Mozart, et future créatrice du rôle de la Reine de la nuit, la compagnie d'Emmanuel Schikaneder comprend d'autres chanteurs de grande classe. Ces interprètes se sont déjà produits dans le spectacle d'inauguration du théâtre en 1789, dans un opéra allemand sur un texte de Schikaneder lui-même, et sur une musique de deux membres de la compagnie. Le succès de ce spectacle auquel Mozart a certainement assisté a été tel qu'on l'a donné trente-deux fois à l'époque et que les airs se sont chantés partout en ville. Mozart lui-même en avait été conquis au point d'élaborer, à partir du thème de l'un d'eux, des variations qui ont déjà une couleur « papagenienne » !

Si Schikaneder a du flair pour choisir ses artistes, il n'en est nullement dépourvu non plus à l'égard de l'argent. Il trouve des mécènes, et au besoin ceux-ci épongent les dettes accumulées. Au summum de sa carrière, il aura les moyens nécessaires pour se faire construire une maison tellement opulente qu'on l'appellera la *Schikanederschlössl*, le petit château de Schikaneder. L'une des pièces de ce château sera entièrement décorée par des motifs allégoriques de *La Flûte enchan-*

tée. Schikaneder et ses entreprises théâtrales ne suscitent pourtant pas que des éloges et de la sympathie, loin de là. Un témoignage prétend : « Il pouvait à peine lire, écrire et additionner des chiffres. Il avait toutes les qualités d'un vagabond né : la bonne humeur, un humour naturel et vif, *bragga doccio*, et un manque invraisemblable de scrupules qu'il s'entend fort bien à dissimuler derrière son charme et son humour... » Cette remarque se révèle curieuse lorsqu'on sait que ce même critique ne nie pas la participation de Schikaneder à la rédaction du livret de *La Flûte enchantée*.

En mai et juin, Mozart écrit peu de chose en dehors des premières ébauches de son opéra, mais ce « peu » se revêt, lui aussi, de ce sentiment d'épuration, de cette singulière charge d'émotion qui caractérise les œuvres de sa fin, et d'une tendresse quasi mystique qui imprègne son âme à l'approche de la mort. Il subit une crise intérieure. La détresse est non seulement morale, mais aussi matérielle. Cette œuvre, il l'écrit non dans l'exaltation semble-t-il, mais plutôt dans une sorte de tension douloureuse. Pourtant, dans ses lettres à Constanze, qui couvrent tout le mois de juin, et même une partie de juillet, il est tout de même surprenant que Mozart ne l'entretienne pour ainsi dire jamais de son travail. Est-ce parce que la destinataire n'a ni l'intérêt ni la compréhension qu'avait son père Leopold, ou parce qu'il a pris, de plus en plus, l'habitude de s'enfermer dans la solitude ?

Au milieu de ce désarroi, dans un effort surhumain, il devra non seulement faire aboutir son opéra-féerie, mais aussi la tragédie antique d'après Métastase, que sera *La Clemenza di Tito* ainsi que son ultime profession de foi et d'espoir, le *Requiem*.

Ses facultés créatrices seront, jusqu'à son dernier souffle, intactes, chose miraculeuse, tandis que son pauvre corps sombrera, vaincu et usé. On ne peut s'empêcher de se demander quel aurait été le cheminement de son œuvre, s'il eût vécu encore. Avait-il atteint le summum de sa création ? Sa phrase célèbre : « La mort est, non pas l'ennemie, mais au contraire l'amie de l'homme. Elle est la clé de la félicité qui n'aura point de fin » ; cette phrase extrêmement révélatrice dans la bouche d'une personne à ce point enjouée et sociable n'explique-t-elle pas le caractère d'apaisement qui se dégage de ses dernières pages ?

Comment se présente ce théâtre populaire des faubourgs viennois dans lequel Schikaneder déploie des trésors d'imagination scéniques et dramatiques pour séduire les foules, et dans lequel il propose à Mozart de monter leur œuvre commune ?

Le *Theater auf der Wieden* fait partie d'un long complexe résidentiel appartenant au prince Starhenberg et comprenant quelque vingt-cinq habitations. Toute la compagnie réside à bon marché parmi les ouvriers, artisans et domestiques qui constituent le public de ce théâtre, un théâtre cautionné également par certains membres de la haute société viennoise.

À cette période, un certain Egon Komorzynski fréquente souvent ce grand lopin de terre situé sur une île au milieu de la Wien, que l'on appelle Freihaus, car grâce aux propriétaires il est exempté d'impôts : « Dans la grande cour, se trouvait un jardin d'ornement avec des allées, des parterres de fleurs, un kiosque de bois, et au milieu une belle fontaine. Dans un côté de cette cour, sous les arbres, il y avait des bancs qui appartenaient à l'auberge du Freihaus. C'est là que se rassemblaient les gens de Schikaneder après les répétitions et les représentations, faisant grand bruit souvent jusqu'à tard dans la nuit... »

Aux places d'orchestre du théâtre, on s'installe sur de simples bancs en bois, mais il y a deux balcons avec des loges de quatre à huit chaises. Le théâtre, dans son entier, comprend quelque huit cents à mille places, et l'orchestre de base trente instrumentistes, dont le nombre peut être augmenté. Il s'agit d'un ensemble « provincial », c'est-à-dire faubourien, mais bien plus grand que d'usage. Il comprend en effet des cuivres, des trompettes et des trombones, ce qui, même en ville, n'existe que pour des occasions exceptionnelles.

Les clauses des contrats que Schikaneder fait signer à ses artistes sont draconiennes : par exemple, la « Reine de la nuit » (alias Josepha Hofer) s'engage à respecter les règles suivantes :

« – Se comporter respectablement dans sa vie privée

– Ne pas s'endetter

– Ne pas être la cause de scandales

– Ne pas se comporter de manière dissipée, ni se quereller, ni se dévergonder la nuit

– Ne pas faire preuve de jalousie envers les autres acteurs concernant les rôles

– Bref, s'abstenir de toute action qui puisse porter préjudice aux directeurs, ou à la compagnie en général.

– Après trois offenses signalées, elle sera congédiée... »

La troupe de Schikaneder est rompue à tous les styles. Elle peut s'adapter au drame, à la comédie, à l'opéra, même à la farce... chacun étant capable d'incarner plusieurs emplois. Chaque soir, Schikaneder présente un spectacle différent dans lequel il faut soit chanter, soit danser, soit réciter des tirades tragiques, ou encore donner ou recevoir éventuellement des bastonnades. Schikaneder lui-même se taille un fier succès, incarnant successivement des rôles de jeune premier, de père noble, de héros tragique ou de paysan burlesque. C'est un authentique homme de théâtre. Il sait ce que le public veut et il le lui présente sans perdre de vue la recette, bien au contraire.

Cependant, en 1784, un échec retentissant le force à changer ses batteries. En effet, cette année-là, il a présenté une « comédie ornithologique » dont le héros était une oie, et tous les figurants des volailles !

C'est au mois de juillet que Mozart inscrira à son catalogue thématique *La Flûte enchantée*, bien que l'ouvrage ne soit tout à fait terminé que peu avant la première qui aura lieu le 30 septembre. De cette œuvre écrite avec son sang, on peut se demander d'ailleurs si, émotionnellement, elle fut jamais tout à fait achevée. Cet été de solitude, de surmenage, de tracas financiers et de maladie a marqué de façon indélébile cet immense oratorio maçonnique...

Schurig écrit : « Wolfgang Amadeus Mozart a été un des hommes les plus solitaires qui soient jamais passés en ce monde ; sa musique était tout pour lui... »

Au mois de juin, Constanze étant encore partie en cure à Baden, Schikaneder vole de nouveau au secours de son ami en lui proposant de s'installer durant les mois d'été dans une cabane du jardin qui entoure son théâtre dans le faubourg des Wieden : « Cela ne me vaut rien d'être seul lorsque j'ai des soucis en tête... » Dans cette maisonnette, Mozart passe de nombreuses heures entouré de ceux qui vont vivre avec lui sa dernière grande aventure théâtrale... Cette échappatoire à la solitude, il la dissimule à sa femme... On a souvent insinué qu'il s'y trouve particulièrement bien à cause de la présence de la petite Marianna Gottlieb, sa Pamina, celle qui fut, il y a cinq ans de cela (et à l'âge de douze ans seulement !), la charmante créatrice de la Barberine des *Nozze di Figaro*. Ce ne sont qu'hypothèses... Il est difficile d'imaginer qu'un homme à ce point harcelé de labeur, dont la santé ne tient qu'à un fil, ait trouvé les forces de se livrer à une vie galante. « Je continue parce que composer me fatigue moins que de me reposer... »

Tout au plus, peut-on penser que la présence douce d'une femme dont la voix incarne le fruit de son imaginaire l'aide à poursuivre le court chemin qui lui reste à parcourir.

Mozart continue à rassurer Constanze sur son bien-être. Dans les missives expédiées à Baden, se réunit tout un ensemble de phrases qui lui décrivent (mais cela l'intéresse-t-il vraiment ?) les mille petits détails de la vie quotidienne sur laquelle veille un « Primus » attentif, le fidèle Joseph. Pourquoi « Primus » d'ailleurs ? Parce qu'à l'époque où Mozart s'amusait encore de tout et de rien, il l'avait plaisanté, lui attribuant le nom de Joseph Ier d'Autriche en latin : « Josephus Primus » ! D'ailleurs, à ce « Primus », dont le vrai nom est Deiner, et qui mourra à Vienne en mai 1823, il sera vivement reproché de fournir des renseignements qui alimenteront l'une des plus grandes méprises de la musicologie mozartienne. Un article paraît dans le *Morgenpost* de Vienne dans lequel se réunit un habile mélange de vérité et de fiction sur les derniers jours de son maître. Cet article sera accrédité par le biographe Otto Eric Deutsch qui le reprendra dans son immense ouvrage consacré au compositeur. On y lit notamment une description dramatisée du temps épouvantable qu'il aurait fait au moment de la mort de Mozart : « Le soir de la mort de Mozart, il faisait sombre et orageux, et à son enterrement, se déchaînèrent l'orage et le vent. La pluie et la neige tombaient en même temps comme si la nature voulait rugir... »

Toutes choses qui se révéleront parfaitement inexactes...

XXXII

Requiem

Pour le moment, en même temps que l'extrême tension du travail sur *La Flûte enchantée*, Mozart accepte une nouvelle commande, fort mystérieuse. Elle coïncide avec l'inscription prématurée au mois de juillet de son opéra dans le catalogue thématique : il reçoit une visite qui l'impressionne au plus haut point, à laquelle il ne cessera de penser et dont il demeurera obsédé jusqu'au jour de sa mort, une visite qui lui apparaît aussitôt confirmer le pressentiment qu'il a de sa fin prochaine. Il s'était déjà décrit, bien des années auparavant, comme étant « trop impressionnable » ; il l'est tant à présent, qu'il ne peut jouer l'une des *arias* de son opéra au piano sans être ému au point de s'interrompre...

Les soucis financiers, le surmenage, sa déchéance physique ont raison de son hypersensibilité. L'abandon de la plupart de ses anciens amis, et surtout celui du public, lui ont porté un coup dont il ne se relèvera que dans l'ultime et surhumain effort pour mener à bien ses trois dernières œuvres. De plus, son grand ami et conseil, Ignaz von Born, succombe à la maladie, choc douloureux et supplémentaire dont il n'a pas besoin... Comment, alors, ne pas être impressionné par l'apparition d'un messager, triste, maigre, vêtu d'une longue cape de deuil, qui de surcroît se borne à lui commander une messe des morts et la lui paie, mais sans décliner sa propre identité, ni celle du mandataire ?

Vingt ans plus tard, Stendhal relatera de manière très imaginative et vivante cette histoire.

Mozart saisit l'occasion d'écrire le *Requiem* (K. 626), d'autant que le messager lui propose entre cinquante et cent ducats de rémunération et ne précise pas de date de livraison. Il l'inscrira en marge de sa partition 1792, l'année qu'il ne vivra pas, rendant d'autant plus émouvante cette messe qui demeurera inachevée. L'absence de contraintes, aucune recommandation sur le style d'écriture ou l'allure que doit revêtir l'ensemble constituent une puissante incitation. Seul interdit : ne pas chercher à connaître l'auteur de la demande.

Mozart compose presque aussitôt l'*Introït*, le Requiem proprement dit. Bien que cette commande ait été plus que nulle autre commentée, discutée, embellie par la postérité, il ne s'agit tout de même pas d'une légende. Niemtschek rapporte les faits, recueillis de la bouche de Constanze. Il a vu de ses propres yeux une lettre du commanditaire anonyme qui lui a été adressée ensuite. Bien que celui-ci se donne beaucoup de peine pour que son identité demeure inconnue, elle sera découverte quelques mois plus tard. Il s'agit du comte Franz Walsegg-Stuppach, résident au château de Stuppach dans la région de Semmering. Ce comte adore la musique, pratique lui-même la flûte et le violoncelle, et organise deux soirées par semaine de musique de chambre dans sa demeure. Il semble qu'il ait aussi demandé à Mozart son prix pour des quatuors à cordes. Quant à l'anonymat voulu, le comte s'amuse, lorsqu'il a des invités, à poser des devinettes sur la musique qu'il leur fait entendre – ceux-ci le flattent en insinuant qu'elle pourrait être de lui. En souriant, il laisse planer le doute.

Le comte Walsegg commande le *Requiem* pour honorer la mémoire de sa femme, décédée quelques mois auparavant. Puchberg, l'ami et bienfaiteur de Mozart, aurait servi d'intermédiaire. Malgré la surcharge d'activités, le compositeur accepte très rapidement ce travail, par souci financier d'une part et d'autre part parce qu'il semble éprouver le besoin très vif de se remettre à ses anciennes fonctions de musicien d'église. La charge qu'il remplit à Saint-Stéphane et diverses attestations fournies notamment à un compositeur du nom de Joseph Leopold Eybler (élève d'Albrechtsberger et protégé de Haydn) qu'il estime, nous prouvent qu'il se sent très désireux de contribuer au renouvellement d'un art qui tend à revenir aux vieilles formes liturgiques.

Lorsque Mozart se met à composer l'*Introït* du *Requiem*, il s'y exprime du fond de l'âme, d'une âme désormais remuée au plus profond par l'anxiété physique. Elle révèle, de la manière la plus émouvante, sa grande humilité envers Dieu, et sa tendre et persistante supplication devant l'inéluctable. Mozart écrit son *Requiem* dans la tonalité de ré mineur, celle de plusieurs pages précédentes d'inspiration religieuse, la tonalité également du plus haut chef-d'œuvre de sa musique maçonnique, l'*Ode funèbre*. L'orchestre, en plus des cordes, est assombri par la seule présence des cors de basset, des bassons et des trombones. C'est l'atmosphère du choral des hommes armés de *La Flûte enchantée*.

XXXIII

La Clemenza di Tito (La Clémence de Titus)

À la mi-juillet, la commande d'un *opera seria* vient interrompre le travail de Mozart sur *La Flûte enchantée* et le *Requiem*. Elle lui parvient par toutes sortes de voies détournées. Elle est liée au départ à son ami da Ponte. On se souvient qu'à la suite de sa défaveur auprès du nouvel empereur Leopold, celui-ci a été remplacé pour un temps (assez bref) par un nommé Mazzolà, poète impérial. C'est donc tout naturellement à lui que l'on s'adresse pour obtenir un livret d'opéra. Or, l'impresario Domenico Guardasoni, le directeur du théâtre italien qui occupe le Théâtre National de Prague, a été sollicité au mois de juin par les États de Bohême afin de monter un nouvel opéra pour les fêtes du couronnement de Leopold qui auront lieu en septembre. Le temps est court pour une telle entreprise, car son contrat d'engagement ne date que du 8 juillet, à peine deux mois avant la date prévue pour la première représentation. À Guardasoni revient le choix du compositeur.

De prime abord, et malgré le contact qu'il a eu il y a deux ans avec Mozart, celui-ci s'adresse d'abord à Antonio Salieri, le croyant encore le compositeur préféré de la Cour, ce qui n'est alors plus vrai. Il ne sait pas que l'empereur aime particulièrement la musique de Cimarosa, surtout depuis le succès de *Il Matrimonio segreto*.

L'entrée en scène de Mozart passe par toutes sortes de biais trop longs à développer, mais qui se soldent par l'impossibilité pour Salieri de se rendre à Prague, celui-ci étant contraint de rester à Vienne pour assumer ses obligations. Guardasoni s'empresse alors de faire la même proposition à Mozart. Mazzolà est pressenti pour adapter le célèbre opéra de Métastase, *La Clemenza di Tito*, un ouvrage qui a déjà fait ses preuves auprès d'une foule de compositeurs, parmi lesquels Caldara, Hasse, Gluck, Galuppi... mais il pense qu'il faut le rajeunir pour le faire accepter.

L'*opera seria* n'a plus tellement cours désormais, et Mozart en particulier s'en est complètement éloigné depuis son *Idomeneo*, en 1781. Le livret a plus de cinquante ans. Il emploie la succession fastidieuse du genre récitatifs et *arias* alternés, le récitatif faisant avancer l'action et l'*aria* servant de pause méditative en quelque sorte. Le texte doit se conformer, dans la mesure du possible, aux idées de Mozart en matière de dramaturgie, c'est-à-dire une caractérisation claire, des ensembles de grande envergure, et surtout une dramatisation s'exprimant par le moyen purement musical. Pourquoi alors le choix d'un *opera seria* ? Tout simplement parce que l'empereur et surtout sa femme l'apprécient beaucoup et qu'un *opera buffa* ne pourrait être digne de cérémonies aussi solennelles que celle d'un couronnement. Aussi parce que le sujet, un empereur qui accorde son pardon à ceux qui veulent l'assassiner, preuve de sa bonté et de sa clémence, correspond bien au caractère de l'empereur Leopold, responsable entre autres de l'abolition de la torture en Toscane. De plus, par rapport aux événements alarmants qui se déroulent en France, il est tout à fait en accord avec les idées des Lumières. Mais où en est l'attrait pour Mozart ?

D'abord, nous le savons, toute occasion d'écrire un opéra est un bonheur pour lui. Par ailleurs, et malgré le genre imposé, le sujet rejoint tout à fait ses préoccupations du moment. Il ne faut pas oublier que Mozart est déjà proche des idées de *La Flûte enchantée* et voit, dans la figure du miséricordieux Tito, les principes maçonniques de tolérance.

Mozart et Mazzolà accomplissent donc des prodiges en un temps record. Handicap supplémentaire pour Mozart, comme Guardasoni n'a pas encore connaissance de ceux et celles qui vont être les solistes, il ne peut concevoir l'écriture des *soli*, puisque, nous le savons, il ne compose jamais d'*aria* que pour un interprète spécifique, adaptée à la couleur de sa voix, sa technique et sa tessiture. Ce n'est qu'après la mi-août, au retour de Guardasoni d'Italie, que Mozart apprend l'identité des solistes dont il pourra disposer. Le temps manque cruellement ; la tâche est écrasante, et entretemps, Constanze a donné naissance à leur septième enfant. Pourtant elle devra accompagner son mari dans ce voyage. Mozart est dans un tel état de fièvre que la présence de son épouse lui est sans doute essentielle, même s'il leur faut déjà confier à d'autres mains le nouveau-né. Malgré sa propre fatigue, on peut espérer qu'elle n'est pas sans s'inquiéter de voir son mari en pareil état.

On rapporte souvent que Mozart aurait composé l'opéra entier en dix-huit jours seulement, mais il existe tout de même des esquisses avant même que Guardasoni ne revienne d'Italie. Ces esquisses prévoient un ténor pour le rôle de Sesto. Comment Mozart réagit-il lorsqu'il apprend que celui-ci sera confié à un castrat, Domenico Bedini ? Les castrats sont désormais une espèce rare de par la disparition même du genre de l'*opera seria* qui, seul, les employait. Et, autre surprise, Guardasoni a prévu une femme (Caroline Perini) dans le rôle d'Annio. Ces décisions ne sont pas compatibles avec l'approche réaliste que Mozart veut donner à son œuvre.

La date du départ pour Prague est arrivée. Mozart et Constanze sont accompagnés de leurs amis le clarinettiste Anton Stadler (qui prendra place dans l'orchestre et jouera les *soli* difficiles), et de Franz-Xaver Süssmayr. À la dernière minute, Niemtschek rapporte qu'il se produit un curieux et troublant prélude à ce voyage : au moment où Mozart monte en voiture avec sa femme, le messager du commanditaire du *Requiem* aurait surgi comme une apparition, tirant la femme de Mozart par son manteau. Il demande où en est l'ouvrage : « Mozart s'excusa en disant que le voyage était indispensable et qu'il lui était impossible de donner des nouvelles du *Requiem* à son maître inconnu, ce serait du reste à son retour sa première tâche, et seul l'inconnu pouvait dire s'il souhaitait attendre jusque-là. Le messager fut parfaitement satisfait de cette réponse. »

La chaise de poste, tirée par quatre chevaux, quitte Vienne à huit heures et met trois jours à parcourir les vingt et une postes. Mozart passe une bonne partie de ce temps à poursuivre sa composition, ce qui rend l'atmosphère toute différente de celle des précédents voyages. Il doit avoir terminé pour la date fatidique du 6 septembre, celle du couronnement de Leopold II, roi de Bohême ! Ce trajet et le travail aggravent considérablement son état de santé. Il se voit contraint de demander à Süssmayr d'écrire les récitatifs, auxquels lui-même fournira ensuite les accompagnements.

À Prague, il assiste quand même à la représentation que l'on y donne de son *Don Giovanni*, créé il y a quatre ans dans ce même lieu. L'écrivain von Kleist remarque la présence « du petit homme en habit vert » dans la salle. D'ailleurs, chose étonnante, nous savons que le couple royal déclare « ressentir une forte aversion à l'encontre de la musique de Mozart », pourtant le nombre de ses œuvres données en ces jours festifs est impressionnant.

Antonio Salieri est déjà arrivé depuis deux jours avec le nombre de musiciens nécessaire pour les œuvres qu'il devra diriger en l'honneur de son empereur. La Cour lui a demandé de dresser la liste du personnel appartenant à la musique de la chapelle aulique, essentiel à ce couronnement. Salieri estime qu'il lui faut un *maestro di cappella*, lui-même, et un organiste, Albrechtsberger, une basse, un ténor, deux contraltos, deux sopranos. Deux altos, un violoncelle, une contrebasse ne sont pas indispensables, on peut les recruter sur place. Nous savons que, parmi les œuvres que Salieri emporte, figurent trois messes de Mozart, dont celle en ut majeur, qui a servi pour le couronnement de la Vierge de l'église de Maria Plain en 1779 ; « le couronnement » se référant à présent à celui de Leopold. Il y a aussi la *Messe en ut majeur* de 1780, qui recevra, elle aussi, l'appellation de *Messe du Couronnement* de la part des gens de la Cour. Sur les deux manuscrits, sont apposées de nombreuses indications d'exécution de la main de Salieri, qui, semble-t-il, a déjà dirigé cette même musique lors des trois cérémonies de couronnement de Leopold II à Francfort en 1790. (Il les dirigera encore pour celui de François II en 1792 !) Il semble aussi qu'il conduise l'un des grands chœurs de *Thamos, roi d'Égypte* dont Mozart a fait un motet, ainsi que l'offertoire *Misericordias Domini* (K. 222).

Prague est la ville des bons amis, les Duschek : la cantatrice Josepha et son mari compositeur Franz-Xaver. Les premiers quatuors de ce dernier sont pratiquement contemporains de ceux de Haydn. Les Duschek vivent toujours à Bertramka, un vignoble du faubourg de Kopschirsch. C'est là que Mozart a été reçu autrefois. À cause des festivités, Prague est comble. On ne sait où loger nos voyageurs. Vont-ils de nouveau chez les Duschek ? On l'ignore, aucun document ne nous l'apprend.

Les fêtes de couronnement ne sont pas que musicales. Il y a des pièces de théâtre et même une « foire paysanne » dans un édifice à deux étages avec une foule de petites boutiques. Pour celle-ci ont été engagés cent vingt couples d'enfants ainsi que de nombreux adultes, et plus de cent chevaux, dont, chose étonnante, certains déguisés en chameaux ! Il y a un théâtre magique, d'étranges paysages et villes, divers effets de la nature tel que le lever de soleil, et plusieurs œuvres d'art mécanique, des automates que les spectateurs peuvent diriger et qui répondent à toutes les questions qui leur sont posées. On peut admirer des feux d'artifice, des expériences chimiques... il y a un cirque avec un nommé Balp « dresseur royal, français et sarde » ! Blanchard, le célèbre aérostier français, propose pour la énième fois de décoller du champ voisin...

Tout cela se déroule chaque après-midi. Banquets, réceptions de plein air, bals masqués, soirées musicales s'entremêlent, se succèdent... Les aristocrates s'en donnent à cœur joie.

À leur arrivée, l'empereur et sa suite se rendent à la Hofburg sur la colline. Le soir même, on fête leur venue par la représentation d'un opéra de Paisiello et par une pièce de théâtre. Puis arrive l'impératrice avec sa propre suite. Elle est logée au château nommé *Lieben* où l'accueille officiellement la Cour impériale. Arrive aussi le comte Zinzendorf, qui s'est souvent livré à des critiques sévères envers Mozart.

Chaque jour est surchargé de manifestations. Le couple impérial est fêté officiellement en grande pompe et cérémonie à la cathédrale Saint-Guy...

Durant le cérémonial du couronnement, alors que résonne la musique de Mozart, l'épaule gauche du souverain est ointe des saintes huiles par l'archevêque, qui les lui enlève après la bénédiction à l'aide de pain et de sel. L'empereur reçoit alors la couronne de saint Wenceslas, que l'on pose sur sa tête. On lui place entre les mains le sceptre et la pomme dorée de l'empire, et on lui attache à la taille l'épée de cérémonie. Il prononce le vœu solennel au son de trompettes, de timbales et de salves de canon...

On ne peut que s'émerveiller de ce que les compositions de deux opéras aussi différents de genre, de style musical et de sujet que *La Flûte enchantée* et *La Clemenza di Tito* aient été autant mêlées au point que, pendant l'élaboration de l'un, Mozart chantonnait des fragments qui lui venaient pour l'autre. Mais malgré les divergences, quelques liens puissants relient ces deux opéras. On y trouve notamment la trace des mêmes influences morales. Quelques-uns des plus beaux chants appartiennent déjà à l'église et le ton élégiaque nous entraîne vers l'inexprimable. De plus, l'amour, qui constitue l'essence même de la pensée mozartienne, n'est-il pas à la base des deux ouvrages ? Dans *La Flûte enchantée*, les préoccupations maçonniques se révèlent à travers l'amour de Tamino et de Pamina, qui doivent éliminer les obstacles qui empêchent leur réunion, puis leur union en l'esprit. De même dans *La Clemenza di Tito*, la morale n'est-elle pas exprimée grâce au couple que forment Sesto et Vitellia, les véritables protagonistes du drame qui met en valeur la magnanimité de l'empereur ?

Au début de l'œuvre n'existe qu'un amour non partagé, mais à la fin, il devient réciproque. Toute la démarche tragique de la pièce réside dans cette issue heureuse. Mozart transforme l'esprit et la matière du livret d'origine. Et les allusions à la fin alors si proche du compositeur ne manquent pas non plus. Il semble évident que ces textes figurent parmi ceux que Mozart a écrits avec le plus d'inspiration et de génie...

Pourtant il se sent prisonnier des lois inhérentes au genre de l'*opera seria*. Lorsqu'il écrivait *Idomeneo*, il était convaincu que l'*opera seria* était sa vocation, et de fait, l'œuvre a gardé la fraîcheur qui accompagnait cette conviction. Mais depuis, il a déjà réalisé sa vocation dramatique. Aucun retour à l'exaltation juvénile n'est possible. De plus, il y a contradiction entre la gloire qu'il espère toujours (et particulièrement durant ces temps de festivités) et la contrainte d'écrire dans un genre dépassé. Il a conscience que le public pragois, si fervent envers ses ouvrages précédents : *Così fan tutte*, *Don Giovanni* et *Le Nozze di Figaro*, se montrera sans doute dérouté.

Son désarroi est augmenté par le fait que, vu le temps qui lui est alloué, il se trouve devant l'alternative de fournir un travail qui soit quelconque d'un bout à l'autre, ou d'en produire un dont les parties essentielles soient traitées à fond, et les autres plus superficiellement. Il adopte la dernière solution. Le texte de Métastase, écrit en 1734, a été sans doute l'un des plus populaires du XVIIIe siècle. Nous avons vu le nombre de compositeurs qui s'en sont inspirés. Ils y puisent une occasion idéale pour rendre hommage à un souverain, et mettre en évidence un règne exemplaire, dans un contexte de grandeur romaine antique.

Mazzolà perçoit parfaitement les faiblesses de l'action dramatique. Il tente d'y remédier en éliminant l'alternance des récitatifs et des *arias*. Mozart, plus lucide encore sans doute, éprouve du respect et de l'admiration pour ce travail de rajeunissement. En inscrivant l'ouvrage à son catalogue thématique, il l'exprime par la phrase suivante : « Retravaillé pour devenir un vrai opéra par Signor Mazzolà », ce qu'il n'a jamais fait après ses collaborations avec da Ponte.

La Clemenza di Tito est représentée à plusieurs reprises à Prague au Théâtre National Tyl au cours de ce mois de septembre. La première est difficile. Le roi nouvellement couronné et sa suite arrivent avec une heure de retard... le programme ne mentionne même pas le nom de Mazzolà, encore moins celui de Métastase, et sans doute l'empereur eût-il volontiers supprimé également celui de Mozart.

Mais il semble que le public ne boude pas trop l'ouvrage. Il est complètement différent de celui, officiel, de la Cour, où l'on distribue les billets selon le niveau social de chacun plutôt qu'en fonction de l'intérêt qu'il porte à la musique. De plus, aucun couronnement n'ayant été célébré depuis plusieurs décennies, des milliers de visiteurs envahissent la ville. Niemtschek nous en donne un reflet quelque peu réservé : « Comme le destin a voulu qu'un impitoyable castrat et une *prima donna* qui chantait plus avec ses mains qu'avec sa gorge (et qu'il faut considérer comme une possédée) aient tenu les rôles principaux ; comme le sujet est trop simple pour pouvoir intéresser une foule populaire occupée par les festivités du couronnement, les bals, les illuminations, et, comme enfin il s'agit (honte à notre époque) d'un *opera seria*, il plut moins, de façon générale, que ne le méritait sa musique véritablement divine. » Niemtschek écrit son compte rendu trois ans après les événements, au cours desquels il dit aussi avoir rencontré Mozart pour la première fois, et s'être lié d'amitié avec lui.

Quant à l'impératrice Marie-Thérèse, elle se borne à remarquer qu'il s'agit là d'une *porcheria tedesca*... (une cochonnerie allemande). Les diverses gazettes de la ville ne se donnent pas la peine de faire un commentaire et l'œuvre disparaîtra de l'affiche dès la fin du même mois. On imagine aisément la détresse de Mozart.

Après la première, celui-ci prolonge de quelques jours son séjour, mais son état général est au plus bas : « Dès son arrivée à Prague, Mozart tomba malade et dut se soigner sans cesse. Son teint était pâle et son air, triste. Pourtant, dans la société de ses amis, sa bonne humeur s'exhalait en propos joyeux. »

Au moment de repartir, il est très ému de quitter ses amis pragois : « Il fut si ému qu'il versa des larmes. Un pressentiment de sa fin prochaine semblait l'avoir plongé dans un état d'esprit mélancolique. Déjà il portait le germe de la maladie qui allait l'emporter. »

Le déclin de ses forces le rend hypersensible à tout événement. C'est en sanglotant qu'il franchit les portes de la ville de Prague qu'il aime tant. De plus, il sait qu'il devra trouver le courage de terminer les deux tâches qui lui importent au plus profond : *La Flûte enchantée* et le

Requiem. De cette période date une lettre en italien (dont on a parfois contesté l'authenticité) tout à fait bouleversante. Il l'adresse à da Ponte, exilé de la Cour, et vivant actuellement à Londres où il l'a incité à le rejoindre : « Je voudrais suivre votre conseil, mais comment y réussir ? J'ai la tête dérangée, je suis à bout de forces, et je ne puis m'ôter des yeux l'image de cet inconnu. Je le vois sans cesse. Il me prie, me sollicite et me demande impatiemment mon travail... Je le sens à quelque chose qui me prouve que l'heure sonne. Je suis sur le point d'expirer. J'ai fini avant d'avoir joui de mon talent... Voici mon chant funèbre que je ne dois pas laisser inachevé. »

Mozart sait que son art resplendit dans l'exacte proportion où il réussit à dépasser l'émotion facile : « Il faut passer par l'idée pour être ému. » Mais il sait aussi que cette musique l'entraîne sur le chemin de la mort, désormais plus aucun chemin qui ne débouche sur l'immensité de ce vide...

XXXIV

L'ultime traversée

Le mois de septembre est déjà bien entamé lorsque Mozart revient à Vienne. La première de *La Flûte enchantée* a lieu le 30, précédée la veille d'une répétition générale. Lorsqu'il arrive, il ne lui reste plus qu'à écrire l'*Ouverture* et la *Marche des prêtres*. En revanche, l'orchestration est encore à réaliser dans son entier, et certains numéros sont à réécrire, tout cela à la demande, soit de certains acteurs, soit de Schikaneder, qui se montre par ailleurs très heureux du rôle de Papageno qui lui est destiné.

Mozart sait qu'il ne peut s'accorder aucun répit, le compte à rebours est enclenché. Au quasi-échec de *La Clemenza di Tito*, à la douleur qu'il a éprouvée lors de sa séparation d'avec ses amis pragois, s'ajoute le déclin irrémédiable de sa santé dû aux dernières grandes fatigues qu'il a subies. L'urgence s'impose désormais ! De plus, *La Flûte enchantée* l'expose pour la première fois à un public populaire bien différent du public viennois distingué dont il a l'habitude. Comment celui-ci réagira-t-il à cet opéra, qui dépasse de beaucoup (plus encore que *L'Enlèvement au sérail*) le genre du *Singspiel* ?

Par ailleurs, Mozart s'attache à défendre avec ardeur la maçonnerie. Sera-t-il compris comme il le souhaite ?

Ou bien, ses ennemis en profiteront-ils pour pervertir le message ? Quoi qu'il en soit, il sait qu'il devra travailler jusqu'à ce que ses forces l'abandonnent. Bien qu'il ne reste que peu de jours avant la création de l'opéra, Nissen le dit hanté, surtout, par le *Requiem* : « Il travaillait tant et si vite, qu'il semblait vouloir mettre un terme aux angoisses du monde matériel en se réfugiant dans les créations de son esprit... Il se surmenait tant, qu'il oubliait non seulement l'univers autour de lui, mais sa fatigue même. Tout à coup il tombait sans force, et il fallait le porter au lit... »

C'est le 28 septembre que Mozart inscrit les parties manquantes de *La Flûte enchantée* à son catalogue thématique ; dès le lendemain a lieu la répétition générale au Freihaus de Schikaneder, et le 30, la première : « Le livret de l'opéra, qui comprend deux estampes représentant M. Schikaneder dans son rôle de Papageno et dans son vrai costume, est en vente à la caisse du théâtre pour trente kreutzers. Les décors et les accessoires ont été confiés à Messieurs Geyl et Nessthaler, qui se flattent de s'être acquittés de leur tâche avec tout le dévouement et l'habileté dus aux nécessités artistiques de la pièce. Le commencement est à 7 heures ! »

La grande bâtisse du Freihaus, dont la forme est celle d'un œuf, est comble. Aucune place ne reste disponible ! Tous ceux qui habitent dans le voisinage du théâtre sont venus. Ce sont des fidèles des spectacles de Schikaneder. Ils s'y rendent parce qu'il y a représentation plutôt que par un goût délibéré pour Mozart dont la plupart ignorent le nom. Et d'ailleurs celui-ci figure en tout petits caractères sur l'affiche par rapport à ceux des acteurs. On peut imaginer son angoisse à l'attente des réactions du public, si différent des personnalités nobles et aristocratiques. C'est lui-même qui tient le clavier tout en dirigeant. Süssmayr, lui, tourne les pages, et Henneberg, le chef d'orchestre attitré du théâtre (qui reprendra trois jours plus tard la direction de l'ouvrage), est, pour l'instant, chargé de faire sonner le *glockenspiel* aux moments voulus.

Le premier acte se déroule devant une assistance quelque peu déroutée et peu convaincue. Le spectacle n'a aucun rapport avec ce à quoi ce public populaire est habitué.

Mozart est au comble de l'anxiété. Tendu, il se sauve dans les coulisses durant l'entracte, à la recherche de Schikaneder. Celui-ci connaît son public, il est confiant. Mais c'est en vain qu'il tente de rassurer Mozart qui pense déjà qu'à son *Singspiel* est réservé le même sort qu'à *La Clemenza di Tito* il y a peu. Il ne se sent pas la force de supporter un deuxième échec, et surtout pour cette œuvre écrite de toute son âme. Mais le miracle a lieu au cours de la deuxième partie du spectacle. Le public s'anime, manifeste, participe : la partie est gagnée ! L'enthousiasme général va croissant. Le peuple adopte ce spectacle nouveau. Mozart est au bord de l'évanouissement tant son émotion est forte !

Les comptes rendus du jour étant pratiquement inexistants pour un théâtre populaire, ce n'est que dans des articles très ultérieurs que nous pouvons mesurer l'atmosphère surchauffée du Freihaus ce soir-là, notamment dans le *Wiener Monatschrift für Theater und Musik* de 1857 : « Lorsque, le premier soir, le compositeur fut acclamé avec enthousiasme et insistance à la fin de l'opéra, il se cacha partout pour ne pas se montrer, jusqu'à ce que Schikaneder et Süssmayr l'eussent tiré de sa cachette et amené de force sur la scène. »

Mozart suit fidèlement les représentations de son opéra et le succès qu'il remporte. Il s'en nourrit. Sa vie est réglée sur ce rendez-vous quotidien qui est l'accomplissement de tout ce dont il rêve depuis si longtemps, la réalisation d'un vrai opéra allemand, dont lui-même est le premier véritable auteur, un accomplissement que Richard Wagner saluera plus tard de manière vibrante : « Quelle magie sublime lui a soufflé ses inspirations, depuis le lied plébéien jusqu'à l'hymne le plus sublime ! Quelle variété, quelle richesse, quel sentiment. C'est la quintessence de l'art ; le parfum concentré des fleurs les plus belles et les plus diverses. Comme chaque mélodie, depuis la plus simple jusqu'à la plus grandiose, est empreinte d'aisance et de noblesse tout à la fois ! On pourrait regretter pour ainsi dire ce pas de géant excessif du génie musical, qui, tout en créant l'opéra allemand, en posa aussi les dernières limites et improvisa le chef-d'œuvre du genre avec une perfection qui ne devait plus être dépassée, qui pouvait à peine être égalée. »

Mozart se rend au théâtre, souvent accompagné d'amis et de connaissances du monde de la musique. Un soir, il y accompagne même Salieri. Celui-ci se montre très élogieux et Mozart très sensible à ces éloges...

On a prétendu qu'il manquait à cet opéra une dimension pathétique, mais on peut se demander en même temps si Mozart ne l'a pas voulu ainsi ? On n'est jamais vraiment « pris » par l'action comme pour les autres drames de Mozart. Cela ne vient-il pas du fait que le registre dramatique est différent ? Ici, l'action n'est pas dans la situation, l'élan amoureux de Tamino ou la déception de Pamina. Elle réside dans les affres du dépouillement qui consistent précisément à perdre ses sentiments. L'art mozartien resplendit dans l'exacte proportion où l'émotion facile est dépassée : « Il faut passer par l'idée pour être ému... »

Comment Constanze, durant cette période, peut-elle être au loin, à Baden de nouveau ? Car, si Mozart est psychologiquement apaisé par le succès de son opéra, en revanche on a du mal à croire qu'elle ne perçoit pas son délabrement physique. N'est-ce pas une fuite de sa part, quel que soit son propre état ? « Après son retour de Prague à Vienne, Mozart se mit tout de suite à sa Messe des morts, et y travailla avec un acharnement extraordinaire et un vif intérêt. Mais son indisposition s'accrut en proportion et le plongea dans la mélancolie... »

Nissen n'est pas le seul à percevoir ainsi l'état de fatigue extrême du compositeur. Dans une chronique de l'*Allgemeiner Musikalische Zeitung*, Rochlitz rapporte que le délai fixé par Mozart lui-même est écoulé, qu'à peine rentré de Prague, l'homme étrange réapparaît à nouveau et lui accorde un délai supplémentaire. Il dit aussi que Mozart est maintenant absolument persuadé que l'homme à la noble allure est un individu tout à fait extraordinaire, étroitement lié à l'autre monde, voire envoyé par lui pour lui annoncer sa fin : « Je ne vais jamais au lit sans réfléchir que le lendemain peut-être, si jeune que je sois, je ne serai plus là... » On se souvient de cette phrase dans la lettre adressée à son père il y a quelques années.

XXXV

Fin terrestre

Le voici lui-même au seuil de cette ultime épreuve... L'obscurité qui entoure les derniers mois de la vie de Mozart est difficile à pénétrer. Nous n'en avons qu'un reflet par les compagnons qui lui sont demeurés fidèles. Dans les lettres de ces semaines-là, ce sont plutôt les omissions qui comptent. Il faut essayer de lire la vérité à travers elles. De ce chemin qui sera tragiquement interrompu en décembre, les récits enjoués d'antan disparaissent peu à peu. Pour la plupart de ses « très chers et excellents amis », Mozart a déjà cessé d'exister ! Il s'étend longuement dans ses lettres à Constanze sur des événements anodins, et son ancien goût pour les jeux de mots et le badinage n'apparaît que par éclairs fugitifs, une dernière tentative de faire rire les autres et lui-même dans son désarroi. Parfois survient un ton hargneux qui frise la méchanceté : « Pour Süssmayr, une bonne paire de soufflets en mon nom... Une bonne chose serait de lui pincer le nez avec un crabe, de lui crever un œil, ou sinon, de lui causer une blessure assez visible pour que ce garçon ne puisse jamais nier ce qu'il a reçu de vous. » Süssmayr, son élève, mérite-t-il vraiment ce type de remarques ? Et pourquoi ?

Mozart voit-il réellement l'approche de la mort qui est comme il disait « la meilleure amie de l'homme, et sa seule consolation » ? Ou bien la ressent-il comme un désastre imminent qui va interrompre, trop tôt, son discours admirable ? Il ne fait jamais allusion, ou rarement, aux soins que nécessiterait son état physique, et les quelques phrases dans lesquelles il révèle une crise douloureuse ne laissent déceler aucun symptôme précis de la maladie à laquelle il va succomber. Tout juste a-t-il le souci, après la vente de son cheval deux mois avant sa mort, d'effectuer chaque jour ce qu'il appelle sa « promenade préférée »... La présence de sa « chère petite femme » lui serait de plus en plus indispensable maintenant qu'il est devenu si fragile, mais il ne veut pas lui avouer combien la solitude lui est pénible. S'en rend-elle seulement compte ?

Est-ce la visite qu'il a reçue à la fin de juillet du mandataire anonyme du *Requiem*, qui l'a fait définitivement basculer du côté de l'ombre ? Combien tenace a été, et demeure encore, l'impression qu'il s'agit là d'un messager de la Mort. D'ailleurs il déclare avoir eu une vision hallucinante : il a vu un cheval blanc monté d'un cavalier, qui s'appelait la Mort. Il le dit à Constanze lors de son retour de cure. Celle-ci fait de son mieux pour le distraire de ses idées noires en appelant autour de lui ses amis. Elle lui raconte des histoires, qui, jadis, l'ont fait pleurer de rire, encore récemment d'ailleurs, lorsqu'il a composé, durant toute une nuit, l'ouverture de sa *Flûte enchantée*, la veille de la première. Elle va jusqu'à dérober un temps le manuscrit du *Requiem*, mais ne sait-elle pas que tout est là, inscrit dans sa tête, de la première à la dernière note ? Aura-t-il le temps désormais ?

Mozart aime bien se rendre chaque soir au « Serpent d'argent » pour y boire une bière en bonne compagnie... Hier, il n'en a presque pas trouvé la force... a-t-il déjà commencé à mourir ?

L'écriture du *Requiem* est une course contre le sablier du temps, une course que le « petit homme », d'ordinaire si actif, à l'imagination si fertile, si avide de se mettre à sa table de travail, n'a plus la force de mener... De plus, à la fin du mois d'octobre et au début de novembre, le temps est effroyable. Sa santé s'en ressent cruellement. Constanze ne peut, qu'une seule fois ou deux, emmener son mari au Prater. Les 27 et 28 octobre, après des pluies torrentielles, il se met à faire un temps d'apocalypse... Du 28 octobre au 1er novembre inclus, la neige tombe souvent et abondamment, comme en janvier ou février. Dans certaines régions, ce temps prématurément hivernal est de mauvais augure, même pour les Viennois bien portants. Le *föhn*, un vent redouté en Europe centrale, à l'origine de toutes sortes de maux, de rages de dents jusqu'aux avalanches, provoque, semble-t-il, chez Mozart la crise de rhumatismes qui annonce sa fin prochaine. Son âme se retire peu à peu du monde...

Les enfants sont en pension, comme à l'ordinaire. Mozart prend l'habitude de se lever à 6 heures pour ne plus se consacrer qu'à ses partitions... Tant qu'il en a la force, il se rend tous les soirs au Freihaus écouter *La Flûte enchantée*. Sept ans après sa mort, Rochlitz écrira : La maladie de Mozart s'aggrava au point où il ne put diriger que les toutes premières représentations et assister aux suivantes. Lorsqu'il fut impossible d'être lui-même au théâtre, il posait... si tristement... sa montre à ses côtés, et entendait la musique en pensée. "Voici que s'achève le premier acte. Voici le passage *Dir, grosse Königen der Nacht* juste avant la fin"... et ainsi de suite ! »

Un soir, Mozart trouve le courage de se rendre encore une fois à l'auberge du Serpent d'argent chez son fidèle factotum Joseph Deiner, « Primus » : « Le 19 novembre, un jour froid et maussade.

La brasserie se trouvait dans la Kärtnerstrasse... des acteurs, chanteurs et musiciens avaient coutume de s'y rencontrer. Au jour susdit, Mozart, trouvant dans la première salle réservée plusieurs consommateurs étrangers, entra dans la salle suivante plus petite, où il n'y avait que trois tables. Arrivé dans cette petite salle Mozart, fatigué, se jeta sur son siège et laissa tomber sa tête sur son bras droit, plié. Il resta ainsi assez longtemps, puis commanda au garçon de lui apporter du vin, alors qu'il avait l'habitude de boire de la bière. Lorsque le garçon lui eut apporté le vin, Mozart demeura sans mouvement, sans même y toucher. Alors le patron, Joseph Deiner, parut à la porte de la salle réservée, qui donnait sur une petite cour. Mozart le connaissant bien lui parla toujours en toute confiance. Lorsque Deiner put voir le maître, il s'arrêta et le considéra longuement, avec attention. Mozart semblait extraordinairement pâle. Ses cheveux blonds poudrés étaient en désordre ; la petite queue nouée avec négligence. Soudain il leva les yeux et aperçut le patron.

– Eh bien, Joseph, comment cela va-t-il ?

– C'est à moi de vous le demander, repartit Deiner, car vous paraissez malade et vous avez mauvaise mine, Monsieur le Maître de musique ! L'air de la Bohême ne vous a pas fait du bien. Cela se voit ! Vous buvez du vin maintenant, c'est ce qu'il faut. Vous aurez sans doute bu tant de bière en Bohême que vous vous serez abîmé l'estomac. Cela n'aura pas de conséquence, Monsieur le Maître de musique !

– Mon estomac est meilleur que tu ne le crois, dit Mozart, il y a longtemps que j'ai appris à tout digérer... Mais je sens que ce sera bientôt fini de faire de la musique. Je suis saisi d'un froid que je ne puis m'expliquer.

– Buvez mon vin et prenez ces dix-sept *kreutzers*. Venez demain matin chez moi. Voilà l'hiver, et nous avons besoin de bois... Et Mozart partit !

Le patron Deiner s'assit dans la première salle réservée, avec le vin de Mozart, et se dit en lui-même : Un homme encore jeune comme lui, penser à la mort... il a bien le temps. Mais il ne faut pas que j'oublie le bois, car novembre est déjà très froid... »

Le lendemain, Joseph Deiner fidèle à sa promesse d'apporter le bois à ses amis se présente à 7 heures au 970 de la Rauhensteingasse...

Au premier étage, il frappe à la porte de l'appartement. La servante, qui le connaît, lui ouvre et le fait entrer. Elle lui dit qu'elle a dû chercher le docteur pendant la nuit, car M. le *Kapellmeister* est très malade. Malgré cela, Mme Mozart appelle Deiner dans la chambre. Mozart est couché sur un lit à couverture blanche, dans un coin de la pièce. Lorsqu'il entend parler Deiner, il ouvre les yeux, et dit, d'une voix à peine perceptible : « Joseph, aujourd'hui, nous avons affaire à "docteurs et apothicaires" » ! (Mozart fait allusion à un opéra de Dittersdorf).

Le soir du 20 novembre, on célèbre la centième représentation de *La Flûte enchantée*. Constanze raconte que Mozart dit qu'il aimerait bien entendre encore une fois son opéra. Il fredonne d'une voix presque imperceptible : *Der Vogelfänger bin ich, ja*. Le *Kapellmeister* Roser, qui est à son chevet, se lève alors, se met au piano, et chante l'air. Mozart manifeste une joie visible. Le même jour, en début d'après-midi, plusieurs musiciens se réunissent autour de son chevet. Mozart leur demande de lui faire entendre les séquences terminées du *Requiem* : Schack, le ténor, tient la partie de soprano, Hofer, celle du ténor, Gerl, la basse, Mozart, faiblement, essaie de tenir la partie d'alto. On répète le *Lacrymosa* jusqu'à la mesure où Mozart s'est interrompu... La conviction absolue de ne pouvoir aller plus avant dans son travail l'envahit : « Il se mit alors à sangloter et écarta la partition... » rapporte Schack.

Dans la nuit, les symptômes de la fin se manifestent, mais Mozart est encore là le lendemain, lorsque vient, comme à l'accoutumée, Sophie, la sœur de Constanze : « Quelle ne fut pas ma frayeur lorsque ma sœur, à moitié désespérée, et cherchant cependant à se calmer, vint à ma rencontre et me dit : "Dieu soit loué, tu es là, Sophie. Cette nuit, il allait si mal que je pensais déjà qu'il ne serait aujourd'hui plus en vie. Reste auprès de moi pour la journée, car si cela se reproduit aujourd'hui, il mourra cette nuit..."

J'essayai de me ressaisir et allai à son chevet. Il m'appela aussitôt : "Ah, chère Sophie, comme c'est bien que vous soyez là. Il faut que vous restiez cette nuit et me voyiez mourir." J'essayais d'être forte et de lui ôter cette idée, mais il me répondait toujours : "J'ai déjà le goût de la mort sur la langue. Et qui soutiendra ma très chère Constanze, si vous ne restez pas ?”... Mon Dieu, quel désespoir... »

C'est pendant cette agonie que Mozart reçoit enfin de l'empereur le décret de sa nomination comme directeur musical de Saint-Stéphane : « Maintenant que je suis nommé à un poste où j'aurais pu suivre les impulsions de mes inspirations, écrire avec indépendance ce que me dicte mon cœur... il faut partir, quitter mon art et ma famille, mes pauvres enfants, au moment où j'aurais été en état de veiller le mieux à leur bonheur... »

La certitude de sa mort imminente, la douleur d'abandonner sa femme et ses enfants et la conscience qu'en laissant inachevé son *Requiem*, il les prive d'une rémunération importante augmentent encore les tortures de la maladie.

Ses bras et ses jambes se mettent à enfler. Commencent alors des vomissements. Au fur et à mesure de la destruction de son corps, croissent la volonté et la lucidité de son esprit pour œuvrer sans relâche au *Requiem*. Il essaie même d'aller au piano. Dans un effort ultime, il tente de chanter avec Constanze et Süssmayr certains mouvements, dont le *Recordare* qu'il aime particulièrement. Il dit à Süssmayr : « Si je ne vis pas, ceci est de la dernière importance, la fugue du commencement devra être répétée. » Il lui montre où et comment celui-ci doit remplir les parties déjà esquissées.

Si l'on tient compte d'une sorte de répit qui se produit parfois avant la mort, il est étonnant que Mozart puisse encore conserver, aussi aiguës, ses facultés créatrices, comme si cette étincelle était si vive, que même la mort ne pourrait l'éteindre...

L'appartenance de Mozart à la franc-maçonnerie est de notoriété publique. Comme l'empereur a frappé d'excommunication tous ceux qui en font partie, les prêtres refusent de venir à son chevet lorsque Sophie Haibel vient les solliciter.

Dans l'appartement de la Rauhensteingasse, les bougies demeurent allumées toute la nuit. On s'affaire autour du chevet de Mozart, guettant ce qu'il pourrait vouloir exprimer encore...

Depuis plusieurs heures, on cherche désespérément son médecin soignant, le Dr Closset, que l'on trouve enfin, au théâtre... Il promet de venir.

À minuit, Mozart se dresse sur son lit, les yeux fixes. Puis il penche la tête contre le mur, et paraît se rendormir. Peu après, lorsque arrive le médecin, Sophie a tout pris en main, tant Constanze est désespérée et désarmée... Sophie se souviendra toujours de ces instants : « Il m'ordonna de baigner les tempes et le front de Mozart de vinaigre et d'eau froide. J'exprimais la crainte de voir le froid soudain nuire au malade, dont les bras et les jambes étaient très enflammés et enflés. Mais le docteur persista dans ses ordres, et j'appliquai par conséquent une serviette humide sur son front. Mozart eut aussitôt un léger frisson... Très peu de temps après, il expira dans mes bras... Son dernier geste fut de vouloir imiter, par sa bouche, les timbales de son *Requiem*... je l'entends encore... »

À ce moment, les seules personnes présentes dans la chambre sont Constanze, le médecin, et Sophie. La pièce dans laquelle Mozart agonise est celle qui donne sur la rue, au premier étage.

Minuit cinquante-cinq, le 5 décembre 1791. À l'âge de trente-cinq ans, dix mois et huit jours, Mozart meurt...

« Müller vint aussitôt de son cabinet d'art, et prit le moulage de son visage pâle et mort. Il m'est impossible de dire comment sa fidèle épouse, dans sa grande misère, tomba à genoux et implora le soutien du Tout-Puissant... Elle ne pouvait se séparer de lui malgré toutes mes prières. Au bord de l'hystérie, elle essaya de se glisser dans le lit auprès de son mari afin d'essayer d'attraper la même maladie, qu'elle croyait infectieuse... S'il avait été encore possible d'accroître sa douleur, c'eût été le cas, lorsque, le lendemain de cette nuit sinistre, les foules passèrent en pleurant et en criant. »

Un jeune protégé de Mozart, Ludwig Gall, rapporte : « Alors que j'étais allé en ville le 5 décembre, chez le marchand de musique, Lausch : celui-ci me dit : "Vous n'imaginez pas le malheur qui nous frappe, Mozart est mort cette nuit !" Bouleversé, je me précipitai à son domicile, doutant encore de cette funeste nouvelle. Je me persuadai, hélas trop vite, de la vérité ! Mme Mozart m'ouvrit elle-même la porte et me fit entrer dans un petit cabinet sur la gauche, où je vis le défunt maître, couché dans un cercueil, revêtu d'un habit noir avec une capuche qui recouvrait sa blonde tête jusqu'au front, les mains jointes sur la poitrine. »

Le jour même de la mort de Mozart, le baron van Swieten est démis de ses fonctions de président de la commission de la Cour pour l'éducation. Il se rend néanmoins chez les Mozart pour aider à organiser les obsèques de son ami. C'est Joseph Odilio Goldhann, l'un des créanciers potentiels (et sans doute réel) de Mozart, qui relève la liste officielle de ses biens, « sans qu'il résulte pour moi désavantage et sans être aucunement responsable », précise-t-il.

Le corps de Mozart est enlevé de l'appartement de la Rauhensteingasse vers 14 heures 30, transporté en corbillard jusqu'à Saint-Stéphane où les hôtes funèbres (c'est ainsi qu'on les nomme) attendent.

Le porteur de croix est en tête, suivi d'un prêtre, tandis que sonne le glas.

Quatre hommes vêtus de noir portent le cercueil, quatre garçons, tenant des lanternes, les entourent. Nous n'avons aucune information sur la présence de la famille (qui ne peut être que celle des Weber), ni sur celles d'amis ou de connaissances.

La messe a lieu dans une petite chapelle située à l'entrée de la cathédrale. On ne sait s'il y a de la musique. Si oui, c'est sans frais, car elle ne figure pas dans les dépenses funéraires. Mais, comme Mozart a été assistant *Kapellmeister* à la cathédrale, on peut imaginer que ses collègues, ou celui qui sera bientôt à sa place, Albrechtsberger, lui rendent hommage : « Dans une aile nord, en une chapelle dite populairement (mais à tort) “du crucifix”, à l'ancienne entrée de la crypte (et en face de l'appartement du fossoyeur), le cercueil fut placé sur un catafalque. Là, le prêtre, accompagné du porte-croix et des ministres, pouvait alors donner la première bénédiction, dite “de maison”. »

C'est ce qui expliquerait la version, fort étrange, selon laquelle Mozart aurait reçu la bénédiction en plein air, en raison de la putréfaction du corps : « Puis le petit cortège funèbre entra à la cathédrale, passant peut-être par la “porte du sacristain” située au nord, en face du

Palais du Prince-archevêque, et arrivant vraisemblablement dans la véritable chapelle du crucifix qui se trouvait juste à l'entrée où fut administrée la bénédiction “dite d'église”.

Après la cérémonie, le cortège revint à la chapelle de Capestrano (à nouveau à l'extérieur, du côté nord) où le corbillard attendait pour faire accomplir au cercueil son dernier voyage jusqu'au cimetière Saint-Marx. »

À bout de nerfs, Constanze n'assiste pas, semble-t-il, à la messe à Saint-Stéphane. Nul autre ne voit le corps de Mozart jeté dans la fosse commune dont on ignore l'emplacement. Dix-sept ans plus tard seulement, sera mise une croix, lorsque Constanze s'y rendra pour la première fois.

Quant au moulage du visage de Mozart réalisé par le cabinet Müller aussitôt après sa mort, il sera cassé un jour par Constanze... et jeté !

Le plus grand génie de la musique disparaît dans un anonymat total.

Constanze est-elle réellement l'auteur de ces quelques phrases écrites dans le livre d'or que tenait son mari ?

Ce que tu as écrit jadis, à l'intention de ton ami
Je le réitère ici pour toi, ployant sous la douleur
Époux chéri ! Mozart immortel, pour moi et toute [l'Europe.
Toi aussi, tu reposes désormais – à jamais !
À une heure après minuit, dans la nuit du 4 au [5 décembre de cette année,
Il quitta en sa trente-sixième année – (trop tôt, [ô combien !)
Ce monde bon, mais ingrat ! – Oh Dieu !

Huit années nous unirent d'un lien affectueux et [indélébile !
Oh, que ne puis-je être bientôt unie à toi à jamais.
Ton épouse éperdue de douleur
Constanze Mozart, née Weber
Vienne, le 5 décembre 1791.

« Une nuit, un homme fit un rêve. Il rêva qu'il se promenait le long d'une plage avec Dieu. Au travers du ciel, lui apparurent diverses scènes de sa vie, chacune des scènes étant accompagnée par l'image de quatre empreintes clairement dessinées dans le sable, les siennes et celles de Dieu.

Lorsque lui apparut l'ultime scène de sa vie, il vit que maintes fois, et, en général au cours des moments les plus difficiles, les plus sombres, ne subsistaient plus que deux traces de pas. Il en fut profondément troublé. Il demanda : "Pourquoi m'avez-vous abandonné aux moments où votre présence m'était le plus nécessaire ?" Dieu lui répondit : "Mon fils, mon enfant, jamais je ne t'ai abandonné. Là où il n'y avait que deux empreintes dans le sable, c'est que je te portais..." »

A. de Barros.

ÉPILOGUE

Interrogations

I

La fin : causes et circonstances

Quoi qu'il en soit des cabales et intrigues auxquelles se serait livré Salieri contre Mozart, la part de vérité et la part d'exagération, il est désormais difficile, sinon impossible, d'accréditer la thèse, longtemps perpétuée, selon laquelle, ne supportant plus sa présence, il aurait tout simplement empoisonné son rival pour s'en débarrasser. De tous les Italiens dont le chemin croise celui de Mozart durant sa courte vie, il est évident que Salieri est son concurrent direct. Celui-ci le hante et le perturbe le plus, comme une sorte d'ombre omniprésente et malfaisante contre laquelle il se heurte constamment à tous les carrefours de la vie musicale viennoise. Et Salieri doit en grande partie sa renommée à la sinistre légende qui, aussitôt après la mort de Mozart, se répandra partout, en Allemagne, à Prague et jusqu'en Russie, puisqu'en 1830, Pouchkine s'en inspirera pour une petite scène tragique intitulée *Jalousie*.

La thèse d'un éventuel empoisonnement est soutenue par le fait que le corps de Mozart a subi un enflement chronique, et Salieri, en tant qu'ennemi implacable durant toute la dernière décennie de sa vie, apparaît le premier suspect. Ce n'est pas l'unique hypothèse : on en profite également pour incriminer la politique viennoise, les francs-maçons, et bien entendu, les juifs.

Niemtschek déclare que c'est à Prague justement qu'apparaissent les premiers symptômes de l'empoisonnement, ce qui vaut à Mozart de faire appel constamment à l'attention médicale. Son teint est livide, l'expression triste, malgré ses efforts pour se montrer joyeux en compagnie de ses amis. Mais nous savons aussi combien la commande du *Requiem* lui pèse alors, et le hante... Sa propre déclaration : « Je ne puis me défaire de l'idée que l'on m'a empoisonné », allant jusqu'à identifier lui-même le poison comme étant de l'*acqua toffana* (un poison qui tient son nom de la femme qui l'introduisit en Italie au XVIe siècle), dont les effets de mort subite sont déclarés spectaculaires, confortera également beaucoup cette thèse. Nombre de médecins du XIXe siècle affirmeront que Mozart a bel et bien été empoisonné, ce que pourrait confirmer son absence de soif, ainsi que l'extrême lucidité d'esprit qu'il conserve jusqu'au bout. L'hypothèse d'un poison qui aurait été administré par petites doses durant le dernier été, puis par une dose massive juste avant sa mort, si elle nous paraît aujourd'hui plutôt extravagante, ne l'est pas (et même loin s'en faut !) au XVIIIe siècle. Mais que l'on puisse imaginer Salieri coupable semble peu crédible. Après tout, n'est-il pas à cette époque l'un des tout premiers compositeurs, un maître vénéré dont les élèves s'appelleront Beethoven, Schubert, Hummel, Liszt, Süssmayr, Meyerbeer entre autres ? N'est-il pas également un très célèbre maître de chant ? Les témoignages de ceux qui le fréquentent le décrivent comme chaleureux, bon et capable de se moquer de lui-même, au moins en ce qui concerne ses difficultés avec la langue allemande. Mais il est vrai aussi que ceux dont

Salieri conforte la carrière ne sont pas ses rivaux dans le domaine de l'art lyrique. Cependant, même là, il a, du vivant de Mozart, la suprématie sur lui et les autres, aidé en cela de manière non négligeable par sa charge officielle de directeur de l'Opéra italien et de chef d'orchestre de la Cour.

Sophie Haibel, la sœur de Constanze, présente à l'agonie de son beau-frère, fera parvenir à Nissen, à sa demande, une description détaillée des derniers moments de Mozart. C'est elle qui parle de l'enflement de tous les membres, de la fièvre aiguë, des vomissements et du goût de la mort sur la langue dont il se plaint. Mais le docteur qui l'assiste ne dresse aucun certificat de décès qui pourrait en identifier la cause. De même n'a lieu aucune autopsie. Un mémoire non daté, de Karl-Thomas Mozart, le fils aîné, nous fournit de précieux renseignements. Il écrit, entre autres : « Les faits sont à mon avis particulièrement remarquables, notamment le fait que quelques jours avant la mort de mon père, un enflement généralisé si considérable survint, qui interdisait au malade le moindre mouvement, puis une puanteur qui annonçait une décomposition interne et qui, aussitôt après la mort, devint de plus en plus forte, rendant impossible l'autopsie. Autre détail significatif, le cadavre n'est pas devenu raide et froid, comme c'est le cas pour ceux qui meurent d'un poison végétal, il est resté mou et élastique en toutes parties. »

En fait, le corps de Mozart est resté mou et élastique après la mort parce que les cellules ont emmagasiné de l'eau par hydropisie, caractéristique d'une défaillance rénale...

Mais si Mozart n'est pas mort empoisonné par Salieri, de quoi est-il mort ?

Le Dr Karl Bähr, médecin suisse, écrit : « Presque tous les décès à la suite d'une fièvre rhumatismale renvoient à des troubles cardiaques. »

Et après que l'on eut saigné Mozart : « Les résultats, eu égard à la petitesse de son corps et à son mauvais état cardiaque, ne pouvaient être que catastrophiques. »

Le diagnostic du Dr Bähr est fondé sur des renseignements transmis à la faveur d'une succession très complexe d'événements, mais qui proviennent du médecin de Mozart, le Dr Thomas Franz Closset. Le déclin rapide et la brièveté de la maladie n'étaient pas inhabituels à l'époque. Le Dr Bähr cherche à identifier non seulement la maladie finale de Mozart, mais aussi les maladies précédentes de sa courte vie, qui ont débouché sur les trois semaines fatales de novembre-décembre 1791. Dans le registre de Saint-Stéphane, la maladie est identifiée comme étant « la fièvre miliaire aiguë », ce qui désigne alors une fièvre rhumatismale avec éruption. Nous savons que Mozart, les derniers mois, travaille jusqu'à épuisement, ce qui renforce l'irrégularité de son mode de vie. Nous savons aussi que (tout comme Leopold), et particulièrement en période de tension, il s'administre constamment (et sans doute souvent à tort et à travers) une multitude de potions. On a même émis l'hypothèse selon laquelle il se serait lui-même empoisonné. Nous savons encore que, tout enfant, il avait déjà failli mourir d'une fièvre rhumatismale inflammatoire ; cette atteinte laisse des traces.

C'est sans doute sur la maladie même de Mozart et ses causes qu'ont été émises les théories les plus divergentes. Ne pourrait-on exprimer une interrogation de plus ? À savoir, si empoisonnement il y eut, qu'il puisse résulter d'une cause matérielle plutôt qu'humaine ? Ne pourrait-il être dû au fait qu'à l'époque, les murs et les plafonds étaient enduits de produits à base de céruse, composé de dérivé de plomb hautement toxique (comme cela s'est produit encore à notre époque). Or, nous savons que Mozart passait de très longues heures du jour et de la nuit à travailler dans son bureau. Nous savons aussi la vétusté des immeubles et les conditions peu hygiéniques qui sévissaient à l'époque.

Citons cependant celui qui a eu, semble-t-il, le dernier mot sur la question, le Dr Peter Davies. Mozart aurait contracté la maladie qui l'a emporté en assistant, le 18 novembre, à une tenue de sa loge maçonnique. Il y avait alors épidémie à Vienne, de nombreuses sources en témoignent : « Mozart est mort des affections suivantes : infection streptococcique, syndrome de Schönlein-Henoch, insuffisance rénale, saignées, hémorragie cérébrale, broncho-pneumonie terminale...

Mozart contracta une streptococcie en assistant à la tenue de la loge, en pleine épidémie. L'infection streptococcique ne fit qu'exacerber le syndrome de Schönlein-Henoch et l'insuffisance rénale, qui se manifestaient par accès de fièvre, polyarthrite, malaises, enflement des membres, nausées et purpura. L'enflement ultérieur de son corps, plus généralisé, était sans doute dû à une rétention de sel et d'eau consécutive à l'insuffisance rénale. On lui fit subir une ou plusieurs saignées qui ont aggravé son insuffisance rénale et contribué à sa mort... »

Le Dr Davies poursuit dans le détail le diagnostic, et conclut : « La veille de sa mort, Mozart avait souffert de fièvre et de sueurs ruisselantes. Une broncho-pneumonie est souvent la cause directe de la mort chez des patients souffrant d'urémie, et survient généralement alors que le malade est déjà moribond. »

Mais la légende l'emporte. Au théâtre et au cinéma, *Amadeus* en a déjà créé une autre, quelque cent soixante ans après le petit drame conçu par Pouchkine et il risque d'être difficile de détourner le public de l'image actuelle et scandaleusement déformée du compositeur donnée par son auteur, Peter Schaeffer : l'image d'un rustre et d'un ivrogne, une sorte d'idiot du village, divinement doué, poursuivi par un Salieri vengeur... Avec un programme annonçant la IXe symphonie de Beethoven à Vienne en 1824, on distribue un pamphlet contenant un poème qui montre Salieri à côté de Mozart, une coupe de poison à la main !

Antonio Salieri est l'une des rares personnes, dit-on, qui aurait suivi le convoi funèbre de Mozart (mais cette information est contredite par les récits dont nous disposons). Plus tard il sera le professeur de son fils, Franz-Xaver, à qui il accordera par écrit, en 1807, son premier emploi musical. Il semble difficile de croire que Constanze ait pu confier son fils à un homme soupçonné d'avoir assassiné son mari... L'autre fils, Karl-Thomas, lorsqu'il meurt en 1859, a laissé un commentaire rédigé de sa main, où il fait de nouveau allusion à un poison végétal. Entre 1823 et 1825, les partisans de Salieri le défendront ardemment contre la rumeur qu'il aurait avoué son crime, et aurait ensuite fait une tentative de suicide. Le compositeur Ignaz Moscheles, un des anciens élèves de Salieri, qui l'aimait profondément, a rendu visite au vieillard à l'hôpital, peu avant sa mort. Selon lui, Salieri a fait allusion aux médisances le concernant tout en protestant de son innocence, les larmes aux yeux. Moscheles dit que, bien qu'étant fort ému de cette rencontre ultime, il n'a jamais accordé la moindre crédibilité à ces bruits. Ils venaient, semble-t-il, des déclarations d'un nommé Igor Boelza qui rapporta que Salieri aurait avoué son crime à un prêtre ; que ses confidences auraient été divulguées.

Un certain Dr Guldener, conseiller aulique, qui n'a pas assisté Mozart durant son agonie, déclare avoir parlé cependant avec le Dr Closset. Celui-ci affirma que, s'il y avait eu la moindre trace de poison, il s'en serait aperçu. La mort de Mozart fit sensation, mais personne ne soupçonna un empoisonnement. Il ajouta qu'il serait heureux si ces indications pouvaient contribuer à démentir l'horrible calomnie visant Salieri... Enfin, les deux hommes chargés de veiller sur Salieri lors de son déclin sont formels : jamais il n'a rien avoué de cet ordre, et aucun biographe sérieux du XXe ou du XXIe siècle n'accorde la moindre valeur à des rumeurs qui ont pourtant la vie dure. Mais n'est-ce pas une sorte d'assassinat déjà de s'être interposé et immiscé si souvent entre Mozart et son public ?

Un Allemand, Georg Daumer, accuse de front les francs-maçons : Mozart n'aurait pas été fidèle à leurs préceptes dans *La Flûte*, alléguant par la même occasion et avec un puissant antisémitisme que le secret des francs-maçons, c'est le juif qui veut priver sa nation de sa fierté afin d'assurer un glorieux avenir à sa race. La plus acharnée dans ce sens (et à une époque plus récente) est une nommée Mathilde Ludendorff. Cette théorie a été considérablement intensifiée par « l'affaire Dreyfus » au tournant du siècle dernier. Affirmations pour le moins paradoxales lorsqu'on sait qu'au XVIIIe siècle, la plupart des loges maçonniques excluent les juifs. Mais nous savons que jamais Mozart ne développa cette intolérance partagée par nombre de ses compatriotes.

Il ne fait pas de doute cependant que Salieri, par ses intrigues, a effectivement empoisonné un grand nombre d'heures de l'existence de Mozart. Dans tous les cas, l'hostilité que Salieri lui a manifestée s'est retournée contre lui, puisque toutes ses intrigues ont, à la fin, échoué, qu'une sinistre légende s'est attachée à son nom et que sa propre musique est tombée dans un oubli quasi total. Après la mort de Mozart, alors que l'étoile de son rival ne cesse de grimper, il a dû se rendre compte que la sienne déclinait. On représente de moins en moins ses opéras, alors que ceux de Mozart se révèlent invulnérables au temps et aux modes. Et, ironie du sort, lorsqu'on vient le voir, c'est essentiellement pour le questionner à propos de Mozart. Il finit par s'enfermer dans une réserve quasi totale. Hüttenbrenner cite une phrase, considérée comme apocryphe : « Il doit grandir, et je dois diminuer »... Rochlitz, quant à lui, rapporte une phrase qu'aurait dite Salieri lorsqu'on le questionna à propos du *Requiem* : « Ah, il est au-dessus de la règle. À la fin d'une vie très mouvementée, et à l'approche de la mort, un esprit d'éternité s'est emparé de lui, un esprit de sainteté... »

D'après les époux Novello, biographes, qui rendront visite à Constanze trente-huit ans après la mort de son mari, l'inimitié entre les deux compositeurs serait née de *Così fan tutte*, c'est-à-dire seulement en 1790. Salieri aurait essayé lui-même de mettre en musique cet opéra, sans y réussir. Pourtant, il est difficile de croire ces affirmations lorsqu'on accumule toutes les circonstances antérieures à cette année-là où Mozart se heurte à la malveillance de son puissant rival. Que Salieri soit jaloux, c'est certain, le contraire serait étonnant. Il perçoit parfaitement la qualité d'exception de son cadet, et la présence à Vienne de celui-ci constitue une menace évidente, non seulement pour lui, mais aussi pour l'ensemble du *corpus* des musiciens qui luttent pour s'assurer une place au soleil. Malgré tous les avantages dont il jouit, il ne s'est pas encore rendu célèbre comme compositeur d'opéras au même titre que son cadet... Bien que sa musique occupe alors à Vienne un rôle de premier plan, bon nombre de témoins de l'époque confirment sa jalousie. À cet égard, Niemtschek rapporte : « Un compositeur vivant encore à ce jour, et non sans renommée à Vienne, dit un jour, à la mort de Mozart, avec beaucoup de justesse et de franchise : “Il est certes dommage d'avoir perdu un si grand génie, mais cela vaut mieux pour nous qu'il soit mort. Car, s'il avait vécu plus longtemps, le monde ne nous aurait plus donné la moindre miette de pain pour nos compositions.” »

Depuis la mort de Mozart, on n'a donc cessé de gloser sur les circonstances qui l'ont entourée. Des musicologues cherchent inlassablement la moindre information pouvant nous éclairer un tant soit peu sur telle ou telle phrase dite ou écrite par l'un de ses contemporains, transmise oralement par l'un de ses proches, ou rapportée dans des documents officiels. À défaut de signes concrets, on s'efforce de déduire la vérité d'après ses propres phrases et d'après certains aspects de sa musique surtout (et ce depuis peu), d'après un contexte éloigné de nous, mais qui est réel dans la Vienne du XVIIIe siècle. Cette vérité concerne profondément tous ceux qui ont approché, de quelque manière que ce soit, cette flamme qui vient de s'éteindre de la plus tragique manière...

Nous avons souvent des reflets contradictoires sur ce qui s'est passé au cours des premiers jours de décembre, sur la mort de Mozart, sur la période qui l'a précédée, et celle qui l'a suivie...

II

L'enterrement, le convoi et l'inhumation

Le comte Zinzendorf nous renseigne dans son journal sur l'alternance de chaleur et d'humidité, de « chaud et grand vent » de ce mois de novembre, due au *sirocco* ! Le même nous donne une information capitale, qui date du jour même de la mort de Mozart, le 5 décembre : « Temps doux, trois ou quatre brouillards par jour depuis quelque temps, pas de vent. »

Idem pour le lendemain. Or, quatre sources d'informations différentes enregistrent : « Temps défavorable. Temps peu clément », mais seulement pour la date du 7 décembre, surlendemain du décès...

Il a été dit et redit que personne n'a pu suivre le convoi funèbre justement à cause du temps effroyable. Nous savons que l'origine principale de cette légende est due au récit dramatisé de Joseph Deiner, dit « Primus ». Mozart n'aurait-il été enterré que le 7 décembre ?

Il n'existe aucun témoignage direct sur cette « cérémonie ». Ceux de seconde main ou plus (sujets à discussion donc) sont plutôt vagues et contradictoires.

On connaît néanmoins les méthodes d'enterrement qui ont cours à l'époque. Par exemple, un mort ne doit pas être enterré avant que ne soient écoulées quarante-huit heures, sauf en cas de mort par épidémie. Il est donc peu probable que Mozart ait été enterré avant le 7 décembre, bien que les registres indiquent la date du 6, et si vraisemblablement il a fait le temps épouvantable que rapporte la légende, celui-ci ne peut donc s'appliquer à la journée du 6, où il a fait plutôt doux et beau. De plus, en été, vu la chaleur, les cercueils ne pouvaient être transportés au cimetière qu'après 21 heures. En hiver, après 18 heures.

C'est donc après cette heure que le convoi de Mozart a pu prendre la route. Il faisait déjà tout à fait nuit, les fossoyeurs n'ont pu creuser la fosse que le lendemain, le corps attendant dans une petite morgue attenante aux lieux.

Entre parenthèses, encore un détail morbide, mais vrai : les morgues demeuraient ouvertes, car il arrivait que le mort ne le soit qu'en apparence...

Si l'on poursuit la révélation de quelques informations pouvant contredire ou confirmer certaines légendes tenaces, on s'aperçoit que nul n'accompagna son convoi jusqu'au lieu de l'enterrement, le cimetière Saint-Marx hors la ville.

Sur un ton de reproche, Karl Bähr note : « La voiture funèbre est arrivée sans être accompagnée, jusqu'au portail du cimetière où l'histoire de la fin pitoyable de Mozart s'est terminée. »

Mais il ajoute ailleurs une phrase dont la teneur est importante à cette époque et en ces lieux : « Bien qu'il fût peu coutumier d'accompagner le corps jusqu'au cimetière, personne ne fut empêché de le faire. »

« Peu coutumier d'accompagner le corps jusqu'au cimetière » ; en effet, et pour des raisons bien concrètes,

Joseph II a par un décret de la cour banni tous les enterrements dans les cryptes, les cimetières d'églises, et autres lieux voués au culte de Dieu, ainsi qu'à l'intérieur des murs de la ville, dont il fallait s'éloigner. Il décréta qu'un mort devait pouvoir recevoir les bénédictions d'église habituelles, mais qu'après, et sans autre cérémonial, le prêtre devait accompagner le corps jusqu'au cimetière choisi hors la ville, ces lieux devant se situer loin d'une source d'eau et dans un sol favorable à la décomposition. L'endroit devait être marqué d'une croix.

Il a également été rapporté que deux anciens élèves de Mozart, Freystädtler et Otto Hartwig, avaient tenté de suivre le convoi funèbre, mais qu'ils abandonnèrent, non à cause du mauvais temps, mais tout simplement parce que le cocher conduisit son cheval à une telle allure qu'ils ne purent suivre. Ajoutons à cela que, de toute manière, ceux qui auraient voulu suivre le corbillard n'auraient pu le faire à pied, la distance étant bien trop grande : le cimetière se situait dans le quartier de Landstrasse à environ quatre kilomètres et demi du centre, à une bonne heure de marche.

Comment Mozart est-il enterré ? Sans doute (mais nous n'en sommes pas sûrs) dans un sac de lin, la fosse commune étant comblée lorsqu'elle comptait cinq ou six corps. Ceci était la norme à l'époque. Joseph II avait estimé toute manifestation de grandeur inutile, signe de fausse piété.

De plus, si les survivants désiraient ériger un mémorial quelconque, cela était permis, mais seulement le long du mur extérieur du cimetière, afin d'économiser au maximum l'espace ! Certains termes du décret ayant soulevé une tempête de protestations, l'empereur apporta par la suite quelques modifications : « Nul ne sera obligé d'enterrer le mort dans un sac de lin, mais il est fortement recommandé de le faire. »

Seul Nissen, d'après les confidences ultérieures de Constanze, laisse quelques vagues informations : « La dépouille mortelle de Mozart a été enterrée dans le cimetière de Saint-Marx hors Vienne. Car Swieten s'est arrangé de la manière la plus économique pour la famille. Le corps a été déposé dans une fosse commune et tous autres frais évités. »

Mais ces constatations s'appliquent aux neuf dixièmes de la population. Lorsque Nissen les a faites, la fosse commune n'est presque pas utilisée et devient donc synonyme d'extrême pauvreté. Ce n'était pas le cas durant l'époque de Mozart, où l'empereur prônait l'économie et la mesure en toutes choses. D'ailleurs quand quelqu'un mourait sans un sou, on lui donnait le même traitement qu'aux autres, mais gratuitement afin que tous les citoyens fussent égaux. Pour l'empereur lui-même, il en fut ainsi.

D'où vient donc la légende d'un « enterrement de pauvre » pour Mozart ? Quelle était la différence avec un enterrement normal ? Quant aux cercueils, ils ne servaient que jusqu'au moment de l'inhumation (sauf exception), après quoi on les remettait dans la voiture pour le suivant. Dans le cas de Mozart, le cercueil ne figure pas sur le registre. On l'a donc commandé exprès à un menuisier. Il a été réglé à la livraison, sans doute par le baron van Swieten, qui s'est chargé de tout. Mais l'expression « enterrement de pauvre » n'apparaît nulle part dans les témoignages dont nous disposons...

Il peut sembler morbide de poursuivre la révélation de certains renseignements sur les obsèques de Mozart.

Mais la connaissance des us et coutumes propres à l'époque à laquelle il a vécu aide à remettre en question quelques légendes qui ont été obstinément perpétuées depuis sa mort.

Au XVIIIe siècle, il était d'usage de retourner et renouveler la terre d'une fosse commune au bout de huit ans, les restes d'un squelette étant enterrés à nouveau ailleurs. Il semble donc totalement fantaisiste que l'on ait pu vouloir déterminer le lieu où se situait le crâne de Mozart.

Il est vrai que, pour signe distinctif, il lui manquait à l'oreille gauche la conque ou circonvolution habituelle, mais cette anomalie affectait-elle la structure osseuse ? Toujours est-il que le Mozarteum de Salzbourg, qui détient son crâne supposé, en a démenti l'authenticité. Un autre, identique, a été découvert ailleurs !

De toutes manières, on peut se demander quel intérêt morbide on peut y trouver... La curiosité pour les crânes ne sévit pas seulement à l'époque Biedermayer et à la nôtre, puisque Goethe lui-même a réussi à récupérer celui de Schiller à la morgue de Weimar pour le conserver un temps chez lui ! Et celui de Joseph Haydn a été volé l'année même de sa mort (1809) avant d'être récupéré et réenterré à nouveau, à Eisenstadt, en 1954. Au corps de Mozart, au moins, il a été épargné de telles vicissitudes...

Pour en revenir à la malformation de l'oreille gauche dont souffrait Mozart et qu'il cachait soigneusement sous sa chevelure blonde, son fils cadet est né avec le même défaut, ce qui met irréfutablement fin aux médisances sur une liaison entre Constanze et Süssmayr dont cet enfant aurait été le fruit. Cette supposition est née sans doute du fait qu'on avait attribué à l'enfant les mêmes prénoms que ceux de Süssmayr, Franz-Xaver.

Comment était ce fils cadet ? Sophie Haibel le décrit comme « un peu plus grand que son père, mais il lui ressemble beaucoup de visage, encore que le front ressemble à celui de sa mère ».

Dès 1799, au moment où la terre de la fosse commune de Mozart subit le renouvellement obligatoire, paraît déjà, dans une revue de Christoph-Martin Wieland, une enquête sur Mozart où l'on trouve la phrase suivante : « Cher Mozart ! Tu as érigé toi-même un monument pour ton oiseau préféré dans le jardin de la maison que tu as louée. Tu as écrit toi-même l'inscription. Quand quelqu'un t'honorera-t-il tel que toi tu as honoré ton oiseau ? »

Plus tard, en 1843, le premier biographe de Haydn, August Griesinger, après une rencontre avec Constanze, consigne les faits suivants : « Je lui ai demandé alors si elle accepterait de m'accompagner en carrosse au cimetière Saint-Marx afin de chercher le site où fut enterré Mozart. Elle fut d'accord, et en compagnie de son fils... Je me souviens de bien des phrases de Constanze : à savoir que si ce fût la coutume ici, comme ailleurs parfois, de déterrer les os des corps décomposés, elle serait à même de reconnaître ceux de Mozart entre mille. »

Griesinger raconte ensuite qu'après enquête, lui et Constanze découvrirent que le fossoyeur responsable de l'enterrement était lui-même décédé depuis longtemps et que les os mis à la surface avaient été réenterrés. On n'a pas pu les renseigner quant à la rangée employée en 1791 par rapport à la croix monumentale installée au centre du cimetière...

Comment réagissent les francs-maçons à la disparition d'un de leurs frères très aimé, très estimé ?

Pour autant que l'on sache, ils ne semblent pas s'être manifestés, ni à la messe, ni à la mise en terre. Mais une « Loge des douleurs » est célébrée à la loge « l'Espérance nouvellement Couronnée » et le grand maître prononce une oraison funèbre : « Il a plu à l'Architecte éternel de l'univers d'arracher à notre chaîne fraternelle l'un de nos membres les plus aimés et les plus méritants. Qui ne l'a connu ? Qui ne l'a aimé, notre digne frère Mozart ? Il y a seulement quelques semaines, il était encore ici parmi nous, et glorifiait par sa musique enchantée l'inauguration de notre temple maçonnique... La mort prématurée de Mozart demeure pour l'art une perte irréparable... L'amour pour ses frères, la bonne humeur, l'accord dans le travail commun pour la bonne cause, la bienfaisance, un sentiment sincère et profond de plaisir quand il pouvait porter secours par ses talents à l'un de ses frères, tels étaient les traits principaux de son caractère... »

Puchberg, le fidèle ami et frère maçon de Mozart, remet les dettes du défunt à des jours meilleurs, et accepte de devenir le tuteur des deux enfants.

Les frères organisent un soutien pour la veuve et les enfants, dont la publication et la vente « par souscription » de la *Kleine Freimaurerkantate* (K. 623), la toute dernière page de Mozart. Six mois plus tard, ils organisent une collecte au bénéfice de « sa femme et ses orphelins dans le besoin ».

Nulle part ailleurs qu'à Prague ne sera donné à Mozart un hommage aussi émouvant que lors de la messe de *Requiem*, le 14 décembre 1791. On y entend une messe de Rossetti, exécutée par l'Orchestre du Théâtre National si cher à son cœur et dirigée par Joseph Stobach avec un chœur, et Josepha Duschek en soliste.

Au total : 120 musiciens. Hommage dont le *Wiener Zeitung* de Vienne rendra compte, le 24 décembre de cette même année : « Ce jour-là, tous les carillons de l'église de la paroisse Svatý Mikulás (Saint-Nicolas) de Malá Strana ont sonné pendant une demi-heure. Pratiquement toute la ville fut présente, de sorte que le parvis de l'église ne put accueillir tous les carrosses, ni l'église tous les admirateurs du compositeur défunt, bien qu'il y eût la place pour presque quatre mille personnes !

La messe de *Requiem* a été dirigée par le *Kapellmeister* Rössler, et a été superbement interprétée par 120 musiciens : les meilleurs, devant lesquels se tenait la bien-aimée Josepha Duschek.

Au centre de l'église, se tenait un catafalque magnifiquement illuminé ; trois chœurs de trompettes et de timbales faisaient entendre des sonorités de deuil.

La messe de *Requiem* a été célébrée par le Père Rudolf Fischer. Douze étudiants brandissaient des flambeaux, leurs épaules recouvertes de tissu noir, du tissu blanc à la main.

Un calme solennel régnait. D'innombrables larmes coulaient dans le souvenir douloureux de cet artiste dont les harmonies ont, si souvent, ému nos cœurs de joie... »

III

Mozart et les biens de ce monde

Pourquoi Mozart était-il dans un tel dénuement financier alors que ses œuvres étaient correctement rétribuées et qu'au moins cent dix numéros du catalogue Koechel ont été publiés au cours des années viennoises, parmi lesquels bon nombre écrits avant son arrivée, dont quelque soixante chefs-d'œuvre ? De plus, les années précédentes s'étaient révélées, sinon fastes, du moins plutôt favorables. Leopold avait-il raison lorsqu'il avait affirmé à sa fille le souci d'économie dont faisait preuve le jeune ménage ? Ou bien, a-t-on voulu peut-être le montrer sous son jour le meilleur envers un père et beau-père prompt à la critique ? Car, à la mort de Mozart, des dettes importantes demeurent impayées. Ce ne sont pas des dettes de simple entretien quotidien, elles sont de celles qui pourraient sembler superflues pour un ménage à ce point démuni. On y trouve celle du tailleur par exemple de 282 florins, une du tapissier pour 280 florins et une de l'apothicaire de la Cour Royale et Impériale pour 139 florins, ainsi que d'autres factures, celle du « friseur » et d'un cordonnier... Il est vrai que Mozart demeure jusqu'au bout fort soucieux de son apparence, et orgueilleux de se montrer bien mis, quelle que soit sa situation dans la société. De plus, l'appartement est, semble-t-il, joliment décoré, les meubles beaux, et lorsque Constanze est présente (c'est-à-dire lorsqu'elle n'est pas partie en cure), le couple se fait servir par deux domestiques.

Quant à l'affirmation courante selon laquelle Mozart gaspille son argent au jeu, hormis quelques sommes modiques qu'il engage aux cartes et au billard avec ses amis, aucune preuve ne l'étaye.

Il existe effectivement à Vienne de nombreuses maisons de jeu où l'on peut se perdre corps et biens, mais, recherches faites, Mozart ne semble pas y avoir mis les pieds. Du reste, seuls les riches, dit-on, peuvent franchir le seuil de tels établissements.

Il est vrai que les académies se sont interrompues faute d'intérêt du public ; que les élèves ne se présentaient quasiment plus, que Mozart ne bénéficiait plus du soutien des riches mélomanes bourgeois et aristocrates ; que le dénuement moral était tragiquement vrai. Mais notre vision d'un homme sans ressources financières aucunes ne provient-elle pas, avant tout, de l'intense émotion qui se dégage des nombreuses lettres où il sollicite encore et toujours de l'aide ?

Certes en 1781, à son arrivée à Vienne, les gains de Mozart ne dépassent pas les 1 000 florins semble-t-il. Mais il est également vrai que, jusqu'en 1786, ceux-ci oscillent entre 3 000 et 4 000 florins. En 1787, ils atteignent jusqu'à 4 000 florins grâce à l'héritage paternel. Ces revenus se situent au-dessus de la moyenne pour un musicien. Ils équivalent à ceux d'un secrétaire de la Cour, un poste assez élevé. Et pour un homme aussi jeune que Mozart, ils restent inhabituels. Haydn, par exemple, ne connaît le succès financier qu'à l'approche de ses cinquante ans.

C'est de 1788 que datent les premières demandes d'emprunt à Michael Puchberg : une année difficile pour tous due à la guerre contre les Turcs qui paralyse la vie sociale dans la capitale. Les jeunes nobles sont partis combattre, les autres se sont retirés dans leurs domaines. L'empereur lui-même se rend auprès de ses troupes, et le moral de ceux qui restent est au plus noir. Les artistes en souffrent directement, mais il est également vrai que Mozart veut, à tout prix, maintenir son train de vie, malgré ce contexte. Les années suivantes sont plus difficiles encore, et il se trouve dans l'incapacité de rembourser ses dettes à court terme malgré une rentrée de 3 000 florins en 1789. Quant à l'année 1790, les calculs montrent qu'il gagne entre 4 000 et 5 000 florins, suffisamment donc pour financer les cures de Constanze, ainsi qu'une pension coûteuse pour son fils.

Lorsque Mozart a de l'argent, il le dépense ! Si ses revenus sont plutôt élevés, son mode de vie l'est aussi, et il ne conçoit pas d'en changer. Sans doute est-ce la variabilité extrême de ses gains à travers ces dix années et son incapacité à gérer ses fluctuations qui ont créé l'image de son extrême pauvreté...

Somme toute, que savons-nous vraiment de la vie de cet homme ? Et y a-t-il une quelconque réalité dans la légende qui a été tissée à son égard ?

IV

Constanze : quelle est la vraie ?

Que devient Constanze après la mort de son mari ? En fait elle réussit parfaitement à organiser sa postérité. Elle le devait si elle voulait survivre, il est vrai. Mais au-delà de cette urgence, elle s'est révélée être, de toute évidence, une femme méthodique, parfaitement apte à la prise de décisions judicieuses. Est-ce bien là l'écervelée dont on nous parle ?

L'un des nécrologues (Schlichtergroll) a écrit un article dont la teneur fait apparaître Mozart à l'image du portrait qu'en fit jadis sa sœur Nannerl, un éternel enfant plutôt irresponsable : « Si cet être extraordinaire fut de bonne heure, dans son art, un homme fait ; en revanche l'impartialité nous oblige à dire qu'il resta constamment enfant dans presque tous les autres domaines. Jamais il n'apprit à se gouverner ; l'organisation du ménage, l'emploi judicieux qu'il convient de faire de l'argent, la modération dans les plaisirs, et la raison qui doit présider à leur choix, étaient des sujets auxquels il n'entendait absolument rien. Il avait toujours besoin d'un guide, d'un tuteur qui s'occupât, à sa place, des questions domestiques. Son père connaissait fort bien cette incapacité où il était de se gouverner tout seul... », etc.

Lorsque cette notice doit reparaître à Graz en 1794, Constanze achète en bloc l'édition, supprime les passages tendancieux, et demande au fidèle ami, Niemtschek, d'établir une présentation plus flatteuse : « Quiconque s'attache à étudier la nature humaine ne s'étonnera pas de voir que cet homme, si extraordinaire comme artiste, ne montrait pas la même envergure dans les autres circonstances de la vie... la façon dont il fut élevé, l'instabilité d'une vie errante durant laquelle il ne vivait que pour son art ne lui ont pas permis de connaître vraiment le cœur humain ! C'est à l'absence de cette connaissance qu'il faut attribuer nombre de maladresses dont son existence fut remplie. »

À Vienne même, ville si cruelle et ingrate envers Mozart qui l'a pourtant si chaleureusement adoptée, comment réagit-on ? Par une notice d'information laconique sur la date du décès, son talent et « La perte irremplaçable qu'éprouve, par sa mort, le noble art musical ». Et, fin décembre seulement, on lit dans un journal de Berlin : « Mozart est... mort ! Il est rentré de Prague, malade. Son état n'a cessé de s'aggraver. On pense qu'il était atteint d'hydropisie. Il est mort à Vienne à la fin de la semaine dernière (!). L'enflement important de son corps après sa mort a donné à penser qu'il avait été empoisonné. »

Constanze demeure l'une des personnalités les plus constamment calomniées par la postérité. Le fait d'avoir côtoyé d'aussi près son mari et surtout d'avoir été adorée semble avoir déchaîné une sorte de réaction de jalousie posthume. Elle a été décrite tour à tour comme sotte, superficielle, indigne d'un tel génie (mais qui aurait pu en être digne ?), et bien d'autres qualificatifs encore. Cette médisance n'a aucun fondement, hormis les déductions épidermiques et douteuses de chacun, puisque d'elle ne subsistent que quelques lignes personnelles écrites çà et là, et les nombreuses lettres qu'elle adressa aux éditeurs.

Les biographes anglais, les époux Mary et Vincent Novello, rendent visite à Constanze à Salzbourg à l'automne de sa vie. Ils sont à la recherche de tout ce qui peut nourrir, de la manière la plus respectueuse et véridique, leur biographie de Mozart. Mary Novello est émerveillée de pouvoir, à travers Constanze, vibrer quelques heures auprès de lui : « Nous venons de voir la veuve de Mozart. Oh ! quel univers de sensations éveillé par cet entretien ! Cette femme, qui lui était si chère, contre laquelle il aimait si souvent se blottir, pour qui son anxiété et sa sollicitude suscitaient de son génie de si grands et glorieux efforts ! Faute de pouvoir le voir lui-même, c'était la façon de s'approcher le plus près de ce qu'il laissait sur terre. Pendant tout l'entretien, j'avais le sentiment que son esprit était avec nous. Comment pouvait-il en être autrement, puisque je tenais en ma main son portrait qui respire la vie et sa personne ? En entrant pour la première fois, je fus tellement submergée par diverses émotions que je ne pus rien faire que pleurer et l'embrasser. Elle aussi semblait très émue et répétait, en français : “Oh quel bonheur pour moi de voir les enthousiastes de mon Mozart !” Elle parle couramment le français, quoique avec un accent allemand. En italien, sa pensée est meilleure, mais comme je ne converse pas en cette langue, elle poursuivit poliment en français... »

Est-ce là l'image de la personne inculte et rustre qu'on nous décrit ?

Les Novello la disent particulièrement charmante, recevant dans une maison ravissante avec un beau jardin et une belle vue, se montrant aimable et avenante avec quiconque s'intéresse à son premier mari... Ses liens ultérieurs avec son deuxième époux, l'homme du monde et diplomate Nissen, ont dû lui apporter une certaine urbanité et un comportement bien différent de celui qu'elle a eu avec Mozart. Mais l'impression de ces mêmes Novello change devant certaines confidences qui leur sont faites ensuite à Vienne, où elle est décrite comme étant expansive et bavarde, et de plus, une piètre cantatrice et actrice, au contraire de sa sœur Aloysia (mais il n'est dit nulle part que Constanze souhaitait égaler celle-ci). Et il semble que la description faite de Constanze par Andreas Streicher, facteur de piano et homme respectable, les ébranle puisqu'ils se bornent à écrire : « Les affaires privées et les racontars à propos de choses qui ne concernent en rien le monde, nous ne nous sentons nullement portés, ni à les apprendre, encore moins à les consigner. »

Les Novello font de Constanze un portrait vivant : « Ses yeux, encore beaux, devaient être très brillants en sa jeunesse. Son visage ne ressemble pas au portrait donné d'elle dans la biographie. Il est mince, et porte sur lui les traces de grands soucis et anxiété, mais quand ses traits se détendent, et qu'elle sourit, l'expression est remarquablement agréable. Elle est de taille relativement petite, mince et a l'air bien plus jeune que je ne m'y attendais. Sa voix est douce et délicate. Ses manières sont distinguées, prévenantes et naturelles, comme celles d'une personne qui a beaucoup vécu en société et vu une bonne partie du monde. Et la façon dont elle parla de son illustre époux (bien que n'étant pas tout à fait aussi enthousiaste que je l'aurais cru chez quelqu'un de “si proche et si cher”) était tendre et affectueuse. Je perçus un petit tremblement dans sa voix lorsqu'elle regarda avec moi son portrait... »

Nous ne saurons jamais la vérité.

Revenons à la période où elle se retrouve seule, sans ressources financières hormis ce qu'elle espère recevoir par l'achèvement du *Requiem*, et avec deux enfants en bas âge dont elle doit assurer la subsistance.

La première biographie « scientifique » faite après la mort de Mozart est celle d'Otto Jahn qui commence à paraître en 1856 : « Je ne puis rien entreprendre qui ressemble à un portrait détaillé de l'épouse de Mozart, bien que j'aie reçu nombre de communications de témoins dignes de foi qui l'ont connue personnellement. Leurs connaissances datent de ses dernières années seulement, et leurs témoignages sont souvent incohérents. Cette incohérence tient au conflit dans l'esprit de la veuve entre la fierté que lui inspire la gloire de son époux, dont elle n'a mesuré toute la grandeur qu'après sa mort, et les souvenirs douloureux des difficultés de leur vie conjugale. Elle inclinait à attribuer ces difficultés à l'incapacité de Mozart à régler des affaires pratiques, et une blessure morale se mêlait souvent à sa fierté sans bornes pour les relations artistiques de Mozart, et la foi dans l'amour qu'il lui portait. »

Constanze ne peut prétendre à une pension découlant du poste de *Kammerkompositor* de son mari. Pourtant, sachant à quel point sa position est difficile, on finit par lui en attribuer une, modeste.

Durant les quelques années qui suivent la tragédie, se dévouèrent autour d'elle les quelques amis restés fidèles à Mozart jusqu'à sa mort. Le baron van Swieten assume, au cours de nombreuses années, l'éducation des enfants, et, sans doute la comtesse Thun y contribuet-elle également. On organise une quantité de « concerts à bénéfices », qui témoignent (trop tard hélas !) de l'estime où l'on tient Mozart. Et le premier à agir est Schikaneder, qui donne, dès le 8 décembre, trois jours après sa mort, une « représentation à bénéfices » de *La Flûte enchantée*.

La solidarité ne se manifeste pas que dans l'entourage immédiat : l'archiduc Maximilien-François, électeur de Cologne (et protecteur de Beethoven), envoie vingt-quatre ducats. En février 1792, Frédéric-Guillaume II de Prusse ordonne à son ambassadeur (un franc-maçon de la loge de Mozart) d'acheter plusieurs de ses compositions, cent ducats chacune, ce qui représente, pour Constanze, une aide considérable. Mais elle-même s'organise également fort bien, se révélant assez habile femme d'affaires. Le 2 janvier, elle commandite une exécution du *Requiem*, qui est entendu pour la première fois à Vienne, dans la Salle Jahn, là même où Mozart s'était produit en public pour la dernière fois deux ans plus tôt.

En février 1794, accompagnée de ses deux enfants (Karl est pensionnaire chez Niemtschek), elle assiste à un concert à la mémoire de son mari à Prague. Les larmes aux yeux, l'auditoire entend les symphonies dites de *Linz* et de *Prague*. Josepha Duschek chante un extrait de *La Clemenza di Tito* : *Non piu di fiori...* et on interprète le *Concerto en ré mineur* (K. 466) pour piano et orchestre.

Ensuite, Constanze organise ce qui constitue une première à Vienne : l'audition intégrale de *La Clemenza di Tito*, un concert « à bénéfices » avec Aloysia Lange dans le rôle de Sesto. L'œuvre remporte un tel succès que l'opération sera renouvelée l'année suivante. Entre les actes, on entend un jeune compositeur, Ludwig van Beethoven, installé désormais à Vienne, jouer le *Concerto en ré mineur* avec des cadences de sa propre improvisation...

Encouragée par le retentissement de *La Clemenza di Tito*, Constanze met également sur pied une tournée en Allemagne avec l'opéra. Sa sœur Aloysia tient de nouveau le rôle de Sesto, et Constanze elle-même, celui de Vitelia.

À ce propos, si le lien sensuel entre Constanze et Mozart était capital, il en existait également un autre qui a son importance, pour modeste qu'il soit. Bien qu'étant apparemment dépourvue d'ambition en ce domaine, Constanze a quelques aptitudes musicales, celles de toute jeune fille bien éduquée. Elle a appris à chanter et à jouer du piano. Elle a de l'oreille et du goût, un talent suffisant en tout cas, pour que son mari écrive pour elle une sonate à deux pianos (K. 375c) *Per la signora Costanza Weber*, des exercices vocaux : *Per la mia cara consorta*, peut-être certaines sonates pour piano et violon (où il aurait tenu la partie de violon) et surtout, le solo pour soprano de la *Messe en ut mineur*, qu'elle chanta à Salzbourg lors de la visite que tous deux croyaient devoir rendre à Leopold et à Nannerl après leur mariage. On se souvient aussi, qu'après 1782, à la demande de sa femme, Mozart s'est appliqué à composer nombre de fugues, néanmoins, les œuvres qu'il écrit pour sa femme, le sont, semble-t-il, avec quelques réticences, car bon nombre demeurent à l'état d'ébauches, les conclusions étant peut-être improvisées. Aucun de ces fragments ne semble destiné à autre chose qu'au plaisir domestique de faire de la musique... Constanze confiera aux époux Novello qu'outre le fait qu'ils faisaient souvent de la musique ensemble, Mozart lui demandait (une fois terminé un opéra) d'en étudier la partition, à la suite de quoi tous deux la chantaient. De sorte qu'elle savait tout par cœur ! Sa familiarité avec la musique de son mari était telle que cela lui permettra plus tard, après sa mort, de défendre ses partitions en connaissance de cause.

Est-ce là le portrait d'une femme dépourvue de goût musical ?

Frédéric-Guillaume de Prusse donne son accord pour un « concert à bénéfices » au Grand Théâtre de Berlin pour lequel il fournit l'orchestre royal.

Au retour du voyage, Constanze fait donner deux fois le *Requiem*, à Leipzig. À chaque audition d'opéra qui attire un public important, elle inclut des œuvres moins connues, aussi bien vocales qu'instrumentales. En somme, il semble qu'elle fasse preuve d'une intuition et d'une intelligence dont la postérité fait peu de cas...

Citons, en ce qui concerne une relation qui fit, et qui continue à faire couler de l'encre, une phrase qui résume joliment ce couple : « L'attachement inébranlable de Mozart à l'égard de Constanze redresse toutes les faiblesses de Constanze. »

V

Le destin du *Requiem* : « *weisst du wie das wird* ? »
« Sais-tu ce qu'il en advint ? »
(*Le Crépuscule des dieux*, Richard Wagner.)

Après la mort de Mozart, quel fut le destin du *Requiem* incomplet ? Achevé quelque temps après dans le plus grand secret par son entourage, il fut revendu à Frédéric-Guillaume II de Prusse par Constanze, alors que le manuscrit avait déjà été acheté, on le sait, par le comte Walsegg. L'ouvrage fut même donné, en première audition publique, sans son accord et sous le nom de Mozart. Constanze s'est livrée à un récit qui apporte un éclairage précieux quant au travail même de Mozart sur cette partition : « Je ne puis maintenant faire autrement que vous relater la vraie histoire du *Requiem*, que voici : À aucun moment, Mozart n'a jamais songé à un requiem. Il me disait souvent qu'il avait entrepris ce travail (celui commandé par l'anonyme) avec le plus grand plaisir puisque c'était son genre de prédilection (la musique sacrée), et qu'il allait le concevoir et le composer avec une telle application que ses amis et ennemis l'étudieraient après sa mort à condition, disait-il, "que je reste en vie assez longtemps, car ce doit être mon chef-d'œuvre et mon chant du cygne"... Il travailla avec la plus grande diligence, mais comme il se sentait faible, Süssmayr reçut ainsi un véritable engagement de Mozart. Et j'entends encore Mozart, qui lui disait souvent : "Ah, tu es comme une poule à trois poussins, tu mettras longtemps à comprendre." Il prenait alors la plume et écrivait vraisemblablement les principaux passages qui dépassaient l'entendement de Süssmayr ! On peut reprocher à Mozart de n'avoir pas eu beaucoup d'ordre dans ses papiers et d'avoir égaré, bien des fois, ce qu'il avait commencé à composer. Pour n'avoir pas à le chercher longuement, il préférait l'écrire à nouveau. C'est ainsi que l'on trouva certaines choses une seconde fois, mais sans que rien qui différât de ce qu'il avait perdu, car l'idée qu'il avait saisie dans la masse de ses pensées était solide comme le roc et n'était jamais modifiée. On peut encore le voir dans ses partitions qui sont si joliment, si précisément, si proprement écrites et dont pas la moindre note n'est changée. »

L'abbé Stadler, l'ami de Mozart et de Haydn, rapporte : « Des hommes respectables sont prêts à témoigner publiquement, et à dire qu'ils ont rencontré Mozart peu de temps avant sa mort, très enthousiasmé par ce travail jusqu'à trois jours avant, alors que, complètement épuisé, il avait dû s'aliter pour ne plus jamais se relever. Les manuscrits de Mozart et les mouvements qu'ils comportent, jugés magistraux par les vrais connaisseurs, sont les seuls véritables garants de cette œuvre. Tout le reste est hors de propos ! Quiconque a examiné ces manuscrits en détail doit reconnaître que Mozart en est le seul auteur, et que Süssmayr n'y a pas joué d'autre rôle que celui qu'aurait tenu tout musicien expérimenté et formé à la basse continue. Tout ce qui est ressenti vient de Mozart lui-même. »

Un compte rendu du *Salzburger Intelligenzblatt* de janvier 1792 relate : « Mozart acheva son *Requiem* quelques jours avant sa mort. Dès que la nouvelle de sa disparition fut connue, le serviteur du commanditaire revint, apporta les trente autres ducats, n'exigea pas le *Requiem*, et depuis ce jour, ne posa plus de questions. Il sera effectivement exécuté, quand il sera copié, en l'église Saint-Michael de Salzbourg. »

La vérité de tout cela est difficile, sinon impossible à cerner... Il est évident que Constanze est soucieuse de donner l'impression que le *Requiem* a effectivement été terminé, afin de pouvoir toucher le solde du montant promis, dont elle a, après la mort de son mari, fort besoin. Une petite équipe, dont font partie Freystädtler, Süssmayr et Eybler, travaille dans ce sens. La partition, telle qu'elle parvient à Walsegg, comporte l'*Introït (Requiem aeternam)* de la main même de Mozart, puisqu'il l'a réellement achevé (mais accompagné d'une fausse signature de Süssmayr qui imite à la perfection l'écriture de son maître), le *Kyrie* dans une esquisse autographe de Mozart (mais complété par Freystädtler et Süssmayr) et le reste composé (ou copié) par Süssmayr.

Constanze explique, alors que Süssmayr a été le plus constamment proche de Mozart dans l'élaboration du *Requiem*, pourquoi néanmoins, c'était à Joseph Eybler qu'elle a confié dans un premier temps le travail d'achèvement de l'ouvrage.

Avant de mourir, Mozart a fait noter par Eybler le *Dies Irae* et l'*Hostias*, sous forme de *particella*, qui sont directement portées sur le manuscrit, et qui apparaissent d'emblée plus riches et inventives que les ajouts de Süssmayr, surtout les parties de trompettes et de timbales du *Dies Irae* : « Si je l'ai confié à Eybler pour qu'il l'achevât, c'est parce que j'étais alors fâchée avec Süssmayr (je ne sais plus pourquoi !), et que Mozart lui-même estimait beaucoup Eybler. Je me disais que n'importe qui pouvait le faire, puisque tous les passages principaux étaient déjà composés. Je fis donc venir Eybler et lui fis part de mon souhait, mais comme il déclina aussitôt, avec de belles excuses, il ne se vit pas remettre la partition. »

Lorsque Constanze affirme n'avoir pas remis la partition à Eybler, elle a oublié que le 21 décembre 1791 elle la lui avait bel et bien confiée en échange d'un reçu ! Eybler a-t-il alors complété les parties instrumentales manquantes ? Ou a-t-il profité d'avoir en main le manuscrit pour l'étudier plus attentivement ? Toujours est-il qu'il rend l'œuvre à Constanze « avec de belles excuses » s'estimant humblement indigne de composer le reste. C'est seulement alors que Süssmayr, offensé et fâché contre Constanze, accepte d'achever l'ouvrage.

Mais, comme Mozart, avant de mourir, s'est manifestement entretenu avec lui longuement sur la manière de terminer le *Requiem*, chantant même certains extraits, on peut comprendre que Süssmayr en veuille à Constanze d'avoir délibérément confié le manuscrit à un autre. La brouille peut venir aussi des relations que Süssmayr entretient avec Salieri. On se souvient que Constanze le décrit comme étant l'ami de l'Italien, plutôt que celui de son mari.

En passant dans son camp, sachant l'importance de son influence, et, abstraction faite de l'état de santé de Mozart, Süssmayr assure tout simplement ses arrières, à une époque où la réussite ne dépend que de ce type de protection. Ce sont autant de facteurs qu'il faut garder à l'esprit au milieu de ces imbroglios, sur lesquels les fausses informations se multiplient depuis presque deux siècles et souvent pour enjoliver la légende.

Tout est dit.

Sauf que l'on a peine à expliquer, à concevoir même, la personnalité insaisissable de Mozart, à cause précisément de ses multiples facettes, qui apparaissent souvent, sinon contradictoires, au moins opposées.

C'était un personnage hors normes – en un sens différent d'un être humain ordinaire, normal. Et cela nous amène à évoquer une possibilité relevant du domaine médico-psychique récemment développée à propos de certains enfants qui, précisément, apparaissent « hors normes », et connue sous la désignation de Syndrome de Williams.

En effet, on s'aperçoit objectivement que l'ensemble des qualités (aussi bien que des défauts certains) qui caractérisent ces différents comportements englobe, de façon frappante, une proportion importante des composantes connues de ce syndrome :

– Sur le plan physique : sa petite taille, persistante à l'âge adulte, sa vivacité, son hyperactivité foncière et sa sociabilité spontanée, extrême et très excessive, qui conduisent à le considérer souvent comme un joyeux lutin.

– Sur le plan mental : sa précocité extraordinaire et, bien entendu, ses phénoménales aptitudes dans tous les domaines intellectuels et surtout musicaux, ce qui correspond bien à un élément majeur du syndrome.

– Sur le plan pathologique : en l'absence de toute preuve concrète, on ne peut qu'imaginer que certains éléments du syndrome auraient contribué aux innombrables affections et désordres dont il fut toute sa vie affligé et dont il mourut.

Mais tout cela n'est-il pas une interrogation de plus ?

Enfin, qu'en est-il de Nannerl dans tout cela ? Le 8 février 1800, elle prend connaissance de la biographie de Niemtschek qui réveille en elle des sentiments d'affection qu'elle a conservés, dit-elle, à son frère chéri. Elle avoue avoir été totalement ignorante de la situation dans laquelle il s'est trouvé, ce qui semble tout de même peu crédible vu sa notoriété.

Le destin est capricieux. Après la mort de Mozart, Constanze a donc épousé le diplomate et biographe, passionné de son premier mari. Quand il prend sa retraite, c'est à Salzbourg que le couple décide de vivre. Nannerl, elle, devient veuve, revient à son lieu de naissance, et réside à deux pas de sa belle-sœur tant honnie. Elle vit jusqu'en 1829, c'est-à-dire jusqu'après la mort de Beethoven et de Schubert, chose étonnante lorsqu'on y songe...

Les deux fils de Constanze et de Mozart, Karl-Thomas et Franz-Xaver, mourront tous deux célibataires et sans postérité.

Les deux belles-sœurs ne s'adresseront plus jamais la parole.

BIBLIOGRAPHIE

Cette biographie a pu être réalisée grâce aux travaux approfondis que nous devons essentiellement à :

– H.C. ROBBINS LANDON, Éditions Jean-Claude Lattès.

– Jean et Brigitte MASSIN, Éditions Fayard.

– Jean-Victor HOCQUARD, Librairie Séguier et Le Seuil.

– Volkmar BRAUNBEHRENS, André Deutsch.

– Otto Erich DEUTSCH, A. and C. Black.

– Peter J. DAVIES, Musical Times.

– Jacques CHAILLEY, l'Avant-Scène Opéra.

– Alfred EINSTEIN, Oxford University Press.

– Wolfgang HILDESHEIMER, Éditions Jean-Claude Lattès.

– Marcel BRION, Éditions Hachette.

– Otto JAHN, H. Deiters.

– L'Avant-Scène Opéra.

– Dictionnaire Mozart qui réunit, sous la direction de H.C. Robbins Landon, un ensemble d'articles passionnants (Éditions Jean-Claude Lattès).

– Sept volumes de correspondance publiés dans la collection *Harmoniques* chez Flammarion (Édition française Geneviève Geffray).

En 1991, année du bicentenaire de la naissance de Mozart, la direction de France-Musique (Radio-France), demanda à Mildred Clary d'assurer une émission quotidienne. Cet ensemble de 365 programmes s'intitula *l'Ultime traversée.* Annie Roger en fut la réalisatrice, Jacques Kraemer le comédien.

Ce livre découle de la même approche : se fonder essentiellement sur des documents d'époque, partager l'émotion d'une destinée hors normes et la tendresse qu'inspirent les multiples facettes de ce personnage unique dans l'histoire de la musique.

Je remercie vivement ceux qui m'ont aidé à mener à bien cet ouvrage :

Jacques Bossard, Jean Roy, Charles F. Dupêchez, Francis Garnung.

INDEX

Table

DEUXIÈME PARTIE

La réalité incarnée

ÉPILOGUE

Interrogations